OBSESIÓN

Ascensión Divina 1

Alexandra Román

Con amor para Conchita

¡Gracias por el apoyo!

Un abrazo,

Aleyandra

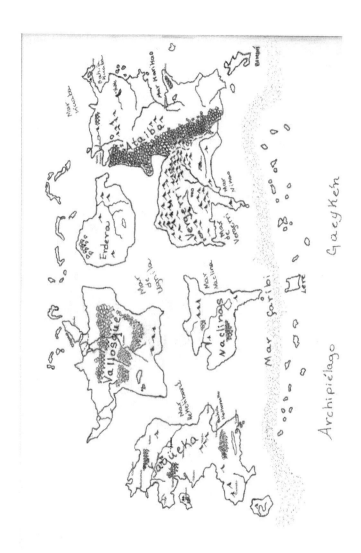

3

Impreso en los Estados Unidos

ISBN: 9781689026925

Para mi isla, Borikén, cuna de mis sueños, de mis fantasías. Para ti es esta historia inspirada en tu cultura, tu mitología, tu tierra, tus razas. Taíno tí.

Índice

1 Los Poderes Divinos 9

2 El Profetizado 16

3 El Valle Yarari 27

4 Espectro del Pasado 36

5 El Pedido 52

6 El Lugar de la Traición 72

7 Elemento Divino 88

8 Llegada Inesperada 104

9 El Ritual 115

10 Lémures 126

11 Visitas 137

12 Aliado del Pasado 151

13 Ojos Azules 172

14 El Juego del Batú 183

15 El Despertar 202

16 Grito de Guerra 218

17 Desafío al Poder 234

18 La Ísika 243

19 Al Acecho del Custodio   251

20 El Cuatrillizo   270

21 Los Üogori   279

22 Sangre por Sangre   290

23 La Entrega   305

24 La Develación   313

25 El Sacrificio   328

26 Por Obediencia y Amor   343

27 El Último Suspiro   360

28 La Huída   376

1 Los Poderes Divinos

Se limpiaba la sangre de las manos sin dejar de mirar el cadáver de su tío Guarohuya, quien fue su mentor y amante. Minutos atrás estaba entre sus brazos mientras él le narraba la historia de los poderes divinos que escuchó cientos de veces. Al principio, fascinada, le ponía toda su atención. Era una joven ingenua en ese entonces, seducida por las dulces palabras de su tío y la contemplación de lo que alcanzaría a través de él y para él. Con el tiempo, la historia la sedujo y deseó para ella los poderes. No le costó otro remedio que enamorarlo como él hizo con su pasada amante Jayguana. A ella la manipuló a su antojo y logró convertir en la líder de los kahali, la arakoel. El plan de Guarohuya era obtener a través de ella los poderes divinos. El trágico final de Jayguana detuvo los planes de su tío.

—Quemen el cadáver y esparzan sus cenizas en el río —ordenó mientras la vestían. Le dieron el frasco que colgaba de una cadena en el cuello de Guarohuya y ella lo colocó alrededor del suyo.

Al terminar salió y se montó en la carroza solar de regreso a Ayuán, la capital de Yagüeka, su nación. Ya no volvería a escuchar la historia de su boca. No importaba, se la sabía de memoria. Guarohuya siempre comenzaba de la misma manera, nunca cambiaba los detalles.

—Los kahali fuimos creados por amor por los hüaku, a quienes traicionamos —decía él con orgullo marcado en las últimas palabras de su oración introductoria. El amor lleva a la traición, es inevitable, pensó ella—. Mientras ellos fueron creados por un motivo en particular, el cual han olvidado y sustituido por otra: la de mantener el balance de la creación.

»Antes de la creación de los hüaku, este plano existencial era regido por los dioses. En él hicieron su hogar, desparramaron sus placeres y balanceaban el caos y la creación etérea. Todo esto cambió en la segunda Época Divina cuando Yokajú, dios del cielo, fue elevado por su madre Atabeyra para ser dios supremo. En esa época nacieron los Cuatrillizos, los Hermanos Divinos, arrancados del vientre materno porque su madre Kaguama, la diosa de la tierra, murió durante el parto. Fueron ellos quienes despertaron la cólera de Yaya, el gran espíritu, y los que pusieron fin al regido de los dioses supremos.

»Yaya tenía un hijo llamado Yayael a quien amaba profundamente. Este le desafió deseando su poder, y en su ira Yaya le mató. Afligido ante lo que había hecho, colocó los huesos de su hijo en una higuera que colgó en su bohío. Los Cuatrillizos entraron en el bohío de Yaya cuando este trabajaba en su finca. Curiosos por lo que estaba dentro de la higuera, la bajaron. Al abrirla encontraron que estaba llena de agua en la que nadaban peces de los que se alimentaron. Al sentir que Yaya se acercaba, nerviosos trataron de colocar en su lugar la higuera. Mas no pudieron y esta cayó al suelo haciéndose pedazos. De la higuera rota surgió un caudal de agua que cubrió parte de este plano existencial y la dividió en continentes. Así fue que surgieron los cuerpos de agua.

»La ofensa a Yaya no podía pasar impune, él buscó a los Cuatrillizos para castigarlos. Ellos, bajo el liderazgo de

Deminán, el único en ser nombrado por su madre, huyeron de Yaya. Pidieron el amparo de Atabeyra quien lo otorgó y con su divinidad, los encubrió de la ira de Yaya. Por siglos se escondieron de él, pero un día Deminán se apartó del regazo de Atabeyra que conversaba con Yokajú. Nuevamente despertó la cólera de otro dios, Bayamanako. Deminán quería probar el casabe que el dios preparó. Este se negó y Deminán robó el secreto del fuego. Bayamanako escupió en la espalda de Deminán lo que le causó una gigantesca y dolorosa úlcera que creció enorme y casi cobra su vida. Al llegar donde sus hermanos, ellos con un hacha de piedra abrieron la úlcera y de ella salió una fémina que llamaron Kaguama. Con ella tuvieron relaciones los cuatro, siendo su progenie los jiharu, la tercera raza como la conocemos.

»Los Cuatrillizos abandonaron su progenie para esconderse en nuestro archipiélago cuando Yaya estaba cerca de ellos. Atabeyra adoptó a los jiharu y los protegió a la petición de los Cuatrillizos a quienes tuvo que abandonar a su suerte. Al llegar el dios, los hermanos se separaron escondiéndose en los cuatro puntos cardinales de nuestro archipiélago. Uno a uno Yaya les encontró, les castigó con el sueño eterno y su escondite se convirtió en su prisión. El sueño eterno mantiene al cuerpo inerte sin esperanza alguna de recuperar sus capacidades o despertar. Los Cuatrillizos están conscientes de lo que a su alrededor ocurre. Sufren a cada segundo, pues el fuego que Deminán robó de Bayamanako, Yaya lo colocó a los pies de los hermanos. Las llamas lamen sus pies causando intenso dolor. Un lago de agua sagrada les rodea, producto de sus lágrimas. Yaya encontró satisfacción con su venganza, pero no en su pena por la pérdida de su hijo.

»Yaya buscó a Atabeyra para entregarle sus poderes divinos y en su regazo morir. Al llegar ante su presencia se dio cuenta que protegía en su regazo una cueva. Allí estaban los jiharu de quienes emanaba la esencia divina de los Cuatrillizos. La cólera de Yaya se tornó hacia ellos y trató de arrancarlos de la protección de Atabeyra. Esta se defendió y lucharon arduamente. Por esto, en los jiharu comenzaron a nacer los sentimientos de venganza, la ira y el odio que se infiltraron en ellos cuando Atabeyra desviaba su protección hacia ella. Al Atabeyra darse cuenta, no lo volvió a hacer y fue cuando Yaya comenzó a ganar la batalla.

»Yokajú y las otras divinidades se interpusieron para salvar a Atabeyra. En su unión lograron dominar a Yaya por varios segundos y fue cuando Atabeyra y Yokajú retiraron de él los poderes divinos. Yaya sonrió al toque de la muerte y se desvaneció. Atabeyra, para salvaguardar los poderes, los tomó y los colocó en la cavidad torácica de los Cuatrillizos, uno en cada uno. Retiró de ellos los elementos esenciales que son el fuego, el agua, la tierra, y el aire, entregándoselos a Yokajú.

»Los poderes divinos de Yaya son: la omnisciencia, el conocimiento total; la omnipotencia, ser todopoderoso; la omnipresencia, el poder de estar presente en todas partes; y la trascendencia, el poder de no estar sujeto a ninguna limitación y poder ir más allá de este plano existencial. Estos residen en los Cuatrillizos. Tener los cuatro, es poseer la esencia divina de Yaya y convertirse en una deidad. La historia nos dice que los primeros en ser creados fueron los hüaku, luego los kahali a manos de ellos. No es así. Los jiharu fueron los primeros, concebidos en tierras lejanas a estas, pero no creados. A diferencia de nosotros y los hüaku que fuimos creados. Son de descendencia divina los jiharu, son el legado que los Hermanos dejaron en esta existencia y a su cargo está Yokajú.

»Los elementos que protegen los siete Custodios de la Creación fueron dioses convertidos por Atabeyra y Yokajú en esencia elemental. Con el propósito de cuidar los poderes divinos. Esa esencia elemental necesitaba de un cuerpo donde residir. Atabeyra logró esto al pedir a su hijo Yokajú que creara a los hüaku. En ellos las esencias vivían en armonía hasta que se les retiró por crearnos a nosotros. Al no poder Yokajú contenerlas, la devolvió a solo siete escogidos entre los hüaku cuando les perdonó y les sacó de su éxodo. Les entregó las tierras al este del archipiélago de Güekén, la que llamaron Ataiba en honor a Atabeyra, porque allí descansa ella.

»Encerrado en este frasco está uno de estos poderes, la omnipotencia. Arakoel Jayguana lo encontró, siguiendo la narrativa de la caída de los hermanos que está en los pergaminos que te entregué. Uno de los hermanos yacía en el seno de las montañas Kemí, retiró la antorcha que sujetaba el fuego que lamía los pies del hermano divino y lo quemó. Tomó las cenizas, las mezcló con el agua sagrada que rodeaba el terreno donde el cuerpo yacía y lo guardó en este frasco. Los poderes divinos no se pueden ingerir por separado, de lo contrario nuestro frágil cuerpo sería destruido. El brebaje debe ser mezclado con una gota de sangre divina, esa que corre por las venas de los jiharu. Lamentablemente, no puede ser de cualquiera, sino de uno que sea descendiente directo de Deminán y que padezca de una rara enfermedad de la piel, la que conocen como la piel arrugada. El jiharu Gunila I, el conquistador, ese que conquistó las islas centrales del archipiélago, la padecía. Solo se conoce de algunos de su descendencia que la ha padecido y es tan detestable que los niños que nacen con ella se les entrega a la muerte.

Ella retiró el frasco de su cuello y le observó con detenimiento. Poder absoluto, pensó.

Al llegar al Kaney del Orokoel, bajó de la carroza solar y se dirigió al despacho de su padre, orokoel Niagua. Antes de entrar le entregó a su naborí, su esclava, el frasco y le dio órdenes de que lo guardase en su recámara.

Su padre estaba sentado detrás de un enorme escritorio, la miró con seriedad.

—¿Está hecho? —le preguntó orokoel Niagua.

—Sí, Orokoel —contestó ella.

—En dos días anunciaré oficialmente que eres mi sucesora, mi guajeri.

—¿Ya habló con el consejo del Guaminani? —preguntó extrañada.

Él asintió.

—¿Cómo estaba seguro que lo iba hacer? —preguntó ella.

Con la mirada penetrante dijo:

—Eliminas lo que se interpone en tu camino. Guarohuya te enseñó eso. Te di lo que deseabas, y tú, lo que yo necesitaba.

—A medias me dio lo que deseo, sujeto a condiciones y para asegurar el ascenso de otro a través de mi —dijo disgustada.

—Aseguro a tu guajeri, pero para que lo sea debes ser primero arakoel. Es tu mayor deseo y te lo doy—. Hizo una pausa y continuó al ella no añadir más—: Mañana en la noche se realizará el ritual del pacto. Si no estás ahí, queda roto y buscaré quien te remplace, Iyeguá.

Nadie puede reemplazarme, se dijo, pero contestó.

—Han, han, katú —que significa así será.

No hay problema, se dijo, esto solo me acerca a lo que realmente deseo. Donde yace el verdadero poder absoluto, y no es ese que me ofreces. Lástima que no estés para presenciar mi ascensión divina.

2 El Profetizado

Como aliento al alma de Iyeguá, el crepúsculo se asomaba anunciando la noche y con ella podía concluir la larga y obligada audiencia que la tenía aborrecida. Ese día las horas pasaron como cuentagotas y una tercera parte de las cosas que debía resolver, quedaron inconclusas en la nación de Yagüeka, la que rige como arakoel desde hace nueve centenarios y nueve decenios. ¡Qué rápido pasa el tiempo!, se dijo.

Pasó su mirada sobre los cientos de kahali presentes en el salón del dujo. Los encontraba repugnantes por la manera en que se acercaban a su puesto para pedir favores y soluciones a conflictos entre sus uraheke, como si fuesen perros falderos a la espera de migajas. Mas los tenía que soportar, era parte del espejismo que debía reflejar. Todos, como ella en un pasado, estaban en busca de un poco de poder que los colocara en una posición más elevada en la jerarquía de su uraheke. Si tan solo hubiesen tomado la última clase que me impartió mi tekina, pensó.

Su antiguo tekina de historia, perteneciente a la quinta generación Jikema, quien siempre olía a tabaco y vestía acorde a su profesión con una larga bata verde oscuro de ásperas telas, era un kahali intelectual que deseó toda su vida ser un bejike. Serlo es tener poder e influencia. Son los bejike los médicos del cuerpo y el alma, los guardianes de las tradiciones, los narradores orales, los escribas y los científicos. Mas su verdadero poderío está en ser los custodios de los objetos sagrados, los cemíes que tallan de piedra o de madera de jobos. A través de los cemíes se comunican con los antepasados de los uraheke quienes le dan consejos y secretos. Por esa razón son respetados y venerados por todos los uraheke, en especial, los líderes.

El estatus social de su tekina no se lo permitía. Un bejike debía ser de una tercera generación, lo que él no era. En ese pasado pintado en su memoria, Iyeguá vivía en Sábalos, el kasikazgo de los Jikema.

—La historia es escrita por los que tienen el poder de una nación y la moldean con sus acciones, ya sean positivas o negativas. Son ellos los que dejan su marca inmortal para las futuras generaciones. Es así, Iyeguá, que para crear historia hay que tener poder —le dijo su tekina.

—Soy una Jikema, es nuestro el poder —le había contestado.

Él se le acercó, la estudiaba con la mirada.

El tekina se irguió y orgulloso recitó el lema de los Jikema:

—Autoridad y poder absoluto, con estas palabras los Jikema tomaron las armas de guerra y se rebelaron en contra de los hüaku. Por siempre inmortalizados como los primeros en alzar armas. Los hijos en contra de los padres—. Hizo una pausa y continuó—: El poder es algo que se toma siempre por elección propia o por la fuerza. En esos que llamamos poderosos existe la tendencia del deseo a tener más y lo que conocemos como poder absoluto no es otra cosa que una subyugación total sobre aquellos que están bajo su dominio.

Las vastas extensiones territoriales solo demuestran la magnitud del poder que poseen y es una alegoría para intimidar a sus enemigos.

»Mas siempre hay quienes desean para sí el poder de los poderosos con el propósito de traer cambios. En esos momentos los poderosos sienten la amenaza inminente y hacen lo que sea necesario, sin importar las reglas ni las consecuencias, para mantener su poder o ganar más. Sin embargo, y como parte del ciclo natural de la vida de una nación o reino, cuando los amenazantes dan el golpe y obtienen la victoria, los poderosos pasan a ser parte de la historia de esa nación. Entonces, Iyeguá, esos que tomaron el poder ahora deben protegerlo a toda costa, porque saben que siempre habrá alguien conspirando en su contra para quitarles su poder. ¡Ellos hicieron lo mismo!

—Habla como si el poder fuese un simple juego de batú —dijo indignada.

Con sus cejas arqueadas y sus labios cóncavos hacia abajo, meneó su cabeza de un lado a otro mientras encorvaba sus hombros. Él se sentó a la mesa en el lado opuesto a ella, era un kahali maduro de unos seis centenarios. Entrecruzó sus dedos y dijo seriamente:

—El poder no es un juego y no es sustancial, es meramente un espejismo que se desvanece cuando menos lo esperas y te quedas con absolutamente nada. El poder absoluto no existe, Iyeguá, es una ideología inventada por aquellos que dominan a base de influir temor a los que deben proteger. Mas siendo el poder algo pasajero y extenuante en nuestras vidas, su verdadero valor está en cómo se dispone de él y la mejor forma de hacer esto es darlo con autoridad y respeto al individuo que debe ser tratado con igualdad sin distinción alguna. El poder se fomenta en ideas que muevan a las masas a seguirle, a quienes el individuo poderoso debe representar y defender, pues una vez se desvíe de ellas llega su caída, tal y como ha llegado a muchos de los líderes de nuestra nación. La que llegará a los presentes y a los futuros.

Iyeguá se puso en pie y el rostro de su tekina, de quien no se acordaba su nombre, expresaba complacencia como si hubiese logrado su cometido y asintió sin dejar de mirarle. Inmediatamente Iyeguá se marchó y le contó todo a Guarohuya.

—Palabras sabias para un kahali de baja generación, pero revolucionarias y deben ser calladas —dijo. Mirándole con seriedad, añadió—: No las olvides.

Guarohuya le encarceló y sentenció a muerte por decapitación al descubrirse que el tekina era miembro de los Guali Anaki, un grupo radical integrado por las bajas generaciones del Jikema.

Iyeguá días después recorrió los yukayeke de la quinta generación, la de los educadores, de la sexta, los sirvientes domésticos, y de la séptima, los agricultores de las fincas y los pescadores. Allí la vida, el estatus, las viviendas, las vestimentas, la comida, la diversión, la forma de hablar, la educación era diferente. Era una existencia a la que estaba contenta no haber nacido y ser una descendiente de la primera generación del uraheke más poderoso en Yagüeka. Ese simple hecho le otorgaba, aunque fuese minúsculo, poder sobre otros. Aquel tekina le enseñó a valorar el poder que tenía y abrió sus ojos a ese que podía tener, pues para ella el poder no era una ilusión, sino una realidad que era parte intrínseca de su vida y que muchos poseían a través de su estatus social. Siendo el absoluto, entre su raza, el que te da poderte sentar en el dujo.

Dio una última ojeada por entre los presentes para detectar a alguien que trajera algo interesante. Nada, así que le hizo señas a Kaguame, su asistente, y este de inmediato se acercó.

—He terminado por el día de hoy —le dijo.

Kaguame, entonces, anunció:

—Iyeguá guaJikema, Arakoel de Yagüeka, nación de los kahali, da por concluidas las audiencias de hoy.

Murmullos estallaron en el salón del dujo que fueron silenciados en cuanto Iyeguá se puso en pie y se marchó.

En sus aposentos no deseaba pensar en los asuntos de la nación, sino en relajarse. Sus naboríes con sumo respeto le quitaron el símbolo de su poder, el guanín: un disco de oro que en su centro tenía un sol de siete rayos en forma de heptágono, dividido por una línea recta que separaba dos pequeños círculos en la parte superior del óvalo en la inferior. Desataron la faja verde monte de algodón ceñida a su cintura que sujeta su larga nagua, así como los amarres en la espalda de su traje para no maltratar el tocado en plumas verdes y cuencas de piedra y oro en la parte superior.

Cubrieron su desnudez con una bata de algodón y dejaron caer su melena negra grisácea con mechones azul añil a juego con sus ojos para peinarla. En su mirada, surcada por una sombra negra, se notaba la extenuación. Los dedos de su mano izquierda rozaron su pómulo. El cansancio mental la agobiaba, así que pidió a su naborí le trajera un té de manzanilla, no era tanto para tranquilizarla, sino porque le gustaba el sabor.

—Antes, dame una semilla de caoba —añadió.

La naborí tomó la fruta seca en forma de cápsula de una vasija y al entregarla, Iyeguá agarró su muñeca con fuerza. Podía sentir el latir de sus venas en la palma de su mano y la tentación la seducía. Respirando profundamente, apaciguó sus deseos. Conforme, tomó la semilla y la estudió con la mirada. Que insignificante en comparación, se dijo mirando de reojo a la naborí. Cubrió la semilla con sus dos manos y lentamente respiró mientras por sus células consumía la energía vital que dormitaba en el seno del fruto. La transferencia reconstituía la suya, mientras el fruto se desintegraba en sus palmas dejando un puñado de polvo en su lugar. Lo dejó caer sobre un plato y la naborí con un trapo humedecido limpió el residuo que quedaba en sus palmas. Era la única forma que le era permitido a los kahali, quienes podían manipular de forma limitada el Elemento de la Energía dentro de su ser, recuperarla utilizando un medio viviente.

La inyección enérgica la reanimaba y la somnolencia se desvanecía, no por completo como lo hubiera hecho un rayo en un día de tormenta u otro método, pero era suficiente como para continuar lo que le quedaba de día.

Respiró profundamente lista para ponerse en pie y sumergirse en su tina, mas el aliento quedó atrapado en la tráquea y la punzada se sintió en el pecho como la primera vez cuando la Señora del Oráculo le entregó la visión de su profecía, otorgándole una porción de la esencia del elemento divino del oráculo que le permitía tener visiones.

Ahogada y dolorida, su cuerpo se tensó y sus manos se clavaron en el tope de la fría superficie del cristal de su tocador. Su mirada añil encontró el espejo frente a ella y mientras observaba su reflejo transformarse en el rostro de un joven de cinco y un decenio, de ojos verde turquesa y de cabellos ondulados color negro, entró en un trance.

—Arakoel Iyeguá —le llamaba él en un susurro que se perdía como un eco en las montañas.

¿Huyán?, preguntó ella en su mente, sus labios tratando de formular la palabra.

—Yuisa guaAimanio —susurró el nombre de una hüaku y esta se dibujó en su mente abrazando a Huyán con ternura, sus manos acariciando su rostro y llamándole por otro nombre, Urayoán.

La mirada del joven se cruzó nuevamente con la de Iyeguá y a través de la suya vio raíces colgado de árboles ancestrales a su alrededor. El reino de Vallosque, se dijo ella.

Iyeguá sentía como perdía las fuerzas por la falta de oxígeno en su cuerpo, trataba de mantener sus ojos abiertos, pero se le hacía imposible. El dolor no se disipaba y se tornaba insoportable. Trataba de mantener la visión viva, pero no había nacido para tener la Esencia del Oráculo en su ser y se hacía difícil controlarla. Parpadeó y fue, entonces, que Iyeguá exhaló para inhalar profundamente. Su pecho se inflaba una y otra vez, su piel estaba helada, y sus extremidades, temblorosas. Cerró sus ojos y dejó que pasara el dolor que venía siempre acompañado por una visión y que apreciaba por lo que estas le daban a su existencia: más poder entre los suyos.

Hace dos centenarios atrás, ella logró tener a la Señora bajo su poder. Mas en la tarde del séptimo día le dieron la noticia que la Señora se escapó y con ella el triunfo sobre los hüaku, sus enemigos, quienes cayeron sobre sus tropas como un derrumbe de una montaña. Una derrota inimaginable comandada por los Custodios de la Creación, quienes le enseñaron a ella su poder divino.

Las visiones no habían regresado a ella desde cinco y un decenio atrás cuando vio nacer a aquel destinado a que la profecía del Último Suspiro de Amaya, que dictamina el destino de la nación de sus enemigos, se cumpla. Solo vio a un recién nacido ensangrentado que lloraba, nada más le fue revelado. La Señora lo vio también, sintió su conexión con ella y la fuerza que esta ejercía para mantener la visión borrosa. La Señora logró que no pudiese ver más. Iyeguá desde que tuvo la visión, preparó un plan que puso en marcha no solo para tener al profetizado en su poder, sino también para obtener lo que tanto anhelaba su alma. Esperaba impaciente por él, porque el fin de su milenio de regido sobre los kahali estaba cerca y con él llegaba su muerte.

Mientras sus fuerzas regresaban, sus naboríes secaban las gotas de sudor de su frente. Se puso en pie y se arregló su bata.

—Ve y busca al bejike Katox, dile que venga de inmediato —le ordenó a una de sus naboríes, quien tras una reverencia salió de la recámara.

La visión venía cargada de esperanzas: Huyán, ese que fue centenarios atrás el esike de Ataiba, su aliado en el pasado y a través de quien ella alcanzaría su anhelo. El ritual que hizo para mantener el espíritu de Huyán en el plano terrero después de la muerte, funcionó. Lo que no sabía Huyán era que para regresar al plano mortal tenía que volver a nacer y que su alma estaría atada a la sangre que utilizó él en el brebaje que tomó en el ritual. Huyán nunca le reveló a quién pertenecía la sangre donante, pero la visión se lo revelaba, Yuisa guaAimanio. Lo que hubiera hecho si él me hubiese dicho de quien fue esa sangre. Él hubiese estado desde un principio bajo mi poder.

Iyeguá se dirigió a su despacho pensativa. Tomó un papel y escribió en él la visión. En otro, escribió el nombre de la hüaku, Yuisa guaAimanio, y el nombre por el cual llamaba a su antiguo aliado, Urayoán. Aimanio era el nombre del uraheke que regía a Ataiba desde que estos llegaron a esas tierras y las hicieron suyas. Sin embargo, la visión no la colocaba allí, sino en el Reino Mayor de Vallosque. Su nombre le era familiar.

¿Dónde lo he escuchado antes?, se preguntó.

Cerró sus ojos y meditó buscando en sus pensamientos el recuerdo de esos momentos en su existencia en los que se cruzó con Huyán. Él era la respuesta. Recordó un mar de bohíos rodeando a uno de mayor tamaño. En su interior Huyán, listo para la guerra. Una mesa, un papel con el sello de Huyán y el de ella.

Abrió sus ojos, se sentó y colocó su mano sobre la gaveta izquierda inferior de su escritorio que estaba cerrada. Concentrada hizo fluir energía hacia la cerradura interna paseando por las rendijas correctas para abrirla. La gaveta abrió luego de unos segundos y de su interior sacó una caja de madera mediana y larga. Hizo lo mismo con la cerradura y al abrirla se reveló un mar de pergaminos enrollados de los que comenzó a buscar hasta encontrar el que necesitaba.

Lo supo identificar por el sello y el año escritos en la esquina izquierda. Lo abrió sobre su escritorio y leyó lentamente hasta hallar lo que buscaba. El nombre de Yuisa guaAimanio aparecía en el contrato nupcial que Huyán firmó y colocó su sello como promesa por la ayuda dada a él en un pasado durante la guerra de los hüaku contra el reino de Vergerri. Yuisa era la sobrina de Huyán y por tal, la Itiba de Ataiba, ésa que estaba destinada a ser la próxima Ísika título que se le da a la madre del heredero al dujo, el próximo esike. Iyeguá sonrió ante lo que ese contrato simbolizaba y lo que con él podía hacer.

—¿Por qué no se me ocurrió antes? —se preguntó.

El bejike tocó a la puerta pidiendo permiso para entrar, el que Iyeguá dio.

—Huisan, Arakoel —saludó deseando las buenas noches el bejike Kataox, su consejero espiritual, seguido por una reverencia.

Una corona de plumas rojas circulaba su cabeza y un collar de oro con una pluma dorada en el centro colgaba de su cuello. Su voz era delgada y chillona, una que solo cambiaba drásticamente cuando realizaba los cánticos de los areytos. Los centenarios haciendo ayuno le habían dado una figura delgada casi anémica, su espalda estaba curva y caminaba como si estuviese agachado por la joroba de su espalda a causa de la mala postura. Características físicas que Iyeguá repudiaba, pero al tratarse de quien era, las soportaba. De entre los bejike del uraheke Jikema, él era el de más conocimiento y sabiduría para con todo lo espiritual y su corona de plumas rojas lo confirmaba.

—Tengo un encargo que hacerte, Kataox, y no puedes fallar —le dijo aún mirando el contrato en sus manos.

—Nunca le he fallado, Arakoel, y nunca lo haré. Mande que obedezco.

Iyeguá tornó su mirada hacia él, asegurándose de no mirarle directamente a los ojos, y con seriedad dijo:

—Necesito que tus fieles aliados en el Reino Mayor de Vallosque busquen y te digan todo sobre la hüaku Yuisa guaAimanio y su hijo Urayoán. Debes tener esa información lo antes posible.

—Por supuesto —contestó y luego añadió—. Es una hüaku importante, el nombre de su uraheke lo revela. ¿Qué desea con la Itiba de Ataiba?

La pregunta la hizo enojar y lo dejó ver en su mirada. Él de inmediato bajó la suya.

—Recuerda, deseo saber todo sobre ella, en especial qué hace en Vallosque la Itiba. Puedes retirarte y no vuelvas ante mi presencia hasta que tengas lo que te pedí.

El bejike hizo una reverencia y se marchó. Iyeguá tomó asiento. Llegó el momento deseado, ese que la ponía más cerca de lo codiciado, pero el Señor Tiempo, elemento divino, siempre omnipresente en su vida, le pisaba los talones. Cargaba con la alusión de su final, deseada por sus enemigos y que llegaría a ella al concluir su milenio de regido. Arakoel Iyeguá sonrió a medias. Ignorante, pensó, mi final no forma parte de mis planes y tú, Señor Tiempo, nunca me traerás la muerte.

3 El Valle Yarari

La verde fertilidad se esparcía hasta ser devorada por el lejano horizonte. Allí se elevaba una hilera de colinas y montañas que amurallaba al valle Yarari, el hogar de su exilio. Emanaba de este una embriagante paz que fue para él nauseabunda en un principio. La que aprendió a tolerar gracias al tiempo, ese del que dicen que todo lo cura, todo lo borra. No era su caso, el Señor Tiempo se olvidó de él y era obvio por sus prácticas matutinas.

Todas las mañanas cuando los primeros rayos del sol se asomaban por su puerta, Narigua despertaba y de inmediato salía de su hamaca y dedicaba varios minutos a ese paisaje para asimilar la realidad que viviría el resto de su larga existencia. Imugaru, su abuela, fue quien le enseñó a hacer ese ejercicio que repite desde el primer día que llegó allí.

—Hasta que se te olvide la vida que dejaste atrás lo harás. Esa mañana te levantarás y ni te acordarás de hacer el ejercicio. Luego, te darás cuenta que el tiempo te ha transformado —le dijo Imugaru al recomendarle el ejercicio esa primera mañana hace dos centenarios atrás.

Como todas las mañanas anteriores a esa, hoy no era ese día. Su mirada estaba clavada sobre esa extensión llena de vida que servía de cobija a miles de kahali que hicieron de Yarari su hogar, para escapar de las presiones de una existencia vana y marcada por las satisfacciones del placer. Razones distintas a las suyas, que todos conocían y de las que solo hablaba con Imugaru. Tenían la libertad de regresar a la civilización que él deseaba volver. No lo hacían porque nunca tuvieron lo que él poseyó, por eso no les importaba abandonarla. Narigua tuvo un lugar de privilegio, de poder en esa vida que fue arrancada de sus brazos. En ella fue guaribo de Arakoel, el general de las tropas de Yagüeka; karí del uraheke Huanikoy; es un Jikema y un Huanikoy, los uraheke más poderosos de la nación; nieto del fallecido orokoel Niagua y arakoel Imugaru; y es hijo de arakoel Iyeguá guaJikema y orokoel Alnairu guaHuanikoy, los actuales líderes.

No podía olvidar esa vida pasada y el verdor del valle le recordaba a los ojos que le condenaron, que le ganaron el sello en oro que llevaba tatuado en su mejilla izquierda. Traidor de los kahali decía en eyéri, el lenguaje de su raza y la de los hüaku. Una sola mirada selló mi futuro, se dijo.

¿Qué selló las vidas de esos que llegaban a Yarari para que decidieran emprender una nueva? La que se vivía en Yarari era una rudimentaria, clavada en el pasado de una civilización que solo existía entre el verdor de esas montañas. Más allá de esas fronteras naturales, Yagüeka, por decisión de su abuelo orokoel Niagua, adoptó las innovaciones tecnológicas que nacían en los reinos de los jiharu para no quedarse estancados en un pasado que les hiciera inferiores a los jiharu y los hüaku. Con ella transformó el estilo de vida de la nación, de lo que se arrepintió.

Respiró profundamente para dar comienzo a la vida cotidiana que le esperaba ese día. Un día a la vez, le recomendó vivir Imugaru cuando antes repudia hacer las labores de trabajo reservadas en las afueras de Yarari para las bajas jerarquías de los uraheke. Se aseó e ingirió alimentos y salió de su bohío.

De un lado a otro caminaban los habitantes realizando sus quehaceres del día. Su bohío quedaba cerca del kaney de Imugaru, una estructura rectangular hecha de bejucos y paja, y grande en tamaño en comparación con su bohío circular y pequeño. La vivienda de la Bajari, señora, de Yarari. A las afueras de este, estaba Yaguana, su prima, hija de su tío Jayakú quien por ser bendecida en tener el color violeta en sus ojos, al igual que Imugaru, era heredera de Yarari.

Yaguana le sonrió al verle y caminó hacia él. Narigua tomó sus instrumentos de pesca que estaban al lado de la entrada del bohío y se dirigió a su encuentro.

—Busuwaü, Narigua —le saludó.

—Busuwaü, Yaguana —contestó.

Yaguana era hermosa, humilde y servicial. Autoritaria cuando debía serlo. Muy parecida a su abuela quien desde su infancia la cuidó y educó.

Miró sus instrumentos de pesca. Sonrió y dijo:

—Matunjerí te espera adentro.

Narigua bajó la cabeza, sabía que su mañana sería cortada a la mitad. Le gustaba ir a pescar desde temprano, pues la actividad traía serenidad a su alma y le sacaba del tumulto del yukayeke. Era él y el río a la espera de la presa.

—Ve, no la hagas esperar —ordenó de forma sutil.

—¿Me esperas? Así la Matunjerí no se prolonga al saber que aguardas por mi, como lo has hecho en otras ocasiones —suplicó.

—No puedo. Tengo que ayudar en el recogido de maíz. Anda, no seas cobarde —añadió riendo.

Al entrar al kaney, encontró a Imugaru sentada en su dujo leyendo un papiro, la única innovación tecnológica que permitía entrar a Yarari a la desconfianza de los de afuera en enviar un mensaje de forma oral. El nombre de Imugaru significa hermosa en eyéri, y a ella le dan varios títulos importantes: era arakoel por ser viuda de un orokoel, y Matunjerí por nacer con los ojos color violeta y que le concede los dominios del sagrado valle Yarari. Imugaru es para su raza la imagen viva de la perfección, no solo por su hermosura y la elegancia en su figura y manierismos, sino por la delicadeza e inteligencia con la que trabajó al lado de su cónyuge. Imugaru le tomó bajo su protección cuando el Guaminani deseaba su muerte tras su traición y nadie tuvo objeción alguna.

Vestía de manera tradicional, como lo hacían en antaño, con una larga nagua hasta los tobillos sujetada por un cinturón verde monte a la cadera, senos al descubierto, su cabeza coronada de plumas y la cabellera peinada en trenzas y decorada con caracoles. En su cuello colgaba un guanín de oro con el símbolo de arakoel.

Narigua sonrió al verle, una paz envuelta en amor le invadió de inmediato. Ella era, y lo fue siempre, lo que su madre nunca fue con él. No culpaba a su madre. Su posición en su uraheke, ser la hija de Matunjerí y luego hija del Orokoel de Yagüeka, le obligó a ser fuerte de carácter, a no apoyar y moldear con dura disciplina. De no ser así, su madre nunca hubiese alcanzado ser Arakeol de Yagüeka. Imugaru era arakoel de forma titular como lo es su padre orokoel Alnairu, por ser el cónyuge del líder. Por lo tanto, Imugaru no tuvo las mismas batallas que su madre, y por eso eran diferentes en carácter y forma de ser.

—Matunjerí —dijo anunciándose seguido de una reverencia.

Imugaru alzó su rostro cobrizo, una delicada sonrisa delineaba sus labios. Más la preocupación marcaba su mirada. Él se sentó frente a ella y aceptó una taza de café puya que le ofreció. Sus ojos regresaron a la carta.

—No se da por vencido —dijo disgustada—. Jayakú continúa la nefasta insistencia, y ahora más que al regido de tu madre le queda poco, unir en nupcias a Yaguana con alguien de su predilección —tiró la carta al suelo—. Sabe bien que ese derecho me corresponde. Ya me cansé de contestarle, si desea respuesta que venga a Yarari a buscarla.

Tomó un sorbo de su café, una bebida típica de los jiharu, pero de la cual era adicta como muchos en el archipiélago de Güeykén desde que fue introducida.

—Mi tiempo llegará, Narigua. Espero con ansias su abrazo.

Hizo una pausa como si se perdiera en sus pensamientos.

—Debo proteger a Yaguana de ser utilizada como un medio por el cual se pueda obtener posiciones de poder —prosiguió—. Lo que desea Jayakú y hasta Iyeguá. Lo he desplazado por mucho tiempo. Tuercen mi brazo y debo actuar, pensó.

¡Ahí está!, se dijo. Observaba placentero la única característica que su madre y su abuela compartían: eran ambas, a su manera, calculadoras.

—¿Qué hará? —le preguntó cortando con su hilo de pensamiento.

—Yaguana es el futuro de Yarari. Es una kahali que traerá honor y gloria y poder al uraheke al que se una —arqueó sus cejas—. No se la entregaré a cualquiera. Ella merece vivir el resto de su existencia en el lugar que ama. Se lo prometí y cumpliré. Lo difícil será él quien.

—Quizás alguien que ame de la misma manera que Yaguana a Yarari. Estoy seguro que entre esos que viven aquí encontrará al ideal.

Ella asintió. Narigua conocía el verdadero significado de esas palabras que ella dijo "vivir el resto de su existencia en el lugar que ama". Cuando se unió en nupcias con su abuelo Niagua, tuvo que abandonar a Yarari por obediencia al orokoel de esa era quien le correspondía velar por ella. Regresó tras la muerte de su cónyuge.

—¿Todavía piensas en ella? —preguntó Imugaru.

—Sus ojos de vez en cuando atormentan mis sueños. Ya no pienso en ella como antes.

—¿Aún observas el amanecer cada mañana?

Él asintió.

—¡Espabílate, Narigua, ya es tiempo! Analiza la vida que se te ha obligado a caminar aquí. Acepta y busca un propósito y hazlo tuyo y lucha por él. Aprovecha el momento, no te fíes del mañana que el tiempo se acaba, mi rahu. Anda —dijo mientras con un movimiento de su cabeza le indicaba se marchara.

—Matunjerí —dijo e hizo una reverencia.

El río estaba repleto de kahali. Pescaban y hablaban de manera amena. Narigua les observaba sentado desde un peñasco inmerso en sus pensamientos.

Cientos de días perdidos. Se los regaló a la frustración que le agobió y nunca dejó ir. Cientos de días clonados y repetidos a la espera de un perdón que no llegaría. Alimentando la ilusión del regreso a esa vida que amaba. Vivió en un engaño inducido.

Recogió sus instrumentos de pesca y se echó andar para hacer camino por vez primera en ese lugar desde su exilio. Con cada paso internalizaba la vida rústica que palpitaba con cada movimiento de sus habitantes y sus quehaceres cotidianos. Por casi dos centenarios pasó por esta sin ser parte de ella. El tiempo perdido no se recupera, se dijo. Se detuvo e inhaló profundamente. Liberó al exhalar lo que le hacía esclavo del pasado.

—No más —dijo.

Se sentía liviano como la brisa que cargaba el cántico sonoro de las kahali que trabajan en las fincas cerca de donde estaba. Como en un trance, se dejó llevar y llegó a donde un gran grupo de kahali organizaban canastas con los productos que recogieron en la mañana. Sus cabelleras danzaban con la suave brisa. Sus bronceados cuerpos desnudos, excepto por las casadas que llevaban naguas, destellaban bajo los rayos del sol. Cantaban y reían placenteramente, y entre ellas estaba Yaguana.

Ella, como lo era Imugaru, era el alma del valle. Su sonrisa amorosa denotaba lo que sentía por Yarari y sus habitantes.

Yaguana le divisó, y él sintió en su alma sosiego, la paz que le hacía falta.

—Mi propósito —susurró recordando las palabras de Imugaru.

Fue a su encuentro y ella al notarlo, al de él. Al llegar, Yaguana miró sus pantalones. Él nunca dejó de usarlos, era su noción que los taparrabos eran para jugar el batú y no para el uso diario como lo hacían los varones en Yarari. Ya no usaba camisa. Mas, eso debía cambiar.

—Por lo seco de tus pantalones puedo concluir que nunca fuiste a pescar —comentó jocosa.

—Llegué, pero... —no deseaba explicar su estado de ánimo y apagar la felicidad que emanaba de su ser, la cual le embriagaba—. Yaguana, ¿qué amas de Yarari?

—Todo —contestó con una hermosa sonrisa—. En Yarari la vida es sencilla, apasionada por el placer de ser comunidad. Nos gozamos la creación para la que fuimos creados. Yarari es lo opuesto al resto de Yagüeka donde se vive obsesionado con la noción de poder, en especial nuestro uraheke. Aquí encontré el verdadero significado de lo que es vivir y lo que es importante para hacer de la vida una sustancial y plena.

—Suenas como la abuela —le dijo—, pero no me tomes a mal. Lo digo como un cumplido.

—Jajõm —le agradeció en eyéri.

Narigua comprendía el valor que no deseó entender hasta ese momento sobre Yarari. Ayudó a cargar las canastas de vuelta al yukayeke donde las ínaru encargadas de los alimentos los prepararían para el areyto de esa noche.

Luego del aseo en el río como hacían todos los habitantes, se puso su taparrabo y se pintó el rostro. Participó de las ceremonias que siempre se negó en ser parte. Se entregó a los diálogos con los demás sin miedo a ser señalado. Danzó con Yaguana hasta concluida la ceremonia.

En su bohío se tiró en su hamaca exhausto.

—Esta es mi vida por el resto de mi existencia —dijo sereno y en paz consigo mismo—. Debo ayudar a Imugaru a preservar a Yarari para la posteridad y me aseguraré que Yaguana nunca tenga que abandonarlo. Imugaru no se va a negar.

La claridad del día se coló por la entrada del bohío. Narigua se despertó, se aseo e ingirió rápidamente sus alimentos mientras repetía en su mente lo que diría sobre Yaguana y su futuro a Imugaru.

Salió de su bohío en dirección del kaney de su abuela. A las afueras de este estaba un mensajero que provenía de Ayuán, era fácil de identificar por su vestimenta.

De seguro otra carta de Jayakú para la abuela, pensó.

El mensajero al verle le saludó con una reverencia y él devolvió el saludo con una leve inclinación de su cabeza. Imugaru leía una carta, su mirada seria y abatida por la angustia.

—Busuwaü, Matunjerí —saludó.

Imugaru no devolvió el saludo, tan solo le miraba hipnotizada. Estiró su brazo ofreciéndole la carta para que la leyera.

—Arakoel Iyeguá te convoca a su presencia —dijo, la preocupación estallaba en cada palabra.

Por toda su columna vertebral se propagó una corriente eléctrica que le hizo temblar. Leyó la carta varias veces y estudiaba el sello de Arakoel al final para asegurarse que era genuino. Porque salir de Yarari sin autorización de una arakoel u orokoel, significaba la muerte.

Llegó lo que tanto anhelaba. Se inflaba su pecho con su alígero respirar. Arakoel le pedía que regresara a Ayuán, pues le necesitaba y no podía confiar en más nadie una misión de suma importancia para el destino de la nación. Miró a Imugaru. Su mirada tajante estaba clavada en la suya.

—No vayas, Narigua, no abandones la seguridad de Yarari. Si lo haces, la perderás. MI rahu, no ha llegado tu tiempo.

—Arakoel llama y debo responder —contestó a sabiendas que sus palabras le dolieron a Imugaru, pero a él le llenaban de esperanza.

4 Espectro del Pasado

El tatuaje en oro en su mejilla izquierda destellaba al toque de los enjutos rayos que se colaban por la ventana. Como leña al fuego era para su cólera esa vergonzosa visión. Un recordatorio de la vergüenza con que encubrió su imagen humillándola. Narigua nunca pidió perdón, menos dio excusas o razones por sus actos. Su silencio y rostro orgulloso fue su respuesta.

Sentía la tensión en su quijada como causa del efecto. Respiró profundamente y forzó una media sonrisa, pero clavaba sus ojos añiles sobre los de él quién era la viva imagen de su abuelo, orokoel Niagua. Iyeguá muchas veces le expresaba, que ni su tío Jayakú, hijo único de orokoel Niagua y el hermano gemelo de Iyeguá, se parecía tanto como él a su abuelo.

El kahali frente a ella era ahora una burla de ese quien fue y a quien ella, con dedicación, formó y educó. Hasta se notaba en su mirada que inspiraba en ella repudio hacia él. Él buscaba su aceptación y por tal no lo pensó dos veces para salir de Yarari, su lugar de destierro desde hace dos centenarios, y regresar a Ayuán. Iyeguá no tenía otra opción para poner sus planes en marcha y traer a Huyán a Yagüeka.

Hasta ese momento estuvo bajo la tutela de su madre Imugaru y su influencia era poderosa. Mi madre tiene ese poder sobre muchos, se dijo. Durante los dos centenarios en el exilio, Iyeguá no le volvió a ver e Imugaru tuvo tiempo para reeducar al kahali en él. No había otra opción. Iyeguá buscó arduamente entre esos leales a ella, quién podía realizar una misión como esa sin hacer muchas preguntas, y siempre llegaba a la misma conclusión: Narigua. Darle esa misión a él, contando con que regrese victorioso, aseguraba que la gloria se quedara en su uraheke, el Jikema, reforzando su posición en la jerarquía. Debía confiar en que todo saldría a su favor.

—Necesito algo de ti — dijo ella luego de un largo silencio.

—Diga, Arakoel —contestó Narigua, la obediencia marcada en esas palabras.

—Se nos ha presentado una oportunidad única para doblegar a los hüaku y obtener de ellos para nuestro pueblo lo tan deseado: el elemento de la sabiduría.

La duda se precipitó y las interrogantes nacieron ante su presencia. ¿Debía confiar en él? ¿Qué pasaría si volvía a repetir las acciones que le ganaron el sello de traidor? La llama de la esperanza destruyó la duda. Sabía lo que significaba para ella otra traición de parte de Narigua. El destino no sería el mismo para él una segunda vez y fuera de la protección de Yarari. El voto de misericordia no podía ser dado nuevamente, ni tampoco Imugaru podía salvarle.

—La itiba de Ataiba saldrá a Vergerri con su hijo en varias semanas —continuó— desde el Gran Reino de Vallosque — bajó su rostro sin dejar de mirarlo—. Él es el futuro de la nación de Ataiba y su raza, y ese futuro hay que destruirlo. ¡Quiero al hijo de la itiba en Yagüeka, Narigua! Lo deseo bajo mi poder.

Le miró con autoridad.

—Debes traerlo. No me falles una segunda vez, pues en tus manos pongo el futuro de nuestra raza —le ordenó con sutileza.

Los ojos añiles de su hijo se dilataron, Iyeguá notaba el cambio en él quien se irguió con orgullo en su asiento dejando atrás la oscuridad que le acompañaba desde su destierro. Su rostro, que había estado teñido por la vergüenza de una pérdida imperdonable, se iluminó de esperanza. Le daba a Narigua la oportunidad de redimirse y entrar nuevamente en una posición de honor entre los suyos. Su orgullo retoma conciencia dentro de su alma, despierta de un largo letargo, pensó Iyeguá orgullosa de su logro.

El pecho de Narigua se infló al inhalar fuertemente. Lo tenía bajo su control y haría cualquier cosa que ella le pidiera.

—Haré como me pide y no le fallaré —dijo Narigua con convicción en su voz.

Iyeguá sonrió complacida. Esta misión le daba a él lo que desesperadamente anhelaba: el perdón que tanto codiciaba; por siempre recordado como el kahali que trajo el fin del futuro de Ataiba; y, quizás, erradicar su pasado manchado en la Guerra de la Conquista en la que les trajo a los kahali la derrota.

—Me complace tu respuesta. Sé que obtendrás el éxito para los kahali. Según mis informantes, el cónyuge de la itiba acaba de fallecer luego de una larga enfermedad. Los actos fúnebres durarán, como es la costumbre valloscana, unas tres semanas luego de preparar el cuerpo, eso les toma una semana. Tiempo suficiente para que te prepares y armes un plan. Debes saber que la itiba tiene planificado viajar con su hijo a Ataiba una vez haya concluido su visita protocolar a la reina de Vergerri, que todos sabemos es una hüaku.

»Lo necesito a él y no ha su madre, haz lo que sea necesario para su captura—. Hizo una pausa— Debes conocer un dato importante. En él, aunque es un joven de cinco y diez decenios, está el espíritu de Huyán. ¿Recuerdas el ritual que hice con el bejike?

Él asintió.

—En su memoria están vivos los recuerdos de su vida pasada. Si se resiste durante la captura, dile que le he mandado a buscar para cumplir las promesas del pasado.

—Han, han katú —así será contestó él.

—Comienza los preparativos. Pondré a tu disposición mis aliados en Vallosque para que te ayuden en la misión. Di órdenes para que tus aposentos estén listos y allí puedas trabajar sin interrupciones. Debo, lamentablemente, informar al Gran Consejo del Guaminani sobre la misión y lo haré en unos minutos. Debes preparar una presentación del plan de ataque para que la presentes al Guaminani. Puedes retirarte, hay dos nikahali que te acompañarán a tus aposentos y estarán contigo en cada momento. Por tu seguridad, por supuesto, aún eres un traidor entre nosotros y muchos desean tu muerte.

Narigua bajó el rostro en vergüenza y asintió. Se puso en pie e hizo una reverencia antes de marchase. Una media sonrisa se dibujó en el cobrizo rostro de Iyeguá ante la satisfacción que sentía en su ser.

Se levantó y caminó a la barra donde tenía a su disposición en su despacho un surtido de pitorro de diversos sabores. Se sirvió en un vaso pequeño el de sabor a coco y de un trancazo se lo bebió. Un ardor intenso sentía por su garganta que bajaba lento y era placentero. Respiró profundamente. Un segundo no vendría mal, me espera el Guaminani, se dijo y se sirvió otro.

—Divino.

Antes de salir tomó un pergamino de sobre su escritorio de caoba, estilo mesa, ricamente detallado alrededor del tope con los emblemas de los siete uraheke de Yagüeka.

Al llegar, Iyeguá se sentó en su butaca, una silla grande con manos en madera, en el Salón del Guaminani, el gran consejo de los siete uraheke de los kahali e integrado por un karí, el representante, con voz y voto en todos los asuntos de la nación, y quien era acompañado por su sucesor. Les convocó para informarles de la misión dada a Narigua, una que tomarían de mala gana.

Por ser la fecha en que se cumple el comienzo del último decenio del milenio de su soberanía como arakoel, ella, por la mirada curiosa de los karí, estaba segura esperaban revelara el nombre de su sucesor, su guajeri. Para ella no otro que el regicida, pero no les daría el gusto esa tarde y de esa manera atrasaba las alianzas que podían nacer.

Se puso en pie, su cabellera negra grisácea con mechones azul añil a juego con sus ojos, sujetada en una trenza y decorada con perlas grises, descansaba sobre su hombro izquierdo. Su porte, elegante. Adelantó varios pasos, su cabeza en alto, y dijo:

—No podemos adquirir el poder sobre los hüaku por la fuerza como en tiempos de antaño —hizo una pausa.

Caminó hacia Lekar, su hija, quien era karí del uraheke Huanikoy, el segundo en la jerarquía, y acarició su mejilla con sus sedosas y antiguas manos que aún conservan la esencia de la madurez de una mujer adulta. Lekar devolvió el gesto con una sonrisa a medias que hizo desaparecer inmediatamente, restituyendo a su rostro una elegante seriedad.

Iyeguá continuó, su voz era pausada, pero diligente:

40

—Sino por los sagrados lazos de una unión nupcial.

El rostro de Lekar fue envuelto en seriedad y su respiración se aceleró. Iyeguá lo notó y le miraba directamente a los ojos. Sabía que su noticia sería amarga a su paladar.

—Arakoel, ¿propone que un kahali se una en nupcias a un hüaku? —La pregunta fue formulada con sarcasmo por karí Hatuey del uraheke Higüey, tercero en la jerarquía, a quien veía como a un rival por su poder e influencia. En un pasado fue el mejor amigo, consejero y general de su fallecido padre, y era de su conocimiento que estuvo en contra de que fuese escogida como Arakoel de los Kahali. A Hatuey le acompañaba su hijo Yakhuey, quien en el pasado pidió el enlace nupcial con Lekar, el cual Iyeguá rechazó con fingida amabilidad.

Ella asintió y de inmediato la atmósfera se sentía cargada como si en ella emanaran los sentimientos de los presentes. Le darían resistencia como se lo esperaba. La misma no se hizo esperar y fue su hermano Jayakú, el Karí del Jikema, al uraheke que ella pertenecía y primero en la jerarquía, acompañado por su hijo Yaguax, quién no dudo en dar su opinión.

—Sería la deshonra para cualquier uraheke unirse en nupcias a nuestros enemigos.

—Si celebramos nupcias con los hüaku enviaremos un mensaje erróneo a los cuatro reinos de los jiharu. La poderosa nación de Yagüeka dobla su rodilla ante su endeble enemigo, como hizo el rey verguerrés que se unió a una hüaku como alianza de paz —la voz de Kazibael, Karí del Maguana, cuarto en la jerarquía, era estruenda como la de un rayo y quien había perdido el brazo derecho y el ojo izquierdo en una antigua batalla. Su fidelidad a arakoel Iyeguá le había otorgado la posición que mantenía y disfrutaba, la cual pertenecía a su sobrino Higuanama desde el fallecimiento trágico e inexplicable de su padre.

—No le darán mucha importancia, Kazibael. Los kahali en el último centenario se han unido con los jiharu y muchos tienen descendientes.

Insolente, pensó Iyeguá al comentario de karí Kabay del Maguá, quinto en la jerarquía. Sus facciones se endurecieron, pues aunque quizás no fue dirigido a su persona, tocaba cerca. El rostro de orokoel Alnairu, su cónyuge y padre de sus gemelos Lekar y Narigua, vino a sus pensamientos. Su butaca que estaba junto a la suya, se mantenía fría como su cama desde hace dos centenarios. No era de extrañar que Kabay se expresara de esa manera con tal naturalidad al enlace de dos razas completamente diferentes y que era abominable. El uraheke Maguá se había incorporado a los cuatro reinos de los jiharu y se hicieron expertos en tecnología creando una de las compañías más influyentes. Con el sabor en sus labios de poder más allá de su propia raza, tenían en ellos el aroma de grandeza, característica que era evidente en Higuanota, nieta de Kabay y quien le acompañaba.

—Su Inmortal Alteza, ¿cómo propone, en toda su sabiduría, hagamos ese enlace? —preguntó karí Behekio. Él, un kahali respetuoso, astuto y observador, y su sobrino Yagüimo le son fieles, e Iyeguá sabía que podía contar con su voto para lo que fuese.

Iyeguá caminó hacia el centro del salón y con una mirada de superioridad, declaró:

—A través de Urayoán guaAimanio quien es el profetizado en traer la caída de Ataiba.

Iyeguá admiraba las miradas de asombro de los miembros del Guaminani ante su anuncio. Se dio varios segundos de pausa antes de continuar.

—He visto su rostro adolescente, sus ojos y sus mechones verdes. El antiguo esike de los hüaku, Huyán, vive en él y a través suyo conquistaremos a Ataiba.

—¿Eso lo vio en una de sus visiones? —preguntó dudoso Hatuey.

Aún duda que tenga la Esencia del Oráculo en mí, se dijo.

—Karí Hatuey, no solo lo he visto, sé donde está.

—Arakoel, ¿el joven no está en Ataiba? —interrumpió respetuosamente karí Uanahata, quien en su juventud fue su amiga y representaba al uraheke Marien, séptimo en la jerarquía. Su hijo Higuaro le acompañaba por obediencia y por miedo al destierro.

—No.

—¿Dónde está?

—En Vallosque desde su nacimiento. Es descendiente de una de sus estirpes. Bajo su seguridad han estado, pero tras la muerte de su padre su madre Yuisa, Itiba de Ataiba, debe abandonar el reino y como es la costumbre valloscana, regresar a su nación junto con su hijo.

—¡Un mestizo! —exclamó con repudio karí Kazibael.

El rostro de Iyeguá endureció ante el comentario.

—Nos explicó en el pasado, Arakoel —interrumpió karí Uanahata—, que por lo que ha visto en sus visiones y por lo que conocemos por nuestros aliados en Ataiba, se anunció el regreso del esike Huyán por la profecía del Último Suspiro de Amaya, esa que marca la llegada de la última era. La profecía está atada a otros, en especial a los Custodios del Aire y la Energía. Nuestros aliados no nos han confirmado su nacimiento. ¿Cómo podemos estar seguros que este es el profetizado?

—No podemos depender de nuestros aliados en Ataiba, ellos al fin y al cabo son hüaku y, por lo tanto, nuestros enemigos. Mas mis visiones son acertadas, vienen de Yokajú.

Deseaba decirles que cuando nació Huyán vio su rostro, una señal que ella no reveló para no alertar a sus enemigos, algunos de ellos allí presentes.

—Es una nueva oportunidad para erradicarlos al infiltrarnos en el uraheke del esike y hacerlo nuestro —recalcó.

Sacó el pergamino y lo mostró a los presentes.

—Este es un acuerdo nupcial firmado por Huyán que garantiza que itiba Yuisa y su progenie deben unirse a un kahali. Para que esto sea posible he puesto en manos de Narigua la misión de traer al profetizado. Él ha aceptado y está en estos momentos preparando un plan de ataque.

De inmediato fue interrumpida por su hermano Jayakú, quien dijo con cinismo:

—Espera que obedientes aceptemos su decisión sin tomar en consideración nuestra opinión y nuestro voto—. Entonces, añadió con despecho—: Va a entregarle tan importante misión a un traidor.

—Traidor —comentó con maldad Kazibael. Iyeguá se tornó hacia ambos con la seriedad marcada en sus facciones.

—Sí —afirmó con su rostro en alto—. Narigua, es un traidor. ¿Debo dártela a ti, karí Jayakú, o quizás a tu rahu Yaguax?

La mirada de Iyeguá era cortante hacia su sobrino que se mantenía inmóvil y silencioso en su asiento al lado de su padre, su rostro marcado por la prepotencia.

—Por supuesto —la seguridad en la voz de Jayakú casi hace que una carcajada naciera de la boca de Iyeguá. Mas se contuvo, había mucho en juego para dejar caer todo a causa de la soberbia. No deseaba tener en contra a esos del Guaminani que aún no estaban convencidos de su decisión y que pensaban como su hermano.

—¿Quién entre, ustedes, tiene habilidades militares como las de Narigua?

Ninguno, se dijo Iyeguá, y nadie contestó a su pregunta.

—Les recuerdo que él nunca perdió una batalla. La de la Guerra de la Conquista se le fue retirado su mando tras su traición y entregada a ti, Jayakú, y la perdimos. Gracias a sus tácticas pudimos ganar como aliados a los salvajes üogori. Derrotar a los jiharu de Naclinas que trataron de invadir nuestras islas del este. No hay nadie más y, ustedes, lo saben. Él es la única opción que tenemos que nos dará el arma que utilizaremos para doblegar a los hüaku.

Calló para degustar el dulce sabor del silencio naciente de las palabras muertas en la garganta. Los tengo, estaba segura de su victoria.

—¿A quién se unirá el joven? —preguntó Jayakú.

Hermano, ya escogí con quien y no es con tu hija, quiso decirle.

—Hay varias alternativas entre nuestros uraheke. Por ahora, entiendo, que concentrarnos en traerlo a Yagüeka es nuestra prioridad. Sin él el plan no puede llevarse a cabo.

Ante su respuesta, Kazibael y Behekio se levantaron y exclamaron a viva voz:

—¡Busiká guakía bana! ¡Han, han katú! —¡Danos a nosotros la grandeza! ¡Sí, así será!, pronunció Iyeguá en su mente.

Los demás hicieron lo mismo aparentando aprobación, con excepción de Hatuey. Iyeguá estaba complacida y lo que restaba era poner el plan en marcha y esperar, a la vez confiar, en que su hijo Narigua no le fallará por segunda vez.

Dada por concluida la reunión del Guaminani, los presentes se despidieron con una reverencia y se marcharon. Cuando Lekar se disponía a salir junto con los demás, Iyeguá la llamó. Al quedar a solas, Lekar, una kahali esbelta, de ojos azul cobalto como los del Huanikoy, y de delicadas facciones, se acercó a su madre y dijo:

—Dirá usted, Arakoel.

—¿Estás de acuerdo con lo que aquí se discutió?

—Si los del Guaminani están de acuerdo, no tengo oposición alguna.

Iyeguá arqueó sus cejas disgustada con la respuesta de su hija. Si Narigua era como su abuelo en forma de ser y físicamente; Lekar, aunque no se parecía a Iyeguá, pensaba y actuaba de muchas maneras como ella. Era entonces, predecible ante sus ojos. Kahali altiva que se ganó el respeto de todos, mas bien por su carácter que por su caridad, buscaba siempre complacerle, algo que le fastidiaba. Era Lekar, de igual manera, una gran aliada que brillaba por ser astuta, una destreza que empleaba a la perfección. Por eso la mantenía cerca y a cargo de varios asuntos importantes en Yagüeka.

—No me des palabras a medias, deseo seas sincera y me digas que piensas de la situación. Estoy segura no estás contenta que escogí a tu hermano Narigua para tan importante misión —comentó Iyeguá con seriedad en un tono autoritario.

Lekar respiró profundamente, su manierismo explotó tal ola sobre una roca, y contestó con notable enojo en su voz.

—¡Por supuesto que no! Es él la mancha de nuestro uraheke. Por Narigua nuestro poder sobre los demás uraheke estuvo a punto de perderse. Una misión como esta, de la cual depende nuestro futuro, no debió ser encomendada a un ser que ha demostrado ser un traidor. ¿Ha olvidado, Arakoel, que su rahunos quitó de las manos el arma para doblegar a los hüaku?

—No —contestó calmada y fríamente. Hizo silencio, pues sabía que su hija tenía más que decir.

Fue así que continúo su descarga:

—No comprendo el porqué de su decisión, pero ya que me permite darle mi opinión se la daré. Si se basaba en los conocimientos estratégicos militares de Narigua, no me hubiese molestado tanto si otra fuera la líder y él bajo su mando para evitar repetir sus errores. Darle toda la responsabilidad a él, significa que le ha perdonado. Yo le he servido desde la caída de Narigua cuando usted me llamó a su lado y nunca le he fallado. ¿No cree que merecía la gloria que recae consigo el traer al profetizado? ¿He caído yo en vergüenza ante sus ojos que merezco este desprecio de su parte?

Iyeguá sonrió maternalmente, pues los verdaderos sentimientos de Lekar quedaron plasmados en las ondas sonoras que por el salón se desplazaban llevándolos a su receptor, quien los recibía con suma atención. La Matriarca de los Kahali se acercó a su hija, tomó su rostro entre sus manos, y con ternura expresó:

—Nunca me has fallado—. Hizo una pausa y caminó hacia la puerta abierta que daba al balcón del salón. Mirando hacia el verde horizonte, continúo con sarcasmo en su voz.

—No es usual verte tan endeble, no es una de tus características —se tornó hacia ella—. Compostura, Lekar, frente a cualquiera e independientemente de cuál sea la circunstancia. En especial, en mi presencia. Antes que tu bibí, soy arakoel.

Lekar tornó su rostro a un lado aún más enojada y se notaba tenía deseos de llorar. Se dejó llevar por sus sentimientos y por la amabilidad que le presentaba por un instante, la misma en la que no debió confiar y le cegó. Debió expresarse de otra manera que no fuese una tan sentimental para disimular su disconformidad, pensó Iyeguá.

—Tus preguntas tienen mérito y las contestaré. Todo es estrategia en nuestra raza y todas mis decisiones van de la mano con ella. Te quejas porque no te doy la oportunidad de tener la gloria que mereces en nuestro uraheke para salir al fin de la sombra de tus padres y brillar por cuenta propia. No te das cuenta de las consecuencias que trae consigo si esta misión falla y el profetizado no es capturado. De fracasar Narigua, pedirán su cabeza y él la dará por voluntad propia para limpiar el nombre de nuestro uraheke y el mío. Toda estrategia trae sacrificios y he escogido a tu hermano por su fracaso pasado y su hambre de recobrar su honra. Ese deseo lo moverá a traernos la victoria, lo impulsa, nutre su ambición y eso ante mis ojos es una buena señal de que está listo para tomar las riendas, nuevamente, de una misión tan importante como esta.

»No creas que no pensé en dársela a tu primo Yaguax, un joven de por sí dotado de sabiduría y ambicioso como su padre. El entregársela podría traernos consecuencias negativas y debo siempre pensar en nosotros primero. Yaguax es leal a su padre y si completa la misión el balance del poder se inclinaría hacia ellos aunque sean Jikema. Ellos siempre han deseado más poder del que tienen, ese que es mío. Como también podría fracasar, ya sea por falta de experiencia en la batalla o a propósito para manchar mi nombre y tener una ventaja en el reclamo al título del liderazgo de los kahali.

Caminó con gracia hacia su hija quien la miraba con suma atención.

—Por ningún motivo iba a sacrificarte, tu linaje es importante para mí. Narigua, aunque es mi rahu, puedo sacrificarlo por el bien y la gloria de nuestro uraheke y él lo sabe. Me juego nuestro poder entre los kahali, pero estoy segura que Narigua no fallará. De esta manera todos ganamos, en especial nosotros cuando él llegue con el profetizado. El plan es arriesgado, pero necesario y esto, Lekar, lo entiendes muy bien.

Iyeguá le gustaba pensar más allá de las situaciones, una cualidad que aprendió de su tío Guarohuya y no de su padre orokoel Niagua.

Lekar entendía de sacrificios, ella hizo varios que cambiaron por completo el surco de su vida y le otorgaron la posición que en esos momentos disfrutaba.

A su pregunta, Lekar contestó:

—Comprendo su decisión, Arakoel. Le pido disculpas por mi arrebato —entonces, hizo una reverencia en señal de respeto a su madre.

Iyeguá tomó asiento, y dijo —Ahora bien, necesito algo de ti.

—Mande usted, Arakoel —contestó sonriente y orgullosa.

—El tiempo ha llegado de que Yayguna se integre a la vida en el kaney, ya tiene edad. Tu rahe debe aprender sobre las responsabilidades que le corresponderán algún día en nuestro uraheke, después de todo es mi nieta. La vida aquí le hará madurar y le enseñará la otra cara de los kahali. Viajarás dentro de dos horas a Vergerri y la buscarás personalmente.

Le dirás que la necesito, ella no se negará. Todo está arreglado para tu partida, me encargué de eso antes de dar comienzo a la sesión del Guaminani.

Iyeguá sabía que el anuncio sería un trago amargo para Lekar.

—Por supuesto, Arakoel, estoy segura que su presencia será bien recibida por todos —contestó Lekar sonriente e irónica.

Arakoel Iyeguá hizo caso omiso al estado de ánimo de su hija.

—Debe estar aquí en dos semanas, Lekar, no más —hizo una pausa y añadió desanimada—. De una vez dile a tu baba que Arakoel también le necesita en Yagüeka. Si Narigua llega triunfante, debo compartir con él la victoria, al fin y al cabo, es orokoel. El pueblo necesita la presencia de sus líderes en momentos tan importantes como lo será ese. Por favor, ponle al tanto de la situación.

—¡Han, han katú!

—Dile que venga solo, que así lo ordena Arakoel —añadió con expresión de disgusto.

—¿Algo más, Arakoel?

—Es todo, puedes marcharte.

Cuando Lekar salió del salón, Iyeguá se puso en pie y camino al balcón. De ella emanaba un aire de superioridad y satisfacción. Colocó sus manos sobre la baranda de piedra del balcón y clavó su mirada en el cielo azul.

—Nos negaste lo que por derecho nos pertenecía y nos lanzaste al olvido —dijo sonriente—. Nunca te has dignado en complacernos, ni tan siquiera cuando en el principio te ofrecíamos nuestras oraciones. Mírame ahora, llevo a esos a los que abandonaste al lugar que se merecen. Estaré a tu nivel y será gracias a mí y no a ti, Yokajú, que nos convertiremos en los seres sobre todos los seres. En ese momento no tendrás más opción que posar tu mirada sobre mí para poder llegar a tu pueblo amado que estará bajo mis pies. No habrá misericordia para ti, ni oración que hagan tus hijos predilectos que les saque del destino que se merecen. ¡Han han katú!

A su exclamación, el cielo tronó y un rayo cayó al lado de Iyeguá, quien retrocedió de un salto. En su lugar quedó una mancha negra que tenía una vaga forma de un rostro. Se acercó para verlo más de cerca y se espantó con lo que vio, la furia encendió todo su ser. Aquello en el suelo era más que un espectro de su pasado, era la materialización de su profecía. Aquella que le entregó la Señora del Oráculo cuando fue su prisionera durante la Guerra de la Conquista, y con ella le otorgó una diminuta esencia del Elemento del Oráculo.

Recordó las palabras de la Señora: Un rayo, una piedra, un rostro negro en pena... Enojada miró al cielo y sonrió diciendo:

—Es bueno saber que me escuchas —y en su mente dijo—. Qué te preocupas por tus hijos predilectos y sé que te dolerá su sumisión.

5 El Pedido

Sus pequeños y delgados dedos recorrían la superficie de madera del mango del manaya, el hacha ancestral del Jikema, que descansaba entre las piernas de su abuelo orokoel Niagua. Este estaba sentado en su dujo, los del consejo del Guaminani a su alrededor. Narigua, solo un niño, estaba sentado con las piernas cruzadas a los pies de su abuelo. Una alegría penetraba su alma, esos fueron los mejores días de su existencia.

Su mano temblorosa y poseída por el deseo de esgrimirlo descendía lentamente a donde la madera y la hoja de piedra se unía. Conocía que hacerlo sería como sentenciar a muerte un sueño.

Niagua acarició su cabellera y empuñando el manaya le preguntó.

—¿Lo deseas? —su voz sonaba como un eco en una montaña.

Él asintió con la mirada llena de esperanza de que el permiso fuese dado.

Su abuelo sonrió a medias y se puso en pie. Todo a su alrededor se desvaneció.

—Solo un orokoel o un guajeri de nuestro uraheke puede tenerlo.

Su abuelo se eñangotó frente a él, su mirada amorosa sobre la suya, y colocó su mano sobre su hombro.

—Será tuya —le aseguró—, pero no pierdas tu camino.

Cerró sus ojos y asintió obediente.

Al abrirlos, contempló su robusta mano acariciando el mango del manaya de su abuelo que descansaba sobre el dujo. Se consumía de anticipación el alma ante el preludio de la acción que no detenía. Sus dedos se curvaron alrededor del mango que lo apretaron con fuerza mientras elevaba el arma. El pecho inflado por la satisfacción. Mía, se decía. Una vez al nivel de sus ojos, estos se cruzaron con los verdes que le trajeron su desgracia y sellaron su futuro.

Inmóvil e hipnotizado se perdía en la mirada fatídica.

—Solo un orokoel o guajeri del Jikema puede reclamarle —susurró una voz.

El suspiro se escapó de su boca y ante el espanto de lo que presenciaba y la realización de sus actos, dejó caer el manaya al suelo. Un estruendo le ensordeció cuando la piedra besó la loza a sus pies. Cubrió sus oídos y bajó su rostro para escapar de la mirada.

La mejilla izquierda ardía. Sus dedos la rozaron y encontraron allí la marca del traidor que dejó el carimba y luego fue tatuada en oro. Lágrimas rodaron por sus mejillas a causa del recuerdo vivo en su memoria de la noche que la dejó ir, aquella en la cual su vida y su destino cambiaron. Una sola mirada selló su futuro y con ella perdió todos sus sueños.

No deseaba volver a mirarle, se perdería para siempre y sería esclavo de ella. Tembloroso alzó su rostro y frente a él, colocado en una de las paredes del salón del Guaminani, estaba el manaya de su abuelo en la soledad como una decoración más y como el recuerdo de uno de los grandes de los kahali. Pudo ser suyo, pero su decisión del pasado se la quitó de las manos. Se acercó con la desilusión dibujada en sus facciones, en su expresión corporal.

—No pierdas tu camino —susurró la voz.

—Ya lo perdí, solo me queda salir de las sombras —contestó Narigua mientras se desplomaba y caía de rodillas para entregarse a la oscuridad que lentamente consumía su cuerpo.

Despertó con la sensación de una aridez espiritual desesperanzadora. Un camino de lágrimas marcaba su sien, la cual secó con su mano. La pesadilla regresaba, era de esperar. Se encontraba en un lugar donde corría peligro por los actos cometidos que trajeron deshonra a su uraheke. Rozó su mejilla izquierda donde llevaba desde hace dos centenarios el sello distintivo de traidor. Allí permanecería por el resto de su existencia, porque el oro al ser tatuado en la piel de un kahali no lo sana el elemento de la energía que por naturaleza reside dentro de su ser.

Los primeros rayos de sol se colaban por su ventana anunciando la llegada del día en que presentaría el plan de la misión que le encomendara su madre, arakoel Iyeguá. La única esperanza que le quedaba, pues de ser exitosa, le daría una efímera oportunidad de ser redimido. Respirando profundamente para deshacerse de la pesadilla, se sentó en su cama y llamó a su naborí para que le ayudará a prepararse.

No ingirió alimentos, el nerviosismo le afectaba el estómago, lo sentía comprimido. Se aseguró que todo estuviese en orden y salió al salón del Guaminani media hora antes de lo estipulado. Así hacía suyo el salón y se podía preparar sin interrupción alguna.

Los nikahali a la entrada del salón, le abrieron las puertas. La última vez que estuvo allí fue cuando le sentenciaron al exilio. Salió agarrado de la mano de su protectora Imugaru con el corazón lleno de pena. Lo recorrió con su mirada y esta se detuvo sobre el manaya de su abuelo. La piel se le erizó al recordar la pesadilla. Nadie podía reclamarle. Una lágrima rodó por sus mejillas a causa del recuerdo vivo en su memoria, algo que no hacía desde aquella noche en la cual su vida y su destino cambiaron.

La tarde en que la desgracia lo tocó, se dirigía al bohío donde tenían prisionera a la Señora del Oráculo. Lo acompañaba su cuñado Kotubaná, el cónyuge de Lekar. Arakoel la mandó a buscar para que presenciara el comienzo de la caída de los hüaku. Estos contestaron las demandas de Arakoel y le ofrecieron entrada a Ataiba sin tener que destruir parte del sagrado bosque Yujiba, pero ella, aconsejada por él, se negó. Así que aceptaron que incendiaran el Yujiba a cambio de la vida de la Señora sin intervención alguna de los Custodios. A él no le importaba cuidar ni proteger lo sagrado de los hüaku, todo lo contrario, debían destruirlos poco a poco.

Al llegar al bohío de la Señora, los nikahali le saludaron y se hicieron a un lado para dejarle entrar, Kotubaná se quedó afuera. Movió la cortina que servía de puerta y vio a la Señora de pie dándole la espalda frente a una mesa. Sigiloso se acercó. Por ella los hüaku se rendían a los pies de Arakoel. Por ella obtendría una gran victoria, una por la que sería recordado por todas las futuras generaciones. Por ella le darían el título de guajeri, el heredero al dujo de Yagüeka, y el tesoro que anhelaba.

Con el orgullo en el pecho, llamó.

—Señora…

Ella se volteó y cruzó su mirada desnuda con la de él. Él quedó cautivado con lo que contemplaba y se dejó perder en la hermosura de sus ojos verdes.

Narigua caía en su desgracia. Segundos más tarde, la Señora se colocó el antifaz. Narigua cerró sus ojos para salir del trance. Sus palabras no encontraban sus labios para ser formuladas. Lo único que hacía era mirarle detenidamente perdido en algo que no podía comprender, como si una fuerza sin nombre le llamara desde los ojos de aquella inarú que se los escondió en un instante. Deseaba con todas sus fuerzas volver a posar su mirada en los de ella, remover su antifaz y por siempre quedar prendado y en contemplación.

La Señora, entonces, dijo:

—Tengo algo que entregarle.

—¡Narigua! —le llamó Kotubaná desde las afueras del bohío.

Narigua parpadeó varias veces para salir de su trance, pero aún en admiración, dijo.

—Arakoel, desea el placer de su presencia.

Luego se mantuvo en silencio por varios minutos.

—¡Narigua! —volvió a llamar Kotubaná.

Narigua bajó su rostro, y volvió su mirada por unos segundos a ella.

—Arakoel nos espera —le dijo—. Después de, usted.

Ella le pasó por el frente y el roce de su vestido sobre su mano le erizó la piel. Con un respiro profundo apaciguó el escalofrío que sentía por su cuerpo y tensando su mandíbula salió del bohío.

Mientras caminaban hacia el lugar de encuentro donde Arakoel les esperaba, Narigua, que estaba al frente, tenía solo pensamientos para la Señora. Luchaba en ponerlos a un lado trayendo a su mente estrategias de combate. De vez en cuando miraba de reojo a la Señora que le seguía en silencio bajo la sombra y vigilancia de sus cuatro nikahali y Kotubaná. De esa forma continuó la marcha hasta llegar a un prado que se eleva sobre el valle Kagüaia con vista al bosque Yujiba. Narigua concentró todos sus pensamientos en los sucesos que se desarrollaban en ese lugar dando fin, por el momento, a las sensaciones extrañas que comenzaban a adueñarse de su ser. En el tope del prado le esperaba Arakoel con varios miembros del Guaminani de ese entonces. Al llegar a su presencia Narigua saludó a su madre con reverencia y luego se apartó para dar paso a la Señora. Arakoel le miró complacida. Una sombra de pura maldad le envolvía.

—Acérquese —le indicó a la Señora con sutileza y voz mordaz.

La Señora se acercó con cautela a paso lento y sin retirar su mirada de Arakoel. Los miembros del Guaminani tenían rostros de satisfacción y sonreían complacidos. Narigua, por su parte, mantenía la calma y no revelaba en su rostro ni en sus movimientos corporales ningún tipo de emoción.

—Sea testigo de la caída de una nación —expuso Arakoel con suma complacencia. Luego, exclamó —: ¡Narigua!

Arakoel dirigió su mirada a un nikahali parado sobre un pequeño mogote a la izquierda del elevado prado, quien sujetaba un guamo, un enorme caracol de mar.

Narigua extendió su brazo derecho y al dejarlo caer dio la señal para que el nikahali hiciera sonar el guamo. Con un suspiro que vacío en la boca del caracol, salió de este un sonido agudo y largo que retumbó por todo el valle. De inmediato, se divisaron al pie del Yujiba cientos de nikahali que encendieron antorchas y comenzaron a incendiar el bosque blanco. Catapultas a la distancia lanzaban proyectiles esféricos consumidos en llamas, que al chocar con los antiguos árboles, en los que se destaca el sagrado Yagrumo y de donde nace el nombre del bosque blanco, creaba una explosión que se expandía varios metros para que el incendio cobrase más vida.

Fue una escena espeluznante y la Señora estaba en dolor, caminaba entumecida hacia el borde del prado y con los brazos inmóviles a ambos lados. Narigua pudo percibir el dolor que consumía su alma al ver su tez tornarse pálida. Comenzó a sentir un fuerte deseo de ir a su encuentro y consolarla, pero la presencia de Arakoel lo impedía. Escuchó su voz suave y entrecortada por el llanto que repetía una y otra vez, ¡No! Arakoel la escuchó también, pues su orgulloso rostro fue decorado por una sonrisa que iluminó sus elegantes facciones, su pecho inflado demostraba su plena satisfacción.

Las llamas consumían el bosque y se alzaban a danzar sobre él para alimentarse no sólo de las cúpulas de los árboles, sino también del aire que viajaba por encima de este. Una nube negra y densa se erigía alta y luego se doblaba para cubrir el resto del bosque y doblegar al reino de Ataiba en sombras. El verde se tornó anaranjado y las llamas parecían plagas que devoraban vorazmente los troncos. Se extendía sin control y las catapultas continuaban azotando en otras áreas del bosque. El fuego comenzó a esparcirse a través de las cúpulas de los árboles con gran furia. El aire caliente era expulsado con gran fuerza como tornados de fuego. Ramas y hojas encendidas caían a la atmósfera como gotas de lluvia. Cuando el incendio estaba en todo su apogeo, las catapultas cesaron de lanzar proyectiles. Lo único que se escuchaba era el rugir de las llamas.

La Señora cayó de rodillas inconsolable, pero con la mirada fija en el bosque. Arakoel se añangotó a su lado, preservando su elegante postura. Narigua se acercó lentamente para escuchar lo que su líder iba a decir.

Arakoel dijo a la Señora.

—Irónico, ¿no? ¡Qué nunca se te haya dado la oportunidad de visitar o contemplar el sagrado Yujiba! ¡Qué sea yo quien te da esa oportunidad y que tu primer recuerdo de él sea verlo ser consumido por el elemento del fuego!

—Los Custodios pondrán fin a este acto atroz —contestó la Señora entre sollozos.

—No, fueron los Custodios quienes me permitieron realizar este acto atroz a cambio de tu vida. Tu vida por la del Yujiba. Mientras estés bajo mi poder, tu bosque sagrado arderá —dijo Arakoel ostentosa.

Extendió su brazo a Narigua y él la ayudó a levantarse. Con esas palabras dejó a la Señora sumida en tristeza. Se dirigió a los del Guaminani y les dijo.

—Dejémosla aquí el tiempo que desee admirando el comienzo del fin de una era. Narigua, mi rahu —le dijo con ternura y acariciando su rostro. —Quédate con ella, no confío en nadie más para proteger la pieza de nuestra victoria. Kotubaná, ven que necesito de ti.

—Han, han katú, Arakoel —contestó.

Arakoel asintió complacida, miró a la Señora de reojo y se marchó. Narigua la siguió con su mirada hasta que desapareció entre el cúmulo de bohíos. Respiró fuerte y se tornó hacia la Señora. No se movía ni hacía ruido alguno, pareciera que estaba sumergida en un estado catatónico.

La noche comenzaba a caer y el bosque, ubicado al oeste de la nación de Ataiba, ardía aún con más fuerza; líneas de árboles eran consumidos lentamente. El fuego se había esparcido hacia los lados, para el norte y sur de Ataiba, y por eso las catapultas volvieron a lanzar proyectiles encendidos para que se regara hacia la parte posterior. Les interesaba abrir un camino por ese lugar para poder entrar al reino, una tarea que era sumamente difícil porque se extendía hasta perderse en el horizonte. Les tomaría semanas hacerlo.

Narigua la observaba en silencio con un deseo interno de consolarla, pedirle que lo acompañase para terminar su tortura. Las palabras no se formularon en sus labios; su corazón palpitaba con gran fuerza; sus manos sudaban del nerviosismo. Su ser se batallaba por saber lo que debía hacer en ese momento. Su mirada estaba viva en su mente, y lo único que veía al cerrar sus ojos eran los de ella. Verdes como los de una hoja nueva que nace en el oscuro verdor de un árbol, de los cuales emanaba una paz adictiva que era deseada por el alma, una que nunca experimentó y que le llenaba de esperanzas. Trataba de explicarse lo que en su ser sentía, pero no encontraba respuesta alguna que describiera sus emociones o les diera nombre. Sentía la sangre arder mientras navegaba por sus venas, y una explosión de sensaciones pacíficas y serenas nacía de cada latir de su corazón.

Dio un paso hacia la Señora, la atracción era fuerte y tomaba poco a poco control de su cuerpo. Otro paso le acercó más a ella, su respirar se aceleraba como ese que se siente en el preludio de algo que se espera ansiosa y placenteramente. Un último paso lo puso justo detrás de ella, su nagua danzaba con la suave brisa que acariciaba la colina. Rozaba las botas de cuero de Narigua, y este se agachó un poco para tocar el pedazo de tela con sus manos. Un suave aroma a alelí rozó su olfato, venía de la Señora. Narigua cerró sus ojos y aspiró nuevamente el aroma, un trazo de una sonrisa se dibujó en su rostro.

Narigua se irguió de prisa y se alejó. Estoy embrujado, pensó. Lo mejor era retirarse, no pensaba con claridad y lo debía hacer antes que su mente se nublara por completo. Respiró fuertemente, y en ese momento decidió no volver a mirarle ni tan siquiera de reojo. Cuando le iba a ordenar a la Señora que se levantara para llevarla a su tienda, ella se desplomó en el suelo. Asustado por lo ocurrido, la tomó y la alzó en sus brazos.

Mientras caminaba por entre los bohíos de los nikahali, divisó a uno de sus tenientes, y de inmediato le ordenó trajera al Bojike al bohío de la Señora. Al llegar la acostó en la hamaca con suma delicadeza y se quedó a su lado de pie a la espera del Bojike. Minutos más tarde este apareció y al ver que la Señora yacía inmóvil, miró con preocupación a Narigua.

—Se desmayó, tuvo que ser la impresión que causó en ella la quema del Yujiba.

A la respuesta de Narigua, el Bojike arqueó sus cejas y se acercó a la Señora. Sacó de su bolsillo un aparato de cobre en forma de un embudo. La parte ancha la colocó encima del pecho de la Señora y la otra en su oído para escuchar los latidos. Luego de varios segundos, se irguió y sacó de su bolsillo izquierdo un frasco con un líquido cristalino. Retiró el corcho de la boca del frasco y lo pasó por debajo de la nariz de la Señora para que inhalara el impactante aroma. Ella movía su cabeza de un lado a otro para evitar continuar inhalando, cuando sus manos sujetaron la de él, este se detuvo y al taparlo guardó el frasco.

—Las esencias de las hierbas aromáticas siempre dan resultado, es bueno cargar con un frasco de estos en todo momento —señaló al ponerse en pie y ver que la Señora despertaba de su letargo. Tomó una garrafa con agua y le sirvió un vaso que ofreció a la Señora para que tomara. Ella así lo hizo, se irguió un poco y tomó suavemente. En sus manos se podía observar la palidez de su piel, lo que reflejaba su delicado estado emocional.

El Bojike regresó con una bandeja de frutas frescas. Las puso a su lado y le dijo.

—Imagino que no ha comido bien hace varios días. Tenga por seguro que, si no desea comer, la obligaré a hacerlo a la fuerza. Tengo mis tácticas de persuasión, mi Señora —amenazó con seriedad. La Señora sin quejarse tomó un jobo y comió.

—Bien —dijo el Bojike. Dirigiéndose a Narigua, comentó —Asegúrese de que se lo coma todo, no quiero que se enferme. Arakoel no me dejaría en paz si eso ocurre y lo menos que deseo es tener su furia sobre mí. Si se siente mal otra vez, mande por mí y vendré de inmediato. Huisan, Narigua.

—Huisan —contestó con voz fuerte y respetuosa devolviéndole las buenas noches.

Al salir el Bojike del bohio todo quedó en silencio. La Señora comía tranquilamente sentada en la hamaca. Narigua se acercó, se sentó en una silla y le preguntó preocupado —¿Cómo se siente?

—Mejor, jajõm —agradeció y continuó comiendo.

Por varios minutos Narigua observó a la Señora mientras ingería las frutas. Narigua era abarcado por el deseo de pedirle retirara su antifaz y le mostrase su mirada una vez más. Deseaba volver a posar su mirada en el verdor de sus ojos y en ellos perderse e inundar su alma con la paz que estos ofrecían. En su interior sabía que debía desistir de esos deseos y lo correcto en ese momento era dejarla a solas. Alejarse de ella y darse el tiempo para poner su mente en orden, apaciguar su alma y concentrarse en la guerra que se desataba a las afueras del bohío.

Se puso en pie, hizo una reverencia y silente comenzó a caminar cuando la Señora le llamó.

—Narigua.

Él se detuvo de improviso, congelado por el sonoro sonido de su voz al llamarle por su nombre. En ese instante estaba perdido y lo sabía. Peor aún, no había marcha atrás. Cerró fuertemente los puños de sus manos incrustando las uñas en las palmas para detenerse de cualquier locura. Viró su cuerpo lentamente, caminó varios pasos hacia ella, pero manteniendo una distancia propia entre ambos.

Entonces, preguntó —¿Desea algo, Señora?

—Sí, debo entregarle algo.

Narigua avanzó hacia ella y se arrodilló a sus pies. Miró el antifaz desesperado con el deseo de ver sus ojos, y dijo.

—Señora, no hay nada que entregar. ¡Soy suyo, eternamente suyo!

En ese instante, un nikali le llamó desde las afueras del bohío.

Los recuerdos de ese día el tiempo no los borró de su memoria. Quizás los eventos que en su futuro se desarrollaban pondrían fin a su tormento. Con ese pensamiento en su mente, se alejó del manaya de su abuelo y tomó su lugar para arreglar todo para la presentación.

Alrededor de una mesa redonda, con miradas prepotentes, estaban Arakoel y los miembros del Guaminani. Narigua tornó su atención al mapa digital de Vergerri que preparó para ellos gracias a la ayuda de su sobrino Eguari, el hijo de Lekar, quien es experto en la innovación tecnológica de los jiharu. Les explicó que realizar la captura en el reino de Vallosque iba a ser complicado por la seguridad y la forma en que este está diseñado. Mientras que en Vergerri todo cambiaba.

Aumentó la sección del istmo de Kagüaia, cerca del fatídico valle que lleva su nombre y que conocía bien. Miró a Arakoel quien a la mención del nombre se le tensaron los músculos de su rostro. Narigua conocía la razón, pero continuó con la exposición de su plan para aplacar las dudas que puedisen nacer a causa del recuerdo. Así transcurrieron varias horas entre explicaciones, preguntas y visuales. Los del Guaminani estaban de acuerdo con el plan y Narigua se sentía como si se hubiese transportado a sus días de gloria.

Al finalizar, Narigua salió del gran salón un kahali nuevo y lleno de esperanza, embestido en la armadura del orgullo que había dejado colgada en la percha tiempo atrás cuando la vergüenza era su marca. Caminaba como si todo su cuerpo hubiese esperado ese momento para devolverle a su figura la postura elegante que le distinguió. No prestaba atención a su alrededor, sus pensamientos se enfocaron solo en la mirada orgullosa que le dio Arakoel. Esa con la que siempre fue premiado a cada momento, en cada guerra, en reuniones, cuando le veía llegar… Verla en sus ojos fue para él símbolo de aceptación. Mas fueron sus palabras, "Es este el kahali que eduqué y que se escapó de ti, le has vuelto a retomar, mi rahu," las que solidificaron su espíritu y le convencieron a no fallar su misión.

El día en que partiría de Yagüeka para poner en acción la misión, arribó y él le había esperado con ansias. Desayunó poco, consumió la mitad de su harina de maíz acompañada de café negro puya. No tocó el plato de frutas, ni las rebanadas de casabe con mantequilla y polvoreado con canela. Su mente solo se concentraba en lo que debía hacer. El naborí que le servía le indicó en señas, como era la tradición, que en la sala tenía una visita. Al abrir la puerta se llevó una grata sorpresa, su abuela Imugaru le esperaba. Narigua caminó a su encuentro y sonriendo le abrazó dulce y fuertemente. Ella le correspondió; su abrazo era sutil y maternal.

—¿Arakoel mandó por ti? —preguntó Narigua sorprendido de verla.

—No necesito que tu bibí me envíe a buscar, yo vengo y voy cuando desee —contestó con firmeza, su voz era melodiosa y cálida—. Estoy aquí por otro propósito, tu misión.

Sonriente, pero confuso, Narigua preguntó:

—¿Cómo supo de la misión?

Imugaru tomó asiento nunca perdiendo su postura elegante y con un gesto delicado le pidió a Narigua que se sentara a su lado. Él así lo hizo en espera a la contestación de su abuela. Ella contestó luego de una breve pausa.

—No ejerzo mi posición de arakoel y tampoco tomo decisiones políticas desde la muerte de tu abuelo, pero eso no significa que haya secretos para mí, Narigua. Nunca han existido y no existirán, tengo oídos en todas partes y siempre estoy al tanto de lo que ocurre con mi pueblo. —En un susurro añadió mientras se acercaba a su nieto—: Mi consejo siempre es necesario y llega a aquellos que le buscan, en especial a esos que tienen posiciones importantes en nuestra nación.

Volvió a su posición y retomó el tono normal de su voz.

—Nunca debes romper las relaciones con los demás cuando de ellos te alejes. No te juzgo, mi rahu, la soledad era necesaria en tu vida. Hay veces que debemos alejarnos, retirarnos y tener un desierto espiritual para encontrar quiénes somos en realidad. Meditar por qué ocurrieron las cosas y cómo enfrentaremos las situaciones que dejamos atrás y las que se aproximan. Mi caso es diferente, mi posición carga consigo unas responsabilidades que van más allá de lo que un día fui en esta nación y que aún soy para muchos.

Hizo una pausa repentina, con mirada nostálgica miró fijamente a los ojos de Narigua, y sonriente exclamó.

—¡No vine a verte para darte una cátedra sobre la vida y sus responsabilidades! Vengo por otro motivo.

—¡Qué otro motivo más importante que el desearle a su nieto éxito en esta misión! Le soy sincero no esperaba verle aquí, pero su llegada es como una suave brisa de primavera. Su presencia siempre conforta mi espíritu. Pensaba en lo que ocurrió cuando le explicaba el plan a seguir a los miembros del Guaminani. La hubiese visto —le comentó con una emoción que corría por sus venas y dominaba todos sus pensamientos—. En las miradas que Arakoel me daba se le notaba el orgullo al escucharme hablar. Sus palabras fueron la confirmación de que su amor por mí no ha muerto. Me lo dijo al oído al terminar la presentación, "Este es el kahali que eduqué y que vuelve a ti". Retomo mi lugar entre mi pueblo, Matunjerí, y con esta misión volveré a estar al lado de Arakoel.

Al terminar de hablar, el rostro de Imugaru se tornó serio como preludio a palabras que traen adversidad. Narigua no le prestó mucha atención al cambio repentino de Imugaru, pensando que era de preocupación ante su partida.

—No vengo a desearte éxito, estoy aquí para hacerte un pedido —expresó Imugaru en voz baja y suave como la brisa antes de una tempestad.

Narigua frunció el ceño al no comprender las palabras de Imugaru, pero sonrió inmediatamente iluminando cualquier sombra de duda que mostraba en su rostro. Un pedido de ella no era nada para estar alarmado y de seguro no era otra cosa que pedirle que tuviese cuidado. Este pedido vendría acompañado de consejos hacia su seguridad y palabras sabias ante los problemas y adversidades que podría enfrentar, pues un plan nunca salía como estaba estipulado.

—Cualquier pedido que venga de usted, Matunjerí, sabe que lo realizaré.

—Escucha primero, el pedido que te haré no es para que me des tu contestación en este preciso momento. Requiere de discernimiento de tu parte, es uno que puede cambiar tu vida por completo —contestó con seriedad Imugaru.

—No deseo faltarle el respeto contestando a su pedido antes de escuchar cual es, sino porque le conozco y sé que su pedido será para mi beneficio. Pero, ¿qué me puede pedir que vaya a cambiar mi vida más de lo que ha cambiado hasta hoy?

Imugaru clavó su mirada en la de Narigua y por vez primera él notó en ella un rastro de nerviosismo, uno que le invadió. Su corazón lo sintió y envió una corriente eléctrica por su cuerpo que corrió por su columna vertebral. Sin romper el contacto que mantenía con Imugaru, insistió con la mirada que ella revelara lo que le iba a pedir.

—Debes fallar la misión que Arakoel te ha confiado —dijo.

Absorto ante lo que escuchaba de la kahali a quien confiaba hasta su propia vida, su piel se tornó pálida. Cerró sus ojos para analizar lo que acababa de escuchar. Todas sus entrañas se revolvían de la fuerte impresión que le atacaba como animal salvaje y le comía por dentro sin él poder hacer nada al respecto. Trataba de responder, de formular palabra mas no podía, su cerebro no respondía a ningún mandato. Para tranquilizarse y no entrar en un arrebato de nervios que le llevara a la cólera, respiró profundamente y miró con seriedad a Imugaru.

—¿Qué es lo que me pide, Matunjerí? —preguntó casi sin poder formular las palabras.

Con la misma seriedad ella, contestó —Lo que escuchaste, Narigua, te pido que falles la misión. No traigas al profetizado a Yagüeka.

Narigua se puso en pie y caminó hacia una mesa pegada a la pared llevando sus manos a su frente y con sus dedos peinó su negra cabellera hacia atrás hasta alcanzar los cabellos añiles de su nuca que hacían juego con sus ojos, los que sujetó con gran fuerza. Con ella dejó escapar un grito de decepción que emergió estruendo desde el abismo de su alma, la cual se encontraba en ese instante adolorida y arropada por la perturbación. Colocó sus manos sobre la mesa en donde estaba colocada la macana que utilizó en sus días de guerra. Fuertes deseos de llorar le invadieron, mas los hizo retroceder por la cólera que resurgió triunfante y que le hizo voltearse rápidamente hacia Imugaru.

Ella le miraba con compasión y sus ojos tiernos pusieron fin a los deseos incontrolables de desatar su furia sin piedad alguna. Debía escucharla por más difícil que fuesen sus palabras, ella le debía una explicación a ese ridículo pedido que le hizo conociendo su frágil situación entre los kahali y, en especial, frente a Arakoel. Con los brazos caídos y la mirada perdida en la de ella, encorvó sus hombros.

—Debe tener una buena explicación para hacerme ese pedido imposible de realizar.

Imugaru se mantenía serena, había ternura en su voz.

—Sé que mi pedido te ha tomado por sorpresa, pero de todas formas debía hacerlo. Debes comprender que lo hago por tu bien y el de nuestra raza, en especial su futuro.

—¡Por mi bien! —exclamó Narigua más confundido—. Si fallo esta misión mi vida está perdida. ¿No cree que los mismos kahali a los que tanto le importa su futuro, no pedirán mi cabeza? Arakoel no me mostrará conmiseración y estoy seguro que su protección no me salvará una segunda vez.

—¡Nunca se perderá tu vida y Arakoel jamás se atreverá a quitártela! Respira, no tienes que tomar una decisión ahora mismo. Tendrás que discernir este pedido y cuando llegue el momento harás lo que tu corazón te dicte es lo mejor en hacer.

—Me pide esto como si no hubiese consecuencia alguna. Está tan segura que mi vida no cesará de existir, mas no revela nada adicional de un pedido que en todo su contenido es una locura —hizo una pausa para apaciguar su irritación y continuó más sereno—. Porque la conozco, sé que tiene un motivo noble y no se hubiese tomado el atrevimiento de no ser así, pero no le prometo nada.

No hay nada que prometer —contestó Imugaru poniéndose en pie. Al acercarse a Narigua colocó su mano sobre su mejilla, y añadió—: Sé que pido demasiado de ti, pero siempre recuerda lo que aprendiste de mí durante los centenarios que viviste bajo mi tutela y protección. Te has transformado en un gran kahali, uno más sabio. Independientemente de la decisión que tomes, sea a mi favor o de tu bibí, estaré aquí para ti siempre. Tan solo te pido no tomes a mal mi petición, ni me tengas rencor por no poder revelar más. Tan solo confía en mí.

Una solitaria lágrima encontró salida de los ojos añiles de Narigua y halló su final rápidamente en los sedosos dedos de Imugaru. Ella secó el rastro que dejó la lágrima en la mejilla y ella también dejó que las suyas surgieran de sus ojos violetas. Lloraron juntos en un abrazo maternal, en líquido dejando correr sus penas. Al terminar, sentados ambos, solo intercambiaron miradas en una conversación silenciosa, pero expresiva y pacífica. Pensamientos que fluían como los segundos de una hora en el tiempo, un análisis interno que no llegó a una decisión en lo profundo de Narigua que se dividía en dos. En tanto, Imugaru se mantenía firme sin dejar que su tristeza por Narigua le hiciera cambiar de opinión y esto, por más que tratara con la mirada de hacerle cambiar, fue en vano. Desilusionado por el intento fallido, bajó su mirada y con el gesto le indicaba que consideraría su pedido.

Una voz llamaba de detrás de la puerta el nombre de Narigua, seguido por el sonido de un puño chocando contra la gruesa madera. Él contestó y la voz le indicó que estaban listos para partir y que le esperaban abajo. Arakoel le esperaba. Miró con tristeza a Imugaru y ella acercándose a él, dijo.

—Vamos, no dejemos esperando a tu bibí.

Narigua tomó una daga de hueso de su escritorio, una que le fue entregada a él por Arakoel cuando le hizo guaribo, general de los kahali, centenarios atrás. En el puño tenía grabado su nombre junto con su título. La colocó en su espalda justo en su cintura y salió de la recámara acompañado de Imugaru.

Él se adelantó unos pasos al bajar las escalinatas de la recepción que daban justo con la entrada principal del kaney. Allí le esperaba Arakoel acompañada por los miembros del Guaminani, quien al ver a su hijo sonrió placentera, pero al notar la presencia de Imugaru su expresión de placer quedó en seco por unos segundos. Narigua se dio cuenta. Arakoel caminó a su encuentro y de inmediato quitó de su mano un anillo y lo colocó en su mano derecha.

—Este anillo fue un regalo de mi baba orokoel Niagua cuando regresé triunfante de mi primera misión. Hoy te lo entrego para que me recuerdes, símbolo del orgullo que por ti siento y del triunfo que le otorgarás a los kahali al cumplir la misión que se te ha encomendado.

Narigua hizo una reverencia agradecido. De inmediato se tornó hacia Imugaru, quien estaba a sólo unos pasos detrás de él. Se acercó a ella y le dijo en voz baja.

—No me ha dado su bendición —acto seguido, se arrodilló.

Ella sonrió tiernamente, tomando su rostro entre sus manos besó su frente y dijo.

—Que mi amor te acompañe en los momentos de soledad y mi sabiduría te sirva para enfrentar los arduos.

Narigua tomó la mano de su abuela y la besó con ternura. Antes de partir volvió donde Arakoel y se despidió de ella con una reverencia y salió con todos los que le iban a acompañar en su misión. Entre ellos estaba su primo Yaguax, por decisión de Arakoel, y Eguari quien le pidió le hiciera parte de la misión. Miró por última vez a Imugaru y su pedido retumbó en su subconsciente, pero la mirada orgullosa de su madre se clavó en la suya. Dividido, salió del kaney a enfrentar su futuro incierto y dependiente del discernimiento.

6 El Lugar de la Traición

La brisa no cargaba su aroma y el tiempo borró las huellas que su cuerpo dejó cuando allí estuvo arrodillada en llanto al ver su preciado bosque arder. Se eñangotó para rozar con su mano el pasto verde por si el tiempo dejó algún rastro de su presencia, un esfuerzo fallido. Se puso en pie y admiró la hilera de árboles que delineaba la frontera de Ataiba y que se extendía hasta perderse en el horizonte de norte a sur, de este a oeste. Los recuerdos del pasado cruzaban por su mente como un susurro del tiempo. Respiró profundamente llenando sus pulmones de aire para disipar todo sentimiento que le distrajera de lo que debía hacer.

—¡Narigua! —llamó Eguari—. ¡Sorprendente! —comentó.

Eguari nunca había visto el Yujiba mas que en paisajismos realista y en los libros de historia de los que dudaba como muchos de los jóvenes de su época. Narigua aceptó el pedido de su sobrino en ser parte de la misión, no solo porque confiaba en él y deseaba tener un apoyo sincero a su lado, en contraste del fingido que tenía de los presentes que le acompañaban, sino por una promesa que le hizo a su padre Kotubaná.

Acercándose a Narigua, Eguari dijo con un toque de ironía.

—Así que esta es la frontera de la gran nación de Ataiba, hogar de nuestros eternos enemigos.

Narigua solo asintió en afirmación. Una ráfaga de viento sopló fuerte sobre las cúpulas de los árboles que formaban el Yujiba, revelando el porqué los hüaku le llamaban el bosque blanco. Cientos de hojas que en su parte superior eran de un verde lustroso, se alzaron majestuosamente para acariciar al viento y en ese acto dejaron al descubierto su plateada blancura.

—Ahora comprendo el nombre —dijo Eguari perplejo.

—Los hüaku le otorgan el título de Preciado —contestó Narigua.

—¿Nunca te has preguntado qué otras hermosuras oculta el bosque en su vientre y pasado sus confines? —preguntó Eguari curioso.

—Dicen —dijo Narigua luego de un largo silencio —que cuando recorres el Yujiba durante la noche tan solo guiado por la luz de una antorcha, es como si hubieses sido transportado a otro lugar. Un cielo completamente níveo te encubre y se extiende bajo la opacidad de la oscuridad que no alcanza a ser iluminada por la luz. Es el yagrumo que te da su cara blanca como la luna, árbol ancestral de esa tierra cautivadora y misteriosa. Donde su espíritu cobra vida en el soplo de la neblina y se traga a sus invasores.

—¿Qué es ese parche anaranjado? —Eguari señalaba al lugar donde árboles de cúpulas en forma de sombrilla, resaltaban por su intenso color anaranjado que en ciertas partes se tornaba rojizo.

—Allí ardió una vez el Yujiba por nuestra causa. Esos árboles se llaman flamboyanes y en ellos se adentró el fuego que consumía al bosque. Por tal su color. El Custodio del Fuego se encargó de transferir la energía de las llamas a unas semillas que el Custodio de la Tierra le entregó. Fue así que pudieron controlar y poner fin a la amenaza. Desde entonces, florecen los primeros meses de verano en señal de victoria y sobrevivencia. Un recordatorio para aquellos que se atrevan a hacer lo mismo.

—El Yujiba se adentra en Ataiba unas tres decenas de millas. Incendiarlo era una tarea muy ambiciosa y difícil, quizás imposible —señaló Eguari.

Narigua no respondió, no deseaba entrar en detalles sobre lo acontecido o lo que pudo ser. Lo que fue quedó marcado en el pasado, ahora debía enfrentar lo que el presente traía de la mano de un futuro incierto.

Antes que surgieran las interrogantes que pernoctaban en la mente de Eguari, quien no participó en la Guerra de la Conquista por que él no se lo permitió, Narigua decidió regresar al campamento donde el grupo le esperaba.

Le hizo una señal a Eguari y este emprendió la caminata a su lado sin antes olvidarse de sacar sus audífonos y colocarlos en sus oídos. Narigua de inmediato los removió, y dijo con seriedad.

—Lo primero que debes aprender de una misión como esta es estar atento a tus alrededores. Escuchar lo que en él armoniza y tu música será una distracción para lograr agudizar tus sentidos — concluyó devolviéndole los auriculares.

Eguari perplejo ante lo ocurrido tomó sus auriculares y con ellos envolvió su reproductor digital portátil que guardó en su bolsillo. Dio una media sonrisa y contestó con picardía ensalzado en desafío, pero inmerso en jovialidad.

—Mi padre me enseñó cómo cazar una presa con armas rústicas y sin medio alguno de tecnología. Tengo vastos conocimientos en rastreo y puedo sobrevivir en la intemperie. Sé escuchar y leer mis entornos, Narigua, no me subestimes, puedo dar más de lo que imaginas.

Narigua se paró frente a Eguari, arqueó una ceja y mirándole directamente a los ojos, dijo desafiante en contestación al evidente reto que le presentaba su sobrino.

—Pongamos tus destrezas a prueba. Nos toma treinta minutos llegar al campamento, deberás hallar la ruta que tomaré para llegar allí. Si llegas por otra, deberás doblegarte a todos mis mandatos. Serás mi sombra desde ese momento en adelante hasta que esté satisfecho que tus destrezas sobrepasan las mías.

Eguari no hizo más que sonreír confiado de su futura victoria.

—¿Qué me darás a cambio si la encuentro? —preguntó.

—No volveré a dudar de ti, certificaré a los allí presentes que eres un kahali adulto y digno de ser considerado a los altos rangos de nuestros uraheke.

Narigua le ofrecía gloria, Eguari había pasado por desapercibido en su uraheke al estar bajo la sombras de poderosas kahali, incluyendo a su guare, su hermana gemela Yayguna, pues no era secreto que Arakoel la favorecía. Eguari era de carácter fuerte, con su mirada puesta en sus metas, y su humildad le hacía diferente a los del Jikema. La muerte de su padre Kotubaná le había afectado de sobremanera, era su apoyo, su escudo, ese que le moldeó a ser quien era.

Eguari aceptó el reto con una media sonrisa en su rostro. Narigua se adentró en el bosque a los pies de la colina con una ventaja de cinco minutos. Caminaba con cautela dejando señales obvias: ramas de arbustos quebrantadas; huellas aquí y allá; una hendidura entre los helechos que nacían del seno del bosque. Lo aprendido años atrás despertaba en él. Quince minutos pasaron, caminaba de izquierda a derecha y sin darse cuenta se había transformado en aquel que había muerto en ese mismo lugar hace dos centenarios. Aquel en el que su madre confiaba y mantenía cerca en busca de su consejo. ¿Cómo recuperar lo perdido sin que la sombra del pasado marque con su negrura las acciones del presente, quizás las del futuro? ¿Cómo escapar de ella para ser iluminado por el amor de su madre que anhelaba volver a tener y que irradió en él colocándolo en una posición de prestigio en su raza?

Llevaba su marca tatuada en oro, el efecto de sus acciones que para él fueron dignas al hacer lo que dictaba como correcto su corazón. Esa fue la respuesta dada a Imugaru cuando ella le cuestionó el porqué y con el pasar de los años le reveló la verdad acerca de sus sentimientos hacia la Señora. La respuesta dada a Arakoel y a los del Guaminani fue una completamente diferente.

—La batalla se debe ganar honradamente con la lucha, con la fuerza y el poder de una nación. Frente a frente a nuestros enemigos y que ellos se sientan sucumbidos ante nuestra fortaleza que los doblega. No así, atándoles las manos para que sin lucha alguna ellos sedan. Su fuerza aún está viva y cuando demos la espalda, nos atacaran sin piedad y seremos nosotros los que caeremos doblegados —les dijo cuando le capturaron.

Se detuvo de improviso, frente a él se marcaba aquella ruta nefasta. El grosor de los troncos ásperos de los árboles había aumentado. Sus pies tomaron rumbo, mientras los recuerdos se apoderaban del subconsciente. Paso a paso, la memoria del momento que le hizo caer en desgracia le llevaba a caminar el sendero que tomó y recorrió esa fatídica noche.

El revolotear de los pájaros ahuyentados por el quebrantar de unas ramas bajo su peso, le trajo de vuelta al presente. Sin darle más importancia al recuerdo, retomó sus pasos y lo que hasta el momento había hecho. Estudió con cautela el lugar y varios minutos más tarde se dio cuenta que podía ocultar sus huellas si caminaba sobre una hilera rocosa que lo llevaba a las gruesas raíces de un árbol. Unos pasos más adelante, un peñón de superficie plana se extendía varios pies y allí se columpió desde una de las ramas del árbol.

Siguió por otras rocas que del suelo se elevaban, luego continuó por el terreno entre las raíces. Veinte minutos más tarde hacía su entrada al campamento, Narigua dio órdenes para que le avisaran en cuanto su sobrino llegara. Se dirigió a su bohío. Este lugar aún conserva la frescura del ayer, pensó. Se aseó e ingirió un mestizaje de bacalao guisado con verduras mientras luchaba con sus pensamientos. Echó a un lado el plato, su naborí lo tomó y le dejó a solas. Estaba inquieto, No debí ir a ese lugar. Tengo que distraer mi mente, concentrarme en la misión que debo realizar, y con esas palabras las de Imugaru resonaron como eco entre las montañas. No lo traigas. Cerró sus ojos y de improviso se puso en pie. Salió en busca de su primo Yaguax para distraerse con los asuntos que aún faltaban por atender.

Encontró a Yaguax en conversación amena con Moroya, fiel amigo de su primo. Se acercó y justo cuando iba a intercambiar palabras con Yaguax, vio llegar a su sobrino. El joven caminaba triunfante con un lucimiento que le transpiraba por los poros. Rozaba su chiva con su mano y en su rostro se delineaba la alegría de la victoria. Una vez frente a su tío, le miró a la cara y, con el manierismo que le caracterizaba, subió sus antebrazos con las palmas de sus manos hacia arriba con ademán de preguntando qué piensas de mis destrezas. Narigua bajó su rostro, sonrió y se acercó al joven kahali.

—Por tu entrada al campamento tomaste el anzuelo —dijo talante Narigua.

Con jactancia, exclamó:

—¡Sí, claro! Crees que voy a caer en la trampa, sé que tomé la ruta correcta.

Un kahali llamado Guaygüe, que se mantenía parado a unos cien metros de donde ellos estaban, que sería el lado oeste del campamento, esperaba tranquilo sin movimiento alguno hasta que Narigua le llamó y fue a él de inmediato. Narigua le preguntó qué hacía allí y Guaygüe contestó.

—En cuanto llegaste por ese lugar me pediste que estuviese allí hasta que me necesitaras nuevamente.

Eguari bajó sus hombros y el asombro dominó sus expresiones faciales.

—Por favor, de seguro le pediste que se quedara allí plantado para dar la excusa que esa fue la ruta por la que entraste —comentó irritado y señalando al lugar de donde el kahali estuvo parado.

—Las rocas fueron una gran distracción para alguien que lleva decenios sin practicar el rastre —dijo Narigua.

—Sobre todo, en las rocas no se dejan huellas y por lo tanto, son excelentes para tomar una ruta alterna si deseamos desorientar a los que siguen nuestras huellas.

—Si hubieses estado más atento, te hubieras dado cuenta que trepé las ramas del árbol para luego descender por el área que da tras del tronco. De ahí seguí otra ruta hasta llegar al campamento. De igual forma, poder rastrear a alguien por quince minutos sin perder el rastro es una destreza que muchos no poseen. La próxima vez debes evitar lo obvio y pensar como tu oponente. Los años que has estado sumergido en la tecnología han disminuido tus instintos naturales.

—Por lo menos aceptas que tengo destrezas —comentó desilusionado Eguari, quien no quería hacer de su pérdida una algarabía.

Yaguax les interrumpió irritado.

—Si ya han terminado de poner en orden su jueguito, tenemos ciertos detalles que conversar sobre la misión.

Él se había quejado de la presencia de Eguari, no era secreto que no le soportaba y dejó saber claramente a Narigua la inexperiencia que tenía su sobrino y que lo único que haría era estorbar.

Narigua le miró de reojo, mientras Eguari rodaba los suyos al escuchar a su primo hablar.

—Cierto —contestó con seriedad Narigua—. Encárgate que los kahali pongan todo en orden para mañana, que dejen solo lo que necesiten para esta noche y lo demás que lo guarden.

—Eguari puede hacer eso, hay que hacer una llamada importante y deseo estar allí cuando la hagas.

—Mientras más rápido termines de realizar lo que te he ordenado, podrás participar de la reunión. Anda que no tengo tiempo que perder. Cuando terminen, nos reuniremos en mi bohío para ir nuevamente sobre el plan y estar seguros que todos saben lo que deben hacer.

Su rostro se torno rojo del enojo, no le gustaba que le trataran como a un naborí. Con furia miró a Eguari y sin poder hacer nada por ese momento, se marchó. Caminaba rápido y con el pecho inflado de aire y con una mirada cortante impartió sus órdenes como un capataz sobre sus esclavos.

Narigua se tornó hacia Eguari y comentó.

—Mi sombra, de ahora en adelante, que no se te olvide.

—Lo sé, tu sombra, tu cayado, tu naborí.

—No es broma, Eguari, no sabes a lo que te adentras. No seré sutil como lo he sido hasta ahora contigo, espero lo mejor de ti y obtendré excelencia.

—Suenas como la nagüeti.

—Arakoel, que no se te olvide —contestó corrigiendo a su sobrino, mientras asimilaba las palabras al no saber si tomarlas como un elogio o un insulto.

Entraron al bohío de Narigua y se dirigieron a la mesa de reuniones. Eguari tomó su ordenador portátil y abrió el programa para hacer llamadas por vídeo. Segundos más tarde Dike, el informador vergerrés de Narigua, apareció en pantalla. Llevaba trenzas en todo su cabello decorado con cuencas de metal, como solían peinarse en Vergerri. El grosor de sus cejas hacía de sus ojos negros dos puntos pequeños en un lago caucásico. Parte de su rostro estaba decorado con tatuajes que daban la alusión de que su piel estaba tallada como la piedra.

—Narigua —llamó con áspera voz esa que se adquiere por el constante disfrute del tabakú. Su uso no se hizo esperar, de inmediato encendió uno, inhaló y de su boca exhaló una transluciente nube blanca—. La Itiba y su prepotente hijo salieron ayer de Ayr'te —inhaló de su cigarro nuevamente, como si de él buscara las próximas palabras a dictar. "El mensaje fue da'o al hijo como mandó, usté. Una e'colta los llevaría ha'ta la comarca de Ron'te donde de'cansarían hoy. Parece que alguien le' e'pera allí.

—¿Quién? —preguntó Narigua.

Otra inhalación.

—Di'que un tío de la Itiba. Mañana se van pa' Ataiba.

—¿Algo más que deba saber?

—No —respondió con cigarro en la boca.

—Bien, en breve le enviaremos el título de propiedad de las parcelas acordadas.

Narigua le indicó a Eguari que hiciera la transacción y este así lo hizo. Dike verificó que los documentos le llegaron y era evidente por las expresiones en su rostro, que estaba conforme con el negocio que acababa de cerrar. Antes de despedirse le dijo a Narigua que estaba a las órdenes de los kahali para lo que se le ofreciera.

Narigua no contestó, tan solo cerró el ordenador. Al caer la noche los kahali, luego de haber levantado el campamento, revisaron el plan asegurándose que todos tuviesen claro lo que cada uno debía hacer. De salir algo fuera de lo acordado, que podía suceder, Narigua les daría órdenes nuevas. Una vez terminada la reunión se marcharon a dormir.

Al amanecer recogieron y salieron al terminar el desayuno. Todos tomaron sus posiciones y esperaron pacientes por la señal.

El mediodía se acercaba y el sol brillaba potente iluminando la tierra a sus pies, encubriéndolo con las sombras de los árboles que se extendían a las orillas del curvo camino que abrazaba las colinas de donde fue esculpida. Cuando el dorado señor de los cielos estaba en su cúspide, la carroza solar fue divisada por uno de los vigías. Narigua fue avisado de inmediato, y este indicó a su equipo que la carroza solar pasaría por el lugar de ataque en alrededor de diez minutos y que no había señal de una escolta.

Su corazón comenzó a palpitar rápidamente en su pecho, la adrenalina aumentaba su confianza y se concentraba en lo que debía hacer. Desde donde estaba Narigua la carroza solar se divisó cinco minutos antes de que llegara al punto de ataque y mientras la observaba deslizarse por entre las curvas del camino, la voz de Imugaru le desconcentró. Su pedido era latente en su mente y su atención se tornó a lo que ella le había pedido. La duda se anido en su alma y buscaba una solución a su incógnita para que nadie perdiera, pero no había solución alguna. Era inminente el desenlace para una o la otra y de ninguna forma podría satisfacer a Arakoel y a su abuela al mismo tiempo.

A solo minutos del punto donde debían atacar, un inmóvil Narigua se mantenía en silencio. Escuchó a Eguari llamarle varias veces por su nombre, mas no le contestó. El momento llegó y Narigua no dio la orden.

—¡Narigua! —exclamó Eguari.

Saliendo de sus pensamientos, dijo con gran aflicción —Lo siento, Matunjerí.

Dio la señal de ataque e inmediatamente cuatro soloras, vehículos alargados de energía solar impulsado por la superficie del terreno por turbinas de aire, salieron a gran velocidad de sus escondites y entraron en la vía. Cada kahali cargaba con azagayas, unas lanzas pequeñas innovadas para disparar descargas enérgicas de alto voltaje. Desde donde estaba Narigua situado pudo darse cuenta que el chofer aumentó la velocidad. Sus kahali, por su parte, hicieron lo mismo y en segundos alcanzaron la carroza. Narigua bajó de su lugar de vigilancia y se montó en su solora, Eguari le seguía de cerca y Yaguax les alcanzó en la carretera varios minutos después.

En una sección alargada del camino, divisó a Hibisero, que guiaba una de las soloras, acelerar para alcanzar la carroza y llegar hasta la ventana del chofer. Le hizo señal para que se detuviera, pero al parecer este hizo caso omiso. El chofer le tiró la carroza a Hibisero, quien le esquivó y aumentó la velocidad para alcanzarle nuevamente. Los otros tres le seguían de cerca y se dieron prisa para acomodarse a cada esquina de la carroza.

Hibisero, entonces, sacó su azagaya, la apuntó a la turbina delantera y disparó, pero no la neutralizó por completo. Se perdieron de su vista al tomar una curva, pero una segunda detonación se escuchó entre las colinas, seguido por una explosión. Al tomar la curva se dio cuenta que la explosión fue de la turbina trasera derecha que hizo la carroza se inclinara y raspara el pavimento de la carretera. El chofer perdió el control y la carroza patinó en un zigzag. Pudo controlarlo y trató de continuar con solo dos turbinas en función, pero en vano ya que la velocidad disminuyó e Hibisero le alcanzó nuevamente. Esta vez le apuntaba con la azagaya para dispararle, fue cuando, nuevamente, le tiró la carroza encima. El impacto hizo que Hibisero perdiera el control de su solora y saliera disparado por el aire. Narigua vio rebotar el cuerpo de Hibisero como pelota varias veces sobre la dura superficie y caer en el abismo al pie de la montaña, su solora se arrastraba velozmente sobre la carretera.

Cuesta abajo se encaminaban, el chofer aún persistía de izquierda a derecha para golpear a otro de los kahali, pero estos se mantenían fuera de su alcance. Narigua y sus acompañantes aumentaron la velocidad. Este chofer no se da por vencido aunque este rodeado, ¿A dónde piensa que puede ir?, pensó, sus manos tensadas fuertemente sobre el manubrio. El rugido de las soloras aumentaba la adrenalina en su cuerpo, la velocidad le intoxicaba y le hacía sentir seguro de sí mismo.

La carroza frenó de improviso. Dos de los kahali en las soloras, Yabey y Araka, pudieron esquivarle mas no Iguaka, quien voló por encima de la carroza tras su solora golpear la parte posterior. El chofer puso en marcha la carroza pasando por encima de Iguaka sin piedad alguna y se perdió tras una curva que bordeaba la pared rocosa de la montaña. Yabey y Araka se perdieron en ella segundos más tarde, Narigua y sus acompañantes le alcanzaron pasado un minuto. Al pasar la curva, un área boscosa se erguía frondosa y por donde el chofer se adentró para refugiarse, las marcas frescas de la parte que arrastraba eran evidentes en el terreno.

Yabey y Araka le esperaban y al llegar le dio la señal de seguir. La distancia entre los árboles era suficiente para que la carroza pasara cómodamente, la cual encontraron detenida, lo que puso en alerta a Narigua. Yabey se adelantó hacia esta y a pasos de él, de detrás de un árbol, salió fugaz un hüaku con un tronco en sus manos con el que dio en el pecho de Yabey. El suelo recibió su cuerpo inmóvil. Yaguax le tiró la solora encima y el hüaku cayó de espaldas al suelo. Narigua dio órdenes de que le apresaran.

Bajaron de las soloras, se quitaron los cascos y con cautela, azagayas en mano, se acercaron a la carroza para llevarse la sorpresa de que estaba vacía.

—Yaguax y Eguari, conmigo —ordenó Narigua. Ellos asintieron. Diriguiéndose a Araka dijo. —Araka, comunícate con Moroya y dale a conocer nuestra ubicación. Dile que necesito al resto de los kahali aquí lo antes posible.

—¡Han, han, katú! —contestó Araka.

—No debe estar lejos —dijo Narigua con la mirada en el bosque.

Los tres se adentraron a toda prisa. Eguari y Narigua tenían la mirada clavada en el suelo y avanzaban rápidamente sin perder de vista las pisadas dejadas atrás que les confirmaban eran tres hüaku. Sin embargo, el rastro se dividió en dos. Narigua mandó a Eguari y Yaguax por la derecha y él tomó la de la izquierda por donde había un par de huellas diferentes que le indicaba que los que tomaron esa ruta eran un joven y una fémina. Iba con cautela, a paso ligero sin perder el rastro que luego de cien metros se dividió nuevamente. Las huellas de la fémina continuaban monte arriba y las del joven monte abajo. Se detuvo unos segundos para analizar su situación. Al que buscaba era al joven y no a la fémina, así que sus pasos le llevaron monte abajo. Estos regresaban a la ruta por la que subió. Sin pensarlo mucho avanzó, no debía perder tiempo y menos fallar en capturar al joven.

Descendía con la mirada en las huellas por unos segundos y luego al frente. Le detuvo un ruido que le obligó a escuchar con detenimiento sus alrededores. Adelantó varios pasos y detrás de las ramas de unos arbustos divisó una silueta. Con lentitud avanzó tratando de no hacer sonido alguno al caminar y allí a una decena de metros de él estaba el joven que buscaba. Él estaba parado allí sin reservación alguna como si deseara ser encontrado. Narigua miró a su alrededor para cerciorarse de que no fuese una trampa. No vio a nadie, así que avanzó hacia él.

—Mis kahali te rodean, te sugiero que no corras más —le dijo con seguridad Narigua acercándose al hüaku.

El joven era alto, fornido, de elegantes facciones, de nariz delgada y puntiaguda que denotaban su descendencia jiharu valloscana. Al mirarle se dio cuenta del verde turquesa de sus ojos que, junto con el color cobrizo de su piel y la negrura de sus cabellos, eran su herencia hüaku. Un mestizo, se dijo Narigua. ¡Un mestizo es el futuro de Ataiba! La noción era casi ridícula de internalizar, sin embargo no era su lugar juzgar sino capturarle y traerlo a Arakoel.

La mirada prepotente del joven mestizo era tenebrosa, sus facciones cambiaban como si fuese otro. Una corriente eléctrica corrió chocante por toda su espina dorsal. La seria mirada cambió de improviso a una de interrogación pero no las facciones distorsionadas.

—¡Tú! —exclamó el joven—. Vienes como un celaje del pasado. No me he olvidado de tu rostro y menos de tu progenitora. —Sonrió y miró a su alrededor como si buscase a alguien.

Se acercó a él, quien ante sus palabras se quedó perplejo. ¿Me recuerda?

—Recibí el mensaje de Arakoel. Aquí me tienes, llévame a ella que tenemos mucho por hacer.

Eguari y Yaguax aparecieron de improviso y la pregunta que deseaba realizarle al hüaku no pudo ser formulada. Con un movimiento de su cabeza le indicó que caminara. Su sobrino y primo se pusieron delante del hüaku y él caminaba en la retaguardia. Con cautela iban por si aquellos que le acompañaban les atacaban, pero no hubo señal de ninguno durante la trayectoria de regreso al punto de encuentro.

El rehén estaba de rodillas con las manos atadas a la espalda. Narigua se detuvo y llamó a Eguari.

—Da el aviso que traigan las carrozas.

Una detonación se escuchó y Narigua miró al lugar de donde provenía. Su mirada fue capturada por la caída del cuerpo del chofer. Yaguax sujetaba el arma en su mano derecha con un rostro de satisfacción. Rápidamente Narigua se acercó a él, sentía la energía latir en su corazón con fortaleza y viajar a su brazo derecho. Sin pensar en la acción, descargó en el rostro de Yaguax la fuerza de su brazo que lo hizo caer al suelo.

—¡Insolente! No te di órdenes de matarle.

—No te hace falta y lo que estorba, se elimina. Fue lo que le dije y tomó la decisión correcta —el mestizo dijo como si fuese algo normal.

—Aquí las órdenes las doy yo — dijo furioso. El joven mestizo asintió.

Yaguax entraba en sí y la furia le supuraba por los ojos.

—Encárgate de deshacerte del cuerpo y la carroza. Nosotros nos adelantaremos y espero llegues a tiempo al aeropuerto, de lo contrario tendrás que buscar la forma de regresar —Narigua le dijo enojado.

Las carrozas solares llegaron y le ordenó a Eguari a llevar al joven mestizo a una de ellas. Llamó a Yabey y a Araka, quien se recuperaba del golpe, y les ordenó a buscar a Hibisero y a Iguaka.

—Si no llegan a tiempo al aeropuerto tendré que partir sin ustedes —ellos asintieron, conocían el plan.

Narigua miró a sus alrededores buscando a esos que acompañaban al joven mestizo. Una madre no abandonaría a su hijo, se dijo. Tuvo la tentación de dar órdenes de buscarles, pero hacerlo cambiaría sus planes y ella y su acompañante no eran necesarios. Miró a donde estaba Eguari acompañado por el mestizo. Me recuerda, respiró profundamente. Arakoel me trajo a la presencia de Huyán centenarios atrás para presenciar la alianza entre ellos. La que incluía mi unión nupcial con una hüaku a quien nunca conocí. Recordaba que Huyán era un hüaku inmisericorde que desató su furia sobre el reino vergerrés para vengarse. No traigas al profetizado le pidió Imugaru. La duda se anidaba en la razón. Detuvo su línea de pensamiento, debía hacer su deber y dejar a un lado las dudas. Él es mi redención. Arakoel me espera.

7 Elemento Divino

Esplendoroso era el cielo que en esa mañana coronaba un nuevo día. Las nubes como sutil toque de pincel, no se movían, y la brisa era inexistente. Las ramas de los árboles permanecían estiradas a la espera de la fuerza del viento que las pusiera a danzar. Esa mañana húmeda y calurosa se parecía a una de esas que visten a Yagüeka antes que el huracán la embista con su poder. Iyeguá gozaba de la temporada de huracanes y aunque estaban en la misma, ninguno le había azotado. Ella le daba la bienvenida a un nuevo día con placer dibujado en una sonrisa. Se concretaban sus planes y la exitosa misión era testimonio.

Esperaba a Yayguna para desayunar. Gozaba de su compañía. Traía serenidad a una existencia aplacada por los deberes de una nación que se hundía en la cotidianidad y las falsas esperanzas de un frágil poder. Yayguna le gustaba escaparse con ella a viajes espontáneos. Los momentos en que con Yayguna estaba eran unos de armonía y paz, por tal la mantenía cerca. Lekar lo notó y la envió a Vergerri con Alnairu. Iyeguá lo permitió porque se dio cuenta que buscaba a Yayguna todo el tiempo y se alejaba de su anhelo.

Mas cuando necesitaba de esos vanos deleites, se escapaban juntas. Nunca Yayguna se negaba, con excepción a esa última vez que la fue a visitar a Vergerri.

Una naborí entró anunciando a Yayguna. Iyeguá le esperaba y la recibió. Hermosa, una perfecta Jikema, se dijo.

—Me alegra que estés de vuelta —dijo Iyeguá mientras hacía que les sirvieran el desayuno—. Este es tu lugar, no es bueno que estés alejada como si estuvieses en el exilio y menos bajo la tutela de tu naguti —comentó luego de su amena conversación.

—Orokoel Alnairu ha sido muy bueno conmigo, no hay nada que me niegue —contestó Yayguna sonriente.

—A eso me refiero. Has estado bajo el dominio del libertinaje como los jiharu de Vergerri. Por eso te mandé a buscar, debes retornar al lugar que te corresponde por tu linaje. El futuro tiene muchas cosas para ti y tu destino está aquí en Yagüeka, a mi lado.

Una sonrisa corta que murió inmediatamente fue pintada en los labios de Yayguna, dada en respuesta silenciosa a Iyeguá. En su rostro se notaba su desilusión.

—La noticia no te agrada, lo sé —dijo Iyeguá—. Te has aferrado a aquel lugar por lo que trae a tu vida. ¡Ya desearía poder vivir a mi gusto lejos de aquí como otros han hecho! La realidad es otra, hemos nacido con responsabilidades a las que no podemos pasar por alto por nuestros egoísmos. Es nuestro deber servir a nuestra nación y encaminarle a un mejor destino. Es el tuyo responder cuando se te llama y lo hago en estos momentos tan cruciales para nuestra nación.

—Aquí me tiene, Arakoel, estoy para servirle —comentó Yayguna serena.

Sonriendo, Iyeguá le miró con ternura y rozó su mejilla.

—Te extrañé mucho y me complace tenerte aquí. Estoy segura que tendrás a los jóvenes kahali del kaney detrás de ti, pero recuerda que ninguno está destinado para compartir tu existencia. Aún no ha llegado aquel que es para ti y tendrá, sin ninguna reserva, mi bendición.

Yayguna dibujó una media sonrisa en sus carnosos y perfectos labios y asintió. Arakoel notaba el nerviosismo en su nieta y con razón debía estar en ese estado. Su nieta creía que ella no conocía la relación que mantenía con Baoruko, el sobrino de orokoel Alnairu, la que descubrió durante su visita a Vergerri. La delató su estado de ánimo, las excusas baratas que le daba para no quedarse con ella en la embajada y regresar a la residencia de orokoel Alnairu. Le veía a escondidas y quizás estaba enamorada de Baoruko. Permitió la relación para que su nieta ganara las experiencias necesarias en el campo sentimental.

—Tengo una petición.

Dolor traerán estas palabras, pensó. Su nieta respiró profundamente.

—Baoruko, ya te divertiste. Ahora ponle fin, te necesito para otros asuntos y él es una distracción.

Yayguna aguantó la respiración, su labio inferior tembló un poco.

—Como, usted, pida.

Fueron sus únicas palabras, su respirar se tornó ágil como si tuviese el deseo de llorar. Iyeguá lo ignoró al darse cuenta de su debilidad. Hay que endurecer tu cuero, pensó. Tornó su mirada a un lado y con su mano izquierda le indicó que se marchara. Aún hay tiempo para moldearla a mi manera, se dijo, de lo contrario será un estorbo en mis planes.

Pasado el mediodía, luego de poner en orden la actividad de presentación de Huyán, se dirigió al balcón donde estaba todo preparado para tomar el café con Lekar como ordenó. Desde su balcón podía admirar el jardín principal del kaney, un homenaje a la orquídea negra del Jikema. Orquídeas nacían sobre un gigantesco tronco de palma de coco que descansa sobre un rombo de vegetación verde y en las afueras pequeños arbustos de hojas plateadas. La orquídea sobre el emblema vegetal de Jikema ha estado allí por aproximadamente dos milenios. A su alrededor, como si le hicieran tributo, estaban los emblemas de los otros seis uraheke.

En la parte derecha inferior estaba el del Huanikoy, el uraheke de orokoel Alnairu y que Lekar representaba. Rectangular con flores azul marino organizadas en ondulaciones y separadas por líneas onduladas en arena llevaba en su centro un heptágono de flores blancas, donde se alzaba prepotente un kaney fortificado. Fortaleza en cuerpo y alma era su lema. En nada les ha ayudado la fortaleza, se dijo.

Lekar le deseó los buenos días. Iyeguá se tornó hacia ella. El cobalto de sus ojos, herencia del Huanikoy, resaltaba con el cobre de su piel. Lástima que la naturaleza le dio el color erróneo, sino su belleza hubiese sido perfecta, se dijo. Siempre vestía con elegancia, llevaba plumas plateadas y verdes en su cabellera lacia y los mismos colores en su ajuar. Toda una Jikema. Volvió su mirada al jardín.

—Siempre me a gustado el balance demostrado en este jardín —comentó Iyeguá—. La superioridad siempre en el centro y los demás a su alrededor protegiéndole. Cuando mi padre fue escogido por nuestro tío Guarohuya como su sucesor a ser karí del Jikema, era solo una adolescente. Guarohuya me trajo a este jardín, su mano sujetaba la mía y en ellas se podía sentir la fuerza de un gran kahali. Para ese entonces, el centro estaba ocupado por el emblema de los Higüey. Fue hermoso para mí ver una preciosa y enorme concha perlada sobre un mar heptagonal de rosas rojas en un rectángulo de flores anaranjadas que degradaban en color — tornó su mirada hacia la izquierda donde ahora estaba el monumento de los Higüey, al lado opuesto del emblema del Huanikoy.

Iyeguá colocó sus manos sobre la baranda de mármol.

—Nos sentamos en uno de los bancos y Guarohuya me preguntó a quién pertenecía el emblema que estaba en el centro. A los Higüey, contesté. Él, entonces, preguntó dónde estaba el nuestro. Yo señalé hacia donde hoy está el de los Higüey y él sonrió. Dijo:

»—Niagua es tu baba porque se unió con tu bibí, la hija de mi hermana como planifiqué, y esa unión nos dio poder. Así como la mía con la tía de tu bibí. Pertenecemos a la generación de los Primogénitos de los Jikema y eso nos da poder e influencia en nuestro uraheke y nos gana aliados en los otros.

Iyeguá hizo una pausa, clavó su mirada sobre el centro del jardín.

—Guarohuya se tornó hacia mí —continuó—. Sus ojos añil sobre los míos de los que una fuerza admirable fluía y la cual en ese momento no comprendía, sino más tarde.

»—He traído a tu padre a la capital —dijo con voz endeble— para que sea mi sucesor y a través de él conseguiremos ser los líderes de nuestra raza. Si usas tu astucia e inteligencia, lograrás que el Jikema permanezca en ese lugar luego de tu padre.

—¿Por qué yo y no Jayakú? —pregunté. Rozó mi rostro tiernamente y dijo:

»—¿Sabes quién es Jayguana?

92

—Sí —contesté—, mi gran tátara nagueti, última Jikema en ser arakoel.

»—No solamente te pareces a ella —me dijo él—, tienes su carácter endeble y lo que deseas lo obtienes, como ella en su tiempo.

Se tornó hacia Lekar.

—El poder se forja, cuando se tiene hay que fortalecer sus cimientos, Lekar, de lo contrario se pierde.

Le invitó a sentarse. Lekar respiró profundamente y con elegancia tomó asiento. Lekar sonrió al percatarse que en la mesa había un surtido de pastelillos de queso un platillo jiharu.

—No olvidé que te encantan —señaló Arakoel al verla sonreír.

Les sirvieron el café e Iyeguá se sirvió dulce de naranja con queso de cabra. Tomó un sorbo de su café y dijo.

—Debemos hacer nuevos aliados y estos solo se ganan a través de las uniones de los uraheke.

Lekar volvió a sonreír luego de limpiar el polvo blanco que dejó en sus labios el pastelillo de queso.

—Por supuesto y en uniones analizaba esta semana. Es tiempo que Yayguna tenga su unión nupcial. He pensado en varios candidatos…

—Eso no te corresponde —la interrumpió antes de ingerir un bocado de su dulce de naranja.

La confusión se plasmó en el rostro de Lekar.

—Soy su bibí y a mí me corresponde.

—Y yo soy arakoel —devolvió su taza de café al plato con suma delicadeza, mas su mirada era retante—. Me corresponde con quién y cuándo Yayguna tendrá su unión nupcial.

Sus facciones se tensaron y el coraje incendiaba sus ojos. Lekar dijo.

—Soy su bibí y por tradición, me corresponde tomar esa decisión.

—Perdiste esos derechos —recalcó, una de sus perfiladas cejas negras se arqueaba al hablar.

—¡Nunca he perdido ese derecho! —exclamó indignada.

—Yayguna es una Jikema y por lo tanto me pertenece a mí el derecho de decidir, al igual que con Eguari a quien decidiste que desde su nacimiento se tratara como un Jikema, a pesar del color cobalto de sus ojos.

Le miró con seriedad , pero con respeto, dijo entre dientes.

—También soy una Jikema.

Iyeguá se tomó su tiempo en contestar, comió de su dulce y bebió del café.

—Eres karí del Huanikoy. Cuando tomaste el cargo renunciaste a ser una Jikema. Yayguna y Eguari lo son, así que como arakoel y su nagueti estoy a cargo de su futuro.

La cavidad torácica de su pecho se inflaba y desinflaba con cada profundo respirar. Su dentadura se tensaba aun más.

—Mis hijos no pueden estar bajo una mejor protección, Arakoel —contestó Lekar con respeto y forzado.

No tienes otra opción y como es de esperar me obedeces, se dijo.

—Bien —dijo Arakoel—. En ese contexto, debemos fortalecer la unión con Huyán, mejor dicho Urayoán como se le conoce ahora, a la nuestra y lo lograremos a través de una unión nupcial.

La seriedad en la mirada de Lekar se disipó. Iyeguá le hizo caso omiso.

—Debemos entrar a Ataiba como parte del uraheke del esike y no a la fuerza —dijo—. Yayguna es la kahali perfecta para que se una en nupcias a Huyán. No solo es por su juventud, sino por su astucia e inteligencia. Su conocimiento en las tradiciones, cultura y educación hüaku le ayudarán a ganarse a su futura nación.

La ira asesinó la ilusión que segundos atrás se divisaba en los ojos de Lekar. Su mirada se tornó hacia el balcón donde minutos atrás estuvieron como si allí buscase algo que perdió.

Lekar respiró profundamente, con voz entrecortada, dijo.

—Estoy segura que Yayguna hará su deber como es esperado de ella.

¿Es sentimentalismo lo que detectó? Patétio, se dijo ante la actitud de su hija. Espero que no llore con lo próximo que le diré.

—Por supuesto —señaló Iyeguá.

Se sirvió más café y continuó mientras lo endulzaba.

—He comenzado negociaciones con Kaboy para la unión de Eguari con su hija Higuanota, es de esperarse cuando tomaste la decisión de enviarlo a Vallosque bajo la protección del uraheke Maguá. Es un uraheke menor, pero próspero en los cuatro reinos de los jiharu y a quienes, no solo debemos mantener cerca, sino tener su voto en el Guaminani.

Lekar tornó su mirada hacia ella y sonrió con conformidad.

—Kabay no se negará, hace de su progenie parte de los Jikema y a través de su hija obtiene poder entre los kahali, lo que siempre ha deseado.

—De ti necesito que luego de la promesa mutua de Yayguna, te encargues de coordinar todo para la celebración nupcial. Sé que en tus manos será uno memorable marcado por la elegancia y el estilo único que solo tú puedes darle.

Lekar le dio otra sonrisa de ficticia amabilidad y Lekar asintió respetuosa.

—No te preocupes por anunciarle la noticia a Yayguna, de eso me encargo yo —hizo una corta pausa y dijo—. Sería todo lo que requiero de ti, Lekar. Puedes terminar de comer si así lo deseas —sin más se puso en pie y se marchó.

Por lo visto me he equivocado con Lekar. Pensé que endurecí su cuero, se dijo. Los sentimientos no tienen lugar en los asuntos que fortalecen los cimientos de una nación. Hay que erradicarlos de raíz.

¿Qué voy hacer con Lekar?, se preguntó. Lo discerniría luego, había mucho por hacer y el día se acortaba. Huyán llegaría pronto a Yagüeka y con el pensamiento la satisfacción inflaba su pecho. El tiempo, no otro que un akani, un enemigo, es también su tekina. Quien le enseñó paciencia, pues con ella todo llega. Mas Iyeguá puso de su parte y forjó el camino por el cual el tiempo se desplazó para traerle lo que anhelaba: los poderes divinos.

Su despacho era bañado por luz vespertina que se colaba por las gigantes ventanas. La decoración era toda plateada y verde, los colores del Jikema. Un gran escritorio de guayakán yacía en el centro sobre una alfombra de colores pasteles. Frente a este, dos butacas y allí le indicó al bejike Kataox que tomara asiento luego de la reverencia. Él conocía sobre lo que centenarios atrás había hecho con Huyán. Fue él quien le aconsejó hiciera uso de la fruta de guayaba, y quien hizo el ritual que le costó a Huyán un dedo de cada pie.

Abrió una de las gavetas de su escritorio y de él sacó dos frascos pequeños de cristal sellados por una goma roja. Uno contenía un polvo negro: los remanentes de los dedos incinerados del antiguo esike. El otro, un hueso. Se los mostró al bejike Kataox y este al reconocerlos sonrió con una mirada oscura.

—¿Sabe lo que debe hacer? —preguntó ella.

—¿No han sido contaminados? —preguntó él en un chillido de satisfacción al tener los frascos en la palma de su mano delgada y de dedos largos y huesudos. Los acurrucaba como si fuesen una criatura recién nacida.

No fue fácil explicarle a Huyán que para confeccionar el brebaje de la guayaba y esta tuviese efecto, necesitaba parte de su carne para ser incinerada y mezclada con el jugo de la fruta. El pedido lo tomó por sorpresa, pero accedió y ambos dedos centrales de sus pies fueron cortados. El bejike Kataox, sin que nadie se diera cuenta, colocó en el fuego solo uno. El otro lo escondió entre su nagua, luego en su bohío removió la carne y la incineró guardándola en el frasco. El hueso del dedo lo limpió y también lo guardó en un segundo frasco.

—Los sellos están intactos —respondió ella.

—Sí, aquí veo mis iniciales —dijo acercando los pequeños frascos a sus ojos.

—Huyán será presentado en tres noches a los miembros del Guaminani y frente a ellos se hará el ritual.

—Por supuesto, Arakoel. ¡Han, han katú! —hizo una pausa y luego añadió—. Lástima que no pudimos adueñarnos de su cadáver, pero esto será suficiente.

—Eso espero.

Cuando le fue dada a Iyeguá la profecía del Último Suspiro de Amaya en la que dictamina el regreso del esike, el bejike Kataox le reveló lo que hizo con el segundo dedo de Huyán entregándole los frascos sellados. Le explicó que para poder unificar el espíritu permanentemente, debe él, en su nuevo cuerpo, tomar el mismo brebaje y pasar por un ritual. Él insistió que tratara de obtener el cadáver de Huyán para un mejor efecto, pero sus aliados en Ataiba se rehusaron en entrar a Koaybay dándole por excusa que el lugar sagrado de la muerte no debía ser perturbado de ninguna manera y entrar en él a robar un cuerpo era un sacrilegio imperdonable. Hasta los más bajos tienen escrúpulos; irónico, pensó Iyeguá cuando obtuvo su respuesta.

Con fuerte voz amenazó al bejike Kataox, quien miraba los frascos como si estuviese hipnotizado.

—Debe estar lista para esta noche, no deseo ningún retraso, ni errores.

Él sonrió bajando su cabeza.

—Su sirviente nunca le ha fallado y este no será el comienzo.

—Hay algo que me intriga. ¿Qué batalla interna debe tener Huyán al tener dos almas en un solo cuerpo?

El bejike alzó sus cejas, la quijada cuadrada era delineada por su hueso que prensaba su piel.

—No hay cómo saberlo, Arakoel. Imagino que una ardua e intensa, como lo es toda batalla espiritual.

—¿Cuál de las dos será prepotente?

—El espíritu de Huyán es fuerte por ser antiguo y por tener las experiencias de una vida pasada, podrá controlar la mente del cuerpo que habita. Uno no puede predecir estas cosas, pues hay espíritus que vienen a este plano terrenal con una misión y por ende acompañados de una fuerte energía.

La atención de Iyeguá fue capturada.

—¿Energía? ¿Qué tiene que ver la energía con el espíritu, bejike?

—Todo, el espíritu es una energía pura —contestó como si fuese obvio—. Energiza no solo la mente, sino al cuerpo. Es la que le da vida a nuestro cuerpo que es una expresión de la energía. Ya que hablamos de elementos, Arakoel, encontré algo importante en mi viaje al yukayeke Kaonao donde el kaney de los padres de los kahali, los Heketibarú, se encuentra. Fui allí con la excusa de que necesitaba consultar algo de suma importancia con el cemí ancestral de los Jikema a petición suya. Visitar Kaonao siempre es enriquecedor.

—¿Qué encontró? —preguntó para que fuese directo al asunto.

—Como bien sabe, allí está la montaña Kauta donde están las cuevas ancestrales. La primera es Kacibajagua, lugar donde fueron creados los hüaku y donde ellos nos crearon, y que fue tumba de uno de los Cuatrillizos. La segunda es Amayaúna, donde la historia de nuestra raza y la de los hüaku fue grabada en símbolos en la piedra. Viven en Kauta, como en tiempo de antaño, los memorizadores. Esos que guardan con recelo las historias de nuestros orígenes. Son una casta noble que proviene de la generación tercerogénita, mi casta. Mi rahu fue escogido para unirse a ellos centenarios atrás. A él, en quien confío y guarda bien los secretos, visité para que descifrara unos símbolos antiguos que aparecen en los pergaminos de su tío Guarohuya.

»Luego de estudiarlos un rato, durante la noche, me llevó primero a la cueva Kacibajagua donde me dijo que allí Atabeyra protegía a los jiharu. Yokajú les permitía salir de noche cuando Yaya descansaba de buscar a los Cuatrillizos Divinos. El sol, el güey, estaba a cargo de castigar a aquellos que desobedecieran el mandato de Yokajú. Fue así que aquellos que se tardaron en regresar al amparo de Atabeyra en Kacibajagua fueron transformados en ruiseñores; otros en las piedras y en los árboles de jobos de los que sacamos nuestros cemíes. Cuando Atabeyra y Yokajú decidieron llevar a los jiharu a tierras lejanas y crear a los hüaku para que protegiesen a Güeykén, hubo uno de ellos que decidió quedarse no deseando abandonar ese lugar sagrado y convenció a las divinidades. Este se llamaba Guahayona, quien luego traicionó a los hüaku y a quien Atabeyra le concedió larga vida.

»Guahayona reveló a los Heketibarú guaJikema los secretos escondidos en Amayaúna. Verá, Arakoel, Atabeyra educó a los jiharu y les enseñó muchas cosas. Entre ellas la escritura y en piedras de diferentes tamaños tallaron el conocimiento que Atabeyra les enseñó. Cuando Atabeyra llevó a los jiahru a tierras lejanas luego de la caída de los Cuatrillizos y la transición de Yaya, les permitió llevarse las piedras. A Guahayona le encargó tallar en unas nuevas la historia de los Cuatrillizos y Yaya y cómo los poderes divinos residen en los cuerpos inertes de los Cuatrillizos. Él enseñaría a los hüaku la historia, porque a ellos les tocaba proteger los poderes.

»Centenarios después que fueron creados los kahali, ocurrió la traición de Guahayona. Él deseaba las cónyuges del esike Anakakuya, eran las más hermosas hüaku del yukayeke, en especial Guabonito. Poniéndose de acuerdo con los Heketibarú, Guahayona le prometió deshacerse del esike Anakakuya. Sin líder los hüaku serían presa fácil de los kahali. Invitó a Anakakuya y a sus cónyuges a pasear en canoa, invitación que el esike aceptó al amar y confiar en Guahayona. Una vez en el mar, Guahayona divisó un hermoso cobo que le pidió a Anakakuya mirar. Al este hacerlo, Guahayona lo agarró por los pies y lo arrojó al mar. Guahayona la darse cuenta que faltaba Guabonito porque no cupo en la canoa, llevó a las cónyuges a la isla Matinó donde las abandonó. Mientras esto ocurría, Yokajú tomó el cuerpo del esike y lo transformó en la Estrella del Norte y le concedió su protección a Guabonito.

»Guahayona regresó a Kaonao que había sido abandonado por los kahali y los hüaku que estaban en guerra, y encontró allí a Guabonito. Ella le dijo que se iría con él, pero debía permitirle curarle de la enfermedad de piel que contrajo en su viaje. Cuando lo curó, se lo entregó a Yokajú que le dio por castigo ser el custodio de los secretos que reveló haciendo de la cueva Amayaúna su prisión y el servidor eterno de los Heketibarú y su descendencia. Fue él quien nos llevó al vientre de la cuerva donde están en el antiguo lenguaje de los jiharu, que se convirtió en el nuestro, la historia de los poderes divinos y cómo obtenerlos.

»¡Amayaúna es esplendorosa, Arakoel! La historia se puede acariciar en las paredes rocosas que le cobija y guarda. En los más profundo del vientre de la cueva, estaba el pasaje en símbolos que necesitaba mi rahu descifrara en unas grandes piedras. Mas fue Guahayona quien lo hizo. Bajo la cálida luz de la antorcha narró que estos eran los identificadores de los poderes divinos, acompañados por uno en particular que reconoció de inmediato. En perfecta unión, dentro del símbolo en espiral de los Cuatrillizos que es el caracol, estaban los cuatro símbolos de los poderes divinos y en el centro irradiaba el de la sabiduría —hizo una pausa.

Iyeguá llenó sus pulmones de aire y mientras se vaciaban, ella recostaba su torso en el espaldar de su butaca. La sabiduría, elemento divino, el único que los kahali no poseían. Iyeguá sabía lo que esto significaba, pero permitió al bejike Kataox lo transmitiese.

—El elemento de la sabiduría convertiría a los Heketibarú en sagrarios ideales en donde los poderes divinos, bañados por la sangre del descendiente de Deminán, pudiesen habitar. De aquí nace la obsesión de obtener la sabiduría para que los kahali se conviertan en seres perfectos. Mas en realidad los

Heketibarú la deseaban para ellos al conocer, por los hüaku, lo que los poderes divinos les podían otorgar.

Iyeguá se mantuvo en silencio perdida en sus pensamientos. Ese detalle le fue ocultado por Guarohuya o quizás no lo sabía. Los Heketibarú deseaban como ella los poderes divinos. ¿Será esa la verdadera razón por la que se revelaron en contra de los hüaku?, se preguntó.

—A mi baba —dijo— se le concedió una diminuta esencia de la sabiduría por el mismo Custodio.

—No suficiente, Arakoel —interrumpió el bejike Kataox—. Necesita la esencia en su totalidad. Esa que tiene el Custodio de la Sabiduría.

Con su dedo índice, Iyeguá acariciaba su barbilla mientras su mente comenzaba a confeccionar formas de apoderarse del Custodio. Ahora más que nunca necesitaba a Huyán y de sus aliados en Ataiba.

—Le regocijara saber que allí encontré el lugar donde hallar el cuarto poder divino que no conocíamos.

—¿Dónde? —preguntó intrigada.

—En el Gran Reino de Vallosque—anunció.

—Vallosque —dijo Iyeguá.

Narigua cambió a Vallosque por Vergerri debido a lo intrínseco de este, pensó. Eso no la detendría. Sonrió y la sangre se calentaba ante el reto.

—Traígame toda la información sobre el lugar. Deseo todo, hasta el último detalle. Puede retirarse.

—Arakoel —dijo el bejike con tono de que deseaba algo.

Iyeguá asintió.

—Su leal siervo necesita regenerar sus energías. Quizás una joven naborí del konuko.

Estaba adicto, no lo culpaba. Lo había hecho esperar el tiempo necesario y se ganó su recompensa. Recientemente la finca de los naborí en Ayuán, la capital, fue abastecida con una nueva generación que llegó de todos los uraheke, con excepción de los Higüey y el Marien quienes no mantenían naboríes.

—Puedes escoger la que gustes del cargamento de los Jikema, de ningún otro. No debemos levantar sospechas.

—Han, han katú —contestó agradecido.

Quedó en la soledad con sus pensamientos, como le gustaba estar. Debía retrasar su entrada a Ataiba y buscar el poder divino en Vallosque. El deleite la embriagó ante el pensamiento que por su mente cruzó.

Me convertiré en una divinidad en la tierra de mis enemigos, pensó y posó su mirada sobre el cielo que comenzaba a ennegrecer.

8 Llegada Inesperada

Narigua llegó a Yagüeka entrada la noche. Arakoel le indicó que le vería en la tarde, pero primero se reunió con Huyán, el joven mestizo. Al llegar a su recámara, su naborí le dio un recado de parte de su padre que le pedía pasara a verle en cuanto le fuese posible. Su padre orokoel Alnairu le visitaba en Yarari a escondidas de su madre. Él nunca le reveló el secreto de cómo hacía para entrar sin que Arakeol lo supiese y al parecer viajaba seguido a Yagüeka.

No importaba, agradecía sus visitas. No le abandonó durante su exilio. Fue su apoyo en momentos en que la tristeza le embargaba. Aparecía de la nada ofreciendo su compañía y consejo. Narigua reconocía que Imugaru le mantenía al tanto, pero no se quejó por la intervención. Siempre venía acompañado por Yayguna y su medio hermano Candro. Este nació durante sus años de exilio. Narigua en un principio le obviaba por ser un mestizo y un bastardo. Mas Candro era insistente y deseaba estar a su lado. Muchas veces le seguía cuando iba a pescar y se sentaba en las rocas adyacentes a mirarlo e imitar su estilo de pesca. Candro era solo un niño de diez cuando ablandó los sentimientos de Narigua. Cada vez que venía de visita, la naturaleza había cambiado a Candro hasta que llegó a su tercera década cuando su herencia kahali tomó control y le dio longevidad.

Le extrañaba y deseó buscarle cuando estuvo en Vergerri, pero su misión no podía tener distracciones o cambios inesperados. Indagaría por él a su padre, porque al kaney de Arakoel no podía entrar.

Su naborí tocó a la puerta y esta fue abierta por un naborí que vestía los colores del Huanikoy, a diferencia del suyo. Le dejaron pasar. Sus nikahali se quedaron velando la entrada. El naborí lo dirigió a la sala y allí estaba él.

—¡Candro! —exclamó Narigua sorprendido. Él se puso en pie y caminó hacia Narigua. Se dieron un fuerte abrazo.

—¡Llegó al kaney el mestizo! —declaró jovial.

Narigua soltó una carcajada.

—Los hubieses visto en el puerto —dijo mientras tomaba asiento—. Todos estaban en admiración al ver llegar a orokoel Alnairu. Hasta que me bajé de la canoa. Algunos me daban miradas de repudio y otros de curiosidad. ¡Qué te puedo decir! Soy un fenómeno exótico.

—Jamás pensé que baba se atreviera a traerte aquí —comentó Narigua.

—Al parecer, Arakoel le ordenó que no lo hiciera y aquí estoy —dijo y encendió un tabakú.

Narigua se alegraba que Candro estuviese en el kaney. No sería el único indeseado allí. Él también recibió miradas de repudio al llegar. No le aceptaban por ser un traidor a quien se le permitió vivir contrario a lo que la tradición estipula: muerte a los que cometen traición. Es entonces, al igual que Candro, un fenómeno exótico.

—¿Baba está en su despacho? —preguntó Narigua.

—Sí, está con tu hermana —contestó Candro.

—Por fin la conoces.

Candro arqueó sus cejas, luego de exhalar el humo del tabakú, dijo:

—La conocí en Vergerri cuando fue a buscar a baba y Yayguna. Te digo, Narigua, nuestra sobrina Yayguna no es nada como su bibí. Lekar está revestida de aires de grandeza. Es una parejera.

—No la juzgues, Candro —dijo Narigua, su voz eco de la compasión—, ha tenido una dura existencia y al perder a su cónyuge Kotubaná, la pena endureció sus sentimientos —y ella me culpa por su muerte, deseó añadir.

Candro asintió y se puso en pie.

—Vamos a interrumpirles, llevan conversando casi una hora.

Candro dirigió a Narigua al despacho de orokoel Alnairu y al llegar abrió la puerta sin tocar. Lekar se tornó hacia ellos, y les miró sin expresión alguna. Narigua no le había visto desde que ella le dio la noticia de la muerte de Kotubaná, días antes de su sentencia. Ella fue a verle, la ira marcada en el rojizo de su mirada que daba a conocer que estuvo llorando. Lo culpó y el poco amor que quedaba para él, murió. Le miró buscando en sus ojos un indicio de que la ira de aquel día ya era inexistente sanada por el tiempo. Se dio cuenta tras solo por el pasar de unos segundos que nada había cambiado.

Lekar, que para su sorpresa vestía los colores del Huanikoy y no los del Jikema como era su costumbre, se puso en pie.

—Enviaré al bojike Huamay a verte, Lekar, él te ayudará en lo que necesitas —dijo Alnairu.

Ella asintió y salió del despacho con su habitual culipandeo y rostro en alto. Narigua la siguió con la mirada deseoso de dirigirle aunque fuese unas simples palabras como los buenos días, pero se detuvo. No era el momento ni el lugar.

—¡Narigua! —exclamó orokoel Alnairu caminando hacia él para abrazarle. —Pensé que se me haría difícil verte. Te hacía con tu bibí.

Su padre era un kahali elegante, de quijada cuadrada decorada por una espesa barba. El azabache de su fluida cabellera que caía sobre sus hombros hacía resaltar no solo el azul cobalto de sus ojos, sino también el de sus mechones a juego. Intelectual y educado, hubiese sido orokoel por decisión del Guaminani a no ser porque el Jikema poseía a través de su abuelo, orokoel Niagua, la esencia del Elemento de la Sabiduría, y por tal uno del Jikema debía regir y su madre fue nombrada. Su padre tuvo que conformarse con ser orokoel de título protocolar por ser el consorte de la líder de su raza.

—Arakoel me verá en la tarde.

—Me alegra verte, Narigua. Candro, ordena que nos traigan más café —pidió Alnairu.

Al marcharse Candro, Alnairu dijo:

—Debo felicitarte por la exitosa misión. Debe ser de gran consuelo que Iyeguá te sacara del exilio. ¿No te has preguntado el porqué cuando nunca tuvo contacto contigo? Una bibí no se olvida de su rahu, le buscaría aunque fuese a escondidas.

—No me lo he preguntado —contestó—. Arakoel me necesitaba y no había otro que pudiese realizar la misión. Tanto así que Arakoel te mando a buscar permitiendo que tomaras tu dujo de nuevo. Nunca entendí las razones que tuvo Arakoel para enviarte a Vergerri.

—Tu bibí tiene una forma sutil de deshacerse de aquellos que le incomodan o no comparten su punto de vista —bajó su rostro y con voz nostálgica, dijo—. Me doy cuenta que les he fallado, no les he protegido. Estuve ciego por mucho tiempo, cegado por el poder y el amor que sentía por Iyeguá. Un amor que se fue marchitando mientras más me sumergía en su vida. Por esa razón, dejé que ella guiara sus vidas, un error del que me arrepiento. Se lo dije a Lekar y ahora a ti —subió su rostro y le miró—. Iyeguá rige la vida de aquellos que tiene cerca, y su posición le otorga la oportunidad de moverles a su gusto, de imponerse en ellos con una destreza que ni tan siquiera es evidente a los sentidos. Para ella todos somos los medios por los cuales obtener lo que tanto anhela y solo pocos conocen. Iyeguá codicia poderes antiguos que le darán el poder absoluto. No permanezcas en las sombras, mi rahu.

Narigua quedó confuso con sus palabras. Su mirada denotaba misterio y parecía como si deseara añadir más. Él nunca le habló de Arakoel de esa manera en la que la catalogaba de manipuladora. Narigua nunca se sintió utilizado por su madre, él hacía su deber siempre, porque servir a Arakoel es servir a la nación y el bienestar de esta.

—Baba —dijo luego de una larga pausa en donde se decidía si indagar o hacer caso omiso a algo que para él es incorrecto.

—¡Candro, al fin llegas con el café! —interrumpió Alnairu anunciando con una sonrisa la llegada de Candro.

Narigua, aunque no lo expresaba, pensaba en las palabras de su padre mientras conversaban. Se marchó ya que se acercaba la hora en que debía reunirse con Arakoel. Le daba vueltas en su mente y no encontraba otra respuesta. El poder absoluto del que hablaba su padre no podía ser otro que ese que ella poseía.

Arakoel no ha dado a conocer quién es su guajeri. ¿Será que ella desea permanecer en el poder por otro milenio? Los poderes antiguos a los que se refiere baba pueden ser tradiciones olvidadas y que ella redescubrió para hacer esto posible, se dijo. Al pensar en el Guaminani disipó la idea. Ellos no se lo permitirían, a menos que Arakoel tuviese los votos y siempre los tenía. Respiró profundamente para poner su mente en orden y disipar cualquier pensamiento que lo llevara a hacer algo irracional.

Frente al despacho estaba Kaguame, el asistente de Arakoel, quien, con prepotencia, le pidió esperara a lo que le anunciaba. Al regresar, le indicó que Arakoel le esperaba.

Luego de las reverencias, se sentó frente al escritorio. Ella le esperaba para que le diese el informe de lo acontecido durante la captura. Narigua le confesó que se sintió desconcertado por el hecho que el joven mestizo le reconoció y a ella le recordaba.

—¡Por supuesto me recuerda! —exclamó Arakoel y dijo despertando los recuerdos del pasado. —Él consumió la guayaba, fruta mítica, prohibida a los hüaku, que trae la vida eterna en el plano mortal si es utilizada en un brebaje especial. De lo contrario solo retrasa el llamado al plano espiritual. La memoria por siempre atada al espíritu luego de abandonar el navío carnoso que le envuelve en el plano terrenal. Los opías, los espíritus de los muertos, comen la guayaba diariamente para poder salir noche tras noche a estar junto a los vivos. Si no lo hacen regresan al plano espiritual. Por eso los de la tribu mítica Otoao la cultivan.

Una semana antes que Huyán consumiera la fruta proveniente de la tribu mítica Otoao, las treinta canoas de Arakoel aparecieron al sur de Vergerri como una esperanza deseada, pero no mandada a buscar. Izadas estaban las banderas de la paz y con estas Arakoel deseaba dar declaración de sus intenciones: su ayuda en la guerra. Huyán recibió el mensaje claramente y la invitó a dialogar. Para ganarse al esike le hizo varias visitas e intercambió palabras que se tornando amenas mientras más Huyán la conocía. Él presentaba una curiosidad peculiar para con Arakoel, Narigua se dio cuenta, que le ganó un lugar en la guerra contra los vergerrés.

Arakoel le asistió en la captura de Itzia'r, ayuntamiento al sureste del reino de Vergerri, y consolidó su relación con Huyán.

La promesa de una vida eterna y poder eterno susurrada en el pasado al oído de Huyán, le sedujo a caer en tentación. Narigua no olvidaba la mirada analítica del esike, una contemplación de lo que vendría a ser, la imaginación de una vida donde la muerte no puede tocarte. En ese momento él supo que Huyán cayó en las garras de Arakoel. A cambio ella le pidió la unión de sus razas y entrada a la nación; y él accedió sin titubear.

Un hüaku no debía confiar en un kahali, menos en una arakoel. En su confianza se encontraba el error del esike, debió escuchar a sus concejales que le pedían cautela. De igual manera, un kahali no debía confiar en un hüaku. Arakoel luego le reveló que queda en el plano de los seres vivos para renacer nuevamente al tomar un nuevo huésped relacionado a él por sangre. Como causa de esto era el mestizo el Profetizado.

Su recuerdo fue interrumpido por Arakoel, quien le preguntó el porqué Yaguax no llegó con él. Enojado le narró lo sucedido y cómo trataba siempre de tomar el liderazgo de la misión retando la autoridad que ella le concedió.

—La acción de Yaguax sin pensar en las consecuencias, evidencia que es un ser impulsivo, como su baba, y revela su falta de experiencia en estos asuntos. No es de fiar y se deja llevar por la euforia que trae la acción —añadió.

—Es inexperto —contestó Iyeguá —pero de igual forma la impulsividad es algo que se puede corregir. Sus actos no trajeron consecuencias que nos afecten. Se deshizo del cuerpo y de la carroza, y hasta ahora nadie sabe que estamos involucrados. No hay porque preocuparse. Narigua, me trajiste a Huyán y lo tengo en mi poder.

Él sonrió y asintió.

—Por lo que debes preocuparte en estos momentos, Narigua, es en disfrutar tu victoria. Aún tienes mucho por probar no solo a mí, sino a los kahali. Sus ojos están sobre ti —ella hizo una corta pausa, se puso en pie y se sentó frente a él—. Aunque me trajiste la victoria, no tienes mi completa confianza y menos retiraré a Lekar de la silla que un día fue tuya. Tu hermana nunca me ha fallado —expresó con énfasis en las últimas palabras— y con ella cuento para lo que sea. Lekar nunca me dará la espalda y menos me traicionará, por eso la necesito donde está.

Narigua bajó la mirada y con vergüenza contestó.

—No estoy listo para asumir esa posición nuevamente, Arakoel. Mas tomaré su consejo para restaurar mi reputación.

—Me alegra saber que estamos en la misma línea de pensamiento. Debes restaurar tu reputación, aún estás bajo la sombra de tus errores pasados y llevas la marca —expresó Iyeguá sonriente.

Besó su frente, un beso que fue breve e inexpresivo. Él inclinó su cabeza en respeto y ella complacida se puso en pie. Con cortesía le agradeció por su visita no sin antes pedirle que mantuviera cerca a su padre orokoel Alnairu.

—Convencelo para que mande a su bastardo a donde pertenece. No soporto su presencia en el kaney.

—No creo que pueda convencer a orokoel Alnairu sobre Candro, pero haré lo posible —dijo Narigua respetuosamente.

El resonar sobre la madera interrumpió su conversación. De detrás de la puerta emergió Kaguame y se acercó a Arakoel y en voz baja le dijo algo al oído. El rostro de Arakoel se encubrió de seriedad. Se puso en pie.

—Sígueme, Narigua —le ordenó y se marcharon.

Una docena de nikahali esperaban a Arakoel a las afueras del despacho quienes le acompañaron por el largo recorrido del pasillo. Solo el eco de sus suelas sobre el lustroso piso resonaba. Se dirigían a la entrada del kaney a paso aligerado. Narigua se mantuvo en silencio, caminaba detrás de ella. Por su manera de actuar, él se podía imaginar que algo inesperado ocurrió.

A paso aligerado, bajó Arakoel los escalones parando en seco en el último. Frente suyo estaba Yaguax, una sonrisa orgullosa plasmada en su rostro. Venía acompañado por el grupo que se quedó con él para ayudarle a cubrir los errores que cometió en la misión. A su lado estaba una hüaku que reconoció en cuanto posó sus ojos sobre ella.

Un fuerte palpitar le hizo detener su descenso a solo dos escalones de Arakoel. La madurez que viene acompañada por el tiempo, le acarició de forma placentera desde la última vez que la vio en el campamento de Huyán en Vergerri. Ella despertó en él curiosidad. Una hüaku diferente que se desplazaba por entre los bohíos con elegancia y autoridad intoxicante e inspiradora.

—Arakoel —dijo Yaguax luego de una reverencia. —Le entrego a itiba Yuisa y Kasikán Aimanio.

—Él no me entrega, yo me entrego. El kahali solo siguió las órdenes que le di. Vengo por mi hijo —explicó Yuisa con rostro serio y mirada endeble.

—Bienvenida a tu nuevo hogar, itiba Yuisa, bibí del Profetizado de la Profecía del Último Suspiro de Amaya —dijo Arakoel.

—Se equivoca, Arakoel, no es él —respondió Yuisa, pero en su voz Narigua notó un rastro de duda. Lo que hubiese disipado como efecto del nerviosismo, a no ser por la reacción de Kasikán a quien la confusión y el enojo marcaron su rostro. Miraba a Yuisa de manera interrogante.

—Eso lo veremos esta noche, Itiba —se tornó Arakoel hacia sus nikahali, y ordenó—. Lleven a la Itiba a los aposentos de Huyán y quédense como su guardia. Al otro llévenlo a las mazmorras, luego decido que hacer con él.

Erguida y autoritaria, Yuisa se dejó dirigir por los nikahali que ascendían las escaleras. Narigua la seguía con la mirada. Pasó por su lado, pero ella no le miró. Se cuestionaba si ella le recordaría, fueron solo un par de ocasiones que intercambiaron palabras. Él, en ese entonces, se aseguraba de que sus caminos se cruzaran para tener una excusa casual para hablarle. Su atracción hacia ella la imputó al interés que surgía en él de estudiar a su enemigo. Mas la atracción se transformó en algo incomprensible cuando Arakoel le informó que llegó a un acuerdo con Huyán. En él estipulaba que contraería nupcias con Yuisa, lo que no pudo ser a causa de las circunstancias que surgieron días después.

Ahora que recordaba un pasado dejado en el olvido, se daba cuenta que lo que sintió por la Señora al mirarle a los ojos no era la misma atracción que sintió por Yuisa. La de la

Señora fue una de salvaguardar algo sagrado que confundió con esos que despertaron en él por Yuisa.

Ella se perdió de vista y en Narigua las sensaciones del ayer latían dentro de su ser.

9 El Ritual

Crujiente resonaba la piedra sobre el mortero mientras el bejike Kataox pulverizaba las semillas de cohoba junto al diminuto hueso de Huyán que guardó esos centenarios. Su hija, Yixea, quien era su aprendiz, entonaba una canción solemne que Iyeguá cantaba en unísono. Este era el ritual de inicio, ese de la preparación de la cohoba. El polvo que permite que el alma entre en contacto con el plano espiritual y se pueda comunicar con los espíritus, con los goeíza, de los antepasados. Huyán debía inhalarlo y tomar un brebaje para que su alma tomara completo control del cuerpo de Urayoán.

Cada palabra que entonaba Iyeguá acompañando a Yixea, la adentraba en un estado de serenidad. En su mente mantenía el pensamiento vivo de Huyán, de ese espíritu latente en un cuerpo ajeno que lo repudiaba y que luchaba con sacarlo afuera. Respiraba profundamente visualizando el acto espiritual que deseaba ocurriese. Yixea dejó de cantar e Iyeguá abrió sus ojos. Kataox le dijo:

—Está listo.

Las horas pasaron y la noche estrellada se posó sobre la nación de Yagüeka. Los del Guaminani acompañados por los miembros de su uraheke, esperaban por Iyeguá en el salón del dujo. Escuchó de detrás de las puertas el resonar del mayoyoakán, el tambor ceremonial, anunciando su llegada. La puerta se abrió de par en par y ella acompañada por Alnairu, hizo su entrada. Vestía un traje de algodón blanco ceñido a la cadera por un cinturón verde monte de falda estilo nagua que llegaba a sus tobillos y decorada con el símbolo del líder de los kahali: un sol con siete rayos en forma heptagonal, su centro dividido en la mitad por una línea recta que separaban dos círculos en la parte superior del óvalo en la parte inferior. Debajo de este, estaba el del Jikema. De sus hombros expuestos nacía un tocado de plumas y en su cuello colgaba el guanín. En su rostro, una delgada línea negra detallaba su pómulos. Su cabellera trenzada a los lados, llevaba cuencas de oro.

Los presentes le hacían reverencia al ella y Alnairu pasar frente a ellos. Pronto, muy pronto se postraran a mis pies, pensó. Caminaba con pausa con los hombros hacia atrás, el pecho rebosante de orgullo y rostro en alto. A la mitad de su recorrido, todos los presentes se tornaron hacia la puerta olvidándose de ella. Imugaru, se dijo. En unísono movimiento inclinaron sus cabezas en señal de respeto. Su momento triunfal estaba por llegar y la insignificancia de lo ocurrido no tenía ninguna importancia.

Mientras se acercaban al área de los dujos, Iyeguá se dio cuenta de la presencia de alguien muy particular y quién resaltaba entre los demás. Con suma delicadeza para no dejar hacer notar su desagrado, dijo a orokoel Alnairu.

—Te atreviste a traer al bastardo.

—Candro se merece estar entre su uraheke, pero me extraña tu actitud. Se te olvida mi indocilidad —contestó sonriente.

—Parece que se te olvida que con su presencia me pones en ignominia, le das permiso a muchos a ponerme en su boca para hablar de mí.

—Lo que realmente te enfada, mi amada, es que te desobedecí nuevamente. Ya no me controlas y si estoy aquí presente no es por ti, sino por Narigua.

Al llegar frente a los dujos, Iyeguá le dio una mirada tajante deseando que se tragara las palabras que acababa de decir. Componiéndose, se tornó hacia los suyos, adelantó varios pasos y desde la elevación en donde estaba podía ver a todos los presentes con claridad.

—Hoy —dijo Iyeguá —celebramos un nuevo renacer. Ha culminado la espera —su corazón palpitaba enérgico a cada palabra—. Hoy nos levantamos de nuestra sombra llenos de esperanza. Le di a Narigua una misión de suma importancia, y él, como en tiempos de antaño, no me ha defraudado. Ha regresado victorioso, nos trae el futuro de nuestros enemigos y lo pone a nuestra merced para que ellos no les cueste otro remedio que doblegarse ante nosotros.

A sus palabras las puertas se abrieron nuevamente, y Narigua, erguido y con una mirada envanecida hizo su entrada. Detrás de él venía Yuisa vestida con una nagua larga ceñida por un cinturón de color marrón claro a la cadera y un tocado de plumas a los hombros tapaba sus senos. Había un poco de timidez en su caminar, pero no lo suficiente como para opacar su porte elegante y su hermosa fisura. Los presentes no le quitaban la mirada de encima y era evidente en sus expresiones de soberbia que se preguntaban quién era esa hüaku. Detrás, venía Urayoán, en quien se encarnaba Huyán, un joven mestizo de cinco y diez decenios de edad, de mirada orgullosa plasmada en sus ojos verdes turquesa. El rostro de Iyeguá irradiaba orgullo y complacencia al verlo entrar, y una sonrisa se escapó de su interior.

Una vez estuvieron frente a ella, se acercó a Yuisa y dijo en un tono de voz que era temeroso y a la vez sutil como el seseo de una serpiente.

—Sea la testigo de la caída de su raza.

La tomó por el antebrazo y la presentó a los presentes.

—La próxima ísika, Yuisa guaAimanio —señaló a Urayoán y dijo—. Su hijo, Urayoán, heredero al dujo de Ataiba. ¡Estos son el futuro de la nación de nuestros enemigos y están en nuestras manos!

—Han, han katú —gritaron los presentes ante la revelación.

Huyán se acercó a ella, sin que nadie le viese sonrió y dijo en un tono diferente a su usual voz.

—Hazme uno con este cuerpo.

Su rostro cambió, como si se hubiese transfigurado en la sombra de otro que no era reconocible tan sólo por Iyeguá, quien vio en él los rasgos de Huyán. La humildad en sus ojos se transformó en prepotencia. Sus facciones que revelaban parte de su herencia valloscana, ya que eran un poco redonda, presentó unos pómulos pronunciados y una quijada cuadrada.

Iyeguá contestó sonriente.

—Así lo haré.

Iyeguá lo viró hacia los presentes que mantenían expresiones de curiosidad y exclamó.

—Ustedes conocen del Último Suspiro de Amaya, la profecía que mantiene en las tinieblas a Ataiba. Frente a ustedes está el Profetizado en quien reside Huyán guaAimanio como lo dicta la profecía. En él yace la esperanza de nuestra supremacía sobre aquellos que una vez nos echaron a un lado.

Ante la revelación, los del Guaminani y los miembros de sus uraheke aplaudieron. Con excepción de Hatuey quien se mantenía serio.

Iyeguá notó que Yuisa, por su parte, quedó confundida y aterrorizada por la revelación y en su rostro se percibía. Miraba a su alrededor con terror. Miró a su hijo quien expresaba en su rostro un orgullo bajo la sombra de una mirada malvada. Iyeguá gozaba verle sufrir, ella era la primera que sentía la desesperanza que envestirá a su nación. Yuisa sería la testigo de su gloria sobre los hüaku.

—¡Bejike Kataox! —llamó a su consejero espiritual. A paso suave vestido con su tradicional vestimenta y su corona de plumas rojas y con un vaso hecho de higuera y decorado en oro en su mano, se acercó al área del dujo. Venía seguido por su hija Yixea y cinco bejike del Jikema. Frente a Iyeguá colocaron sobre telas de yaguas, una estatua del cohoba que tenía un rostro parecido al de los kahali y cuatro patas. Al lado de la estatua colocaron un dujo pequeño que era utilizado solo para el ritual de la cohoba. La estatua sobre su cabeza tenía un plato que servía de bandeja donde colocaron el vaso de higuera, la espátula hecha de hueso de un manatí, un pequeño plato de barro con el polvo de cohoba y el inhalador de cohoba hecho en madera que tenía dos canutos por la parte superior y uno en la inferior.

—Todo está listo, Arakoel.

Iyeguá sonrió de plena satisfacción y dijo a Huyán:

—La unión debe ser sellada con sangre. Debes realizar el ritual del cohoba para que el cuerpo se vuelva vulnerable y le permita a tu espíritu alimentado por la fruta de guayaba, ser dueño de este que no le pertenece.

—Por supuesto —contestó.

El bejike Kataox de su cinturón sacó un cuchillo de piedra y la entregó a Huyán y en voz baja le dio unas instrucciones. Él la estudió rozando con su dedo índice la delgada hoja de piedra, miró a su madre quien le devolvía la mirada con espanto como si no reconociera al hijo de sus entrañas. Huyán se acercó lentamente a Yuisa quien se tornaba pálida con cada paso. Sus ojos se cristalizaron y una línea líquida se formaba sobre su párpado inferior.

—Bibí —su voz suave al llamar a Yuisa madre en su lengua materna, envió escalofríos sobre la piel de Iyeguá. Respiró profundamente para sosegar sus emociones y saborear el momento que vivía en ese instante y el que había esperado por tantos centenarios.

Yuisa no contestó, le miraba directamente a los ojos. Él beso su mejilla, tomó su mano e hizo que el filo de la daga rozara profundamente la palma de la mano. Un respiro profundo de dolencia surgió de la garganta de Yuisa acompañado por una mirada enmarcada por el sufrimiento. Trató de retirar su mano, pero su hijo la aguantó fuertemente y con el acto la sangre fluía aún más. Lágrimas rodaron por sus mejillas bronceadas, su rostro enmarcado por la tristeza. El bejike Kataox de inmediato colocó el vaso bajo la mano ensangrentada para recolectar el néctar carmesí. Huyán hizo lo mismo con su mano y varios segundos después, el bejike colocó su mano sobre la espalda de este y dijo:

—Es suficiente.

Kataox mezclaba con un palito de madera el contenido del vaso con la sangre. Dentro del vientre del vaso estaba un bebedizo que era la mezcla de las cenizas del dedo incinerado de Huyán, zumo de la guayaba, agua del manantial de la sagrada montaña Yuké de Ataiba que le hizo llegar sus aliados hüaku a Iyeguá, y la sangre de Yuisa y Urayoán, descendencia directa de Huyán.

El bejike Kataox llevó a Huyán al centro del círculo y al hacerlo los que lo componían comenzaron a cantar. Sus voces eran suaves y melodiosas e iban acompañadas por maracas y el mayohabao, un tambor de madera. Kataox le indicó a Huyán que debía limpiar su cuerpo. Huyán, entonces, se provocó el vómito con la espátula que introdujo en su boca depositándolo dentro de un plato hondo que Kataox sujetaba.

Iyeguá notó que la piel cobriza de Huyán estaba sudorosa. Respiraba tratando de recuperar el aliento. Miró de reojo a Yuisa que trato de caminar hacia su hijo, pero Narigua la sujetó por el antebrazo. Tornó de nuevo su mirada al círculo donde Kataox le indicaba a Huyán que tomara asiento en el dujo. Al este hacerlo le entregó el inhalador de cohoba a Huyán. Colocó los canutos superiores del inhalador en los orificios de su nariz, y el inferior sobre el plato pequeño con los polvos que Kataox sujetaba. Huyán los inhaló.

Por un largo tiempo, Huyán se quedó tieso con las manos sobre sus rodillas y los ojos cerrados. El cántico de los bejike subía de tono hasta ahogar por completo el salón del dujo. El cántico seso y Huyán abrió sus ojos. Parecía ido como si estuviese en un trance.

Kataox tomó el vaso con el bebedizo y le dijo a Huyán:

—Bebe y deja que se funda en ti el espíritu ancestral.

Entregó el vaso a Huyán y sin decir palabra alguna bebió todo el bebedizo. Concluido, devolvió la copa al bejike, cerró sus ojos y su mano tocó su pecho como si estuviese experimentado un dolor profundo. Su torso se inclinó hacia el frente y estuvo así por varios minutos. Iyeguá le observaba con detenimiento y el salón era regido por el silencio a la espera de lo que pasaría. Lentamente Huyán se compuso y el color que había perdido en su piel, retornaba.

Kataox le pidió a Iyeguá que se acercara. Huyán se irguió y la miró a los ojos, y dijo:

—Lo escrito en la profecía se cumple en mí. Regocíjate, Arakoel, que frente a ti está ese que te dará lo prometido en el pasado y mucho más.

Iyeguá sonrió. Lo que deseaba en el pasado, en el pasado quedó. Ahora hay nuevos deseos y los obtendré a través de ti, contestó en su mente.

—Huyán vive nuevamente. Desde este momento le doy el título de juíbo Huyán, uno de distinción reservado a aquellos de alto rango entre nuestra raza y la hüaku. Es él el verdadero Esike de Ataiba y nuestro benefactor, quien nos concederá la esencia de la Sabiduría para alcanzar la perfección para los kahali.

Justo cuando las voces gritaban han, han katú, Yuisa se desmayó. Narigua, que aún estaba a su lado, se dio cuenta de inmediato y antes que ella cayera por completo al suelo la atrapó. La cabeza de Yuisa cayó sobre el brazo de Narigua. El rostro de Huyán cambió por completo al ver a su madre desmayada. Preocupado la llamó Bibí varias veces tomando su mano entre las suyas. Iyeguá mandó a llamar a sus naboríes para que se la llevasen, y le ordenó al bejike Kataox que la atendiera. Iyeguá tomó la mano de Huyán en un gesto maternal, pero él la retiró mirándole extrañado. Urayoán, se dijo. Ella se dio cuenta de lo que temía, dos espíritus en un solo cuerpo. La fuerza del otro está marcada en el amor maternal y sucumbe al invasor.

Los naboríes tomaron a Yuisa de los brazos de Narigua. Iyeguá los siguió con la mirada hasta que se perdieron detrás de las puertas, un rastro carmesí quedaba atrás. Huyán caminaba al lado de su madre aún sujetando su mano.

Iyeguá, para que los presentes olvidaran el episodio y volver su atención a ella, llamó a su lado a Narigua. Lo presentó como a ese que les trajo a Huyán, detalle que conmovió a Narigua quien sonreía ante el amor de su madre. Todos en regocijo gritaban su nombre.

—¡Demos inicio al guateke! —exclamó Iyeguá y dio comienzo la celebración.

La música comenzó a sonar; bandejas con suntuosos alimentos eran llevadas por los naboríes quienes se movían entre los presentes ofreciendo sus contenidos; así como esas con vasos con ron dorado y blanco. Los miembros del Guaminani se acercaron a Narigua para felicitarle, orokoel Alnairu fue uno de esos que también le felicitó. Narigua le agradeció con sumo respeto, pero ninguna palabra fue intercambiada entre ellos.

Iyeguá se dio cuenta que Imugaru intercambio unas con su hijo y luego se marchó sin despedirse de nadie. Se acercó a él.

—¿Todo bien con tu nagueti? —preguntó.

—Sí —contestó él.

—Debes estar exhausto de tu viaje. No has tenido oportunidad de descansar bien.

—Eso le comentaba a Matunjerí, pero no deseo ser irrespetuoso con usted, Arakoel.

Ella sonrió y con ternura flácida, dijo.

—Todo lo contrario, se comprende. Te recomiendo que socialices por entre nuestros invitados por unos minutos más y luego te retires a descansar. Mañana es otro día y un nuevo amanecer en tu vida.

Él besó su mano e hizo como ella le sugirió. Iyeguá, entonces, tomó asiento en su dujo para admirar a los súbditos que por casi un milenio había regido. Su tiempo estaba por terminar, pero los pasos que había tomado le ganarían el que necesitaba para que sus planes futuros y sus anhelos se cumpliesen. Ahora estaba más cerca y debía disfrutarlo. Tomó en sus manos un vaso de ron blanco con limón y menta y bebió placenteramente.

Mientras admiraba con superioridad a todos, orokoel Alnairu se acercó, tomó asiento en su dujo, y comentó.

—Debes estar sumamente orgullosa. Si es como dices que el joven Urayoán es el profetizado Huyán, realmente tienes en tus manos el futuro de la nación de Ataiba.

—¿Lo dudas? —preguntó con sequedad Iyeguá sin dejar de mirar a sus invitados que bailaban y comían joviales.

—No soy el único, muchos pensarán que esta es una estrategia desesperada en la última estación de tus años. Se comenta que no has escogido sucesor porque tienes otros planes, y en ellos no hay necesidad de alguien que tome las riendas de nuestra nación.

Iyeguá se tornó hacia él, su mirada era penetrante y llena de pasión, pero a su vez de rencor. Un sentimiento que llevaba dentro de sí y que era reservado solo para algunos, y entre ellos estaba su cónyuge. Había muchas cosas que no le perdonaba, entre ellas mezclarse con una jiharu y tener un hijo. Así como atreverse ir en su contra delante de todos el día en que enjuicio a Narigua. Desde ese entonces, ellos que ya habían comenzado a alejarse, se separaron y ella le envió a Vergerri. Rara vez se veían, pero no era hasta ese instante en que se sentaban uno al lado del otro e intercambiaban palabras para que su nación los viera juntos compartiendo en una celebración importante.

—Mis visiones nunca fallan, Alnairu. Ellas me revelaron quién es el Profetizado. ¿Se te olvida que poseo un don especial otorgado por la misma Señora del Oráculo? No dudes de mí y despreocúpate por lo que algunos digan. A su debido tiempo le diré a mi nación a quien he escogido para regir después de mí.

—Pensaba que en eso no había duda alguna.

Enojada ante el comentario, dijo poniéndose en pie.

—Tu certeza me ofende, crees que lo he olvidado. Todo a su tiempo, Alnairu. No te preocupes por lo que otros comenten, pues yo no lo estoy. Caso omiso le hago a la crítica, de ella no gano nada y con ella no se hace nada, tan solo crea confusión en el corazón de aquel que está seguro de sí.

Le dio la espalda lista para dejarlo solo, pero él rápidamente agarró su brazo y poniéndose en pie, le dijo a la cara.

—Si no lo haces pronto, lo haré yo.

Iyeguá sonrió ante la amenaza y contestó haciéndole frente.

—No lo harás, porque estuviste presente el día de la promesa a orokoel Niagua.

—No le temo a la muerte.

—No creo que te atreverás a llegar a tal extremo, no tienes las agallas para hacerlo y menos para morir.

Él mantuvo silencio con la mirada seria y ella retiró su mano. Sin más que decir, Iyeguá se marchó a conversar con sus invitados y celebrar su victoria.

10 Lémures

Iyeguá deseaba conversar con itiba Yuisa, y a media mañana la envió a buscar. Conocía por Kataox que su salud se vio afectada luego del desmayo la noche de la celebración. La herida de su mano se infectó porque no dejaba que la tocaran, por tal padeció de fiebres altas. Urayoán no se despegaba del lado de su madre, y se negaba en verle. Lo que confirmó sus sospechas: el espíritu de Urayoán permanecía aferrado al cuerpo por el amor que sentía por su madre. El bejike le explicó que al solo tener una mínima parte del cuerpo, el bebedizo no tenía su máximo potencial. Debía de alguna manera provocar el letargo del espíritu de Urayoán para que el de Huyán tomara control por completo, en cuerpo y mente. Yuisa era la clave, solo esperaba que la conversación que tendría esa mañana con ella diera los resultados esperados.

Con la mirada fija en la eminencia de las montañas Kemí, tierra sagrada al ser donde los kahali fueron creados al estar allí la montaña Kauta, Iyeguá esperaba la llegada de Yuisa mientras tomaba café. Disfrutaba de la serenidad que brindaba el jardín. Una hermosa obra maestra creada para con su diseño resaltar la belleza majestuosa de las Kemí. La única estructura que fue construida entre las Kemí, fue un esplendoroso kaney que sirvió de vivienda para las Parejas Primordiales de quienes los kahali se originan. Luego de la Batalla del Despertar, cuando los kahali se revelaron en contra de los hüaku, decidieron abandonarlo para ubicarse en otro lugar de la nación al que llamaron Ayuán, la capital, y establecerse allí, no sin antes proclamar las montañas tierra sagrada. El kaney sigue en pie, bejikes y los memorizadores cuidan cada rincón y las cuevas sagradas de los uraheke.

Yuisa fue anunciada y su escolta le invitó a sentarse. De inmediato Iyeguá le miró y sonrió con ternura. Yuisa tenía una mirada dura y severa. Iyeguá le sirvió una taza de café y le ofreció frutas, las que rechazó.

—Creo que eres de los pocos hüaku de tu generación que han visto las Kemí desde que fueron expulsados de estas tierras.

Yuisa se mantuvo en silencio, era obvio que no deseaba tener con ella una conversación placentera. Iyeguá continuó.

—Son hermosas y me llenan de paz el tan solo admirarlas por unos momentos. Este es uno de mis lugares favoritos para meditar apartada del tumulto del kaney, es necesario de vez en cuando encontrar paz entre las bellezas naturales como lo son las Kemí.

Aun en silencio, Yuisa miró las Kemí.

—He escuchado que solo en el archipiélago de Güeykén, la montaña Yuké se asemeja a la belleza y grandeza de las Kemí. ¿Es cierto? —preguntó Iyeguá con aparente interés.

—El Yuké es magnífico, coronado por una niebla blanca en donde esconde sus secretos. Verde esmeralda son sus contornos, como el de las Kemí, pero estas jamás se comparan con la grandeza del Yuké. Es más alto, su pico queda oculto a la vista y llegar a él es una ardua tarea que solo algunos han podido realizar por la densa vegetación que le encubre —contestó Yuisa sin dejar de mirar las montañas y con aparente apatía hacia Iyeguá, pero con nostalgia en su detallada descripción. Iyeguá le importaba poco su actitud.

—El Remanso de la Diosa le llamaban antes que le renombraran con el de Yuké —mencionó Arakoel consciente del simbolismo de ese lugar y lo que allí le esperaba.

Yuisa le miró de reojo.

—Una leyenda de antaño, no más.

—El bejike Kataox me informa que debes descansar, aún estás débil por la infección.

—Si realmente se interesa por mi salud, nos debería dejar regresar a nuestra nación —contestó Yuisa.

De la garganta de Iyeguá se escapó un sonido como si fuese una burla y sonrió.

—Sabes que es imposible tu pedido.

Las facciones del rostro de Yuisa se tensaron, fue cuando de mal gusto dijo.

—Sabe que está equivocada referente a mi hijo. La noticia hubiese sido descubierta en su nacimiento.

—Sí, es raro que la Señora del Oráculo no te lo hubiese comunicado. ¿Me pregunto por qué ahora que lo mencionas? Si era parte de tu destino y está ligado al Último Suspiro de Amaya, era lógico que la Señora te lo comunicara. Era su obligación.

Yuisa no contestó, su respirar se aligeraba. No cree en mis palabras aunque haya sido testigo de lo ocurrido en la celebración, se dijo.

—¿Qué le da la seguridad que mi hijo es el que busca y no otro? —preguntó.

—¡Por qué su espíritu clama tu nombre y tu rostro se pinta en mis visiones!

—¿De qué habla? —interrogó confusa Yuisa tornando su rostro hacia ella.

—¿La Señora nunca informó de la profecía que tenía para mí?

Yuisa no contestó, se mantuvo seria por un instante y de inmediato en su mirada se expresó la realización.

—Asumo que la respuesta es no —expresó campante. —Bueno es de esperarse, ¿no? Las profecías y las visiones concernientes a alguien son para ellos solamente, según lo que me informó la Señora cuando estuvo en mi poder. Tengo una revelación que, por lo visto, ha permanecido en secreto para usted y los suyos. A mi petición, la Señora, al revelar mi profecía, lo hizo otorgándome parte de la esencia del oráculo.

Las facciones de Yuisa dieron cabida al espanto. Yuisa se tornó pálida y parecía que le faltara el aliento. Sus ojos bailaban de un lado a otro en cortos movimientos mientras miraba los de Iyeguá. Busca el trazo de la mentira, pero no lo encontrará, pensó.

—La Señora nunca haría tan atroz acto de concederle la esencia del oráculo a una kahali, en especial a la líder de sus enemigos. No es posible —en su voz la indignación era evidente.

Sonrió con su mirada e inclinó un poco su rostro para mirarla directamente a los ojos, Yuisa retrocedió inmediatamente.

—¿Estás segura de eso? Piensa, ¿hubo un custodio quién en el pasado dio la esencia de un elemento?

Interrogante, Yuisa observó a Iyeguá por varios segundos, cuando su rostro se relajó de improviso dio a conocer que sabía a lo que Iyeguá se refería. Centenarios atrás, el joven custodio de la sabiduría concedió la esencia de su elemento a un kahali para cambiar los destinos de las dos razas. Lo que no imaginaba el joven custodio era que su acción no tornó como deseaba.

—Si realmente tienes al Oráculo, entonces, ¿cuál es mi profecía? —preguntó Yuisa.

Una pausa larga en la cual Iyeguá se adentró en sus ojos y fue, entonces, que la respiración se cortó, las palabras se ahogaron en la garganta y la visión de una profecía fue dada. Una exhalación profunda puso fin a su trance, seguida por varias inhalaciones para recobrar la serenidad. La profecía de Yuisa no fue dolorosa, pero confusa para Iyeguá. En esos momentos no era importante su significado, sino confirmarle que poseía la esencia del Oráculo. Se inclinó hacía ella, y en un susurro suave, pero tenebroso, contestó.

—La sangre te clama ¡Oh, amada y respetada, Atabeyra! El suspiro se sopla en ti. La abominación del ayer es la muerte del suspiro, esa prosapia engendro de las castas opuestas. ¡Escucha, oh, amada y respetada, Atabeyra! No te ciegues. Lo inconcebible mancha tus manos y rasga tu alma. Las aguas consagradas le despiertan, su reflejo marcan. Se inundan tus noches. Al antiguo guaraguao le das alas y le cobijas.

Temblorosa, el ceño de Yuisa se frunció, sus labios se entreabrieron y sus ojos verdes se tornaron brillosos. A la aparente disfunción de la razón, los sentimientos tomaron control de su cuerpo y Yuisa tornó su mirada nuevamente a las Kemí perdiéndose en la nada. Una gota cristalina nació de esa mirada deslizándose por los contornos curvos de su mejilla.

Arakoel le observaba con detenimiento, mas no dijo nada para apaciguar los sentimientos de Yuisa y confortarle. No era parte de su naturaleza el hacerlo, Yuisa era tan solo un medio que debía tratar por ahora para eliminar a Urayoán. Por tal, debía darle paso a la discordia y la profecía sería su aliada.

—Dichosa debes sentirte, dichosa te llamarán en Yagüeka. De ti nació nuestro benefactor, para eso fuiste escogida. Es él quien cambiará el futuro y el destino de nuestras razas. Nadie entre los hüaku se pudo imaginar que de la próxima Ísika de Ataiba nacería el profetizado. Ese que traerá una era de decadencia y oscuridad a su nación.

Hizo una corta pausa, suspiró.

—Es irónico tu destino, Yuisa. Parece ser que siempre estuvo entrelazado al nuestro —Yuisa aun con el espanto a flor de piel, tornó su mirada aun lado. Continuó—, Es cierto, las circunstancias no permitieron que los planes de Huyán para contigo vinieran a ser y no los conoces. Le puedes preguntar a tu hijo si deseas confirmar lo que te diré, porque en él está Huyán, tu tío y esike, y recuerda su vida pasada. Nuestra alianza se conforma de varios acuerdos y estos papeles lo confirman.

Le entregó a Yuisa el contrato nupcial y ella los estudió.

—Uno de ellos era tu enlace nupcial con mi hijo Narigua, y con ella consolidaríamos nuestro poderío sobre los jiharu. La unión de las razas, a través de ti. No pudo ser, pero de igual forma estás aquí y como ves tu destino sí esta entrelazado al nuestro.

Iyeguá se puso en pie. Era evidente que Yuisa en su silencio y por su mirada vacía se le hacía difícil internalizar lo que leía en los papeles. Aun así, Iyeguá colocó su mano sobre su hombro derecho, y dijo con serenidad expresando confianza.

—No temas, aquí cuidaremos bien de ti. ¡Oh, tú dichosa, madre de Huyán!

En ese momento, Yuisa lloró desconsolada dejando los papeles caer al suelo. Iyeguá los tomó y se los entregó a su naborí que en silencio esperaba por ella. Iyeguá le dio una última mirada y la dejó a solas.

Iyeguá se precisaba a entrar al kaney cuando divisó a su madre de camino hacia el mausoleo que quedaba cerca del jardín. Imugaru estaba acompañada por una de sus naboríes quien llevaba flores en sus brazos. Ella le observó hasta que Imugaru se perdió bajo la penumbra que yacía tras la entrada. Dio un paso adelante en dirección al mausoleo, mas se detuvo de improviso. Desde que sepultaron el cuerpo de su padre no le había visitado, menos había decorado su tumba con flores. Si deseaba afrontar el futuro que ella preparaba para sí y su raza, debía enfrentar los lémures que le poseían y ellos incluían el recuerdo de su padre.

El recuerdo del día en que se convirtió en arakoel aún persistía con fuerza en su presente. Le indicó a su naborí que se marchara. Comenzó a caminar con la frente en alto, el pecho inflado y con la mirada puesta en el mausoleo. A la entrada de mármol se detuvo aguantando la respiración, y sin dejar que su mente analizara lo que iba a hacer, se internó en la garganta del corredor.

El mausoleo de geometría heptagonal, menos por el corredor de la entrada, era grande y de siete pisos, cuatro de ellos se adentraban en la tierra y los otros tres quedaban a la intemperie. Arcos corrían uno tras del otro, delineando la circunferencia esférica que servía como balcón para el pasillo exterior. A mitad de ese pasillo, una puerta en plata estaba abierta y allí dos nikahali vestidos de negro cuidaban celosamente del lugar de descanso de aquellos que una vez fueron los líderes de su raza. Erguidos, sujetaban lanzas que se igualaban a sus estaturas, pero no se movieron al ver a Iyeguá, tan solo mantuvieron su puesto.

Iyeguá entró a la esplendorosa catatumba que era iluminada por un gran candelabro que colgaba desde la cúpula. Su tenue luz daba un aire de respeto que invitaba a la reflexión. Paz emanaba de las paredes blancuzcas decoradas por venas grises, característica natural del mármol con el cual fue construido. El mausoleo fue hecho de tal manera que el eco fuera mínimo, casi imposible de escuchar, con el propósito de que aquellos que visitaran el lugar no fueran interrumpidos por la llegada inesperada de otros. Dividido en cámaras, la de su padre se encontraba casi al final del ala oeste. Caminó a paso lento, miraba de reojo las puertas cerradas de las otras cámaras donde sus antepasados descansaban.

Al llegar a la de su padre la puerta estaba abierta, la naborí que acompañaba a su madre estaba allí parada. Iyeguá se paró justo a su lado para que le viera y cuando esto sucedió, la naborí hizo reverencia y retrocedió varios pasos. Su madre Imugaru estaba parada frente a la tumba de su padre; las flores que había traído estaban colocadas en un jarrón en el suelo al pie de esta que era un pedazo de tierra profundo. En el centro de la tumba estaba sembrado un árbol de jobo proveniente del ancestral de los Heketibarú guaJikema que su madre sembró en el entierro de su padre. El nombre del antiguo orokoel Niagua recorría verticalmente una placa de mármol justo debajo del emblema de los Jikema: un rombo plateado sobrepuesto a uno verde oscuro con una orquídea negra en su centro y bajo esta el símbolo de la sabiduría. Un cemí tallado de la rama más robusta, descansaba a los pies del árbol. Según la tradición, el bejike del uraheke se encarga de visitar las tumba para cuidar el árbol y estar al pendiente de si este le habla. Se corta la rama y se talla el cemí según las órdenes de la voz del árbol que en este caso era la de su padre orokoel Niagua. Fue la primera y última vez que se le escuchó hablar. El cemí nunca les ha hablado.

Imugaru no decía nada. Su pérdida fue un golpe duro para su madre quien le amaba. Un amor que deseó tener con su cónyuge Alnairu, pero fue un imposible. Sus padres habían estado destinados para estar juntos en un amor que trascendía los espectros del tiempo. Iyeguá miró hacia atrás desde donde se podía ver la cámara que estaba destinada para ella, a solo pasos de su progenitor. Arqueó su ceja y dejó escapar un ¡Hm!, como si se mofara de la noción de su descanso eterno.

—El concepto de nuestro fin se convierte en una realidad en este lugar. Tenemos longevidad, pero no somos eternos. El fin está consignado para aquellos destinados a la posición de liderato de los kahali y aquí encuentran su descanso final aunque a veces son olvidados.

Iyeguá miró a su madre seriamente.

—Nunca pienso en eso.

—Entonces, ¿por qué nunca vienes a este lugar? ¿Será que le temes a la muerte?

—¡No! —contestó secamente Iyeguá.

—Si no estás aquí para reflexionar sobre eso, ¿qué te trae?

Iyeguá se acercó a ella para quedar a su lado, sus ojos quedaban alineados uno con el otro. De los de Imugaru una tranquilidad afloraba; de los de Iyeguá, austeridad. Dos kahali del mismo linaje, pero muy diferentes aunque Imugaru haya dado la vida, criado y educado a Iyeguá. Luego de varios segundos, ella puso su mirada sobre la tumba. En el rostro de Imugaru se delineó una pequeña sonrisa.

—Entiendo, el pasado te trae aquí. Deberás dejarlo atrás como esos que vinieron antes de ti y tuvieron que realizar el mismo acto. Te pesa la sangre que derramaste, pero recuerda que todos ellos también la derramaron para poner fin a un regido y comenzar el suyo.

Iyeguá le miró, pero esta vez su mirada denotaba un delgado espectro de aflicción. En ese intercambio visual los recuerdos tocaron la mente de Iyeguá. Los miembros más importantes de los siete uraheke estaban presentes en el gran salón, esperaban en silencio la llegada de orokoel Niagua y su hija quien esa noche tomaría las riendas de Yagüeka. El agudo sonido de una flauta le dio la bienvenida a orkoel Niagua y a Iyeguá. Los miembros del Guaminani estaban alineados junto a Imugaru y Narigua en el área cerca al dujo. Frente a la plataforma donde estaban los dujos había una mediana pieza de madera con tope ondulado, frente a esta un reclinatorio y a su lado un nikahali cargaba un manaya.

Orokoel Niagua se acercó al reclinatorio, se arrodilló, inclinó su cabeza de tal modo que su cuello quedara sobre la ondulación de la madera. La flauta seguía su canto bajo el poder de esa que le dominaba, una aparente canción trágica que llegaba al hilo más profundo del alma y reservada exclusivamente para ese momento histórico de los kahali.

Iyeguá caminó hacia el nikahali a quien con su brazo extendido pidió el manaya. Sin palabras ni despedidas, pues ya habían sido dadas, Iyeguá, con rostro pálido y ojos humedecidos, alzó sus brazos y con un fuerte zarpazo terminó con la vida de su padre. La flauta enmudeció con el acto y Hatuey se acercó a Iyeguá, tomó el manaya ensangrentado de sus manos y lo devolvió al nikahali. Mojó sus dedos con la sangre que fluía del cuerpo y pintó los pómulos de Iyeguá. A viva voz proclamó.

—La sangre se derrama dando fin a un milenio de poder, bautiza el inicio de otro. He aquí a esa escogida y la que en este instante es arakoel Iyeguá.

Ante su proclama, todos los presentes se arrodillaron, con excepción de Imugaru quien derramaba lágrimas. Arakoel Iyeguá debía sentirse en calma, pues era la tradición de su pueblo. El régimen de un líder duraba un milenio y era acabado por el próximo en línea para que este no tratara de derrocarle en un futuro. Así comenzó el reinado de Iyeguá, marcado en sangre. Con ella llevaba una pena que no podía comprender, pues para ese momento fue preparada. Los recuerdos oscuros de su pasado le hicieron derramar lágrimas, pero sin demostrar sentimiento alguno como si estuviese entumecida por completo.

—La diferencia entre ellos y tú —interrumpió sus pensamientos Imugaru—, es que ellos olvidaron y aceptaron. Tú al contrario no has olvidado, cuando lo hagas podrás perdonarte por algo que debías realizar. Deseabas el título de arakoel con todo y sus consecuencias, y esta —dijo señalando a la tumba de su cónyuge y padre de Iyeguá—, es la consecuencia de tu decisión.

Se acercó a Iyeguá y con amor maternal le expresó.

—Si me lo hubieses permitido, te hubiese ayudado a sanar tus heridas.

La dureza regresó nuevamente al rostro de Iyeguá, y dijo con severidad.

—No tenía nada que sanar, bibí.

Imugaru asintió con su cabeza, y dijo.

—Bien, Iyeguá, entonces te dejo con tus lémures para que sean ellos los que apacigüen tu tormento.

Al decir esto se marchó, e Iyeguá quedó a solas en la nívea cámara donde permaneció por varias horas con la mirada puesta sobre la tumba del kahali que ella más admiró y amó.

11 Visitas

Por segunda vez se encontraba frente a la puerta de la recámara de Yuisa. Sus ojos clavados en la madera, indeciso si debía tocar. Ya llevaba parado, como en un trance, diez minutos. La primera vez que vino a verle para indagar sobre su estado de salud, Yuisa le miró con odio y le pidió que saliera de su recámara. Su hijo estaba a su lado y lo único que dijo con voz llena de furia fue:

—Ya escuchó a mi madre, márchese.

Narigua no se daba por vencido, sus pensamientos diarios se tornaban hacia ella. Tenía la esperanza de que le recordara como Huyán se acordaba de él. Por eso estaba allí frente a su puerta a sabiendas que no sería bien recibido otra vez.

Se dio cuenta que los nikahali encargados de la vigilancia de los aposentos de Yuisa le miraban de reojo. Así que salió de su trance y tocó la puerta. Segundos más tarde una naborí abrió y al verle hizo reverencia. Narigua preguntó por Yuisa. La naborí le informó en lenguaje de señas que se encontraba en la sala. Le dejó pasar y llegó hasta la sala y vio a Yuisa sentada en una silla en pajilla mirando una pequeña pintura que tenía en sus manos. Él notó un cambio en ella como si la energía le hubiese sido drenada. Tenía su espalda encorvada; su piel, muy pálida.

Él se acercó sin hacer ruído. La contempló por varios minutos y mientras estos transcurrían, se conmovió con la decadencia de una hüaku que llegó a Yagüeka desafiante y llena de valor.

—Tagüey —dijo Narigua deseándole los buenos días y llamar su atención. Cuando ella se volteó para mirarle sorprendida, de inmediato el recuerdo condujo a Narigua a su encuentro con la Señora a ese momento que cambió su vida. Su corazón saltó en su pecho y al instante respiró profundamente para controlar sus sentimientos. La mirada de Yuisa cambió de una serena a una tajante que expresaba su descontento de verle.

—Pasaba para saber cómo estaba —dijo Narigua.

—No hay entre ustedes uno que realmente le interese mi salud. ¿Qué desea? —contestó seca Yuisa.

—No es mi intención molestarle, deseo saber cómo sigue.

Ella tornó su rostro a un lado, sin dar respuesta. Narigua caminó hacia ella para mirar la pintura que aún permanecía en sus manos. Se dio cuenta que en la pintura ella estaba feliz y abrazada a un jiharu.

—¿Ese es su cónyuge?

Yuisa le miró y al darse cuenta de su cercanía se inclinó un poco hacia el lado contrario y cubrió la pintura.

—Sí.

—Mi pésame ante su partida —dijo antes que Yuisa pudiese añadir algo.

El comentario la tomó por sorpresa. Él tomó asiento en la silla frente a ella. Estaba nervioso y le comenzaban a sudar las manos, pero no lo dejaba notar. Mas no podía permitir que ella le pidiese se marchara.

—Soy Narigua guaJikema, rahu de arakoel Iyeguá.

—Ya entiendo porqué está aquí. Viene como mensajero de Arakoel. Adviértale que no le dejaré usar a mi rahu para acabar con mi raza —expresó con enojo. —Él no es Huyán.

—Itiba, no me envió Arakoel a verle. Vengo por cuenta propia —dijo con sinceridad para bajar la guardia de Yuisa.

—Lo recuerdo, Narigua —dijo ella. Su corazón saltó de improviso ante las palabras esperadas.

—¿Me recuerda? —preguntó él ansioso por recibir la respuesta.

Ella asintió varias.

—Estaba allí escondida entre los arbustos cuando su kahali asesinó a mi chofer. Cuando, usted, tenía en su poder a mi rahu.

Obtuvo una respuesta adversa a la que deseaba. Mas llamó su atención el hecho de que ella permitió que se llevara a su hijo y no hiciera nada al respecto. Quizás tuvo miedo de correr la misma suerte que la de su chofer.

—Lo de su chofer fue una lástima, no debió suceder —expresó Narigua.

—No me diga que fue una lástima lo que ocurrió, fue un salvajismo como el que los caracteriza. ¿No toma responsabilidad por los actos de otros cuando fue evidente que, usted, estaba al mando?

Narigua se sintió ofendido. Los kahali y menos él, en ninguna circunstancia recurrían al salvajismo. Yuisa, al parecer, solo conocía de su raza las falsedades que le fueron enseñadas en Ataiba. Se le hacía evidente que ella no le recordaba, pero había otra información que deseaba conocer y se arriesgaría a preguntarle al único ser que tendría información.

—Antes de retirarme, deseo hacerle una pregunta —dijo Narigua.

—Diga.

—Deseo indagar por alguien y espero me conteste. Dígame, Itiba, ¿cómo está la Señora del Oráculo?

Yuisa le estudiaba con la miraba embalsamada de cautela, buscaba algo en él. Como si el recuerdo iluminase su memoria tal rayo de sol sobre las tinieblas, ella exclamó asombrada.

—¡Fue, usted!

Narigua en un suave susurro contestó:

—Sí.

—¿Por qué un kahali ayudaría a una hüaku, mas cuando en sus manos tenían a una rehén tan valiosa?

—Los detalles no son importantes, por favor conteste a mi pregunta —insistió.

Yuisa aún le miraba con seriedad como si no supiese si debía dar la respuesta.

—La Señora está bien, vive en paz, bajo la custodia de esos que la aman y le protegen desde ese entonces más que nunca. Ahora conteste la mía.

Narigua sonrió complacido en saber que la Señora estaba bien, su corazón descansó al conocer al menos un pequeño detalle de ella. Que la paz había alcanzado sus días luego de lo vivido, que le protegían y era amada por su nación. Estaba satisfecho, la calma le arropó por vez primera desde aquella noche en que la dejó frente a la frontera del Yujiba y no supo más de ella.

—¿Contestará a la mía? —preguntó insistente Yuisa mientras empujaba a su espalda su cabellera y cortaba con el hilo de pensamiento de Narigua. En su mente estaba grabado el rostro de la Señora y sus hermosos ojos. Miró a Yuisa como si le fuera a responder, pero se detuvo, se puso en pie y salió sin decir palabra.

La respuesta a esa interrogante ya había sido dada y no tenía que responder de nuevo a ella. En especial, a Yuisa a quien no deseaba revelar nada de lo ocurrido. El porqué era la constante interrogante que se desenvolvió a su alrededor cuando ocurrieron los hechos. Cuando reveló lo que hizo y fue entregado a Arakoel luego que los nikahali le encontrarán al pie del Yujiba donde permaneció horas a la espera de que, quizás, la Señora regresara por él. La angustia de Arakoel nacida del miedo de haber perdido a su hijo al creer que fue tomado prisionero por esos que ayudaron a escapar a la Señora, se tornó en ira y la pregunta ¿por qué?, fue la expresión del sentimiento.

Al pasado se le da vida al hablar de él en el presente. Es una partícula del tiempo que continúa torturando su presente, marcando su futuro. El tiempo era un tirano, de seguro una esencia malévola que dictamina lo que se debe recordar, lo que se debe olvidar. Tomó asiento en una silla del pasillo al que se había adentrado. El recuerdo del pasado lo agobiaba.

El tiempo lo borra todo y cura las heridas, le había dicho Imugaru. Todo una falsedad, se dijo. El tiempo borra los recuerdos que desea que los seres bajo su dominio olviden y mantiene vivos esos que hacen daño y consumen el alma. En su rostro era evidente esa tortura del tiempo, pues esos que posen su mirada en él no se olvidarán nunca de su pasado. Mas esa que deseaba recordara su pasado, no lo hacía. Debió escuchar el pedido que le hizo Imugaru de no traer al Profetizado. No por él, sino por Yuisa. Quizás si hubiese prestado más atención a la información que le dieron de ella, la hubiese reconocido tras su vestimenta valloscana que la hacía ver tan diferente. No era su estilo el arrepentirse de sus actos, no lo hizo aquella vez y no lo haría ahora. Ya estaba hecho y no había marcha atrás.

El Profetizado, se dijo, Imugaru me pidió no lo trajera. ¿Por qué?

Se puso en pie y dirigió sus pasos a los aposentos de su abuela con quien no había hablado desde su regreso y quien le debía respuestas. Entró sin ser anunciado, era su costumbre. Escuchó el eco de voces que provenían de la sala, se acercó y reconoció la voz de su padre.

—Entonces, ¿debemos darle su momento a Arakoel para que esté un paso adelante de nosotros?

—La paciencia —escuchó a Imugaru contestar —es en estos momentos y en adelante, nuestra dama de compañía y de ella nos apoyaremos para tomar nuestras decisiones futuras.

—¿Esperar, Imugaru? Eres la kahali más poderosa e influyente en Yagüeka. Muchos kahali te son fieles, algunos que conozco y otros que me son desconocidos. Ellos te pueden ayudar si se lo pides. Hasta tienes aliados hüaku de vasta influencia en su nación y deberías pedir su ayuda.

—No les pediré ayuda por el momento porque no es su batalla, sino la nuestra y no hay que involucrar a terceros en ella.

Orokoel Alnairu preguntó asombrado:

—¿No es su batalla? Imugaru tenemos en nuestro poder a la Itiba de Ataiba y al heredero al dujo. ¡Claro que es su batalla! Estamos cambiando el futuro de una nación al tener en nuestro poder a esos destinados en regirles. Propongo realizar un plan de escape para itiba Yuisa y su rahu.

—Urayoán no es el heredero al dujo, hay uno antes que él —hizo una pausa—. ¿Buscas tu muerte o la salvación de tu nación?

—La salvación de mi nación, Imugaru —contestó su padre.

—Con tu propuesta parece que pides lo contrario. ¿No crees que Arakoel esté preparada para eso, que no tiene a Yuisa y a Urayoán bajo vigilancia constante? No va a tomarse el riesgo de perderlos a ellos como perdió a la Señora. Si te atreves a hacer lo que propones, le pones tu vida en bandeja de plata —hizo una pausa y luego continuó. —Alnairu, hay cosas que deben ocurrir de cierta manera. Tal vez, estaba destinado que itiba Yuisa estuviese en nuestra nación, quizás para bien más que para mal. No deseo tener a los pies de Yagüeka una batalla sangrienta como en tiempos pasados. No se puede resolver todo derramando sangre. Me he dado cuenta en mis milenios de vida que hay esperanza hasta en los momentos más oscuros. Esta nunca muere y saldremos de esta situación airosos, aunque deseemos con todas nuestras fuerzas realizar lo imposible para solucionar los problemas y poner fin a los planes de otros. Te pido calma, tomemos este tiempo para estudiar y tomar decisiones inteligentes. Estoy segura que Iyeguá espera que esos que se oponen a su régimen, salgan a la luz y traten de poner fin a la vida de Urayoán o ayudarlos a escapar. Es lo obvio y no le daremos el gusto.

Hubo un largo silencio y Narigua prestaba toda su atención. La conversación le tomó por sorpresa. Imugaru y su padre hablaban más como aliados en busca de la derrota de un enemigo, que como amigos. Deseaban detener los planes de Arakoel, pero ¿cuál era el motivo? ¿Para proteger a los hüaku y su futuro? Era lo más obvio por la respuesta de su padre y el pedido que Imugaru le hizo antes de la misión. ¿Quiénes son esos hüaku influyentes que conoce? ¿Cómo los conoce?, se preguntó.

—Han, han katú —contestó su padre —esperaremos a que Arakoel baje su guardia y se sienta segura. ¡Qué dudo ocurra por su naturaleza de estar siempre un paso adelante de todos y no soltará el yugo que tiene sobre la Itiba! Una vez más nos encontramos a la espera de otra oportunidad.

¿Otra oportunidad? ¿Habrá sido el pedido de Imugaru la oportunidad que perdieron?, pensó Narigua.

—¡Vendrá otra! —exclamó Imugaru. —Por más que lo pienso, más me convenzo. Esta no era la nuestra y me adelante a ciertas cosas exponiéndome. Debemos ser discretos de ahora en adelante —hizo una pausa. —¿Has decidido si regresarás a Vergerri o te quedarás?

—Mi presencia aquí es importante y necesaria. He estado mucho tiempo lejos. Si debemos esperar por nuestra oportunidad, no está demás que esté al tanto de todo lo que ocurre en mi nación desde el lugar que me corresponde. Lekar tiene razón, mi lugar es este. Sin embargo, me llama la atención que Arakoel convocara a Yayguna al kaney.

—Es inusual que mandara a buscar a Yayguna. Sé que la quieres mucho y se preocupas por ella, pero estoy segura que los años que estuvo bajo tu protección no serán en vano.

—Eso espero —contestó su padre.

Una naborí salió de la sala y se detuvo al verle. Él sorprendido tocó a la puerta, el silencio puso fin a la conversación que tenían su padre e Imugaru. Entró aún espabilado por la naborí y la conversación que escuchó. Sonrió e hizo una reverencia para saludar. Imugaru le recibió con sumo cariño alegre de verle, caminando hacia él de inmediato. En sus ojos y su rostro el amor de una madre ante un hijo se delineaba deslumbrante. Imugaru lo condujo a la sala donde esperaba su padre. Orokoel Alnairu se puso en pie y le abrazó fuertemente, Narigua le devolvió el abrazo. Ambos se sentaron luego de que Imugaru tomara asiento. Por varios segundos nadie dijo nada. Tal vez se preguntan si escuche algo, pensó.

Orokoel Alnairu, entonces dijo:

—Debes saber que he decidido quedarme indefinidamente. Y Candro también, por supuesto.

—Ambas noticias alegraran a Arakoel. ¿Le informaste que te quedarás? —preguntó Narigua con un toque de jovialidad para cambiar la atmósfera de seriedad que se adueñó de la sala con su llegada.

—¡No! —exclamó prolongando la negación y con rostro jocoso continúo. —Dejemos que lo deduzca por sí misma, no tengo por qué informárselo. Tú, que has regresado triunfante, ¿tomarás el lugar que te corresponde en el Guaminani? Lekar no es la karí oficial, sino tú.

—No —contestó Narigua determinado recordando la mirada que le diese su hermana la última vez que se vieron. —Lekar no se merece eso.

—Bueno, puedes ser mi acompañante y te permitiré la palabra cuando así lo desees.

Sonriente Narigua exclamó:

—¡No solo te quedas, sino que también asumirás tus obligaciones, en especial tu asiento en el Guaminani!

Sin dejar la actitud jocosa, dijo:

—Siempre son severamente extensas y aburridas, pero el deber llama y ya que me voy a quedar no puedo dejar que Arakoel continúe con toda la diversión. Además, estarás allí para apaciguar mi expiación.

No hay duda de eso, hay mucho que debo conocer, contestó en su mente Narigua. A pesar de la buena relación que tenía con su padre y el amor que ambos se tenían, lo escuchado le tenía confundido. Antes de llegar a conclusiones, debía buscar respuestas a su debido tiempo.

—¡Basta! Los asuntos del Guaminani se deben tomar en serio —los interrumpió Imugaru alzando su mano izquierda. —No creo que sea una buena idea que estén sentados juntos, van a despertar la cólera de Arakoel como en tiempos pasados.

—No te preocupes, Imugaru —señaló orokoel Alnairu. —Aunque esa es la parte más interesante de todos esos mítines, estaremos en nuestro mejor comportamiento. Así que para la primera reunión, mi rahu, llegaremos últimos.

—Por lo visto hay cosas que con el pasar de los años no cambian —dijo Imugaru.

Narigua y orokoel Alnairu rieron placenteramente ante el comentario de Imugaru. Los lazos entre padre e hijo eran informales, contrario a los que Narigua tenía con su madre. Lo que más le gustaba a Narigua de su padre era la característica que Arakoel detestaba de él, que no tomaba las cosas con tanta seriedad. Algunos pensaban que orokoel Alnairu era un kahali sarcástico, pero aquellos que le conocían mejor sabían que era lo opuesto. Por eso le extrañaba que estuviese conspirando en contra de Arakoel, cuando siempre era ella la que conspiraba.

Orokoel Alnairu lamentó que debía poner fin a su tertulia que tan solo comenzaba, pero tenía otros compromisos que atender. Orokoel Alnairu se despidió no sin antes recordarles sobre la cena familiar que tendrían esa noche, que no debían perderse al no haberse dado en centenarios. Con una sonrisa en sus labios y la frase hasta esta noche se marchó, oportunidad que Narigua tomó para, con respeto, pedir permiso para hacerle una pregunta íntima a Imugaru.

—No es el momento para hablar sobre las interrogantes que tienes a raíz de mi pedido —le contestó con seriedad. Por el respeto que le tenía, asintió desilusionado, en especial con él mismo por no forzarla a contestarle.

—Cuando llegue el momento, las contestaré — añadió Imugaru.

A su momento, otra partícula del dictador tiempo, se dijo Narigua.

—Tengo mis motivos —hizo una corta pausa y amorosamente dijo—. No pienses que me has decepcionado, Narigua, hiciste lo que dictaba tu corazón.

Narigua con la desilusión marcada en su rostro le sonrió. Ella devolvió la sonrisa satisfecha.

—Note que estás un poco atribulado. ¿Deseas hablar sobre lo que te tiene así?

Narigua bajo el rostro como pensativo. No debo mencionar ahora lo que escuché. Tendrá una respuesta contraria a la verdadera o no dará ninguna, se dijo.

—Visité a itiba Yuisa antes de venir aquí.

Sorprendida, Imugaru se inclinó hacia su nieto.

—¿Tuviste la valentía de visitarla, cuando eres tú la razón de que su rahu esté aquí y por tal, ella se entregó?

Rodando sus ojos azules, contestó:

—Sí, me quedé preocupado con lo ocurrido en la celebración y supe que estuvo enferma.

—Imagino que no te dio el mejor de los tratos.

—No, por supuesto que no. Catalogó nuestra raza como una en la que el salvajismo le caracteriza.

—Eso te incomodó, era de esperarse.

Asintió con su cabeza y suspiró, pero no dijo más. Imugaru, entonces, señaló.

—No es eso lo que realmente trajo la tribulación a tus sentimientos.

Narigua le miró a los ojos, pero inmediatamente les cerró, respiró y tragó para apaciguar su alma.

—Le indagué por la Señora.

—Entiendo. El pasado toca a tu puerta.

Narigua le miró a los ojos.

—Son muy diferentes, ella y la Señora. Entorno a la Señora nacía paz, una serenidad que te envolvía y es difícil de olvidar. De itiba Yuisa se percibe valentía a flor de piel aunque se notaba abatida cuando la visité. Es una hüaku tenaz y luchadora. No es prepotente por ser quien es.

—Has tratado muy poco con los hüaku, no has tenido más contacto con ellos que ese que ha traído la batalla y la percepción de lo que conoces de ellos por terceros. Los hüaku son muy diferentes a nosotros, Narigua, y lo que quizás notas en Yuisa es ese dato en particular. Deberías tomarte el tiempo de conocerla. Yo he tenido la oportunidad de conocer a hüaku impresionantes, dos en particular cambiaron mi vida y a quienes mantengo vivos en mis recuerdos, con quienes me encantaría conversar nuevamente en una tarde de verano.

Narigua despertó de su trance, era el momento de preguntar por esos hüaku que al parecer admiraba. Una rareza en un kahali, pero al tratarse de Imugaru, quien era muy diferente a los demás, no le debía extrañar.

—¿Quiénes son? —preguntó curioso.

—En otro momento te cuento de ellos —contestó de inmediato. Imugaru hizo una corta pausa y continuó—, Narigua, deja atrás tus prejuicios y permite que tu corazón se abra a la posibilidad de conocer a esos que has llamado enemigos por tanto tiempo. Quizás aprendas más de los hüaku de lo que te imaginas. Lamentablemente, no todos tienen el alma llena de buenas intenciones, su antiguo esike Huyán y esos que le siguieron son evidencia de esto. Mas aquellos que han podido persistir con sus valores intactos y regidos por ellos, han sido capaces de levantar a su raza luego de una tormenta como la que vivieron centenarios atrás.

—Hablas como si los admiraras —comentó para obtener una respuesta concreta de ella.

Imugaru sonrió—, Mas bien es respeto lo que por ellos siento. Los errores de su pasado le han enseñado a continuar la vida con una nueva sabiduría, nacida de las experiencias vividas. Su fe a su divinidad les alimenta, acrecienta su esperanza. Son seres que también comenten errores, como nosotros que hemos cometido tantos, pero si nos diéramos la oportunidad de conocerles, mucho cambiaría.

Ella nunca le habló de los hüaku de esa manera. Arakoel y sus tekinas le habían enseñado a considerarlos sus enemigos mortales. Una raza de cobardes, que se resguardaban detrás de su preciado Yujiba. No debía extrañarle el respeto que ella sentía hacia los hüaku. Había olvidado, por la influencia de Arakoel, el respeto que les tenía su abuelo orokoel Niagua. Nuestros formidables adversarios, le escuchó llamarles varias veces. Durante el régimen de su abuelo la paz vivió en Yagüeka, pues se negó en múltiples ocasiones en atacar a los hüaku y a los jiharu; la economía creció al permitir el intercambio agrícola y comercial con los jiharu. A los que sí tuvo que combatir para defender el sur de la nación fue a los üogori, quienes no respetaban ninguna raza y, que por Arakoel, se convirtieron en sus aliados.

—Debo serenar mi cuerpo, Narigua —dijo mientras se ponía en pie y le sacó de sus pensamientos. —Necesito tomar mi siesta para enfrentar con energía la cena familiar que nos espera. Será una muy interesante —sonrió iluminando su rostro—, y solo ruego que sea entre nosotros y tu bibí no haya invitado a terceros para impresionarles. Con tu baba y tú a la mesa se llevarían una excelente impresión, sin contar con la presencia de tu hermana. Anda, dame un abrazo, que yo te abandono con tus recuerdos.

Narigua le abrazó fuertemente y se despidió de ella, más atribulado, no por los recuerdos, sino por los secretos.

12 Aliado del Pasado

En la sala aledaña estaban reunidos los presentes, algunos sentados otros de pie, a la espera de su llegada. Al Iyeguá entrar al comedor todos hicieron silencio. Con una grata sonrisa en sus labios les declaró lo agradecida que estaba el estuviesen allí. Percató de inmediato la cercanía de su nieta Yayguna y Baoruko, la madre de este era la hermana de orokoel Alnairu y estaba allí junto a su cónyuge. Seguro que Alnairu les invitó, se dijo.

A petición de Iyeguá se sentaron a la gran mesa redonda en caoba que descansaba sobre una alfombra de una sola pieza. Iyeguá y orokoel Alnairu se sentaron a la mesa. Ambos quedaban uno frente al otro separados por la circunferencia de la mesa. A la derecha de Iyeguá estaba Imugaru seguida por Narigua; a la de orokoel Alnairu, su hermana Natimari acompañada por su cónyuge Baynoa y Baoruko. A la izquierda de Iyeguá, donde comenzaba la jerarquía de los del Guaminani, estaba Jayakú con su cónyuge Ahoye, seguida por sus hijos Yaguax y Yaguana; a la de orokoel Alnairu, Lekar, Eguari y Yayguna.

El primer plato fue servido, una crema de yautía, y en ese momento Natimari tomó la palabra, lo cual era de esperar.

—Arakoel, deseaba agradecerle por la invitación a cenar.

Sin darle tiempo a Iyeguá, orokoel Alnairu miró a su hermana y dijo con sarcasmo en su voz.

—Creo que fui yo quien te invitó.

Iyeguá le dio una mirada punzante a su cónyuge, y luego con sutileza dijo a Natimari.

—Es un placer tenerles aquí. Me extraña no ver a Tayamari con ustedes.

—Está de viajes con amistades —contestó muy sonriente—, cuando me comunique con Tayamari le informaré que, usted, a indagado por ella. Se pondrá sumamente contenta, le aprecia mucho.

Cortésmente ante el comentario, dijo con una media sonrisa.

—Espero disfrute de su viaje, es una kahali muy educada y proveniente de un uraheke importante, imagino tiene varios pretendientes.

—Ninguno que satisfaga nuestros estándares—, comentó Natimari con un aire de superioridad luego de tomar un bocado de su crema de viandas. —Narigua, ¿no piensas tomar cónyuge? No es bueno para un kahali de tu estatus estar solo, aunque te hace más atractivo para las jóvenes kahali.

La mirada de Narigua fue corta y expresaba su desinterés por el tema.

—Ninguna que satisfaga mis estándares —contestó a su tía.

Iyeguá sonrió ante el comentario de su hijo, pero de inmediato para que nadie se diera cuenta tomó de su crema. Natimari se quedó espabilada, pero continuó con su interrogatorio y esta vez le tocó el turno a Lekar.

—Imagino que tienes los pretendientes alineados para tus güares, Lekar.

—Por el momento no —contestó y continuó comiendo.

—¡Qué sepas tú! —al comentario de orokoel Alnairu, Yayguna se tornó pálida. —Lo más seguro Eguari tiene varias esperando por él en Vallosque.

Eguari solo sonrió sin decir nada, dejando tan solo que su sonrisa pícara hablara por sí sola.

Una carcajada soltó orokoel Alnairu.

—Ahí lo tienes —comentó a viva voz.

Iyeguá cansada del tema, lo interrumpió antes que Natimari continuara la investigación con sus otros sobrinos.

—Aunque ya comenzamos la cena, deseaba expresarle a Narigua frente a los miembros de su uraheke, lo orgullosa que me siento de él. Has realizado una gran hazaña y por siempre serás recordado como aquel que puso en nuestras manos al Profetizado.

Todos aplaudieron junto con Iyeguá, que con ternura le sonreía. El rubor le corría a Narigua por su piel ante el loar de los de su uraheke.

—Tu nagueti Aguiana te envía sus felicitaciones, Narigua, y te pide sus disculpas por no poder estar presente.

No hizo falta, pensó Iyeguá.

—Le llamaré mañana para agradecerle —dijo Narigua.

Servido fue el segundo plato, una ensalada verde fresca con tomates, semillas de girasol, granada y ralladuras de queso. Iyeguá miró a orokoel Alnairu y él, arqueando su ceja asintió al detalle de esta, pues era la forma en que prefería comer su ensalada. Centenarios habían estado distantes, su desunión era tan marcada como esa presente en la mesa. Vidas unidas por un ritual, pero en realidad caminaban rutas diferentes que solo se encontraban por necesidad como era ese momento. Como la anchura de un hilo de una telaraña era el amor que prevalecía en ella por él, allí en el abismo de su alma. Quizás un espectro de lo que un día fue, y por tal se recordaban los simples detalles de una ensalada, y se guardaban las palabras sarcásticas y se agradecía por respeto. El gesto trajo en Iyeguá una nostalgia que no había sentido desde antes de su separación. Extrañaba los comienzos de su relación con él. Las noches que de vez en cuando él la obligaba a escapar a caminar bajo la luz de la luna, para que ella encontrara la tranquilidad que el día le había robado por sus responsabilidades. Usualmente él tomaba la iniciativa, ella siempre tenía la mente en los asuntos de la nación. Cuando los olvidaba, un ser dentro de ella emergía junto con el romanticismo y se perdía entre sus brazos por completo. Duraban poco esos momentos antes que la realidad abatiera su alma y la transformaran nuevamente en arakoel, una kahali severa y de poca tolerancia.

Los otros hablaban amenamente, pero ellos se mantenían callados intercambiando miradas etéreas. De entre ellas, una larga surgió sin que nadie se diese cuenta como si el tiempo se hubiese detenido. Iyeguá respiraba con tranquilidad, deseaba leer en sus ojos sus pensamientos, su estado de ánimo, pero fue en vano. Nada podía obtener de esa mirada que ya no podía leer, pues de cierta manera le era extraña. Los años los habían cambiado, su separación les había quitado la capacidad de conocer lo que pasaba en su alma. Eran indiscutiblemente ajenos e Iyeguá sabía que nunca se recuperaría lo perdido, no con él. El contacto fue interrumpido con el servicio del plato principal, el favorito de ambos: chillo asado para él acompañado de yuca hervida y salteada con pimientos. El aroma de la comida seducía al paladar invitando a manjar la exquisitez colocada frente a ellos.

Ahoye, una kahali ponderosa de figura erguida y quien siempre deseó una unión entre su hija Yaguana y Narigua, se dirigió a Imugaru quien hablaba con Narigua.

—Imugaru, ¿regresará pronto al valle Yarari? —contestó Imugaru.

—No, me quedaré un tiempo indefinido.

Era de esperarse, deseó añadir Iyeguá.

Ahoye, dijo con júbilo.

—Gratas noticias, Imugaru, su presencia siempre es valorada para nosotros, en especial Jayakú quien me ha expresado en varias ocasiones lo mucho que le extraña. Si no le molesta, ya que estará aquí nos gustaría que Yaguana se hospedara con nosotros. De esta manera podemos disfrutar de ella hasta que tenga que regresar a Yarari.

Imugaru asintió y Ahoye sonrió.

—Espero recuerde que no puede tomar ninguna decisión sobre el futuro de Yaguana ahora que la tendrá una temporada, pues eso le corresponde a Imugaru como su guardián —dijo Iyeguá para fastidiarla y darle fin a la conversación.

—Por supuesto que no, Arakoel —contestó Ahoye con respeto pero a la vez indignada.

—Por lo visto somos varios los que hemos decidido quedarnos —comentó orokoel Alnairu causando evidente asombro en las expresiones faciales de los presentes. El anuncio tomó por sorpresa a Iyeguá, pero en ningún momento orokoel Alnairu le miró. Él al contrario le expresó a Ahoye.

—Veo que mi estadía no es grata.

—Al contrario, es imprevista —contestó esta con compostura—. ¿No lo es, Arakoel?

Con un simple no respondió a la pregunta. Orokoel Alnairu sonrió placentero, Iyeguá no mostraba sus verdaderos sentimientos ni tan siquiera cuando en realidad no esperaba el cambio de eventos.

Luego del majarete, una exquisitez jiharu y postre predilecto por ambos Iyeguá y orokoel Alnairu, se movieron a las mesas de juego. Dominó para ellos, las briscas para ellas. En un lado del salón estaba Iyeguá quien con la mirada seguía a orokoel Alnairu, quien se mantenía de pie al lado de la mesa donde jugaban dominó. Varias horas después, orokoel Alnairu anunció que se retiraba. Se despidió de todos, besó las manos de las damas presente, pero la de Iyeguá la besó con sequedad, lo que la hizo enojar.

Con ese sentimiento impregnado en su ser y el cual se acrecentaba a cada minuto y que le dañó la noche, decidió que era tiempo de retirarse. Se despidió y todos le dieron su reverencia. Al salir del salón se internó en la solitud del ancho pasillo bañado por las luces tenues que de la pared colgaban. A treinta pasos de salón comedor una figura salió a su encuentro. La luz ámbar reveló las facciones varoniles y los ojos azul cobalto de orokoel Alnairu.

—He decidido que sería oportuno aprovechar esta soledad para conversar mientras te escolto a tu recámara —dijo él.

Iyeguá seria, pero con el corazón palpitante como el trote de un caballo, aceptó su proposición. Varios pasos y ni una palabra. Entonces, ella puso fin al silencio.

—No te he pedido que te quedes.

—No necesito tu permiso para volver a mi kaney y a mi nación —contestó él sin mirarle. Caminaba con las manos dentro de sus bolsillos, lo que no era inusual. En mejores tiempos Iyeguá solía arrebatarlas de su escondite y adueñarse de ellas con las suyas. Volvió su mirada a su rostro.

—¿Cuál es la razón para que te quedes?

—Varias son las razones que me convencieron en quedarme y no volver a mi exilio —comentó sin mirarle.

—Nunca te envié al exilio y menos a Vergerri, solo te pedí que era mejor te marcharas por un tiempo.

El comentario la hizo enojar nuevamente y lo dejó notar en su contestación. Esperaba que esta vez le mirara a los ojos.

—Era evidente que no me deseabas a tu lado por mis opiniones que iban en contra de las tuyas. Nunca me mandaste a buscar, menos me dirigiste la palabra hasta ayer.

No funcionó y él aún no le miraba. Iyeguá se detuvo enojada.

—Te di tu espacio para que discernieras sobre tus acciones, eras tú el que debía regresar por ser quien eres y asumir tus responsabilidades independientemente de nuestras discrepancias.

En sus labios una media sonrisa se delineó y fue entonces que la miró.

—Pudiste hacer todo sin mí. Me marché por respeto a ser quien eres, mas te di tu espacio no como arakoel si no como mi cónyuge. A esa era la que deseaba llegar con mi distancia, pero por lo visto la perdí contra arakoel.

Inerte quedó ella al ser separada en dos por él. Lo menos que se esperaba era que él amara a una parte de ella y no un completo, cuando ella le amo tal y como era.

Bajó su rostro para no verle y doblegar la desilusión que su alma sentía.

—Una viene con la otra, Alnairu.

—Tus deberes siempre estuvieron primero, independientemente a quien le tocara el yugo de tu mano.

¡No!, no voy a decir más de lo que ya una vez fue dicho. Fue en este punto en que comenzamos la última vez y no deseo regresar. Estoy cansado y vengo en paz aunque pienses que he llegado tarde y no soy necesario.

Arakoel trató de hablar, pero él no la dejó, le pidió que continuaran su camino. Caminaban a paso lento, prolongando el final de un recorrido que estaba a punto de concluir. A solo metros de la puerta de la recámara de Iyeguá, orokoel Alnairu comentó.

—La cena estuvo exquisita, en especial el majarete. Jajõm.

—De nada. Es la misma receta que utilizaban cuando cenábamos juntos en ocasiones especiales. Pensé que sería un toque especial, ya que estarías presente.

—Realmente lo fue, al igual que toda la cena —dijo orokoel Alnairu con serena voz.

El final llegó anunciando el momento de la despedida.

—Quédate conmigo —pidió Iyeguá con tierna voz. Su pecho agitado, su respirar aligerado, su mirada naufragante en el azul cobalto de sus ojos. Se acercó a su corporal figura, tal que sus manos se rozaban tímidas resistiendo el toque.

—Esto no cambia nada entre nosotros —expresó con suave voz orokoel Alnairu.

Ella sacudió la timidez de su mano y agarró la de él.

—¿Quién dice que tiene que cambiar?

Con su otra mano acarició su cuadrada mejilla decorada por una espesa barba.

—Un momento trae cambios —contestó él mientras abrazaba su cintura con su brazo para acercarla a él.

—Hay otros que no, este es uno de esos, mas por la esperanza del cambio se toman riesgos.

Un respiro profundo y orokoel Alnairu se precipitó a sus labios, ella le aceptó. Sus bocas se acariciaban febriles por una prolongada espera impuesta. Una separación ocurrió luego de la unión para con la mirada invitar a más. Iyeguá abrió la puerta, aún sujetaba la mano de orokoel Alnairu y lo condujo a su recámara. Las puertas cerradas y las naboríes retiradas, ambos se sometieron a las caricias apasionadas que en el pasado se negaron.

La luz dorada de los rayos del sol matutino se coló por la ventana y la despertaron. Iyeguá abrió sus ojos para recibirle, las cortinas estaban abiertas. Todas las demás a excepción de esta estaban cerradas, Iyeguá sonrió al darse cuenta que orokoel Alnairu no había olvidado sus costumbres para con ella. Solía hacer esto para despertarla por las madrugadas para que su rostro fuese acariciado por el sol. Se tornó hacia el lado contrario para buscarle, siempre estaba ahí a la espera de su despertar, pero encontró la cama vacía. Le extrañó, se levantó y fue cuando se dio cuenta que la cortina que escondía la puerta del pasillo secreto que une sus aposentos, estaba corrida.

Su rostro se tornó a admirar la ventana abierta que anunciaba un cambio en sus mañanas marcadas por la rutina. Lentamente se acercó dejando que su cuerpo entero fuese bañado por los rayos que ahora eran más luminosos que aquellos que le despertaron. Un anhelo que había olvidado, una costumbre muerta del pasado. Sola le dejó con ese sentimiento a sabiendas que ella despertaría para buscarle como lo hacía antes. Desilusionada consigo misma por dejarse seducir por el aura de lo que fue y un quizás, tomó las cortinas con ambas manos y de un solo halón las cerró para que eso que pudiera traer cambios se quedara fuera y continuara su vida como la había establecido después de él.

La tarde se impuso en el día para satisfacción de Iyeguá quien miraba con detenimiento a Urayoán. Buscaba en el joven orgulloso que tenía enfrente la sombra física del hüaku que fue en un pasado. Mas lo que observaba era un mestizo, la concepción encarnada de la unión de un hüaku y un jiharu, una mezcla intolerable para ella. Las características hüaku predominaban como la de sus ojos verde turquesa del uraheke Aimanio a juego con los mechones que nadaban en el mar negruzco de sus cabellos ondulados en escalones, los que en un pasado fueron lacios y largos. Su piel heredó el color cobrizo de su raza maternal, así como su estatura mediana. Su rostro no era grande y ancho, sino redondo; y su nariz larga y chata en vez de corta y recta.

El orgullo endeble de Iyeguá surgía con voz propia y retumbaba en su conciencia: En un mestizo has puesto tu esperanza, en una raza abominable que no debería existir. Respiró profundamente para apaciguar su hastío y no tratarle como si fuese un naborí, aunque su naturaleza lo deseaba hacer. Ordenarle y que él obedeciera con fidelidad y respeto como debían hacer el resto de las razas.

Urayoán le miraba de la misma forma que el día en que se conocieron por vez primera. Huyán era un hüaku que irradiaba poder y respeto, era al único que en su longeva existencia podía categorizar como su igual y por tal, era interesante ante sus ojos.

Cuando frente a él estuvo y quien era acompañado, al igual que ella, por sus guaribos, sus generales, su feminidad se apoderó de ella por varios minutos. Por ese intervalo de tiempo deseo seducirle, pero sabía que a un hüaku como él la seducción no se daría en un primer encuentro, sino a su debido tiempo cuando se ganara la confianza y la curiosidad despertara por los actos y las palabras. Era esa mirada el único rastro de Huyán que encontraba en el joven Urayoán y en ella debía concentrarse para que los sentimientos a causa de su concepción no tuvieran una fuerte influencia en ella y su toma de decisiones. Debía, por lo tanto, ante todos los kahali, insistir que él era un hüaku completo. Después de todo, los ojos perciben lo que la mente bajo una influencia prepotente desea que visualice y por tal acepta, y entre sus kahali esta era una característica de la mayoría.

—Me miras como si fuese un joven inmaduro —dijo en una voz gruesa inusual para su edad.

No es a lo que estoy prestando importancia, pensó Iyeguá.

—Tu juventud no me incomoda —contestó con frialdad.

Urayoán se puso en pie. Su cuerpo proporcionado era musculoso y no se encorvaba. Hacia ella se dirigió con un tumbao al caminar que reconoció de inmediato, pero la anatomía que visualizada no despertaba en su ser lo que la otra hizo.

—Mi cuerpo posee juventud, mas no mi espíritu ni mi mente.

Intrigada sonrió a medias, concentrada en su mirada. Llegó a donde ella estaba sentada, sus manos las apoyó sobre los descansa brazos y se agachó. Sus miradas al mismo nivel, él sonrió.

—Aún conservas ese olor exquisito a alelí.

Iyeguá no contestó, ni hizo movimiento alguno. Urayoán tornó su mirada hacia su cuello y con las yemas de sus dedos acarició sutilmente el lado derecho de su largo cuello.

—Recuerdo haber dejado una marca aquí.

—Mi cuerpo la borró —contestó Iyeguá con suave voz.

—Lástima —dijo suspirando. —Me gustaba la idea de que dejé mis labios marcados en tu piel —se acercó y besó su cuello.

—La piel de los kahali sana rápidamente. Para la tarde de esa madrugada ya había desaparecido.

—Esa noche cuando a mí viniste —susurró a su oído, sus labios rozando su oreja. —Entraste a mi bohío vestida con una bata azul cielo decorada con hilo de oro y perlas. Transparente era su tela por la que se dibujaba la silueta esbelta de tu cuerpo. Tu cabellera negra caía como cascada sobre tu espalda y en tus manos cargabas la guasaba. De primera, no sabía cuál delicia venías a ofrecer y quizás se me haría difícil poder persuadirte a que no solo entregaras la fruta.

Iyeguá sonrió de placer y su entusiasmo se hacía visible en el sube y baja de su pecho que provocaba su respirar. Satisfecha se sentía que él recordara un suceso que solo ellos conocían.

—Desde que te vi por vez primera, despertaste cierta curiosidad en mí. Era un hüaku que el solo deseo que tenía para un kahali, era su sumisión —dijo Huyán.

Iyeguá tornó su rostro hacía él, le miraba con cierto placer.

—Entonces, quedó demostrado mi superioridad.

—No, Arakoel, ni tu superioridad ni mis anhelos de sumisión. Al igual que yo tú deseabas ese momento.

—¿Qué te hizo creer que lo deseaba y no fue una manipulación de mi parte?

—Porque no eres de las que finges y te das para manipular. Das y tomas cuando deseas y como deseas, al igual que yo.

Ella bajó su rostro por varios segundos. Al menos se dio cuenta, se dijo. Volvió a mirarle, su mirada era juguetona y ardiente. Lástima que no sea el mismo en cuerpo, pensó. Se echó hacia atrás poniendo una corta distancia entre ellos.

—El pasado no se puede revivir, hay que forjar el futuro.

Él se irguió, su masculinidad evidente de la pasión que sentía en esos instantes. Ella le ignoró y Urayoán regresó a su asiento con el mismo caminar tumbao. Su mirada ahora era marcada por la seriedad.

—Explícame ese futuro que deseas forjar. ¿Por qué no me permitiste regresar a mi nación y tomar lo que es mío? Debiste esperar a que retomara el dujo de Ataiba y te mandara a buscar.

¡Mandarme a buscar como si fuera un subalterno, la desfachatez!, se dijo.

—A Ataiba entramos juntos. Se te olvida que el dujo le pertenece a otro y no se te dará porque lo pidas. Él está primero.

—Güeybán —susurró y se adentró en sus pensamientos como si el recuerdo de su sobrino le trajera nostalgia. Estuvo así por varios minutos. —Me lo dará.

Iyeguá soltó una carcajada.

—¿Por qué se lo pidas? Crees que por decirle que eres la encarnación de Huyán te dará lo que le corresponde por herencia. Verá solo en ti un joven inmaduro que se está aprovechando de una profecía para apoderarse de la nación y la misma reacción tendrás de los Custodios.

—Hay formas de probar que soy Huyán, que en mí se cumple la profecía —contestó confidente.

—¿Cuáles son esas formas?

—Me las reservaré, secretos que solo pasan de esike en esike.

—¿No confías en mí? —preguntó seria.

—Tanto como tú en mí —sonrió.

La prepotencia regresaba a él y Urayoán, que surgió en él cuando Yuisa se desmayó, no era evidente. Debía asegurarse que se quedara así siempre, ¿pero cómo?

—Arakoel, la paciencia no es una de mis virtudes —le señaló Huyán.

Ni la mía. —Debes regresar a Ataiba victorioso, con una poderosa nación respaldándote y el camino libre para tomar el dujo de la nación sin objeciones de nadie.

Huyán asintió prestándole toda su atención.

—Por tal, hay que eliminar a Güeybán y tengo la forma de llevar esto a cabo sin que se refleje en nosotros —hizo una pausa. —Sé que le amas como a un rahu.

—Es mi heredero —interrumpió, sus mandíbulas tensadas.

—Como Urayoán eres el suyo y se interpone en tu camino y tu futuro.

Huyán se puso en pie, le dio la vuelta a la butaca y se apoyó en el espaldar. Era evidente que tenía una lucha interna y se debatía en la decisión a tomar, una que Iyeguá había hecho por él. Sus aliados solo esperaban su llamada de aprobación para deshacerse del obstáculo sin importar que decidiera Huyán, solo deseaba que supiera que Güeybán se interponía en su toma del dujo de Ataiba.

—No tengo que recordarte que hay decisiones difíciles que van en contra de nuestros sentimientos y nos parten en dos. Hay que tomarlas, hay que sacrificar a algunos por el bienestar de otros y el nuestro —dijo ella como si estuviese aconsejándole, mas le hablaba con autoridad.

Él la miró de reojo, enfurecido ante sus palabras.

—No hablas con uno de tus subalternos, sino con uno que fue esike, Arakoel. Al contrario de los tuyos que son escogidos entre muchos, yo nací del vientre de una ísika y mi destino siempre fue ser esike.

Iyeguá destestaba que le hablasen de esa manera. Él estaba bajo su protección y amparo, y por ella obtendría su poder nuevamente. Mas Huyán, quien era el que se expresaba a través de la juvenil boca de Urayoán, estaba acostumbrado a una autoridad superior y completa. Eran dos jueyes machos en una misma cueva. Debía mantenerlo sumiso y por tal tratarlo, por el momento, como a un igual. Primero, debía aclarar varios puntos que él debía tener en mente.

—Si entre los tuyos permiten que una divinidad dicte quién les regirá, no en balde permanecen enejados, cohibidos de derecho propio, en una existencia esclava. Qué hayas nacido para el puesto de esike, porque te formaste en el vientre de una ísika, no significa que estabas destinado a regir. Al contrario de nosotros que escogemos a nuestros líderes por sus cualidades y, por supuesto, por el poder con el que fortalecerán la nación.

Se irguió en su silla para que él se diera cuenta de su poderío y superioridad.

—Fuiste un esike, no más. Serás nuevamente, pero no porque naciste de una itiba o porque una divinidad lo decidió así. No —sonrió a medias y le miró deseando penetrar en su piel y doblegar su orgullo.

—No eras tú el que estabas destinado a ser esike en este tiempo, sino Urayoán. De no ser por mí que te mostré y te di la vía para regresar, no estarías en el plano mortal y menos en ese cuerpo. Fui yo, Iyeguá guaJikema, Arakoel de los Kahali, y no una divinidad la que te dio inmortalidad espiritual. Yo te haré esike de nuevo y no una divinidad, y tú cumplirás las promesas que hiciste y sellamos con sangre, y por tal estás aquí.

Él le miraba serio, estaba inmóvil y en sus ojos verdes se notaba la furia que sentía dentro de sí y no deseaba expresar ante sus palabras. Ahora comprende quién está al mando, quién le dará el poder que desea. Ahora le puedo tratar como a un igual, se dijo.

—Decide, Huyán, de lo contrario tomo la decisión por ti si no tienes las agallas para hacerlo —declaró, su voz autoritaria retumbó por las paredes de su despacho.

Huyán pensativo, bajó su mirada sin bajar su rostro. Se enfrentaba a una dura decisión, una que ella conocía por experiencia propia. Mas el desenlace fue otro del que ella deseó. En ese pasado, a ella la vasta mayoría del Guaminani le miraban de la misma forma que ella lo hacía con Huyán. Su corazón se dividía en dos: en el de madre y en el de arakoel. Fue desde ese momento que dio muerte al amor maternal, uno que es veneno para ese que rige una raza y debe ser imparcial, sobre todo porque la entrega en los brazos de la debilidad. La sentencia de Narigua fue dada, pero Imugaru, le salvó de la muerte y ella, la Arakoel de los Kahali, tuvo que revocar la orden de que su hijo entregara su vida por cuenta propia.

Huyán le miró, se había decidido, no había duda en eso. Su respirar era rápido, como si hubiese maldad entrelazada en la decisión. El preludio a la contestación se alargó por un minuto como si dudara en hablar. Iyeguá sabía la contestación, pero deseaba escucharla. Esta sería la partitura más fuerte que Huyán haya realizado en su vida. Era la muerte de un amor puro y que nace sin previo aviso. Darle muerte es una traición al alma, a la naturaleza propia. Es sin duda alguna, arrancarse una parte del ser que nunca será reemplazada y en el cual, el vacío dejado será hospedaje de cosas inciertas.

—Hazlo —su voz era decisiva, pero débil como un susurro.

Excelente, ¿pero cuán lejos llegará? ¿Se dejará ver Urayoán con este nuevo argumento?, se preguntó.

—Otra cosa —interrumpió el hilo de pensamiento de Iyeguá—. Deseo que capturen a ísika Anaisa y la mantenga cautiva hasta mi regreso. No deben, por ningún motivo, hacerle daño alguno. No la deben dejar ir, así llegue su llamado a realizar el viaje al sur.

—¿No te importa si el llamado llega y ella pierde la cordura? —preguntó intrigada.

—Será parte de su penitencia —una oscuridad se apoderaba de su mirar.

—¿Qué deseas con ella?

—Mi hermana y yo tenemos asuntos pendientes. No te preocupes que no se interponen en tus planes.

No, pero pones en mi mesa una ficha con la que puedo jugar. —Daré órdenes para esto, pero antes debes tomar una decisión sobre Yuisa. De lo contrario, tu asunto con tu hermana deberás hacerlo tú.

—¿A qué te refieres con eso? —preguntó Huyán como si le hubiese hecho un reto.

—Es obvio que no la necesitamos y, por tal, estorba —dijo utilizando las mismas palabras que le dijo a Narigua tras la muerte del chofer.

—¡No! —exclamó a viva voz, la cual era juvenil y no fuerte como la de unos segundos atrás. Era Urayoán que tomaba fuerzas del amor que sentía por su madre. Esa era la confirmación que buscaba, el ritual no funcionó en su totalidad. Mas, ¿qué consecuencias podía traer si Yuisa era eliminada de su vida? No deseaba perder a Huyán fortaleciendo el espíritu de Urayoán a causa de la perdida de Yuisa.

—No pido extremos, sino saber qué harás con ella —explicó.

Huyán respiró profundo varias veces mientras cerraba y abría sus ojos, parecía como si tratara de apaciguar una tormenta interna. Finalmente, contestó.

—En el pasado hicimos una promesa de unión nupcial para solidificar nuestro pacto. Aún se puede realizar y de esta forma tu entrada a Ataiba es justificada. No solo escoltas al próximo esike a que tome lo que le corresponde, sino a la futura ísika, que es parte de tu uraheke.

—La unión de nuestros uraheke… Tentadora oferta, pero Yuisa se negará.

—Yo la convenceré, de eso no te preocupes. Sé cómo hacerlo.

Iyeguá se echó hacia el frente y con mirada pícara, dijo.

—Queda ahora el último de nuestros asuntos, el de tu enlace nupcial. Uno que realmente solidificará la unión de los uraheke Jikema y Aimanio.

Él la miró confundido y ella le expuso su plan, el cuál aceptó.

Al retirarse Huyán, Iyeguá mandó a llamar al bejike Kataox, quién le hizo esperar una hora. La espera la tenía encolerizada y se lo dejó conocer al bejike dándole un aviso sobre las consecuencias devastadoras que tendría de volver a repetirse. Kataox pidió disculpas temblando del miedo, pero Iyeguá las ignoró. Se sentó y no le pidió que tomara asiento. De inmediato le informó sus observaciones.

—Para evitar eso mismo necesitábamos su cuerpo completo. La unión entre bibí y rahu es fuerte y, por tal, se expresa en cuanto a ella se refiere —le explicó el bejike Kataox.

—Eso lo sé, ¿dime cómo lo evito? ¿Cómo hago que Huyán le suprima? —le dijo en voz alta.

El bejike bajó su rostro al mismo tiempo que se encorvaba como para protegerse. Parecía un cobito que se metía en su caracol buscando protección. Con voz temblorosa y señalando con sus manos, respondió.

—Necesitamos el cuerpo, Arakoel, para asegurarnos que Huyán tenga control completo y absoluto.

—Los hüaku se niegan en entregarme el cuerpo —dijo. Al parecer no había solución inmediata y debía lidiar con que Urayoán estaba presente y podía influenciar en la toma de decisiones de Huyán. Peor, aprender cómo manipular las situaciones haciéndose pasar por Huyán. Por ahora, sabía que se expresaba cuando el bienestar de Yuisa estaba en juego. Mientras esta estuviese segura, él se mantendría débil y fácil de controlar por Huyán. Lo que le fue evidente en su diálogo con él.

—Si los hüaku no se lo desean entregar, hay otros aliados que si lo pueden hacer sin miedo alguno. Esos que nos llaman "Tocados por los dioses".

Una media sonrisa se dibujó en sus labios y que disipó su enojo para con el bejike.

—Esos que desean ser también como nosotros —dijo ella en suave voz.

—El pacto está por vencer y uno nuevo debe ser creado. Es el momento perfecto —dijo Kataox.

—Es rara la forma anticuada en la que piensan. Mi baba me contó la historia del kahali Simiheda y cómo por un descuido de su parte le hundieron bajo las aguas para comprobar si éramos dioses. Él se levantó de las aguas, prepotente. Ellos cayeron al suelo de rodillas en adoración —el bejike Kataox rió—, pero Simiheda no se protegió al ir de caza. Alguien disparó una flecha que atravesó su corazón y cayó de rodillas al suelo sin vida.

—De igual forma nos veneran y desean nuestra condición de "Tocados por los dioses". Hay solo una manera de que la obtengan y otro enlace nupcial debe ser planificado.

Pero, ¿quién?, se preguntó.

Sería un asunto delicado, nadie entre los kahali se uniría un üogori. Si lo llevaba a cabo lo debía hacer a escondidas del Guaminani.

—Arakoel —llamó el bejike Kataox.

—Sí.

—Mis contactos en Vallosque ya trazaron un mapa detallado del Bosque Saize, el lugar donde está el poder divino, y los lugares aledaños —dijo mientras le entregaba el mapa—. En él le hacen observaciones de dos lugares en específico por donde puede entrar.

Iyeguá abrió el mapa y lo estudió por varios segundos.

—Bien —dijo satisfecha. —Mañana comenzaremos los preparativos.

Él asintió.

—Arakoel, durante el ritual toqué por un breve instante la espalda de Huyán. Sentí que la piel era dura y como arrugada. Me tomé el atrevimiento de pedirles a mis contactos en Vallosque que buscasen información sobre la estirpe de la que el padre de Urayoán desciende. La estirpe Saizes, por quienes el bosque es bautizado con el mismo nombre, sufre de una extraña enfermedad que hace que la piel sea escamosa, arrugada y, a veces, agrietada como la corteza de un árbol. Una bendición le llaman los Saizes. El baba de Urayoán la poseía.

—¿Qué con eso? —preguntó Arakoel.

—No le aseguro nada, tengo que verificar el cuerpo del joven. Arakoel, esa es la enfermedad que distingue a la descendencia de Deminán Caracaracol, el primero de los

Cuatrillizos Divinos, el único en ser bautizado con un nombre. Si Urayoán la posee, tiene en sus manos la sangre que ayudará a su cuerpo asimilar los poderes divinos.

Arakoel no respondió absorta. Una sonrisa improvista se delineó en su cobrizo rostro ante lo que esto podía significar.

—Me aseguraré que le pueda verificar —le dijo al bejike.

La última vez que sintió una alegría como esa, que la consumía por dentro, fue cuando se sentó por vez primera en el dujo de Yagüeka. Si Urayoán es descendiente de Deminán, ella estaba más cerca de alcanzar el verdadero poder absoluto.

Debo asegurarme de inmediato, no deseo ser víctima de una falsa ilusión, se dijo.

13 Ojos Azules

Su voz era refrescante como la brisa que inesperada toca el rostro acalorado en una tarde de verano. A cada palabra suya su pecho se hinchaba y Narigua trataba, desesperadamente, de calmar el torrente descontrolado que corría por su cuerpo. Él tomó el consejo de Imugaru de conocer a su enemigo. A Yuisa no la podía considerar de esa manera, se unirían en nupcias y ella sería entonces su cónyuge. Por eso, durante las pasadas semanas la visitaba con frecuencia. En una de esas visitas le confesó todo lo ocurrido con la Señora con la intención de ganar su confianza. Ella tan solo sonrió en agradecimiento y la misma iluminó su rostro. Desde entonces, ella le trataba con respeto, pero no con confianza. Un paso a la vez, se decía, me la ganaré.

Narigua le comentó que su mirada le recordaba a la de la Señora, porque expresaba fortaleza a pesar de pasar por circunstancias difíciles. Ella le preguntó si él conocía el porqué del azul de sus ojos. Narigua nunca le dio importancia a un detalle tan insignificante como la pigmentación de sus ojos y su contestación fue sencilla, para diferenciar a los kahali de los hüaku.

—No —contestó ella en negación, aún conservaba la sonrisa. —Por amor.

172

Un fuerte palpitar sintió Narigua en su pecho a la mención de un sentimiento que le era de una forma errática conocido.

—Yabura, la cónyuge del esike Iyuna—, continuó Yuisa —en los tiempos de la creación de los kahali, pidió a su amado cónyuge que los ojos de su creación fueran como el azul del cielo. Iyuna miró al cielo y preguntó a su amada Yabura qué tonalidad deseaba, pues este tiene varias tonalidades de azul durante el pasar del día. Todas, contestó ella. Curioso Iyuna le preguntó porque el azul del cielo, a lo que Yabura contestó que de toda la creación, el cielo era su favorito.

»—El mío es el mar —le contestó esike Iyuna y Yabura le devolvió una sonrisa amorosa.

»De entre las tonalidades azules del cielo y esas que se reflejan sobre la superficie del mar, decidieron utilizar siete, una para cada Heketibarú. Tu color azul añil revela que eres descendiente de Mayagua y Oroniko, los Heketibarú del uraheke Jikema.

Al amor le debemos el color de nuestros ojos, pensó Narigua. Era extraño para él pensar que esos a los que ha conocido como sus enemigos le hayan dado algo a los kahali por amor. Ellos no estaban allí en son de cortejo porque se amaban como los protagonistas de ese relato que le hizo. Le miró y la curiosidad despertó la interrogativa. Deseaba saber el porqué aceptó convertirse en su cónyuge.

—Así que le debo mi azul añil a un pedido de amor —comentó Narigua con una simple sonrisa, como si la historia fuese una fantástica de esas que se le cuentan a los pequeños para expandir su imaginación y despertar en ellos el espíritu aventurero.

Un poco seria y con su mirada fija en la suya, Yuisa dijo:

—Imagino que esta historia nunca le fue revelada a los kahali. Mas el amor estuvo presente una vez entre nuestras razas. Ese amor que se da a lo que se crea con sus propias manos, Narigua, el de la vida. Nuestros ancestros, a pesar que fueron castigados por crearlos, nunca les vieron como un error y por eso Yukajú no les erradicó al momento de su creación. Él vio y sintió el amor que sentían los creadores por su creación, algo que conocía —hizo una pausa y la desilusión con un toque de enojo se dibujó en su rostro. —La traición torna el amor en odio y cuando no se puede perdonar, es una herida abierta que supura podredumbre y deseos oscuros. Es la causa de que dos razas se conviertan en enemigos. Narigua, para que haya un odio tan profundo hacia alguien, debió existir primero un amor intenso e incondicional.

—La traición hacia los kahali fue de parte de los hüaku al no interceder por nosotros, su amada creación —dijo Narigua seriamente—, para que nos dieran el último elemento y entregarnos nuestra perfección para la que fuimos creados. Nos castigaron a llevar una existencia incompleta, errantes a una búsqueda vana que llevamos dentro desde la concepción.

Sus palabras eran fuertes, Yuisa hablaba como si la traición fuese de parte de ellos y no de los hüaku. Él era un kahali y no iba a soportar que les culpara por milenios de guerra que ellos causaron. Ella le miraba sin sorpresa alguna, como si lo que él le dijera lo hubiese escuchado antes. Era cierto, se dio cuenta Narigua, la razón por la cual se llevó a cabo la primera batalla, la que los hüaku llamaron La Traición de los Heketibarú y la que los kahali llaman, El Despertar de los Heketibarú. Esta fue para su raza el desligue del yugo al que estuvieron sometidos como niños bajo el poder de los hüaku, que infundían en ellos una educación de que la perfección se encuentra en el crecimiento intelectual y espiritual, y no en un elemento. Llegó con la fuerza de un huracán que desplazó a los hüaku de Yagüeka y quienes trataron de recuperarla en varios intentos infructuosos. La misma batalla que duró un milenio y puso fin a la vida de los Heketibarú.

Antes de que Narigua pudiese realizar su pregunta. Yuisa dijo con seriedad marcada en su voz:

—La Traición de los Heketibarú surgió por el deseo de que se les concediera la sabiduría. Mas no para alcanzar la perfección, sino porque deseaban un poder prohibido y destinado solo para las divinidades. Ese poder nunca existió, pero los Heketibarú del Jikema convencieron a sus hermanos de que sí existía y debían tenerlo. Fue su obsesión por el poder que los llevó a la traición, que llenó sus almas de odio hacia mi raza. Uno que ha transcendido el tiempo, que le ha dado vida eterna a la discordia entres nuestras razas.

Narigua conocía en carne propia ese odio. Mas la historia que ella le contaba no era cierta, sino una inventada a favor de los hüaku.

—Si nuestras razas se odian con tanta intensidad, ¿por qué aceptó unirse a mí?

Hacer la pregunta alivió su tormenta interna y la miraba a los ojos para captar la mentira en la dilatación de sus pupilas, tal y como hacía cuando interrogaba a sus rehenes durante las batallas. El terror naciente de la tortura a la que los sometía en esos de mente débil, se asomaba por los ojos y era reconocible la mentira que ocultaba la verdad. Quizás mirar los de ella, al ser quién era, no funcionaría, pero tomaría el riesgo.

—Por amor —su contestación fue clara y precisa y en sus ojos no pudo ver lo que deseaba. Sin embargo, ella lo confundió y se notó en su mirar, porque Yuisa inmediatamente aclaró. —Por amor a mi hijo.

—Por supuesto —contestó él, mas la aclaración le desilusionó de cierta manera.

—Usted, ¿por qué lo hace? —preguntó ella. La pregunta vino imprevista, nunca pasó por su mente que ella se la haría y quizás Yuisa, al igual que él, se cuestionó miles de veces.

—Es mi deber —contestó. —Arakoel así lo ordenó y yo le obedezco.

Dos razones diferentes les unían, dos enemigos que se encontraban en una situación que no podían evitar. Yuisa inclinó un poco su rostro, era como si le estuviese estudiando. Extendió su brazo y de sobre la mesa agarró la cafetera de porcelana y se sirvió café. Con pausa, echó dos cucharaditas de miel en el líquido cobrizo y lo removió para mezclar las sustancias. Colocó la cuchara sobre el plato de café, tomó un sorbo y finalmente dijo:

—El deber de un individuo y cómo este lo usa demuestra quién es.

Alzó su rostro, su mirada verde era hipnotizadora. —Usted, es un seguidor. Su compromiso no está con el bienestar suyo o de los demás, sino a ese que sirve a ciegas sin discernir las consecuencias de los actos a cometer por un mandato. Para, usted, la noción del deber es la misma que la de un guerrero a sus superiores y esto está impregnado en su forma de pensar.

Se sentía insultado ante sus palabras, nunca se vio como un seguidor. Él fue guaribo del ejército porque se ganó ese puesto. Arakoel no le daba un título importante a nadie de no merecerlo. Como guaribo llevó a los kahali a muchas victorias, era incomprensible que ella le viera como un seguidor cuando durante su vida ha demostrado liderazgo. El que siga al pie de la letra los mandatos de su líder, era un honor y, por lo tanto, su deber.

—Se equivoca conmigo, Itiba —dijo Narigua con evidente disgusto—, nunca he sido un seguidor, sino todo lo contrario. Mi pasado militar lo evidencia.

—No me tome a mal, Narigua, es a la conclusión que he llegado de usted basado en los hechos que nos ha tocado vivir y lo que me ha contado de su vida. Puede que haya sido el líder de un ejército donde los nikahali seguían sus instrucciones sin cuestionar. Es lo mismo que hace con Arakoel: toma sus instrucciones sin cuestionar si es o no lo correcto.

—De todos, usted, conoce mi posición. Será Ísika de Ataiba, madre del futuro esike y tiene deberes para con su raza y su esike que van por encima de lo que puede estar bien o no. Nacimos en posiciones de prestigio y esto conlleva sacrificios de nuestra parte que ponen los anhelos propios a un lado —Narigua le contestó con determinación, su cien fruncida.

Yuisa extrañamente sonrió, y dijo.

—Aunque nací en una posición de prestigio de la que se espera mucho de mí, nunca fui ejemplo de lo que pinta —hizo una pausa y continuó. —A mi bibí la consideran una hüaku sabia y prudente, quien siempre hace su deber incondicionalmente. Ella fue mi ejemplo, nunca dejé que mi deber para con mi formación y educación para la posición a la que estoy destinada, fuera por encima de lo que creía ser lo correcto, en especial, en lo personal. En contra de mi bibí y de la aprobación de los Custodios, solo con la de la regente Maraya, luego de la muerte de Huyán decidí ir a Vallosque como Embajadora de Ataiba. Allí conocí a mi cónyuge, un valloscán. Recuerdo las palabras de mi bibí de las que resaltaban el disgusto y la desaprobación, el próximo Esike de Ataiba debe tener sangre pura, un hüaku completo y no un mestizo. —Una corta pausa, como si se perdiera en las últimas palabras formadas en sus labios. Su rostro se tornó suave y su mirada era dulce y compasiva—. Hay deberes que nos alejan rotundamente del camino que estamos destinados a caminar, que no es ese que nos pintamos muchas veces en nuestras mentes en la juventud de nuestra existencia. Como hay decisiones que tomamos convencidos que son las correctas, pero que otros piensan nos afectarán de sobremanera y cambiarían el destino de una nación y, por lo tanto, se debe permanecer bajo la estricta tutela de la tradición y el seguimiento a ciegas a un ser al que le debemos nuestra lealtad incondicional —estas últimas palabras sonaron dolorosas, como si íntimamente estuviesen entrelazadas a un pasado que él desconocía y deseaba descubrir.

—Narigua —continuó Yuisa—, fue líder de un vasto número de nikahali quienes le demostraron su lealtad incondicional. Sin embargo, es seguidor endeble porque sigue a su líder sin romper con los estatutos establecidos. Para esto le han formado, pero no debe ser lo que lo define. Dice no serlo y es lo que presenta. Un verdadero líder, es ese quien rompe con ellos sin importar las consecuencias, porque sabe que es lo correcto. Usted, hizo en el pasado un acto como ese.

Lo que me costó esa decisión y prometí no volver a estar en esa posición, contestó para sí Narigua. Fueron dolorosas esas consecuencias y nadie las catalogó como correctas, con excepción de Imugaru. La pregunta emergió en su mente tras las palabras pronunciadas por Yuisa, ¿era él un seguidor o un líder? Respiró profundamente, la conversación se había tornado muy personal.

Su ceño se frunció y la miró directamente a los ojos. ¿Será que ella desea haga lo mismo con ella? No, no hay forma alguna de repetirlo y ella lo sabe, pensó.

—¿A qué viene esta plática de seguidores y líderes? — preguntó curioso.

—Deseo saber el tipo de ser qué es ese al que me uniré. ¿Quién es y qué debo esperar de él? Las decisiones que tomamos en el pasado nos pueden dar una idea —contestó con naturalidad Yuisa. Ella era más de lo que se esperaba, definitivamente no conocía a su opuesto. De qué servía conocer el pasado, si al final de cuentas se unía a él por el amor que le tenía a su hijo. Ella le preguntaba quién era él. La respuesta no venía a su mente y esto le turbó. Se puso en pie de improviso como si tuviese que tomar precauciones ante una situación no deseada. Su respirar era rápido y Yuisa le miraba con su rostro alzado en forma interrogante.

—¡Qué tenga un buen día!

Fueron las únicas palabras que pronunció antes de salir de los aposentos de Yuisa. Caminó rápidamente, sin rumbo. Las palabras de Yuisa aún sonaban como eco en su mente. ¿Quién era? Pensaba que lo sabía, que conocía el kahali que era.

En las escaleras se tropezó y perdió el balance, el cual recuperó de inmediato al agarrarse por instinto de la baranda fría de mármol. A cada paso un pensamiento, a cada paso la misma pregunta.

Pensaba en todo lo que perdió por escuchar su conciencia. Eso le ganó la deshonra, porque nadie entendió que él hizo lo correcto. Ahora en ese presente que vivía, deseaba a través de la obediencia ganar su lugar al lado de Arakoel. Si eso lo hacía seguidor, no tenía otra salida.

Llovía a cántaros, pero de igual forma continuó errante por los jardines del kaney sin destino. Al chapotear de sus pasos sobre el agua en el suelo verdoso, la pregunta volvía a formularse. Un edificio blanco se divisó en la distancia y sus pasos se tornaron hacia él. Al entrar, el eco de su caminar resonó fuerte sobre las paredes del circular corredor. Sabía a dónde ir. Su pecho se inflaba más y más, y casi se quedaba sin aliento. Su rostro demostraba enojo y sus ojos añiles se cristalizaban formando una línea sobre el párpado inferior.

¿Quién era? Otro pasillo y sentía como perdía las fuerzas y le tambaleaban las piernas. Tornó hacía la derecha, estaba cerca y respiró profundamente para no desvanecer. Entró en el cuarto, una sencilla rama de orquídeas negras estaba en un jarrón. Cayó de rodillas con la mirada clavada sobre la tumba de su abuelo de donde un robusto árbol de jobo crecía. El cemí a sus pies en silencio como siempre.

La última vez que le visitó fue el día en que se marchaba con su abuela al valle Yarari. Le visitaba seguido y conversaba con él. Aquel día en que orokoel Niagua falleció, Narigua estaba presente y sujetaba fuerte la mano de su abuela. Cuando el manaya cayó sobre su cuello, él solo miraba sus ojos y recordó la valentía que estos envolvían en sí. No había temor ante la muerte que llegaba, ni nerviosismo, ni tristeza. Solo fortaleza que emanaba de un kahali que fue, no solo un gran líder, su inspiración.

No dijo nada, las lágrimas que bajaban por sus mejillas hablaban por él. Clavó sus puños sobre el frío piso, sus ojos cerrados. Se sentía abrazado por el desconsuelo que no padecía en varios siglos cuando se conformó con su destino. Su abuelo no estuvo allí para consolarle, para darle palabras de aliento o confrontarle por su decisión. Su abuela le había dado el amor maternal que necesitaba para sanar superficialmente las heridas que aún preservaba su alma. Sin embargo, lo que realmente necesitaba era a su abuelo. Deseaba, más que la de Arakoel, su aprobación.

La lluvia continuaba su descenso sobre el kaney y todo a su alrededor, ocultando la luna y las estrellas tras su manto. La noche se pasó por el mausoleo mientras Narigua, sentado frente a la tumba de su abuelo, pensaba en la vida que tuvo a su lado para hallar una respuesta. Miró de reojo la tumba a su espalda.

—Nuevamente estoy a tus pies como lo solía hacer en mi niñez, cuando entraba a las reuniones del Guaminani. ¿Recuerdas? Abría la puerta sin ser anunciado y tú, entre el silencio que emergía a mi llegada y bajo las miradas de los presentes, me mirabas y me dabas aprobación señalando con tus ojos donde sentarme. Siempre allí a tus pies en mi niñez y a tu lado en mi juventud y adultez, en contra de los deseos de mi bibí que no lo aprobaba. Como si necesitaras de su aprobación —rió.

Se llevó sus manos a su cabeza a sabiendas que esos días no regresarían, que el pasado era un tiempo ya vivido y de existencia ambigua en los recuerdos. Las enseñanzas como residuos de estas, estaban allí con una respuesta oculta sin entender por qué las necesitaba cuando estaba conforme con su vida presente. ¿Debía estar con ella como penitencia de sus decisiones no aprobadas por otros? Yuisa decía que la decisión que lo marcó y lo llevó al caminó que vive, lo define.

—No me conoce —dijo en un susurro—, para llegar a conclusiones como esas.

La verdadera razón por la cual ayudó a la Señora a escapar, fue el hechizo que causó ella en él al mirar su rostro descubierto. Su mente estaba esclava de una fuerza sobrenatural que le hizo vulnerable, débil. No debía hacerse preguntas cuando la respuesta estaba frente a él. Un ser débil nunca puede ser un líder. La debilidad no fortifica el alma, sino la deteriora como estaba la suya. El seguir era su camino y lo haría para borrar la deshonra que trajo a Arakoel con su debilidad. Sin importar lo que tuviese que hacer, inclusive si debía tomar por cónyuge a Yuisa, quien le odiaba.

14 El Juego del Batú

Lenta fue el pasar de esa semana en la que se negó Narigua en visitar a Yuisa. Hacerlo le ayudó a serenar su espíritu y aceptar quien era bajo la situación presente que vivía. Yuisa debía aceptarlo sin reproches. Por eso, Narigua le envió un recado donde le indicaba que la vería en la tarde. Deseaba ella se diera cuenta que quien es él no tenía importancia, porque ella tomó la decisión de unirse en nupcias a él sin tomar ese dato en consideración en primera instancia. Le propondría hacer un pacto entre ambos. Respeto mutuo, tratarse con amabilidad sin esperar nada a cambio para llevar una vida juntos en paz. Estaba convencido de que su propuesta ayudaría a disminuir la tensión entre ellos. Una que estaba marcada no solo por la situación que vivían, también por la historia de sus razas.

Su mente estaba agobiada practicando una y otra vez lo que le diría. Si continuaba pensando en eso, las cosas no saldrían bien con Yuisa. Decidió aceptar la invitación de su sobrino Eguari de jugar el batú. Un deporte clásico no solo en la cultura de los kahali, sino en la de los hüaku. Un juego que con el pasar del tiempo fue moldeado por la necesidad. En el principio su creación fue meramente judicial. Luego, un determinante que denominaba el poderío de los uraheke. Ahora, un simple deporte para el deleite y entretenimiento de la población.

Orokoel Alnairu fue quien le introdujo a Lekar y a él al deporte. Lekar con sus aires de grandeza y elegancia se negó rotundamente en aprender. Narigua lo encontró no solo divertido en un principio, sino un estímulo a su intelecto que le ayudó a agudizar sus instintos. Viajó junto a su padre a Guanajibo, el kasikazgo o sede de los Huanikoy, para enseñarle a confeccionar a la forma antigua la pelota del juego.

—En mis tiempos si querías jugar debías hacer tu mismo la pelota.

Esas fueron las palabras de su padre antes de que él se ensuciara las manos e hiciera su primera pelota. Se recolectaban las raíces del árbol Kupey, hierbas y la goma. Se hervían hasta alcanzar la consistencia de una pasta y de esta se construía el instrumento principal del deporte con el rebote necesitado. Con esa ganó su primer juego, y su segundo y perdió su tercero. Narigua sonrió al saludo del recuerdo vivo en su memoria.

Se dirigía al batey principal que llevaba varias décadas en desuso y sería utilizado en la tarde del día siguiente para un partido amistoso entre el equipo campeón, los del kasikazgo Dagüey del uraheke Higüey, y el subcampeón, los del kasikazgo Bahomamey del uraheke Marien. Fue idea de Arakoel tener un partido como parte de las festividades en honor a las promesas mutuas de Yayguna y la suya. Se esperaba hubiese otro luego de las nupcias. Cargaba en su brazo una pelota que había confeccionado con ayuda de su sobrino Eguari y en su mano derecha el yuke, un cinturón ceremonial de piedra tallado con el símbolo de su uraheke.

Estaba emocionado de poder olvidarse, aunque por varias horas, de sus deberes, de la realidad que le rodeaba, y jugar un partido con Eguari y un grupo de amigos. Serían dos equipos, seis en cada uno. De su lado tendría a varios de los que le ayudaron en la misión y su medio hermano Candro, a quien su padre le había enseñado el juego. El otro, estaba compuesto por amigos de Eguari. Sentía como la adrenalina corría por sus venas y hacía que su caminar fuese rápido.

Al subir las escaleras que llevaban al batey, un área rectangular de barro compactada y bordeada por grandes piedras talladas con petroglifos, la mayoría símbolos antiguos y los de los uraheke primordiales, y donde yacían los remanentes de cientos de kahali que perdieron milenios atrás el juego. Divisó al grupo parado mirando en dirección al batey con su equipo en mano. Al llegar al tope, justo donde el pasto verde toca la grisácea superficie de la roca que formaba las escaleras, se detuvo en seco y suspiro desilusionado dejando caer sus hombros. El batey era utilizado por el equipo de Bahomamey quienes practicaban furtivamente para el juego del día próximo.

Eguari se dio cuenta de su presencia y dijo.

—Por la tarde practicarán los de Dagüey, así que no tendremos oportunidad de jugar nuestro partido.

—Lástima —señalo Candor—, la pela que te iba a dar, Eguari, tendrá que esperar.

Lentamente Eguari tornó su cabeza para mirar a Candro, que estaba a la derecha de Narigua. Se notaba en él el Jikema que despertaba ante el reto.

—¡No busques bulla, Candro! —exclamó Narigua.

—Detrás del mausoleo —dijo Eguari, el desafío marcado en la voz—, hay un batey que los nikahali utilizan. No creo que les moleste que nosotros juguemos en él por varias horas.

¡Ah! Espera, es que tu desafío se cimentaba en que no iba a ver juego hoy.

Candro caminó hacia él, Narigua sabía lo que se aproximaba. El encuentro entre ambos partidos iba a estar candente y la sangre comenzó arder en sus venas, el desafío dado era contagioso. Narigua se paró al lado de Candro, era su compañero en el partido y su sobrino su contrario. Al movimiento de estos, todos los demás se posicionaron con sus respectivos compañeros de juego.

—No soy un cobarde, y aunque sea un mestizo puedo poner a un kahali en su lugar y te lo voy a demostrar. Apunta pa'l sitio, que la pela te e'pera —el acento de vergerrés se le colaba en su hablar de vez en cuando, en especial cuando estaba enojado.

Eguari sonrió y con la cabeza le pidió que lo siguiera. Narigua agarró el brazo de Candro, mientras los demás se alejaban detrás de Eguari.

—Creo que enviaste el desafío al kahali incorrecto. Eguari, antes que lo enviasen a Vallosque, la mayor parte de su tiempo lo que hacía era jugar batú y perteneció al equipo de los Jikema.

Candro sonrió soberbio.

—Calma, hermano, que entre la piedra de Vergerri nuestro padre construyó un batey. Un día a la semana se aglomeraban sus amigos a jugar con nosotros. Tengo vasta experiencia y al chamaquito sobrino nuestro, le voy a dar cátedra.

Narigua sonrió.

—¡En un bolsillo, Narigua! ¡En un bolsillo me lo voy a metel! —exclamó el mestizo seguido por una carcajada mientras se alejaba siguiendo a los demás.

Al llegar al batey, que en tamaño era menor comparado con el principal del kaney, un grupo de nikahali jugaban eufóricos. Eran veinticuatro, doce para cada equipo, vestidos muy curiosamente con el uniforme tradicional que era utilizado en juegos profesionales. Sus nalgas y el miembro estaban cubiertos por una tela ajustada amarrada a la vejiga, de donde caía, cual cascada, un tapa rabo hasta la mitad de los mulos, el del capitán era más largo.

—Parecen como si fuesen a retar a los Bahomamey, —comentó Kahay guaMaguá, amigo de Eguari. —Probemos si son tan buenos como aparentan ser.

Antes que alguien le pudiese detener, Kahay se encaminó hacia el batey a dialogar con el capitán de los nikahali. Varios minutos después, el capitán se dirigió a sus compañeros, algunos de ellos miraban hacia donde ellos esperaban. Narigua se dio cuenta que le reconocieron y había varios de ellos que señalaban con disgusto. Tal vez su presencia les insultaba, la cólera erizó su piel y su pecho se infló. Sus facciones se endurecieron y solo esperaba que no se rehusaran a jugar con ellos. El capitán regresó a donde Kahay estaba. Intercambiaron palabras, Kahay le sacaba el pecho como si lo estuviese retando. El nikahali hacía lo mismo hasta que al parecer fue convencido. Kahay les hizo señas para que se acercaran y mientras el grupo lo hacía, él caminaba hacia ellos.

—Fueron difíciles de convencer, al parecer le tienen miedo al mestizo —comentó Kahay mientras miraba a Candro. Este sonrió con sarcasmo y Narigua entendió que no era su presencia, sino la de su medio hermano que les disgustaba. Su cólera de todas maneras no se apaciguó. Aunque entendía la posición de los nikahali para con su medio hermano, la falta de respeto era evidente. Candro era hijo de su orokoel y por respeto a su líder debían ser al menos cordiales con él.

—Enseñémosles a estos nikahali cuanto más me deben temer —contestó Candro.

—El mestizo tiene agallas —comentó Kahay con una media sonrisa en su rostro.

—Pongámoslos en su lugar —dijo Narigua mientras caminaba hacia el batey, los otros le seguían.

Las miradas puestas sobre Candro expresaban odio y repugnancia, confirmadas solo por sus expresiones físicas. Narigua ni tan siquiera tomó el tiempo para darles el saludo cordial, solo hizo un gesto con su cabeza y se dirigió a prepararse. Se colocó el yuke en su cintura, luego de retirar su camisa, se quitó sus chanclas y entró al batey acompañado de sus compañeros. Mitad del equipo de los nikahali que jugaban previamente entró haciendo a los equipos parejos, doce jugadores para cada uno. El capitán de los nikahali se paró en el centro con la pelota, en sus manos, la alzó en dirección al norte y saludó e hizo lo mismo con los otros puntos cardinales. Otro de su equipo hizo sonar el guamo, el caracol ceremonial.

El capitán de los nikahali le dio la pelota a un compañero que no estaba en el equipo y este la tiró hacia arriba. Narigua la siguió con la mirada y vio que al bajar caería cerca de él. Gritó con fuerza para avisar a sus compañeros que era suya. Con su cabeza la envió al centro de la otra mitad que era defendida por los nikahali; uno de ellos la devolvió con un golpe de cadera. Narigua con la respiración rápida y sin dejar de seguir la pelota con sus ojos, esperaba paciente al lugar donde caería. Esta fue a parar en el hombro de Eguari que le dio con gran fuerza y la envió a esos que estaban en la parte del frente de la defensa opuesta. Uno de los nikahali le dio con la rodilla, pero el rebote fue suave, así que uno de sus compañeros tuvo que deslizarse por el suelo marrón y darle con su cadera. Otro con un fuerte golpe de cabeza, la devolvió al equipo de Narigua. La pelota pasó rápida como un rayo por el lado derecho de Narigua, Kahay le dio con el pecho cayendo de espaldas. La pelota cayó al suelo, rodó por solo unos segundos y se detuvo dándole así un punto al equipo de los nikahali que gritaron emocionados.

Narigua no perdió la concentración. Es tan solo el comienzo y por un primer punto no se celebra, se dijo. Kahay tomó la pelota, la tiró al aire y rápidamente Candro le dio un cabezazo enviándola al capitán de los soldados. Este cayó al suelo cuando la bola le rebotó en la frente y la mandó en dirección de Narigua, quien la devolvió al darle con su yuke. El otro equipo se disputaba en devolverla entre cantazos con la cadera, las piedras del batey y hombros, hasta que uno de ellos dándole con el codo la hizo caer al suelo. Se detuvo y el equipo de Narigua ganó su primer punto.

El cuerpo de Narigua recordaba con cada duro golpe el juego del batú y la adrenalina alimentaba sus ansias de ganar. Tras gritos de guerra, sudor, rasguños y cantazos con las diferentes partes del cuerpo se fueron ganando los puntos. Argumentos explotaron cuando la pelota cayó fuera del batey por dejarla caer al suelo y dar un punto al equipo contrario. Por hacer caso omiso a los gritos de aviso y robar la bola y cometer una falta. La mayoría de los puntos acumulados por el equipo de Narigua los ganaron gracias a Candro. El mestizo daba cátedra como había predicho una hora atrás, pero no a su sobrino sino al grupo de nikahali que le había despreciado. Así que Eguari le acomodaba la bola para que su tío mestizo ganara el punto e hiciera hervir en cólera a los nikahali, en quienes era evidente la humillación sentida.

Una hora pasó, y Narigua y su equipo estaban a punto de ganar. La bola ya se sentía pesada y cada cantazo laceraba el cuerpo. El sudor bañaba su rostro, el pecho se inflaba a cada segundo con cada inhalación. Su mirada no dejaba de estar sobre la pelota y su boca estaba seca. Parpadeaba, respiraba y se movía rápidamente en dirección de la caída y se detenía en seco al encuentro de otro de sus compañeros que alcanzaba darle y devolverla al equipo contrario. Una media vuelta ponía en el campo visual a la pelota que subía y bajaba a merced de los cantazos de los nikahali. Solo dos puntos más y acabamos, se decía, paciencia. La pelota regresaba, pasó por encima de él para descender en la parte posterior de su equipo, y allí dos de los suyos chocaron y la pelota fue recibida por el suelo y en él descansó.

Un fuerte suspirar se escapó de Narigua, quien se dio cuenta al subir el rostro que el medio día estaba sobre ellos y el sol irradiaba brillante en lo alto del índigo de su residencia. La tarde se acercaba y con ella su cita con Yuisa. El juego, debo concentrarme en el juego, pensó.

La pelota estaba viva otra vez, rebotando en los contornos corporales y Narigua le seguía atento. Uno de los nikahali le dio con el hombro enviándola en su dirección, lo que esperaba. Narigua la espero paciente, separó sus piernas, dobló sus rodillas, empujó sus nalgas hacia afuera, su espalda derecha casi paralela al suelo y su cabeza en alto a la espera de la pelota. El contacto se hizo y Narigua sintió el golpe en su sien izquierda y la fuerza dada para enviarla hacia uno de las piedras del batey. La pelota dio justo en una de las curvaturas de la enorme piedra y el ángulo donde chocó hizo que la trayectoria fuese en dirección al suelo y la hiciera imposible de salvar. El suelo detuvo su rotación en segundos y el punto fue ganado. Narigua sonrió satisfecho y se dio fuerte en el pecho con su puño derecho. Uno más, dijo mientras se acomodaba a esperar la llegada de la pelota a su lado del batey.

El capitán de los nikahali al recibirla de uno de sus compañeros le dio con su yuke, enviándola en la dirección de Candro. Narigua observó como este se elevó de un brinco varios pies, como si sus pies estuviesen hechos de la misma goma de la pelota. Con su cabeza dio un azote a la pelota que hizo rebotara entre medio de las piernas del capitán de los nikahali. Un codazo la recibió, una rodilla la elevó y un cabezazo mal dado la mandó al suelo. Un grito fuerte de guerra fue dado por Candro y seguido sus compañeros comenzaron a saltar y gritar de la emoción al ganar el partido. Narigua gritó fuerte y corrió hacia su medio hermano a darle un abrazo. Por Candro habían ganado el juego y solo esperaba que también el respeto de los nikahali.

Los nikahali se mantuvieron en su área más enojados que desconcertados con su pérdida. El único que hizo un gesto con su cabeza al pasar cerca de ellos como de felicitación, fue el capitán que estaba dirigido únicamente a Candro. Él le devolvió el mismo gesto sin dejarle de mirar con seriedad directamente a los ojos.

Narigua salió rápidamente del batey a recoger sus cosas. Mientras se ponía sus chanclas Candro se acercó.

—No vas a celebrar con nosotros. Los he invitado a mis aposentos a darnos unos traguitos de ron cañita. Tengo uno de tamarindo que espera paciente por una celebración como esta.

—No, no puedo, Candro —contestó mientras recogía del suelo el yuke.

—¿Tienes algo mejor que hacer?

Narigua le miró y asintió con su cabeza —Voy a ver a Yuisa.

—¡Ah! Ya comprendo. Le vas a hacer otra visita monótona.

Pareciera como si se mofara de él.

—No, la llevaré a pasear por el jardín.

Una carcajada soltó Candro.

—Muy romántico, Narigua. ¿Cómo piensas enamorar a esa hüaku con visitas chaperonas a su recámara, cenas formales con el uraheke, y paseos aburridos por el jardín?

—Mi deber no es enamorarla.

—Es cierto, tu deber es otro —comentó con sarcasmo. Narigua le miró seriamente y este respiró profundamente y le miró como si estuviese preocupado por él, actitud que llamó la atención de Narigua.

Candro dijo colocando su mano izquierda sobre su hombro.

—Narigua, vas a unirte a ella independientemente del deber o las circunstancias que los unirán. Por lo menos busca la felicidad con la itiba y no la monotonía de tener que estar con ella por el deber, eso te hará infeliz. Invítala a nuestra celebración, yo le pido a los muchachos que se vayan a cambiar y tenemos una cena casual y amena en mis aposentos junto a nuestro baba. Y para que ella no sea la única fémina, invito a Imugaru. Así la cortejas en otro ambiente y retiran ambos ese aire de formalidad que estoy seguro han tenido en todas esas citas.

Narigua miró al suelo pensativo, no era una mala idea. La formalidad estaba causando tensión entre Yuisa y él. Aceptó la invitación y se marchó luego de despedirse.

En la tarde, bajó al jardín donde le esperaba Yuisa sentada frente a una fuente de la que rosados lirios de agua se erguían majestuosos. Dos nikahali le acompañaban y una naborí que vestía los colores del uraheke Jikema. Narigua vestía de forma casual, una guayabera blanca de cuatro bolsillos y pantalones de algodón crema, y en sus manos llevaba un ramo de hortensias azules y verdes que esperaba fueran del agrado de Yuisa. Ella vestía una camisa blanca de algodón de escote redondo y encajes en mundillo sobre el nacimiento de sus pechos y sus hombros cobrizos expuestos. Su negra cabellera estaba recogida en una dona que estaba adornada por una amapola roja que iba a juego con el cinturón entallado a la cintura de donde nacía su falda blanca amplia.

—Taigüey —le dijo para saludarle y darle las buenas tardes en eyeri.

Ella se tornó hacia él y devolvió el saludo. Narigua le ofreció el ramo, el cual ella aceptó como en las otras ocasiones. Narigua se dio cuenta de la formalidad que había entre ambos con tan respetuoso gesto que hizo al recibir el ramo y la cordialidad en su mirada. Candro tenía razón, tenía que salir de la monotonía de la formalidad para poder llevar una vida con ella que tuviese significado, que fuese feliz más allá de su deber.

Complementó lo hermosa que se veía, mirándole a los ojos. Ella un poco ruborizada le dio las gracias por el cumplido. Narigua le informó que la llevaría a una cena. La invitación la tomó por sorpresa.

—Será en los aposentos de mi padre orokoel Alnairu —dijo Narigua. —No una formal como hemos tenido antes. Es algo casual, una celebración por ganar un simple partido de batú.

—¿Juegas el batú? —preguntó ella curiosa.

—Sí —contestó él como si fuese algo lógico y esperado de un kahali de su altura. —Desde muy joven, mi baba me enseñó a jugar. Un grupo de amigos nos juntamos hoy para jugarlo y le ganamos a un grupo de nikahali. Es la reciente llegada de los equipos profesionales que fueron invitados por Arakoel con motivo de la celebración de las promesas mutuas, que tiene a muchos con fiebre de jugar como a nosotros.

—Me hubiese gustado verlo —dijo ella.

—La invitaré al próximo juego —sonrió. Narigua, entonces, se dirigió a los nikahali que le acompañaban y les dijo —Pueden marcharse.

Los nikahali le miraron como si no reconocieran su autoridad, él les dio una mirada seria y profunda.

—Pueden marcharse.

Ellos, pasados unos segundos, hicieron reverencia y se marcharon. Luego despachó a la naborí, y dijo a Yuisa.

—Por esta tarde dejemos las formalidades.

Yuisa se puso en pie —Vamos.

Narigua ofreció su brazo y ella enroscó el suyo en él. Iban en silencio rumbo al kaney donde les esperaban en los aposentos de orokoel Alnairu. Narigua sentía el calor de su sedosa piel en su antebrazo y una sensación extraña le invadió. Con un sutil respirar acompañado por una delicada sonrisa, mantuvo la calma. Sus pupilas lentamente se movieron hacia la esquina de sus ojos para mirarla. Sus labios finos se entreabrieron por un instante, la sencilla acción le atrajo y el deseo de acariciarle con los suyos despertó en él. Bajó su mirada y notó el respirar sereno a través del sube y baja de su pecho medio descubierto por su blusa de volantes.

Por impulso, arrastrado por el deseo del toque, agarró con su mano izquierda la de ella, esa que sujetaba su brazo. La sensación fue embriagante y deleitosa para su ser. Volvió a mirarle de reojo y vio el ahogo del respirar nacido del inesperado contacto y los labios que se entreabrían nuevamente. Yuisa para su sorpresa, no le rehusó y no deseaba comprender el porqué. Así llegaron a los aposentos de su padre y solo se separaron cuando Imugaru se les acercó para saludarles, seguida por orokoel Alnairu y los otros presentes. La única formalidad que demostraron fue la reverencia respetuosa a Yuisa, para luego retomar el diálogo sobre el juego que ganaron.

Yuisa escuchaba con detenimiento sentada a su lado en una butaca. Reía con naturalidad ante la narración dramática de Kahay y no se notaba, en ningún momento, que se sintiera fuera de lugar.

Los naboríes cargaban en sus manos bandejas de madera repletas de aperitivos como bolitas de mofongo con ajo y chicharrón, tostones rellenos de carrucho, casabe, y copas de pitorro. Todos comían, bebían y dialogaban con entusiasmo. Candro, entonces, preguntó a Yuisa si el batú de los hüaku era igual al de los kahali.

—Sí —contestó ella.

Explicó tenían equipos para casi todos los uraheke y niuraheke. Las finales de las competencias siempre se llevaban a cabo en Karikao, capital de Ataiba, donde el batey principal fue construído.

—Usted, ¿juega? —preguntó Kahayu.

—No —contestó ella con una sonrisa que hizo palpitar el corazón de Narigua. —Mi hermano Güeybán sí y es muy bueno, pero el equipo de mi uraheke no lo es. El mejor es del Kaguax, han sido campeones por los pasados cinco años.

—Muy interesante sería presenciar un juego entre ellos y los del Dagüey —comentó Kahay.

—Interesante sería que con ese simple juego se pusiera fin a la rivalidad entre los kahali y los hüaku. Como se hacía en antaño con los uraheke de los kahali —comentó Candro.

Narigua le miró con seriedad y los demás mantuvieron silencio. Sabía que su hermano no medía sus palabras y menos le importaba lo que los demás pensaran de sus opiniones.

—Lo interesante sería presenciar el juego, Candro —señaló Yuisa como si el comentario no tocara un tema delicado para ambas razas. —Con el conocimiento que fueron los hüakú quienes inventaron el batú. Tomando en consideración que si los de Dagüey juegan como ustedes. Lamento informarles que no les pronosticó una victoria.

—¿Itiba Yuisa, se mofa de nuestra capacidad para jugar? ¿Cómo puede decir eso cuando no lo juega? —preguntó con sarcasmo Kahay.

—Dije que no lo juego, no que no sé jugarlo, Kahay —contestó con mirada pícara. Kahay sonrió e asintió en aprobación.

—Bueno, pues queda en tus manos, naguti, llevarlo a la próxima reunión del Guaminani como solución a todos nuestros problemas —dijo Eguari en son de broma. —Estoy seguro que a la nagüeti, perdón, a Arakoel le fascinará la idea.

Orokoel Alnairu, al igual que todos, reía. Narigua miró a Yuisa, su rostro iluminado por la relajación que el momento traía a su vida.

—¡Moción aprobada! —exclamó orokoel Alnairu levantando su trago. —Imuguaru me dará su apoyo y el Guaminani no se rehusará. Todos nuestros problemas resueltos por el batú.

—¡Han, han katú! —exclamaron en unísono canto los presentes alzando sus tragos en aprobación. Las carcajadas dieron fin a la conversación que pasó de temas políticos a sociales y a los lugares encantadores que han visitado en los reinos de los jiharu.

La velada transcurrió lentamente mientras el diálogo y la risa la llenaba de vida. La naturalidad que afloraba en ella eliminaba por completo toda formalidad que pudiera permitir a los presentes no relajarse a su alrededor. Narigua no dejaba de observar a Yuisa con detenimiento mientras ella conversaba en esos instantes con Imugaru. Una conversación que deseaba escuchar, pero por respeto no se acercó. Su padre orokoel Alnairu las interrumpió y se integró a la conversación que, minutos más tarde, Imugaru abandonó. Narigua estudiaba a Yuisa para comprender sus manierismos. Se notaba a gusto y sonreía como si estuviese feliz, pero él reconocía la diplomacia en ella que nacía a flor de piel. Era ella miembro, al igual que él, de un poderoso uraheke que gobernaba su nación. Se le educó en cómo mantener la templanza bajo cualquier situación para pensar con cordura. La diplomacia, en seres como ellos, se convertía de un arte de manipulación. Una característica cementada en el subconsciente para que surja con naturalidad sin ser detectada por los demás. Confundida, a veces, como sumisión. La reconocía porque estaba en él. Mas algo diferente había en ella y era su ambigüedad hacia otros.

Yuisa le miró desde la distancia y él cordialmente, sin despegar sus ojos de ella, asintió. Yuisa erguida y elegante, el verde de sus ojos deslumbrante ante su piel cobriza, devolvió el gesto con una pequeña sonrisa.

—Hiciste bien en traerla —dijo Imugaru. Estaba a su lado y él no se había percatado de su presencia.

—Fue idea de Candro —contestó sin emoción alguna.

—Candro, según Alnairu, es versado en los asuntos del corazón —pausó y sonrió suavemente. —Al parecer también de la seducción. Quizás le puedas pedir consejo.

—Lo da sin pedirlo, Matunjerí.

—Sabio de él en darlo cuando no se le pide y a quien lo necesita —hizo una corta pausa. Narigua mirándola de reojo se dio cuenta que observaba a Yuisa. "Tienes en tus manos una gran responsabilidad, Narigua," anunció. "Itiba Yuisa será tu cónyuge y debes cuidarla y protegerla, como a los hijos que de tu unión nazcan."

El anuncio de una progenie de la que no había pensado, envió escalofríos por todo su cuerpo.

—Es solo el deber que nos une, Matunjerí, la progenie no tiene lugar en este acuerdo. Le aseguro que nada le pasará a itiba Yuisa a mi lado.

—La progenie viene por sorpresa en un momento inesperado aunque se piense lo contrario. Ella no solo se merece tu respeto, sino tu protección. En especial de esos que buscan algo más de ella por quién es y quiénes son y serán su descendencia. Recuerda que de ella no solo nace el heredero al dujo de Ataiba, también la próxima ísika.

Narigua se tornó hacia ella.

—Matunjerí, no fue mía la decisión…

—Narigua —interrumpió—, no me des excusas de que esta no fue tu decisión y que no podías negarte a lo que tu madre te pedía. La tomaste en plena libertad y esta —dijo mirando a Yuisa nuevamente—, abre las puertas a un futuro incierto que, al igual que en el pasado, pudiese traer cambios en aquellos en posiciones de poder. Más importante en tu vida. Recuerda que no solo te unes a una que es tu enemigo, algo impensable en un pasado, sino que también es la futura Ísika de Ataiba. Yuisa tendrá una posición de gran poder, respeto e influencia en su nación. Tu madre sin darse cuenta te ha dado un regalo, pero está en ti qué hacer con él. Te aconsejo escuches más a menudo las palabras sabias de Candro, ese que es versado en asuntos del corazón.

—Se olvida, Matunjerí —contestó él con seriedad—, que la decisión tomada en el pasado no fue por cuenta propia. Estaba bajo los efectos de los encantos que protegen a la Señora.

—¿Estás seguro de eso, Narigua? Estoy convencida de lo contrario. —Lo dejó solo sin darle oportunidad a responder o cuestionar, solo para razonar. Era fácil para ella hablar sobre tomar decisiones en plena libertad, cuando en todo su derecho es arakoel y no estaba obligada a nadie.

La conclusión de la velada llegó. Narigua al salir le ofreció su brazo. Yuisa aceptó con naturalidad y él se deleitaba con el cálido y simple toque. De camino a los aposentos de Yuisa, el silencio, ausente minutos atrás, hizo presencia entre ellos. El choque de sus zapatos sobre el lustroso piso, resonaba por el ancho y elegante pasillo anunciando su avance.

—Estás rodeado por un grupo de amigos que te valora mucho —dijo Yuisa matando el silencio entre ambos. — Contrario a lo que siempre denota tu mirada.

—¿Qué denota mi mirada? —preguntó él entusiasmado.

—Soledad, pero esta noche note que es como te sientes y no te has dado cuenta que no lo estas. Tienes un círculo de amigos que te respeta y ama, en especial Candro y Eguari. Eres afortunado en tenerlos.

Narigua sonrió. No es que me sienta solo, deseó responderle, es la vergüenza que cargo que se nota y aparenta soledad.

—Mitad de ellos me ayudaron en la captura de tu rahu — le dijo sin medir sus palabras.

Ella respiró suavemente y por varios segundos no formuló palabra alguna. Se detuvo.

—Reconocí a varios de ellos, Narigua —dijo finalmente mirándole con seriedad a sus ojos.

Narigua podía sentir en esa mirada el disgusto ante la aseveración. Mirando la forma en que sus ojos estaban en él, se dio cuenta que se había excedido.

—Les reconocí, Narigua —repitió Yuisa. Luego de una corta pausa, dijo enfurecida. —Noté la manera en que me estudiaba. ¿Buscaba algo? Debe saber que hago lo posible por comportarme a mi altura, la tolerancia es mi carta de presentación en situaciones como estas. No ganó nada ni tan siquiera mi libertad con perder la cordura. Despreciar tu presencia y tus visitas diarias, ha venido a mí como consuelo a mi agonía de estar en tu compañía. Es repugnante pensar que seré tu cónyuge. ¿Es esto lo que buscabas toda la noche? ¿Qué pienso? ¿Cuáles son mis verdaderos sentimientos? Aquí te los expongo, Narigua. Espero estés satisfecho. Ha sido, hasta unos minutos atrás, una velada agradable, mas tu naturaleza calculadora se apoderó de lo mejor de ti. Es preferible que nuestra relación futura se solidifique en nuestros deberes: tú al de tu madre y yo al de mi hijo. Huisan, Narigua.

Yuisa se marchó volviéndose diminuta en la distancia. Narigua cerró sus ojos al darse cuenta de su vil conducta. Él como ella era un prisionero de su situación, Yuisa lo expuso con claridad. Candro le había recomendado que se diera la oportunidad de ser feliz y por eso aconsejó la velada. No puedo, algo tiene que cambiar en mi vida, se dijo. Un fuego ardía dentro de su ser incontrolable. Comenzó a caminar en la dirección que ella había desaparecido, por el ancho pasillo que llevaba a su custodiado aposento. Su pensamiento en ella, su respirar aligerado. Los nikahali estaban frente a las puertas como era de esperar y él, sin decir palabra, entró sin esperar ser anunciado. Yuisa estaba en la sala, se tornó y se notaba sorprendida de verle. Sus ojos cristalizados por el coraje.

Narigua caminó hacia ella, la trajo a él con su brazo en la cintura y con su mano en su nuca, acercó su rostro al suyo. Se miraron sin decir nada por varios segundos. Él podía sentir su pecho inflarse, sin más la besó y fue correspondido.

15 El Despertar

Su silueta se alargaba sobre el cono de luz que invadía el sombrío aposento de su nieta a la apertura de las puertas. La luz no llegó a tocar la cama donde se escondía Yayguna. El lugar cargaba un aroma pesado, a encierro. A ese aire que se ha inhalado una y otra vez. Era asfixiante.

—La vulnerabilidad, Yayguna, está reservada para los débiles de carácter. Los que carecen de control propio y poder. Abran las cortinas de las ventanas y las puertas del balcón. Preparen la tina y saquen su vestido —ordenó Iyeguá a las naboríes de Yayguna, quienes de inmediato obedecieron.

—¡No! —se escuchó a Yayguna exclamar en un doloroso quejido. Las sombras recesaron al toque de la luz natural. De ellas solo se veía la silueta de los muebles bautizados. Al descubierto quedó Yayguna náufraga en un mar de sábanas de algodón azul. Pañuelos blancos a su alrededor. La escena le dio repudio a Iyeguá quien rodó sus ojos tornando su cabeza a un lado, solo para toparse con la segunda escena. Sobre la mesa había un plato con comida en pudrición, una botella de vino vacía, un vaso virado y su contenido naranja pastoso sobre la superficie.

Patético, pensó.

—Esto lo debería hacer tu bibí, pero convenientemente llega hoy de viajes —se quejó hastiada.

—Es de esperar —comentó molesta Yayguna, su respiración rápida; sus ojos rojizos.

Estas últimas generaciones están añoñadas y acostumbradas a que todo se le de en bandeja de plata, se dijo Iyeguá mientras miraba seriamente a su nieta, quien le devolvía una de repudio.

—¡Levántate! —le ordenó.

—No —contestó con coraje Yayguna.

—¿No? —la ira era evidente no solo en su voz, sino en sus facciones. Iyeguá caminó hacia la mesa y con su brazo empujó todo el contenido en el piso. De un zarpazo introdujo en la madera la punta de una daga de hueso de puñado en nácar, oro y zafiros. Yayguna saltó de espanto y la miraba espabilada.

—¡No! —repitió Iyeguá.

Yayguna se erguió desafiante.

—No —su voz esta vez había perdido la fuerza. —Usted, me pide que ponga a un lado lo que para mí deseo y me una a un hüaku. ¡Es inconcebible, una vergüenza!

—Tienes razón —la ironía le afloraba en su voz, mas su mirada era penetrante. —Sabes bien lo que deseas para ti, en especial cuando mantienes, bajo mi techo, un amorío con uno que no está a tu nivel y a lo que te ordené pusieras fin.

Yayguna bajó su mirada, su piel se tornaba pálida y su respirar se aceleraba aun más.

—Todos deseamos algo para nosotros —continuó Iyeguá con tono dulce, pero autoritario. —Mas lo que está destinado para nuestro futuro muchas veces es adverso a nuestras pasiones. Urayoán no es un hüaku cualquiera, es ese por el cual obtendremos la nación de Ataiba. Una nación que será tuya con la caída de los hüaku y Urayoán. Cuando ese momento llegue, regirás sobre Ataiba. Con esta unión te entrego a nuestros enemigos en bandeja de plata, serán tuyos para que sobre ellos rijas como ísika. Cuando así sea, y si aún te apetece, puedes retomar el amorío que hoy dejas para realizar tu deber para con tu líder y tu raza.

Las lágrimas bajaban por las mejillas de Yayguna, Iyeguá se impacientaba.

—Debes saber que Baoruko se marchó hace dos días del kaney bajo mis órdenes.

Eso la despertó y ella vio en su mirada un fuego que la emocionó. Es el momento, se dijo mientras sonreía con satisfacción.

—Sí, tu amorío llegó a su fin —Iyeguá caminó lentamente hacia ella, se sentó en la cama y la miró directamente a los ojos. Con voz suave pero venenosa, dijo a su nieta que la miraba con espanto. —Si deseas desobedecerme, te aconsejo tomes la daga que he clavado en tu mesa y penetres tu corazón. De lo contrario, lo haré yo. Si huyes, te buscaré y pondré fin a tu vida lentamente. No estoy para ñoñerías, Yayguna, y si tú no puedes hacer tu deber, siempre habrá alguien que te reemplace. Mas tu vida llega a su fin con tu negación.

Iyeguá se puso en pie y sin decir más, caminó hacia la puerta. Allí se detuvo, viró su rostro, y dijo.

—Le he avisado a Eguari que venga a visitarte en la tarde, necesitarás la compañía de tu hermano para animar tu espíritu. Recuerda será él quien represente al Jikema en tu promesa mutua. Así que toma una decisión antes que llegue.

Sollozos se escucharon retumbar tras de ella mientras se marchaba con su naborí de la recámara de su nieta. Sin remordimientos y con el pensamiento activo, pensaba en las posibles sustitutas para su nieta. Una de ellas era su sobrina Yaneisa, pero Imugaru no lo permitiría al ser esta su heredera. Bojike Kataox se puede encargar de buscar una sustituta, pensó. Mas estaba completamente segura que su nieta no tomaría su vida, no tenía el temple para hacerlo. *Es muy joven y la muerte para ella no es una escapatoria. Es una Jikema y no somos tan trágicos como los Marien*, se dijo. Recordó que una karí del uraheke Marien tomó su vida cuando su amado perdió la suya en una batalla contra los hüaku.

—Patético —murmuró.

Al llegar a su despacho, mandó a llamar al bojike Kataox y al este llegar le ordenó buscara un reemplazo para Yayguna. Cuando preguntó el porqué del cambio, ella tan solo le dio una fría mirada y él, luego de una reverencia, se marchó a hacer como le ordenaban.

La situación con Yayguna le preocupaba, y mandó a llamar a Narigua. Debía conocer su situación con la itiba, no deseaba tener sorpresas y con su hijo estas podían suceder como en el pasado.

Narigua entró muy respetuoso, vestía un pantalón de hilo verde oscuro y una guayabera de mangas cortas blanca y sandalias de cuero. Su cabello negro lacio se veía sedoso y lustroso, su mirada brillaba con una luz singular como si estuviese feliz. Le invitó a sentarse, luego que este le diera su debida reverencia. Le ofreció un café y este lo negó agradecido.

—Te vi la otra tarde pasearte con Yuisa por el jardín —comentó Iyeguá. Le miraba a los ojos curiosa por determinar de dónde venía esa luz en su mirada. Él sonrió a la pregunta, lo que hizo que ella se cuestionara si Yuisa era la razón.

—Pensé que sería un imposible, pero por el momento nos llevamos bien. Nuestras conversaciones son amenas, hemos intercambiado datos personales, nuestros gustos… Es una inarú culta e inteligente.

Parecía que fuera a decir algo adicional, mas se detuvo. No quedaba duda que su hijo había hecho una conexión sentimental con Yuisa, un tipo de enchule por falta de una mejor palabra. No debía desviarse de su deber y temía que Narigua volviera a errar como en el pasado. Debía esperar ese tipo de reacción de él hacia ella, cuando nunca había tenido cónyuge. Iyeguá no lo había permitido, indicándole que nadie estaba a su nivel. Si no intervengo en sus sentimientos, Yuisa lo manipulara a su manera al darse cuenta del afecto que le tiene.

—Narigua —dijo con voz irónica—, por lo que observo te has encariñado. Debes tener siempre en mente que Yuisa ha estado unida a otro en el pasado, conoce qué decir, cómo actuar, la mirada seductora que dará en ciertos momentos. Ya ella tuvo el amor de su vida con quien produjo un rahu. Con quien estuvo día y noche mientras este sufría por su enfermedad hasta que la muerte le llamó. Un amor como ese no se reemplaza, Narigua, así que no te llenes la cabeza de falsos sueños. Ella hace su deber por el bienestar de su rahu Urayoán. Recuerda, es una Itiba de Ataiba, la próxima Ísika. No debes, en ningún instante, olvidar tu deber con esta unión porque el amor y el romance no vienen incluidos. El cortejo que llevas con Yuisa es uno protocolar. Mientras lo haces, ella nunca debe olvidar que está en nuestro poder, que es nuestra prisionera. ¿Se te olvidó quién la separó de su rahu? ¿Quién lo trajo a Yagüeka y la puso en la situación en la que está? ¿No crees qué ella por dentro te recienta, que hasta te odie?

Con cada palabra la luz se apagaba y por dentro Iyeguá sonreía satisfecha que su hijo internalizaba lo que decía. No podía permitir que Narigua se enamorara de Yuisa. El amor hace en una persona cosas impredecibles y nubla el pensamiento. Era un sentimiento vil y no podía dejar que naciera en su hijo.

—No te digo estas cosas para bajar tu espíritu. Lo hago para que no emerjan en ti falsas esperanzas por tu falta de experiencia en estos asuntos. La única arma que le queda a Yuisa es enamorarte, para que por ella hagas cualquier cosa. Hasta ayudarla a escapar —le miró seriamente. Narigua solo asintió sin decir palabra.

Una media sonrisa pintó su rostro, e Iyeguá dijo:

—Bien, entonces, te veo esta noche. Sería todo, Narigua.

Narigua hizo una reverencia y se retiró silenciosamente. Al cerrar la puerta tras de él, Iyeguá suspiró profundamente lamentando que tuviese que depender en otros para poder desarrollar sus planes.

La noche llegó más temprano de lo esperado, era esa temporada del año en que el sol adelanta su retirada, donde las noches son más frescas. En su aposento, caminó a su balcón y allí tomó asiento sin retirar su mirada del cielo azabache prendado de estrellas. Las multiplicaré y haré de esta temporada una eterna, pensó.

En esos momentos puso su mente en blanco, su respirar era sereno. La tranquilidad dominaba los latidos de su corazón. No hay nada a qué temer, todo cae en su lugar, se dijo. Respiró profundamente con embriagante satisfacción, mientras cerraba sus ojos. En ese instante, una de sus naboríes tocó con suma delicadeza y respeto su mano derecha. Iyeguá agarró fuertemente su mano. Sintió la energía que fluía en el joven cuerpo de su naborí. No se aguantó y dejó que la suya dragara la de la naborí. Venía cargada de una embriagante potencia. Entendía el porqué Kataox los prefería en la flor de su juventud. El doloroso gemir de la naborí la detuvo de improviso y la soltó. Iyeguá respiró profundamente al darse cuenta del error que estuvo a punto de cometer. Este no es el lugar, se dijo. Kataox se encargará de ella.

Miró a la Naborí que temblorosa le entregó un recado. Venía de parte de su nieta Yayguna. La abrió y al leer el contenido, sonrió. Se puso en pie, devolvió la carta a la naborí y dijo:

—Envía un mensaje al bojike Kataox que no habrá necesidad de buscar una sustituta. Manda a preparar mi tina.

La hora de la celebración arribó y los invitados ya estaban conglomerados en el salón del dujo donde se llevaría a cabo la celebración de las promesas mutuas de Yayguna y Narigua. Todos al ver a Iyeguá se tornaron hacia ella y unísonamente le hicieron reverencia. Engalanada con un hermoso traje verde oscuro con detalles en plata, caminó por el pasillo central hasta el lugar donde su dujo estaba. Allí le esperaba orokoel Alnairu. Iyeguá solo le miró por un segundo para luego tornarse hacia los invitados y tomar asiento. Notó, entonces, la presencia de su hija Lekar en la primera fila, quien había llegado de su viaje. Se notaba cambiada y parecía sonreír con su mirada.

De lados opuestos entraron Yayguna y Urayoán. Yayguna venía acompañada por su hermano Eguari quien representaba al Jikema. Eguari cargaba el koai, una cadena en oro con un pendiente en donde la orquídea negra del Jikema se podía apreciar. Yayguna aunque se veía elegante, no radiaba como Yuisa, quien acompañaba a su hijo Urayoán en representación del uraheke Aimanio. Aún le quedaban a Yayguna remanentes notables de la tristeza en la que se revistió la pasada semana. Se podía notar una débil sombra bajo sus ojos. La falta de entusiasmo era evidente en su mirada perdida. Por lo menos pudiese poner un poco de empeño, se dijo Iyeguá mientras la observaba con severidad.

Yuisa tenía en sus manos el shali, un peine en oro con el símbolo del Aimanio, un guaraguao en vuelo. Este fue confeccionado por un joyero local bajo las especificaciones de Yuisa. Ella, por su parte, demostraba la clase de hüaku que era, tal y como la describiese Narigua. Vestía un traje azul claro largo de algodón con un volante a los hombros dejándolos expuestos y ceñido a la cintura por una ancha cinta negra. Era de porte elegante, grácil y hermosa. Ya entendía la afición que su hijo tenía con ella. Eso la hacía peligrosa y tenía que ponerla en su lugar.

Yayguna habló primero, dirigiéndose a Yuisa, quien era la que daba la aprobación por parte de su uraheke.

—Prometo que durante este tiempo que se nos regala antes de nuestra unión eterna, el respeto me gobernará en cuerpo, mente y espíritu.

Su voz era pausada. Le dolía decirlas. Iyeguá no despegaba su mirada de ella. Cuando Yayguna dijo su promesa, Iyeguá sonrió complacida y le dio permiso a Eguari a entregarle el koai. Yayguna lo tomó y lo colocó en el cuello de Urayoán quien la miraba directamente a los ojos con seriedad.

El turno de Urayoán llegó e hizo la misma promesa, su madre le entregó el shali y él lo colocó en el cabello de Yayguna. Yayguna le dio una media sonrisa y tomó las tijeras y cortó la pollina de Urayoán. Iyeguá y los invitados se pusieron en pie. Aplaudieron en felicitación a los prometidos. Se mantuvieron en sus respectivos asientos, pues aun faltaba la segunda celebración.

Narigua entró al salón, Alnairu caminó para recibirle y le abrazó con paternal amor. Yuisa se colocó en el lugar que minutos atrás fue ocupado por su hijo; Urayoán, el de su madre. Las promesas pasadas fueron repetidas e intercambiados los símbolos. Narigua al decir su promesa miraba a Yuisa directamente a los ojos, como si deseara perderse en ellos. De igual forma se notaba cauteloso. Iyeguá estaba segura que sus palabras estaban presentes en su mente y esto la complació. De todas formas, era indispensable que tomara cartas en el asunto.

Luego de la cena, los invitados se reunieron en el salón. Iyeguá observaba con detenimiento a Narigua y Yuisa quienes bailaban bajo la mirada de todos.

—Te felicito —dijo inesperadamente orokoel Alnairu a su oído, a quien no había visto en semanas antes de esa noche. Iyeguá le miró de reojo. —Por lo que hayas hecho o dicho para persuadir a itiba Yuisa a aceptar unirse a Narigua.

Iyeguá mantenía su mirada fija sobre la pareja, quienes se miraban con cierta ternura que ella repudiaba.

—Un simple sacrificio maternal —contestó como si no tuviese importancia alguna.

—Un concepto que te es desconocido —señaló Alnairu con sarcasmo, su mirada puesta en ella.

—Nuestra separación te ha dado amnesia, Alnairu. Conozco de lleno ese concepto, soy arakoel y Yagüeka completa es mi rahe y todos los que en ella están bajo mi protección. Por ellos y su porvenir, me sacrifico diariamente —se tornó a mirarle con seriedad—.

Se marchó de su lado sin esperar respuesta.

La mañana llegó acompañada de una estruenda tormenta eléctrica que nubló por completo los rayos del sol y dejó que la lluvia cayera cual diluvio sobre la superficie de la capital. Lekar fue anunciada. Iyeguá quien escribía notas sobre un documento, alzó su mirada, la miró con seriedad por unos segundos para luego retornar a lo que hacía. Lekar, sin esperar a que le diera permiso, tomó asiento. El acto le extrañó a Iyeguá, pero hizo caso omiso.

En ese instante el despacho fue iluminado por varios segundos por un rayo que jugueteaba de cúmulo en cúmulo. Iyeguá miró al cielo y contó en su mente: uno, dos, tres, cuatro... Enérgico fue el estrépito rugir. Respiró profundamente como si tratara de inhalar la energía liberada violentamente a la atmósfera.

Sin apartar su mirada de la ventana, dijo:

—Primero llegas con tres días de atraso, a penas alcanzas llegar a tiempo para asistir a la promesa mutua de Yayguna. Ahora te atreves a presentarte ante mí un día después que envió por ti. Por terceros me entero que estuviste desaparecida el día de ayer sin dejar dicho donde te encontrabas. ¡Espero tengas una buena explicación, Lekar! — la cólera despertaba en ella.

—Por supuesto —contestó ella con una simple y casi invisible sonrisa. Erguida y confidente le miraba, no con prepotencia, mas con un aire de grandeza. Pareciese como si deseara sacarla de sus casillas con su impertinencia. Lo estaba logrando. Continuó—, Le debe enorgullecer que en mi ausencia realice una lectura liviana. Tenía razón, conocer de nuestro pasado ilumina nuestro futuro.

—A ti nunca te agradó la lectura. ¿Tuviste una epifanía? —preguntó con sarcasmo y abandonó los documentos. Se recostó en su buaca intrigada ante la revelación.

Lekar solo sonrió y suspiró profundamente.

—No, pero encontré algo muy interesante que despertó en mí curiosidad, Arakoel. ¿Ha escuchado sobre 'La obsesión de Jayguana?

Iyeguá alzó su rostro. Le miraba seria mientras le estudiaba. No sabía ha donde la deseaba lleva, pero la actitud retante de Lekar despertaba su curiosidad. ¿Qué tramas?, se preguntó. Sentía enojo y orgullo hacia Lekar en esos momentos.

—He escuchado de ese antiguo mito. ¿No te consideraba una que le entretuviera la fantasía, Lekar?

—Esto que leí no era fantasía —Lekar se puso en pie y caminó hacia la pequeña barra. Mientras se preparaba un trago, continuó—, Verás, bibí, todo lo que está en los archivos de los Heketibarú son un hecho, no fantasía. Los Bejike en eso nunca fallan, el documentar nuestra historia, en especial esa de nuestros líderes, es sagrado para ellos. Más importante es para ellos preservar los diarios de nuestros líderes. Encontré fascinante ese de arakoel Jayguana donde se narra su obsesión. No, bibí, nada de lo que leí era fantasía.

Lekar, se tornó hacia ella, tragos en mano. Le daba una mirada penetrante como si le desafiara. Se acercó y le ofreció el trago. Lo aceptó y bebió.

Lekar se sentó y tomó un sorbo. Su mirada había cambiado por completo como si con ella le quisiera indicar que la tenía acorralada. No le llamaría la atención por la falta de respeto al llamarle madre. Le gustaba esa nueva actitud retante de Lekar. Despertaba por fin y el acto la enorgullecía. Quizás aún había esperanzas para ella y pudiese convertirse en una verdadera aliada como lo era el bejike Kataox. Le seguiré el juego, se dijo.

Había mucho por hacer y era el momento de reclutar a esos que pudiesen ayudarle a alcanzar su anhelo. Lekar siempre le fue fiel y debía utilizarla.

—La historia de arakoel Jayguana guaJikema es una trágica, Lekar. Su obsesión hizo a su cónyuge demente y él se convirtió en su final y el de todo el Guaminani.

Lekar sonrió con deleite.

—Esa historia es conocida, un invento de los bejike para tapar los verdaderos sucesos. La que leí en los archivos de los Heketibarú, es también trágica, pero diferente a esa que está plasmada en nuestra historia —dijo Lekar.

Una media sonrisa se plasmó en el rostro cobrizo de Iyeguá. Ella asintió. Lekar continuó:

—Es triste cómo murió Jayguana. Su hijo introdujo su daga en su corazón y su cónyuge la torció para abrir la herida y que no sanara. La tradición estipulaba en esos momentos que solo su cónyuge podía terminar con su vida, porque él compartía su regido. Su hijo debía abrir su herida, porque él era su guajeri, su heredero. Lo hicieron para detener su deseo de convertirse en una divinidad. Para ellos y el Guaminani, que conocían su secreto al ella hacerles participe de este, la noción fue una abominación. Debían ponerle fin y lo hicieron. Sin contar con que los bejike se enteraron de lo ocurrido por un escriba que lo presenció y los alertó de inmediato. Los bejike se encargaron esa misma noche de que la muerte les visitara y con ellos murió el secreto de La obsesión de Jayguana para con los poderes divinos que deseaba obtener.

Lekar hizo una pausa como si estudiase su reacción para con la historia que le narró. La conocía desde principio a fin, como esa de la de los poderes divinos. Lekar solo le dio un resumen de esta, pero acertada en su contenido. Se preguntaba cómo llegó con la información, pero esa era una pregunta para más tarde. En ese momento solo importaba qué deseaba Lekar con la revelación.

Mas antes de indagar, Lekar dijo:

—Estoy segura que no le has informado a los del Guaminani sobre tus verdaderos planes para evitar tener un trágico final como el de Jayguana. Comprendí, luego de un largo discernimiento, el porqué de todas esas guerras que has realizado. Como la alianza con Huyán en Vergerri y la infructuosa invasión a Ataiba, entre otras. Buscabas los poderes divinos, estás obsesionada con ellos.

Arakoel tomó lo último que le quedaba de su trago de un solo sorbo.

—Ya era tiempo que despertaras, Lekar —anunció con orgullo. ¿Qué conoces sobre los poderes divinos?

—Todo —dijo con autoridad. —Su origen y que yacen en los cuerpos inertes de los Cuatrillizos Divinos que están escondidos en los puntos cardinales de Güekén. Sé que los jiharu fueron concebidos por ellos y que la generación directa de Deminán es la clave para tener los poderes. Sus guardianes son los hüaku creados por Yukaju, la última divinidad. Hay más, pero no deseo aburrirte con una historia que estoy segura conoces de principio a fin.

Conocía bien la historia, no había duda de eso. Mas la interrogante se asomaba en sus pensamientos como un ave de mal augurio. ¿Qué haría Lekar con dicha información?

—¿Estás a mi favor o en mi contra?

Lekar se tomó su tiempo en contestar.

—En mi poder tengo un arma en tu contra, una que puede poner fin a tu liderazgo. Y, ¿me preguntas si estoy a tu favor? —dijo finalmente.

Arakoel soltó una carcajada.

—No te considero mi enemiga, Lekar. De lo contrario te hubiese erradicado como he hecho con otros o convertido tu vida en una tormenta. Prefiero compartir contigo mis planes, hacerte participe de ellos. Así que contesta mi pregunta.

—Como siempre lo he estado, a su favor —declaró.

El respeto volvió a su vocabulario lo que le confirmaba que decía la verdad.

—De ti no esperaba menos —contestó Iyeguá. —Ahora, bien, Lekar. Bejike Kataox ya descifró dónde encontrar el tercero de los poderes y necesito que me lo traigas.

Lekar fue tomada por sorpresa, en sus ojos se notaba. Le entregaba una misión, una mayor que esa que dio a Narigua. Algo que tanto deseó. El orgullo llenaba su pecho.

—Dice que Kataox encontró el tercero. Eso quiere decir que ya tiene dos en su poder —dijo Lekar con voz temblorosa.

Iyeguá asintió y, luego de abrir los seguros con su energía, sacó los frascos y se los presentó a Lekar.

—Aquí están dos de los poderes divinos.

Lekar se inclinó hacia el escritorio para observar más de cerca los frascos que contenían los poderes. No despegaba su mirada de ellos. Parecía que le seducían, que le llamaban. Su pecho subía y bajaba al son de su alígero respirar. Gran influencia tenían los poderes en el subconsciente. Solo podía imaginar lo que por la mente de Lekar pasaba: tentación, como la que ella sintió cuando su tío Guanohuya le habló de los poderes. Debía tener cautela con Lekar de ahora en adelante.

Sin despegar su mirada de los frascos, Lekar preguntó a Iyeguá.

—¿Qué gano con conseguirle ese poder?

—Uno infinito, uno que pondrá bajo tus pies no solo todas estas tierras —contestó mientras extendía sus manos, —Yo reinaré desde el cielo, el turey, y tú, sobre los que me adorarán. ¿No es eso lo que siempre deseaste, Lekar? ¿Poder absoluto? El que te daré no tendrá fecha de expiración. No estarás sujeta a la Ley de un Milenio como nuestros antepasados. Serás arakoel eternamente.

Lekar sonrió con la vanidad maquillada en su rostro.

—¿Dónde lo encuentro? —preguntó sin pensar en las consecuencias y si hacía lo correcto en ayudarla.

—En Vallosque —contestó. —Le informaré a Kataox que te ponga al tanto de todos los detalles y del plan que estamos desarrollando para obtener el tercer poder —hizo una pausa y la miró directamente a los ojos. —No me traiciones, Lekar, sabes de lo que soy capaz. Del castigo que mis enemigos sufren.

—No le traicionaré, Arakoel. No soy Narigua.

Y nunca le llegarás a los talones. Es una lástima que no pueda confiar en él para este asunto, se dijo.

—Bien, Lekar. Es todo por el momento.

Se puso en pie para retirarse e hizo una reverencia.

—Fue tu padre quien te dijo sobre "La obsesión de Jayguana" —señaló Arakoel justo cuando iba a abrir la puerta. Lekar se tornó a medias para que su mirada fuera por encima de su hombro izquierdo.

—No, fue algo que comentó el día que fui a buscar a Yayguna a Vergerri y la mención de arakoel Jayguana. Luego de un largo discernimiento de mi parte, recordé las historias que me hacías sobre ella cuando era niña. Así que el bejike Huamay buscó la información que necesitaba, no se pudo negar a mi pedido al ser karí de Huanikoy.

—Tu padre es orokoel y es a él a quien el bejike Huamay debe responder a un asunto tan importante como ese —dijo.

—Orokoel Alnairu ha estado ausente por dos centenarios y ha descuidado los asuntos de su uraheke durante ese tiempo, Arakoel. ¿A quién, usted, cree bejike Huamay le debe toda su lealtad?

Iyeguá sonrió complacida con la respuesta y le dio permiso a marcharse. Sabía que desde ese momento en adelante la tenía que tener vigilada.

16 Grito de Guerra

La noche cargaba una brisa fresca y la luna brillaba opacando la belleza de las estrellas en la negrura del seno que las acurrucaba. Sus brazos extendidos a ambos lados descansaban sobre la baranda de piedra del balcón desde donde contemplaba a Ayuán a la distancia. ¿Podré sentir el latir de sus corazones desde las alturas? O, ¿sus temores o el amor hacia mi o quizás su odio? No importa, podré hacer que me amen si me odian y temerme si me aman. Dar eterna y dolorosa penitencia a los traidores que en mi contra conspiraron y dieron apoyo a mis enemigos.

Cerrando sus ojos respiró profundamente, los abrió y caminó de vuelta al interior de su despacho adyacente al salón del dujo.

Se sentó en la butaca detrás de su escritorio, su brazo derecho extendido sobre este. Su rostro cobrizo y sedoso descansaba sobre el dedo corazón de su mano izquierda, mientras que el índice tocaba la línea de su quijada. Se sumergió en sus pensamientos buscando cómo acomodar la reciente e inesperada noticia que le llegó a través del embajador Higuaka, representante de Yagüeka en Vergerri.

La llamada llegó justo cuando se iba a retirar a descansar al llegar la noche. En un principio se negó en recibirla, pero lo hizo por la insistencia del embajador. La salutación se extendió por diez arduos minutos en el cual dio sus felicitaciones por las nupcias a celebrar. Entonces, fue cuando, dijo:

—Le gustará saber, Su Alteza Inmortal, que el Custodio de la Sabiduría está en Vergerri hace varios meses. ¡Fue todo una algarabía! El rey envió una escolta encabezada por varios dignatarios y el embajador de Ataiba, a recibirles oficialmente y fuesen escoltados a palacio. Al parecer el custodio no deseaba se conociera sobre su visita al reino. Fue descubierto por casualidad en Berconse.

El embajador solo pudo decirle que se le informó que la visita del Custodio se relacionaba a trabajos en la universidad del reino, en donde trabajaría con unos colegas profesores. El que no supiera con certeza la encolerizó. Sabía que el custodio no podía estar allí por un motivo tan vano como ese, cuando de allí desapareció la itiba. Le ordenó al embajador se quedara en Vergerri y le mantuviera informada de todos los movimientos de este. Higuaka dejó sentir su descontento por no permitirle asistir a las nupcias, que su lugar quedara vacío y así cayera en boca de todos por su ausencia. No deseaba dar la impresión de que Arakoel estaba en descontento con él. Ella le apaciguó asegurándole que sería representado por otro de su uraheke, que hasta podía ser de su confianza. Para callar los rumores, podía comunicar que su ausencia se debía a una encomienda importante. Higuaka entró en otro extenso agradecimiento, el que ella corto despidiéndose y enganchando el teléfono.

El Custodio de la Sabiduría se encontraba fuera de la protección de Ataiba. Lo necesitaba. No a él, sino lo que en el custodio residía: la clave para controlar los poderes divinos. No podía esperar mucho tiempo para actuar y lo debía hacer de manera sigilosa y rápidamente. Iyeguá conocía al kahali que podía traerlo a Yagüeka. El custodio no daría su esencia por voluntad propia. Mas un cuerpo subyugado pide clemencia y sede al subyugador, en este caso ella. Se puso en pie. Hay mucho por hacer, se dijo.

La semana fue fulminante, pero sin contratiempos y cambios leves para con las nupcias. Ese día debía darle la bienvenida a los Juíbos, los líderes, de los siete uraheke. Recibió primero a Mayagua, juíbo del kasikazgo Sábalo, sitial de Jikema, y su séquito, a quienes acomodó en el Kaney Mayor, donde ella residía. Luego a los del Huanikoy junto a orokoel Alnairu. A estos no les pudo negar alojamiento en las habitaciones restantes del kaney por cortesía.

La madre de Alnairu estaba allí, una kahali forjada por la vanidad y el orgullo. La negrura grisácea de su cabellera trenzada en un moño decorado con caracoles de oro, se perdía entre los destellos azules cobalto y el plateado de sus canas. Lekar se parecía a ella, compartían la forma de sus labios, delgados y finos. En especial, la mirada prepotente que detestaba.

Su asistente Kaguama la anunció.

—Aguiana guaHuanikoy, juíbo del sitial del kasikazgo Guanajibo.

Y donde se mantendrá por dos milenios adicionales a menos que alguien tenga el valor de introducir una daga en su corazón y poner fin a miles de años de tortura, se dijo Iyeguá como si respondiera al anuncio. No comprendía cómo era posible que fuese tan respetada y, supuestamente, amada en su kasikazgo. Era de esas kahali que creía en la maternidad antigua como la que tuvieron los Heketibarú. Dio a luz a siete güeros, siendo orokoel Alnairu su primogénito junto a Anye. Esta acompañaba a su madre y venía con ella su cónyuge y su numerosa progenie. El salón del dujo se sentía pesado, cargado con la presencia de los Huanikoy que lo inundaba.

—Les agradezco —le dijo Aguiana con una sonrisa que Iyeguá evaluó como hipócrita—, por la invitación a tan importante celebración de nuestros uraheke. Pido disculpas por no haber asistido a la promesa mutua de mis nietos.

Su presencia no fue necesaria y menos extrañada, quiso decir.

—No hay porqué —contestó Iyeguá.

Aguiana asintió.

—Mas, sin faltarles el respeto a ambos deseo manifestar mi desaprobación para con estas uniones. Mis nietos son descendencia de los Primogénitos de los uraheke más importantes y poderosos de la nación. No deberían unirse a unos hüaku, aunque estos sean los futuros líderes de la nación de Ataiba. ¡Más cuando uno de ellos es un mestizo! —el orgullo herido se pintó en su rostro y se agudizó al formular la palabra mestizo.

Su reproche era a su persona y no a su querido hijo. Iyeguá esperó unos segundos para darle tiempo a orokoel Alnairu en contestar, pero fue en balde.

—Estas uniones son estrategias de guerra, y ese mestizo nos entregará a Ataiba en nuestras manos. No mancha la honra de ningún uraheke. Además, no comprendo porque se siente ofendida, Aguiana, cuando su hijo querido procreó a un mestizo.

Aguiana sonrió, sus cejas arqueadas, y con naturalidad contestó:

—Un desliz se perdona, Arakoel, en especial cuando este nace del abandono. Unas nupcias son para siempre y las repercusiones pueden ser mayores.

Ahora me desea dar clases de moral, ¡se equivoca!, pensó.

—Aguiana, se olvida que con la victoria llegará honra y, usted, y su uraheke pasarán a la historia de los kahali y el poder de este se acrecentará.

—Como también la deshonra a mi uraheke de perder, así como ocurrió en el pasado —contestó Aguiana con mirada seria y penetrante.

—El pasado no ha sido olvidado, Aguiana, menos pasará de la memoria esos que su apoyo han negado. Deleitosa será la victoria. Una lástima que no podrán disfrutarla. Gracias por venir y espero disfruten las celebraciones —contestó Iyeguá despidiéndose de ella para que se marchara inmediatamente.

Aguiana abrió su boca para formular palabra, pero Iyeguá se puso en pie y dijo.

—Me retiro, hay otros asuntos que necesitan de mi atención.

Podía leer la indignación en su mirada, en especial en la de orokoel Alnairu que se puso en pie al ella despedirse. Aguiana hizo reverencia, copiada por su séquito. Orokoel Alnairu caminó hacia su progenitora para despedirse, e Iyeguá se marchó en dirección a su despacho. Mientras lo hacía el eco de los pasos aligerados de los Huanikoy detrás de su matriarca, resonaban fuertes tal y como los de un ejército en marcha.

Entró a su despacho con el convencimiento que este era el inicio de unas largas y complejas semanas que envolvían más que una simple cortesía protocolar. Exigir extrema fuerza de voluntad. Sobre su escritorio estaban los archivos que había sacado la noche anterior, otra de sus cartas a jugar y que no había utilizado aún. Los üogoris, pensó.

Su línea de pensamiento quedó interrumpida. Alguien entraba a su despacho sin decoro alguno y no había duda alguna de quien era. Se tornó y allí estaba él, mirándola con sus ojos penetrantes en los que se notaba el disgusto.

—Pudiste ser más cordial con mi madre —dijo con voz seca. Vestía pantalones azul cobalto de filo definido, como le gustaba, y su usual guayabera crema de hilo y mangas largas. Llevaba en el bolsillo un tabakú.

—Fue lo que fue —su contestación fue fría demostrando con su rostro que le era indiferente.

Orokoel Alnairu bajó su mirada y sonrió a medias. Volvió a mirarle.

—Bueno, ¿qué es lo próximo en la agenda?

La sorpresa a su pregunta la hizo sonreír y cuestionar con la mirada.

—Iyeguá, regresé para quedarme y como orokoel comparto tus responsabilidades. Así que tienes que hacerme partícipe.

Iyeguá sonreía, sus palabras encerraban para ella una irónica comedia.

—¿Tus responsabilidades?

—Sí —contestó él. —En la tarde me entregarán una copia de tu agenda para ponerme al día de los asuntos de la nación.

—Yo no he dado mi permiso.

—No lo necesito, soy orokoel. Esta era de los kahali lleva tu nombre, pero el regido es compartido. Así lo aceptaste, entre otras cosas.

Algo tramas. —Bien —contestó.

—Imagino que la próxima audiencia es con los Higüey. ¿Merendamos ahora o los atenderemos primero? —sonrió.

—No, ellos los he dejado para lo último. Mi próxima cita es con mi costurera. ¿Deseas acompañarme?

—No.

—Entonces, nos vemos en la tarde. La próxima audiencia es con los Marien.

—No será del agrado de los Higüey.

Ella se acercó y besó su mejilla.

—Me tiene sin cuidado.

Orokoel Alnairu la tomó por la cintura y le miró a los ojos. A diferencia de otras ocasiones, el contacto despertaría en ella el deseo a su persona, pero no esta vez.

—Sé que estás enojada por dejarte a solas en el lecho —dijo él con voz suave. Ella sin contestar dejó conocer su sentimiento con el sube y baja de su ceja izquierda y la frialdad de su mirada. —No deseaba importunarte, hemos estado mucho tiempo separados. Me atreví acercarme por la evidente invitación de los platos que serviste en la cena —la acercó a él—. Mas no has hecho otra.

Ella colocó sus manos en su pecho y suavemente se retiró de su abrazo.

—Y no la habrá.

Al decir esto, se marchó sin esperar respuesta alguna de él.

Alfileres marcaban los puntos a arreglar del vestido que utilizaría para las nupcias. Como era la costumbre, todos los invitados debían utilizar los colores de sus uraheke en sus atuendos. Era una formalidad que brindaba al evento la importancia merecida y señalaba el respeto de los demás uraheke hacia los que celebraban la unión.

Sus pensamientos regresaban al custodio sin aviso alguno, sin ser llevados por la razón. Desviándose del momento en que vivía. De realizar lo que planificaba, debía ser extremadamente cautelosa. Un pinchazo en su muslo la trajo a la realidad. Su mirada furiosa se tornó hacia la naborí que causó el dolor y sobre su rostro tapado arremetió una bofetada que la envió al suelo. La costurera pidió disculpas y mandó a la naborí salir de inmediato.

—Le aseguro será castigada severamente —dijo en una reverencia la costurera. Se acomodó donde estaba la naborí y continuó el trabajo.

—Ya tienes los ajustes que necesitas y mis sugerencias. ¡Quítame el vestido! —ordenó fríamente Iyeguá.

Desnuda se miró el muslo donde una gota roja emergió de la piel pinchada y la limpió. Su piel no tenía rastros de la diminuta herida, esta regeneraba solo heridas pequeñas y superficiales por su edad. Los kahali en su primer centenario eran capaces de regenerar no solo piel, también extremidades y los órganos internos. Por eso eran escogidos en las guerras para ser la primera ola de ataque. Con la edad, el Elemento de la Energía que vivía en ellos como parte intrínseca de su ser, mantenía sus cuerpos sanos. Este junto con el Tiempo, mantenía su longevidad.

Estaba tarde para su próxima audiencia, pero de todas formas pidió algo de comer antes de marcharse. Le trajeron un vaso de maví frío con unos emparedados pequeños de pernil y queso de cabra. Sin darse prisa comió, al fin y al cabo quienes la esperaban eran los Marien y no eran de suma importancia. Su asistente Kaguame la interceptó cuando iba a entrar en su despacho, tenía un rostro de preocupación. No tenía tiempo para malas noticias y lo que fuera a decir podía esperar para cuando terminara la audiencia.

—¡Arakoel! —exclamó Kaguame en tono bajo.

—Ahora no —contestó ella mientras entraba al despacho. Él le seguía muy de cerca insistente.

—Habla —dijo malhumorada.

—Orokoel...

—Sí, ya sé. Te pidió mi agenda. Dásela.

—No es eso, Arakoel, sino que...

La audiencia había comenzado sin ella, lo que la hizo detenerse en seco seguido por un calentón que despertó su cólera.

—Orokoel Alnairu cambió su audiencia y convocó a los Higüey, dejando a los Marien para lo último —susurró en su oído Kaguame.

Miró con seriedad por un segundo a orokoel Alnairu que le observaba desde su dujo, cambió su mirada a los Higüey y les sonrió gustosa de verlos. Era evidente para ella la acción que había tomado orokoel Alnairu en su contra.

Al sentarse, Hayama, prima de karí Hatuey y juíbo del sitial de Dagüey, quien estaba acompañada por su cónyuge Mabo, y sus hijos, luego de la reverencia dijo:

—Mi gratitud por la invitación a esta gran festividad. Pensé que Narigua nunca celebraría sus nupcias. Esta noticia a puesto fin a la esperanza de muchas kahali que soñaban con unirse al hijo de Arakoel. Deben estar orgullosos y llenos de alegría.

—Lo estamos —contestó Iyeguá con una pequeña sonrisa en sus labios. Aún la cólera le hervía la sangre. Hayama era de facciones duras, muy celosa de su sitial, un poder que le entregó el padre de Hatuey sobre la hermana gemela de este. Llevaba en su cabellera recogida en un moño tejido, un adorno en plumas en el lado derecho que Iyeguá encontró ridículo. Su mirada expresaba confianza en sí misma y a su vez parecía como si estudiase el alma de aquellos donde sus ojos se posaban. Hayama ordenó a sus naboríes que se acercaran. En los brazos de los siete naboríes había una columna de telas.

—Nuestro regalo a ustedes, telas hechas con el algodón más fino que produce Dagüey para la confección de vestuarios —presentó Hayama. Los otros siete cargaban hermosos cofres que abrieron para presentar su contenido. —Delicadas y hermosas plumas, no encontrará en la nación piezas como estas —esas eran las fuentes económicas de la riqueza de los Higüey y no había en todos los reinos de Güeykén mejor producción de algodón.

—Me tomé la libertad de enviar a su nieta Yayguna y a itiba Yuisa un surtido de telas y plumas como regalo nupcial —añadió Hayama.

Iyeguá contestó.

—Estoy segura que ambas están agradecidas con el gesto.

Las menos palabras que intercambiaran haría de la audiencia una corta como había planificado antes que sus planes fueran abruptamente cambiados.

—Hayama también trajo obsequios para Narigua y Urayoán y, por supuesto, para mí —comentó orokoel Alnairu a Iyeguá. Sus palabras le echaban más leña al fuego de su cólera. Ella le miró de reojo y sonrió a medias, pero Hayama tomó la palabra antes que pudiera agradecer para callarla.

—Cuando nos llegó la noticia de las nupcias, di órdenes de confeccionar guayaberas y pantalones, así como pañuelos bordados con sus iniciales y el escudo de sus uraheke. Conozco que a orokoel Alnairu prefiere las guayaberas, como buen Huanikoy. Imagino que su hijo Narigua también. Sé que los hüaku las usan, pero desconozco si son de la preferencia de Urayoán, al ser de descendencia valloscana.

Iyeguá decidida en no participar de la conversación, mantuvo silencio y miró a orokoel Alnairu para que contestase, ya que fue él quien tomó la decisión de atenderles en ese momento.

—Le he visto usándolas. Además es una pieza elegante que todo varón, ya sea kahali o hüaku, debe tener. Gracias por su generoso regalo y espero gocen de las festividades a celebrarse en los próximos días. ¿Se estarán hospedando en su residencia en la capital?

Iyeguá tornó su rostro hacia él con seriedad, esperaba que no se atreviera a lo que imaginaba. Mas donde los podía acomodar cuando no quedaba espacio en el Kaney Mayor, gracias a la extensa progenie de su uraheke.

—Sí —contestó ella con una sonrisa.

—¡No es aceptable! —exclamó él. Iyeguá atendía deseosa de saber dónde los acomodaría y se echó hacia atrás para estar más cómoda.

—El Kaney de Kayakoa, que en un tiempo fue su vivienda oficial en Ayuán, tiene espectaculares vistas a las montañas ancestrales y está justo al lado del lago Toa. En un principio pensé que lo debían utilizar para su estadía en la capital, pero, ¿por qué negarle lo que les pertenece? He dado órdenes para que lo habiliten y esté listo para ustedes mañana. Es lo más que puedo hacer por quienes por milenios han sido, no solo grandes y fieles aliados de los Uraheke Jikema y Huanikoy, también amigos.

Iyeguá sonrió no por estar contenta por la invitación, sino que las iniciativas de su esposo la entretenían de sobremanera. Hayama hizo una reverencia y con una sonrisa en sus labios que no suavizaba su masculino rostro, dijo:

—Nos honran con su amabilidad.

Iyeguá se enderezó lista para poner fin al circo.

—Le agradecemos su presencia, Hayama guaHigüey, y por sus obsequios. Kaguame, acompáñalos a la entrada y espera hasta que te lo indique para dejar pasar a los próximos en la nueva agenda.

—Han, han katú —contestó Kaguame.

Esta sería la primera de muchas sorpresas de ahora en adelante y debía prepararse. Conocía de lo que era capaz orokoel Alnairu. La reclusión en las montañas de Vergerri no lo debieron cambiar mucho, sin embargo debía estar alerta. Cuando esos que antes no se atrevían a jugar con el fuego hacen un intento, la acción los hace peligrosos. Así que antes que su confianza crezca, así como su poder y ventaja, no había otra opción que enseñarles cuál es su lugar.

Al retirase los Higüey y quedar a solas, con excepción de los naboríes, se inclinó en su dujo hacia orokoel Alnairu.

—Tu larga ausencia me hizo olvidar tus manierismos y tu forma impulsiva de gobernar. Te doy las gracias por haberme despertado y ver a los extremos que eres capaz de llegar para tratar de irritarme.

—¿Tratar? —preguntó orokoel Alnairu, pero no sonaba sorprendido. —Te confundes, mi deseo es irritarte. Que experimentes lo que sentí con el trato tan insensible que le diste a mi bibí. Entiendo que logré mi objetivo.

Tienes mucho por aprender, Alnairu. Se acomodó en su dujo y con la mirada puesta en las puertas doradas del salón, le contestó.

—Comprendo.

No dijo más y llamó a Kaguame para que dejara pasar a los próximos en agenda.

Kaguame le indicó que los meseros esperaban afuera para acomodar las mesas y los alimentos. Orokoel Alnairu de inmediato tomó la palabra y le ordenó que les dejara entrar. Tres grupos de cuatro naboríes entraron cargando con mesas rectangulares de madera, seguidos por seis más con manteles en sus manos. La tarde comenzaba a ponerse muy interesante para Iyeguá, que caía en cuenta de lo que orokoel Alnairu trataba de hacer.

—¡Alto! —exclamó. Su voz retumbó por las paredes del salón. —¿Solo tres mesas?

—Sí, Arakoel, solo para los Maguana. Como ordenó, Orokoel —contestó Kaguame.

—¿Solo para los Maguana? —preguntó Iyeguá mirando a orokoel Alnairu que le devolvía una mirada seria. —¿Por qué honrar a uno solo? Kaguame, manda a buscar a los Maguá, Jaragua y Marien. Informales que su audiencia a sido movida y les espero de inmediato. Traigan más mesas y sillas y preparen más comida que tendremos invitados adicionales. Mientras, haz pasar a los Maguana para darles la bienvenida antes de invitarle a la mesa.

—¡Han, han katú! —exclamó obediente Kaguame.

Miró de nuevo a orokoel Alnairu,

—Es lo propio y el trato correcto.

Él solo sonrió a medias.

—Por supuesto —le contestó Alnairu.

Por supuesto, Alnairu, vamos a tirarnos la bolita de lado a lado para sobrevivir la agonía que nos impera el regir juntos, se dijo.

Los Maguana entraron esquivando a los meseros, que eran kahali de la sexta generación, que venían e iban con las manos llenas de flores, platos, cubiertos y vasos para preparar las mesas. Iyeguá recibió a sus aliados con una calurosa sonrisa y estos, luego del agradecimiento le hicieron entrega de mundillo y canastas de frutas. Hubo un diálogo cordial amplificado por las felicitaciones, y luego se sentaron a la mesa a manjar de los suculentos aperitivos y brindar con ron caña.

Los Maguá, de ojos azul celeste, llegaron media hora después e inundaron el salón del dujo con el aroma de café tostado de la montaña. Lo presentaron como el regalo para sus líderes y los prometidos, así como botellas de exquisito pitorro de varios sabores. Iyeguá les dio la bienvenida y aceptó sus regalos. Minutos más tarde entraron los últimos dos: los Jaragua, de ojos azul turquesa, y los Marien, de ojos lapislázuli. Los Jaragua, quienes también eran aliados de Iyeguá, traían regalos que consistían en hermosos y elegantes platos en cerámica y artesanías en barro. Los humildes y sencillos Marien se habían encargado de obsequiar los arreglos florales de las celebraciones antes y después de las nupcias.

Iyeguá les invitó a sentarse a la mesa y disfrutar del banquete. Ella observaba cómo orokoel Alnairu se perdía en la bebida y la plática con los Marien que estaban sentados a su diestra. Mientras los Maguana no dejaban de conversar cosas absurdas sobre experimentos que sus bejike realizaban y los hallazgos revolucionarios. Iyeguá hacía que les prestaba atención, pero en realidad se concentraba en la conversación que orokoel Alnairu tenía con Guakané guaMarien, juíbo de Bahomamey, que no era de suma importancia hasta el momento. Solo hablaban del juego del batú del día anterior y de la victoria esperada de los Dagüey del uraheke Higüey.

—Un juego impresionante y entretenido —comentó Guakané.

Pasada una hora, Iyeguá se puso en pie para concluir la velada. Estaba cansada y tenía otros asuntos en mente que merecían su atención inmediata.

—Les agradezco nuevamente por sus obsequios y su presencia a tan importante festividad que cambiará el destino de nuestra raza —miró sonriente a orokoel Alnairu con ojos llenos de picardía y el corazón lleno de emoción. Entonces, dijo a los presentes que tenían toda su atención sobre ella. — Orokoel Alnairu ha sido muy generoso y ofreció a los Higüey el Kaney de Kayakoa, pero es mi entender que sería injusto no hacer lo mismo con el resto de los uraheke, nuestros honorables invitados. Es por eso que daré la orden que el resto de los kaney ancestrales estén nuevamente a la disposición de los siete uraheke de Yagüeka.

Sonrió, pero no fue una sonrisa de alegría, sino una que expresaba su soberanía sobre ellos. Sus reacciones físicas ante la noticia fue una de sorpresa envuelta en respeto por lo que su anuncio significaba. Orokoel Alnairu abrió la puerta, pero fue ella quien dio el permiso para entrar. Sería a ella a quien recordarían como la que unificó simbólicamente a los siete uraheke bajo el manto del seno maternal de Ayuán. En donde los siete ureheke en el pasado unieron sus fuerzas para establecer una nación poderosa. Fue orokoel Bayasí guaJaragua, hace seis milenios, que les negó la residencia en los kaney ancestrales a los juíbos, al descubrir un complot en su contra. Él declaró que los uraheke ya no representaban unión y no debían residir en la capital. Ella, como arakoel, revocaba esa orden.

Orokoel Alnairu tomó su trago de pitorro, se puso en pie y alzando su vaso, se dirigió a los presentes.

—¡De pie! —exigió. —Brindemos. ¡Qué sea por siempre recordada la generosidad y magnificencia de arakoel Iyeguá, más allá del fin de su regido!

Como una dura bofetada fueron sus palabras para ella sobre su fin y como dagas clavadas en su corazón fueron el rugir de las palabras "Han, han katú" en contestación al brindis. La seriedad se pintó en su rostro por un diminuto segundo, la cual borró con una placentera sonrisa que ofreció a todos.

Orokoel Alnairu se acercó a ella y susurro a su oído.

—Como te pudiste dar cuenta, no trato de irritarte. El que ves enfrente es otro Alnairu, el que moldeaste con tu indiferencia y vanidad. El que era, murió en tu lecho la pasada noche.

Lentamente retrocedió mirándole directamente a los ojos, tomó su mano derecha y la besó con ternura. Todos aplaudieron ante el gesto amoroso. Mas Iyeguá, aún con la sonrisa de antes, le miraba sin piedad.

—Han, han katú —susurró ella para que solo él escuchara su suave y ahogado grito de guerra.

17 Desafío al Poder

La tortura es evidente en el cuerpo lacerado que lentamente sanaba sus heridas, pero no la pérdida de varios dedos de la mano izquierda del kahali arrodillado frente a los dujos. Su cabello negro grisáceo había sido rapado. Es un heptagénito del Jikema y era buscado por los nikahali por actos de rebelión en Sábalos, Guanajibo y Yauko. Según las investigaciones, los Guaili Anaki, los rebeldes, tenían partidarios en todos los uraheke con el propósito de destruir las altas generaciones que por milenios les habían tratado con desigualdad y tiranía. En los últimos centenarios los Guaili Anaki se fortalecieron y aumentaron sus números. Allí estaba él bajo las miradas de repudio y odio de todos los altos dignatarios de los uraheke que llegaron a celebrar las nupcias en Ayuán. Manabo era su nombre y él era uno de dos de los altos líderes de los Guaili de la rama Jikema. Su captura fue acogida con alegría y esperanza de que el futuro de la rebelión fuese erradicado.

Arakoel se puso en pie, las expresiones de su rostro radiaban el sentir de los presentes. Mas era evidente que a través de Manabo ella enviaría un mensaje directo a la rebelión. Caminó hacia él y dijo:

—No hay otra salida, Manabo, el fin llegará a todos tus seguidores misericordiosamente. De lo contrario llegará con extenuante dolor como llegó a los que amas.

Arakoel dio un mandato y de par en par entraron nikahali cargando cajas de madera que colocaron frente a Manabo. Su rostro cambió al ver el contenido de las cajas, sus labios se separaron lentamente y de sus ojos nacieron lágrimas que rodaron por sus laceradas mejillas. En las cajas estaban los restos desmembrados de sus hijos, su cónyuge, sus progenitores, los de sus hermanos y los hijos de estos.

—Tu pasado y tu presente, Manabo. Esto es lo que haré con el resto de tu generación. Los subyugaré al dolor más horrendo que nunca hayas imaginado. Aún queda con vida tu hermana y sus dos güares, y así será si me das el nombre del otro líder. De lo contrario, verás su final y luego de bañarte con su sangre derramada, llegará el tuyo.

Manabo aún tenía su mirada clavada en los restos de esos que amaba, en especial el de su cónyuge y el de sus hijos, cuatro de ellos. Narigua le estudiaba con detenimiento, Manabo tenía una fortaleza indestructible que se reflejaba en su ser aunque el dolor de la pérdida era palpable. Su quijada se tensó dibujando sus músculos faciales, sus fosas nasales se abrieron y el coraje enrojeció aun más sus ojos. Alzó su mirada a Arakoel, sus brazos estaban esposados a su espalda y los tensaba con fuerza como tratando de romperlos. Su mirada era penetrante y su actitud despertó la curiosidad de Narigua. Deseaba comprender de dónde nacía ese poder que no sucumbía al de Arakoel.

Finalmente, dijo:

—Mi muerte no traerá el fin, sino marcará el principio de muchas cosas. ¡Prepárese para la embestida, Arakoel, que vendrá con fuerza! Su tiranía y la de los suyos se acabará y así como llegó la muerte para los míos, llegará la de su generación y la suya. ¡Han, han katú!

Arakoel Iyeguá no dio muestras de que sus palabras tuviesen efecto alguno en ella, mas Narigua se dio cuenta de lo contrario. Las fosas nasales de Iyeguá latieron por unos segundos, sentía coraje. Narigua miró de inmediato a Manabo. ¿Cómo es posible que kahali de tan baja estirpe pudiese tener ese poder sobre Arakoel? Nunca le vio reaccionar de esa manera frente a un rival. Él era insignificante, pero se había convertido en una amenaza para el poder no solo de Arakoel, sino también para la jerarquía de los uraheke. Los cambios nunca son bien recibidos. La amenaza al poder de Arakoel tampoco. La marca en su rostro es evidencia de esto.

Arakoel caminó de vuelta a su dujo y en voz alta para que todos la escuchasen, dijo.

—Manabo, descendiente de la séptima generación del uraheke Jikema, por tu delito de traición a Yagüeka te sentencio a muerte por desmembración. Así como a tu hermana y sus hijos.

—¡Sus poderes no llegan a tanto, Arakoel! —exclamó él erguido y orgulloso, interrumpiendo la sentencia. Sus palabras la callaron y en ese preciso momento el coraje que Arakoel disimuló era evidente.

—Solo un juíbo de mi generación puede y tiene el poder de sentenciarme a muerte. No encontrará a ninguno que lo haga.

Arakoel miró a uno de los nikahali.

—Tu manaya.

Este se lo dio con reverencia y empuñándolo en su mano bajó lentamente las escalinatas. Orokoel Alnairu se puso en pie y la llamó, pero esta hizo caso omiso.

—Soy Arakoel de Yagüeka, tengo el poder de sentenciarte a muerte y entregártela.

—¡Arakoel! —llamó Mayagua, juíbo de Sábalos y de la primera generación Jikema, intentando intervenir. Su voz sonó estruenda como un trueno en plena tormenta. Caminaba hacia ella cuando Manabo contestó a las palabras de Arakoel.

—Sabe que no lo tiene y por más que lo desee nunca lo tendrá, Arakoel.

Antes que Mayagua llegara a ella y marcado por el suspirar de los presentes que retumbó por todo el salón del dujo, Arakoel alzó el manaya y con dos azotes decapitó a Manabo. La sangre de este manchó su vestido y corrió por el lustroso piso como las corrientes de un riachuelo cuando el cuerpo cayó. Arakoel observó el cuerpo inmóvil por unos segundos. Extendió su brazo y el nikahali fue a donde ella para tomar el manaya.

—¡Así se trata a los traidores! ¡Así se hará con el resto! Un enemigo muerto no vuelve a ser una amenaza, pero lo son aquellos que le puedan vengar y por eso no solo la cabeza del enemigo debe rodar, sino también la de sus seguidores y la de los suyos. Las generaciones bajas deben ser limpiadas con sangre. Prepárense que la purga que ordenaré se encargará de purificar los uraheke.

—¡Pero no tiene esa autoridad! —exclamó Mayagua furioso retándole a solo pasos del cuerpo inerte del decapitado.

Arakoel tan solo le miró seria retándole a que tomara acción al respecto, pero este tan solo se mantuvo inmóvil y en silencio. Arakoel se marchó y todos permanecieron inmóviles con la mirada puesta en el decapitado. Narigua observaba el cuerpo inerte de Manabo como una visión de lo que pudo pasarle en el pasado. Mas la forma en que Arakoel manejó el asunto demostraba que se sentía amenazada. Narigua no entendía el porqué, nunca le vio actuar de esa manera con sus enemigos. Siempre seguía la tradición establecida para mantener el orden establecido. Hoy sus actos demostraban que estos no le importaban Que su poder no está subyugado, sino que tiene libertad y debe ser aceptado sin objeción.

Los cuerpos desmembrados fueron enviados al yukayeke de la séptima generación Jikema para adornar la entrada de su batey y esos pertenecientes al uraheke de Manabo tuvieron la misma suerte. Arakoel no tuvo compasión con nadie, estaba dispuesta hacer de ellos un ejemplo y dejarles saber a la rebelión que su batalla era una infructuosa.

Orokoel Alnairu no dijo nada, se marchó en silencio con el coraje a cuestas y marcado en su sien. Narigua en la tarde llegó a sus apartamentos. Allí estaba Lekar y su abuela Aguiana conversando amenamente con orokoel Alnairu quien fumaba un tabakú. No veía a su abuela en centenarios. Se detuvo en el umbral de la puerta.

Su padre se dio cuenta de su presencia y le invitó a entrar. Su abuela se tornó hacia él y le miró con seriedad. En seguida se puso en pie. Aún me resiente, se dijo.

—Es mejor que me marche —dijo su abuela quien respondió poniéndose en pie. —Continuaremos luego.

Fue extraño el momento, como si la conversación tuviese una importancia significativa que no debía ser escuchada o presenciada. Lekar pasó por su lado sin dirigirle la palabra. Su abuela, por el contrario, se detuvo frente a él. Miró su mejilla marcada con disgusto. Inhaló profundamente y dijo:

—Narigua, espero reconsideres el error craso que cometerás al unirte a una hüaku. Traerás otra deshonra a tus uraheke. Piénsalo, no todo el tiempo los deseos de Arakoel son los mejores para esta nación.

—¡Bibí! Por favor —la interrumpió Arakoel Alnairu.

Le dio una última mirada de repudio y se retiró. Narigua no contestó y entró.

—Nagueti no cambia —dijo.

Le restaba importancia la actitud de su abuela para con él. Ella fue en un principio atenta con él, a veces amorosa. Su preferida siempre fue Lekar. Narigua siempre pensó que se debía al color de los ojos de Lekar que la identificaban como una Huanikoy. Aprendió Narigua que fue su amor incondicional hacia Imugaru que hizo que Aguiana cambiara con él. Todos conocían que Imugaru no le agradaba en lo absoluto y siempre la vio como a una rival.

Se sentó al pedido de su padre. Vino a visitarle para conversar con él de los sucesos que ocurrieron en el salón del dujo. Deseaba conocer su opinión y su posición para con la rebelión de los Guaili Anaki. Quizás de esa manera pudiese comprender la actitud arrebatada por la ira de Arakoel. Inusual fue y no característico de ella.

—¿Podemos hablar de lo ocurrido esta mañana?

Orokoel Alnairu tomó asiento detrás de su escritorio, su rostro se tornó sombrío como si el recuerdo fuera repugnante. Asintió dando permiso a una conversación que le preocupaba y la cual, por su reacción, debía discernir.

—Baba, ¿es la rebelión una amenaza para nosotros? ¿Para Arakoel? Preguntó, por que lo ocurrido envía ese mensaje y nunca pensé que fuese así.

Orokoel Alnairu de una inhalación llenó sus pulmones de aire y lentamente los vació. Parecía como si buscase la respuesta en el ambiente que le rodeaba.

—No —contestó firme—, no son una amenaza sustancial. Han aumentando sus números y unido sus fuerzas con las generaciones menores de los demás uraheke, pero aún son un grupo pequeño. Es lo que me han informado, pero indagaré más a fondo. Por tal, no los categorizaría como una amenaza, sino un estorbo. La manera en que Iyeguá manejó la situación fue tal como un tirano reaccionaría. Manabo se jugó la vida al cucarla —calló como si se hundiera en el recuerdo de lo vivido en la mañana.

»—Fue una demostración del poder absoluto —señaló finalmente luego de un largo silencio.

—¿Poder absoluto? —preguntó Narigua intrigado.

—Sí —contestó pensativo.

—Ella posee poder absoluto, es arakoel —dijo, la confusión marcada en su voz.

—Su poder es limitado, lo sabes. Iyeguá desea cambiar eso, Narigua.

—Poderes antiguos. Eso fue lo que dijiste. ¿Qué quisiste decir con eso?

Orokoel Alnairu se puso en pie y caminó hacia Narigua. Se sentó a su lado con la mirada puesta en él. Parecía distante como deseoso en compartir sus pensamientos, pero sin saber cómo hacerlo.

—Narigua —dijo Alnairu. —Iyeguá no está conforme con el poder que tiene. Desea un tipo de poder absoluto que le dará el control sobre todo y todos.

—Baba —interrumpió Narigua—, cientos de veces escuché a Arakoel mencionar su deseo de invadir los reinos de los jiharu. Tenerlos bajo su poder, ser su ama y señora. Eso es un tipo de poder absoluto. Esa fue la razón que la llevó a ayudar a Huyán a invadir Vergerri.

Torno su mirada a un lado, el recuerdo de ese momento vivo en su memoria.

—Seré su divinidad dijo la tarde que llegamos a Vergerri para ofrecer nuestra ayuda. La complacencia expresada en su mirada.

—¿Dijo eso? — preguntó con peculiar interés Alnairu.

—Sí —contestó devolviendo su mirada hacia su padre.

—¿Le creíste?

—Es solo una manera de hablar. Muchos desean ser divinidades. Nada en esta existencia puede convertir a alguien en una verdadera divinidad como lo es Yukajú.

Con mirada penetrante y sombría, Alnairu dijo:

—¿Qué dirías si te digo que la hay?

Narigua perplejo se echó hacia atrás, su espalda descansando sobre el espaldar del asiento. El cuento de Yuisa vino a su mente. Los Jikema deseaban unos poderes que los convertirían en divinidades. Mas eso era un cuento inventado por los hüaku. No podía creer que Arakoel creyera en leyendas. Menos en cosas que eran inexistentes. Arakoel no se arriesgaría a ser vista como que perdía la cordura por desear convertirse en una divinidad. Derrocarían su poder y la pudiesen destituir.

—Baba, creo que confundes los hechos. Arakoel es una kahali sabia y calculadora. Sabe lo que hace y cómo lo hace. El lenguaje es poderoso. Para nosotros el título de arakoel u orokoel simboliza el máximo poder en Yagüeka. Los cuatro reinos de los jiharu creen en divinidades que van por encima de quienes les rigen. Es fácil manipular la manera de pensar de otros y hacerles ver que somos divinidades en este mundo. Los de las tribus de las islas al sur de Güeykén, los üogori, nos ven como dioses. Muchos de los valloscanes creen que los de la tribu de los Orte, con quienes han compartido el norte de su reino, son de cierta manera divinidades. Si lo son, no lo sé.

»—Hacerles pensar a tus enemigos que eres todopoderoso, casi divino, es la mejor manera de doblegarles. Serán presa fácil, porque el miedo regirá su mente.

Alnairu suspiró profundamente como si estuviera decepcionado con su contestación Narigua estaba convencido de lo que le expresó. Como guerrero ese sería su rumbo a tomar para doblegar y conquistar a las naciones de los jiharu.

Orokoel Alnairu bajó su rostro y dijo:

—Tienes razón. No le vi desde ese punto de vista — Alnairu se puso en pie. —Me vas a disculpar, Narigua, pero Iyeguá con la orden de la purga, me ha puesto en una difícil posición. Los juíbos de la mayoría de los uraheke no están de acuerdo con ella. Creen que es una situación que deben resolver a su manera. Hasta mi bibí dio órdenes de que las fronteras de Guanajibo sean cerradas y no se le permita la entrada a los nikahali de Arakoel. Me llegó mensaje de Hatuey que en Dagüey se hará lo mismo. Debo buscar la manera de detener esto.

Narigua poniéndose en pie, dijo:

—En lo que pueda ayudar, estoy a tu disposición.

Su padre sonrió.

—Jajõm. Tu momento llegará. Tagüey, Narigua.

Se marchó meditando sobre el poder. Todos estaban obsesionados con él y le deseaban poseer. Este se convirtió en la divinidad de los kahali. El poder nos rige, se dijo Narigua, somos sus súbditos. Pero, ¿hasta cuándo?

18 La Ísika

Por la brisa serena de la tarde viajó un sonido largo y prolongado. Era el grito del guamo anunciando el inicio de la ceremonia y este enmudeció a los invitados. El resonar de las maracas vino acompañado por el retumbar profundo y fuerte del magüey, por el impacto continuo de los palitos, y por el coro de las voces masculinas que gritaban a viva voz "joy". El bojike entró al batey desde el extremo izquierdo y sopló con fuerza nuevamente el guamo. El sol brillaba candente desde su lecho índigo. Los banderines con el emblema de Ayuán danzaban majestuosos al son que los llevaba la brisa.

Es un buen día para unas nupcias, pensó Iyeguá. En las de su nieta el cielo fue cubierto durante todo el día por una capa densa gris y el grito del guamo era desafiado por el ensordecedor de los truenos. Al acabarse la ceremonia la lluvia cayó de cantazo, gotas gordas azotaban a los invitados que corrían desesperados a refugiarse. Sus intentos fallidos no los salvó de que el agua se impregnara en sus vestidos forzando que el guakéte, la fiesta, fuese atrasado. Los rumores corrían como llamas en un pastizal seco. El dios Yukajú estaba molesto por la unión y lo dejaba sentir. Iyeguá hizo caso omiso, le importaba poco la habladuría y el pensar de los otros. Yayguna era ahora cónyuge del próximo esike de Ataiba, un dujo que obtendría a la fuerza.

Detrás del bejike venían Narigua; orokoel Alnairu con su guanín al pecho, símbolo de su estatus; Mayagua, juíbo de Sábalos; entre otros del Jikema y Huanikoy. Llevaba el torso descubierto y decorado con símbolos de color negro. Una nagua larga y crema decorada con los símbolos de sus uraheke colgaba de su cintura. Llevaban cabeceras de plumas en sus cabezas, y en la de Narigua colgaban flores a ambos lados que caían cual cascadas.

Del extremo derecho del batey otro guamo resonó y la procesión femenina entró precedida por arakoel Iyeguá, quien también llevaba su guanín. Le seguía Imugaru, Lekar, Yayguna y otras del Jikema. Un grupo de féminas aguantaba una tela negra con la que tapaban a Yuisa. Sus vestimentas, del mismo color que la de los varones, eran de una camisa a los hombros pegada al cuerpo y naguas largas; llevaban diademas de caracol con hileras que colgaban a ambos lados de sus cabezas y resonaban suavemente al caminar. Se pusieron en el centro del batey y los varones comenzaron a danzar alrededor de ellas mientras estas cantaban a coro "jey". Al finalizar se colocaron frente a ellas. En medio de ambos grupos se situó el bojike quien dio la señal para presentar a la prometida.

Las kahali dejaron caer la tela negra que develó a Yuisa en todo su esplendor. Vestía un traje azul claro ceñido al torso decorado con plumas marrón claro que definía sus hombros. Del cinturón nacía una larga nagua carmesí con el escudo del uraheke Aimanio. Llevaba un tocado en plumas con los colores de su uraheke que cubría su cabellera negra. En sus manos cargaba los regalos que ofrecería a Narigua para afirmar su enlace: una higuera como símbolo de su soltería con un diseño de una tortuga y un pañuelo.

La seriedad se notaba en el rostro de Yuisa quien caminaba hacia el centro del batey donde se encontraba el bejike. Narigua, quien cargaba con sus regalos, hizo lo mismo. Se le notaba a su hijo el nerviosismo. Iyeguá les observaba con detenimiento. El futuro jerárquico de la nación de sus enemigos estaba por sellarse y en sus manos. Mañana será un día de revelaciones para los hüaku, Narigua hará su deber y el dujo de Ataiba será nuestro, así como su obediencia incondicional, pensó.

Yuisa se tornó hacía el bejike, le dio una mirada desafiante a Iyeguá y dejó caer de sus manos los regalos. Como el fuego en aceite, la cólera se prendió en Iyeguá esfumando de inmediato la complacencia. Yuisa, entonces, le dijo:

—Itiba Ataiba guauraheke Aimanio. Arakoel Iyeguá gua Jikema naborí dakaua.

En su lengua materna eyeri, declaró con autoridad: Soy Itiba de Ataiba del Uraheke Aimanio. No soy naborí de arakoel Iyeguá Jikema.

—¡Naniba! —demandó que se callara Iyeguá, la ira marcada en su voz.

—¡Gua! —exclamó en negación Yuisa sin dejarle de mirar con prepotencia.

—¿Biem bunaboriua dakia? Yuisa bokia —¿Dices que no eres mi naborí? Eres mía, señaló Iyeguá.

Yuisa expresando confidencia en su mirar, contestó:

—Dakia guami esike Güeybán.

Así que Güeybán es tu señor y esike, se dijo Iyeguá.

—Baguami Güeybán, esike bulik katú —amenazó diciendo que su señor Güeybán nunca será esike.

—¡Bibí! —exclamó Urayoán, estaba al lado de Narigua quien permanecía sorprendido. —Haz como se te pide —le ordenó.

—Ese es tu esike. A él le debes tu obediencia, porque es Huyán Aimanio de Ataiba —dijo Iyeguá señalando a Urayoán.

—Se equivoca, Arakoel. Ese que señala es mi rahu, Urayoán Susraí Abieze Aimanio, él mismo lo confirmó al llamarme bibí. Además, por ningún lugar veo a Huyán. Urayoán no es ni siquiera Itibu de Ataiba, no tiene ningún poder sobre mi gente. Sin embargo, yo sí lo tengo. Dejémonos de darle cabuya a ese asunto, Arakoel. Es a través de mí que quizás pueda obtener lo que desea. ¿No es cierto? Por algo sigo con vida.

Quitarte la vida sería un placer, pensó, por el atrevimiento y por ser hüaku, y un honor sería enviar tu cabeza en putrefacción a los Custodios. Mas me iría a los extremos, pero tus pies tendrían el mismo efecto.

Iyeguá caminó hacia ella lentamente; Yuisa, hizo lo mismo alejándose del bejike. No haría amenazas, solo el acto. Había sido una semana de atrevimientos a su persona y había que ponerles un fin. En especial, cuando venía de una hüaku.

Ella era más alta que Yuisa por dos pies. Se notaba ya que estaban una frente a la otra. No se veía nerviosa y menos asustada, pero eso no importunaba a Iyeguá. Yuisa tomó su mano y la apretó con fuerza. Iyeguá sintió una corriente eléctrica correr por su mano derecha y ascender por su brazo. Una vez en su hombro se esparció por todo su cuerpo en segundos. Iyeguá quedó inmóvil. Su rostro mantuvo la expresión que tenía como si el tiempo se hubiese paralizado, pero no era así. Aún sentía el movimiento de la brisa y el sonido que esta hacía al mover las hojas de los árboles y el danzar de los banderines. Escuchaba el murmullo de los invitados y el cantar de los pájaros. Yuisa no había cambiado la expresión confidente de su rostro y le miraba a los ojos con la misma autoridad con la que ella le miraba. Trataba, pero en balde, su cuerpo no respondía a sus mandatos. Respiraba con normalidad, su corazón latía a su usual ritmo y no fue impactado por la corriente enérgica que le invadió. Estaba bajo el dominio de Yuisa a través de un toque táctil.

—Lo que sientes es la respuesta de los elementos que por naturaleza viven en ti, a la Esencia Divina de esos que están en mi —le dijo Yuisa en voz baja. La Esencia Divina de los Elementos, repitió Arakoel en su mente. Al hacerlo otra corriente entró por su mano, ascendió por su brazo, su cuello, su cerebro. Sintió la corriente activar las neuronas de su cerebro por un segundo como si despertaran por vez primera para dormitar de inmediato. Fue como un rayo de luz en las tinieblas el despertar, tal vez intencional, de un conocimiento aprendido en el pasado. Entre todas las hüaku de Ataiba, a una se le otorga los mismos poderes que al esike. Se nos da la Esencia Divina de los Elementos.

Frente a ella estaba una ísika, pero no de nombre. ¿Por qué?, se preguntó.

Yuisa soltó su mano e Iyeguá recobró el dominio de su cuerpo.

—Ísika —dijo en voz baja. Yuisa asintió. —¡Nikahali! — llamó Iyeguá. —Lleven a itiba Yuisa a sus aposentos, las nupcias quedan suspendidas.

Narigua se acercó a Yuisa y le ofreció su brazo.

—Narigua, ellos se encargarán — señaló Iyeguá.

Él sin dejar de mirar a Yuisa, dijo:

—No, lo haré yo. Que nos sirvan de escolta.

Su voz llevaba un toque de autoridad, la misma que se distinguía en su hablar antes de su traición. Yuisa tomó el brazo de Narigua y emprendió su caminata erguida y triunfante de vuelta a los aposentos que le servían de prisión. Iyeguá miró de reojo a Urayoán y este sonreía orgulloso mientras observaba a Yuisa desaparecer en la distancia.

En la tarde, Iyeguá convocó a Urayoán a su despacho con la esperanza que Huyán tuviese el control.

—Le enseñé muy bien —contestó él orgulloso. —Esa que viste hoy fue la hüaku que crié y, como te demostró, no se doblega a ninguna otra autoridad que la suya.

—Todo se doblega, Huyán —contestó ella con amenaza en su voz y su mirada clavada en la de él.

Las pupilas de Huyán se dilataron y con voz sencilla y un poco temblorosa, que le confirmó a Iyeguá era Urayoán, preguntó.

—¿Qué le harás? De nada sirve que la lastimes.

—Despreocúpate que no la tocaré y menos le haré daño.

Entonces, le preguntó cómo un esike obtiene sus poderes.

—La ísika es la cuna de la Esencia Divina de los Elementos Creadores —dijo él—, en ella descansan cuando no hay esike. Cuando falta un custodio ella se convierte en la Custodia del Elemento. La Ísika de Ataiba lleva en sí la esencia de Atabeyra, la diosa madre, y por tal los Elementos Divinos se doblegan a ella y a su llamado responden. Cuando nace un itibu es consagrado por la ísika, un acto que no es más que un toque espiritual para que los Elementos se manifiesten en él cuando sean estos consagrados en su persona. El itibu debe ser consagrado por todos los Custodios, por eso mi sobrino no ha sido nombrado esike.

—Porque aún están ausentes los Custodios de la Energía y el Aire.

Huyán asintió.

—¿Una ísika puede conferir sus poderes antes de su viaje al sur? —preguntó Iyeguá.

—Solo si la itiba a concebido al heredero del esike —hizo una pausa y con disgusto añadió. —La ísika tiene el poder de profanar el espíritu del esike para que los elementos en él le repudien.

No añadió más y se mantuvo en silencio. Iyeguá se vio tentada en preguntar qué ocurriría con el esike profanado, pero desistió.

Entonces, dijo a Huyán.

—Es absurdo que una ísika tenga mayor poder que un esike cuando es él quien rige.

—¿Qué importancia tiene?

—Mucha, Huyán. Influencia es poder y todo aquel que la tiene, si no está con nosotros, está en nuestra contra.

Una media sonrisa se dibujó en el rostro de Huyán.

—Te equivocas, Arakoel. Los hüaku miran a su ísika cuando les falta su esike. A su llamado ellos responden; y su orden, ellos acatan —hizo una pausa. —Para contestar a tu pregunta. A una ísika se le confiere la Esencia Divina de los Elementos, porque todo poder necesita un lugar donde sea protegido y cuidado.

—Así que —dijo en un tono de complacencia—, si se elimina ese lugar…

—Nada ocurre, Arakoel, porque será reemplazada por otra.

Ella le miró con sospechas de que sus palabras no fueran ciertas.

—Comprendo.

Así que si el Custodio muere, el elemento descansa en la Ísika, se dijo.

—Ya que tocamos el tema de ísika —dijo Huyán interrumpiendo la línea de pensamiento de Iyeguá.

—Ya está en marcha —él sonrió complacido.

Lo despachó al obtener de él las respuestas que necesitaba. No se podía sacar de la mente la pregunta que resurgía con cada suspiro que daba, ¿por qué? Cuáles son los motivos para Yuisa revelarme su secreto. Podía ser para proteger a su hijo, pero hubiese interrumpido las nupcias de él. ¿Por qué no lo hizo y dejó que el futuro Itibu de Ataiba se uniera a una kahali? ¿Qué podría ganar ella con eso?

Yuisa jugó con sus expectativas. No resultó ser una cautiva subyugada como era en un principio. Utilizó su mejor carta en el momento indicado, frente a una gran audiencia donde ella no podía hacer nada. Una gran audiencia solo sirve para uno ser escuchado, ¿quién de ellos necesitaba escuchar?, se preguntó.

Le enseñé muy bien, fue lo que le dijo Huyán. Su crianza estuvo en sus manos y él era una persona calculadora que esperaba el momento preciso para atacar. Yuisa ha demostrado esta cualidad. ¡Y Narigua está cayendo en sus redes! Lo confirmó al marcharse con ella. Debe saber que Narigua fue quien ayudó a la Señora a escapar, se dijo. Respiró profundamente y se marchó a sus aposentos sosegada y en paz, sabía qué pasos debía tomar.

19 Al Acecho del Custodio

La orden de Arakoel resonaba como grito de guerra en su mente cada vez que pensaba lo que tenía que hacer.

»—Debes traer al Custodio de la Sabiduría y por ningún motivo puedes fallar.

Vergerri, la patria de las montañas, se dijo mientras meditaba en los últimos sucesos importantes de su vida que, casualmente, sucedieron en ese lugar. Narigua tomó la residencia de orokoel Alnairu como su base. Allí en secreto había recibido al embajador de Yagüeka, Higuaka guaMaguana. Con su ayuda pudo estudiar durante tres largos meses las entradas y salidas del palacio real. También el cambio de los guardias y el horario de los empleados que trabajaban en las remodelaciones del antiguo palacio real. Estos horarios se componían de dos turnos: uno diurno y el otro nocturno. Encontró pasadizos secretos y a donde llevaban.

Sin embargo, lo más importante fue el horario de los estudios de los pupilos del Custodio de la Sabiduría. Para su sorpresa estos eran los Custodios de la Energía y del Aire, por quienes tuvo que reorganizar su plan ante las nuevas órdenes de Arakoel. Uno de los pupilos del Custodio le llamaba la atención, su nombre era igual al del hermano de Yuisa. Ella le había hablado de él varias veces e inclusive le nombró como su esike en sus canceladas nupcias. Le había visto de lejos y Narigua tan solo esperaba no fuese él.

El plan ya no era exclusivo para el sabio, aunque era la prioridad. También debía traer a Danershe, la joven Custodia de la Energía. Arakoel, hace un mes, reveló la existencia de los Custodios al Guaminani, al igual que parte de su misión secreta. Imaginaba lo hizo para aplastar la duda de aquellos que no creían que Urayoán es Huyán. Por razones que no le reveló, él no podía tocar al Custodio del Aire quien es el heredero al trono vergerrés.

Narigua esperaba en el despacho de su padre la llegada del embajador. Este le envió un mensaje que necesitaba hablar con él con urgencia para revelarle un suceso inesperado. Aunque sus pensamientos debían estar concentrados en lo que se aproximaba, se tornaban hacia Yuisa. Se sentó detrás del escritorio de su padre, con mirada perdida y pensativa. ¿Qué pensará de mí cuando se entere que capturé al Custodio?, se preguntó. Se inclinó sobre el escritorio y apoyó su cabeza sobre su mano izquierda. Debió molestarle que ella pusiera fin a sus nupcias, pero la admiraba por el valor que demostró al enfrentarse a Arakoel. Era su valentía y su fortaleza endeble ante el enemigo lo que más le atraía de ella. Es su mirada la que veo ahora al cerrar mis ojos y no los de la Señora, se dijo.

Por los pasados dos centenarios, trató discernir las últimas palabras que le dijo la Señora del Oráculo al dejarla frente al Yujiba:

—La memoria de una se hace presente en otra, de dos opuestos un renacer. Mi corazón no es para ti, Narigua —le había dicho la Señora—, hay otra que se te está destinada.

Antes, al igual que tú, ella debe pasar tormentas y tempestades.

¿Será de Yuisa de quién habló?, se preguntó.

—¡Narigua! —Eguari le llamaba desde la puerta y venía acompañado por Candro. —El embajador Higuaka está aquí y viene acompañado por los delegados Buksuko y Yunas. ¿Les dejo pasar a todos o solo al Embajador?

Narigua se puso en pie.

—Hazlos pasar a todos. Candro, quédate.

Desde que orokoel Alnairu regresó a Yagüeka y trajo a Candro, irónicamente habían desarrollado una buena amistad. Su madre y su hermana no gustaban de la presencia del mestizo en el kaney, una que denominaban como un insulto. Estaba allí con él por petición de su padre y al notificárselo a Arakoel esta le pidió que lo abandonara allí y no lo trajera de vuelta. Cosa que no haría, estaba seguro que al regresar con el Custodio a Yagüeka, Arakoel se olvidaría de la presencia de Candro y le restaría importancia.

Eguari se marchó y Candro entró al despacho.

—Candro, necesitaré un favor tuyo.

—Tú dirás.

—Necesitaré que cuides de Eguari mientras llevo a cabo la misión. No deseo que nada le pase, prefiero que esté contigo de algo suceder. Naciste aquí y conoces la capital de tener que sacarlo a toda prisa. ¿Puedo contar con tu ayuda?

Candro sonrió.

—Por supuesto. Es mi sobrino también, ¿recuerdas? Yo velaré de él —hizo una pausa. —Sabes que él te considera como un padre.

—Sí. —Desde que murió el suyo, mi gran amigo, se dijo Narigua.

—¿Por qué nunca tomaste cónyuge, Narigua?

Porque para Arakoel nadie estaba a mi altura o que le trajera más poder a su regido, deseó contestar.

—Arakoel nunca escogió cónyuge para mí hasta ahora.

—Ustedes los kahali aún mantienen muchas tradiciones anticuadas y pasadas de moda.

—¿Ustedes los kahali? ¿Se te olvida que llevas nuestra sangre?

Candro soltó una carcajada.

—No lo digas muy fuerte que hay varios que se pueden sentir insultados —contestó Candro.

Narigua se acercó a él.

—Yaguax es un presumido, no tomes en serio nada de lo que diga. A menos que sea una amenaza, las que le gusta cumplir.

—No le tengo miedo a Yaguax, menos de lo que pueda hacer —contestó Candro.

Eguari entró e invitó a pasar al embajador Higuaka, Buksuko y Yunas. Estos últimos eran también parte del uraheke Maguana, evidente por sus ojos aguamarina. Narigua sonrió. En lo que me fijo, todo por la historia que me contó Yuisa, se dijo. Higuaka era el hermano menor de Behekio quien era Karí del Guaminani y tío de Yaguimo, próximo en línea a ser Karí del uraheke Maguana. Higuaka vestía elegantemente y gozaba del buen vivir que le había otorgado su título de embajador. Uno que obtuvo por su astucia y su diplomacia. Los años en Vergerri le habían añadido decenas de libras a su cuerpo una vez fornido. Característica que no compartían Buksuko y Yunas, en quienes Narigua notó en sus miradas la codicia. Cuando los conoció por vez primera en el palacio real vergerrés, ellos le habían permitido entrar por una de las puertas secretas y enseñado las rutas a seguir. Hasta esos momentos, sus ansias de poder habían servido a favor de Narigua, pues llevaban a cabo al pie de la letra todo lo que él les pedía.

Su presencia en la reunión confirmaba que Higuaka les había confiado el plan.

—Embajador —Narigua le saludó cordialmente y le invitó a sentarse, hizo lo mismo con Buksuko y Yunas. —¿Desean algo de tomar?

El embajador Higuaka negó el ofrecimiento, se inclinó hacia el frente.

—Me temo que nuestros planes tendrán que cambiar —comentó para ir directo al asunto que lo traía.

—¿Por qué? —Narigua notó que el embajador estaba preocupado y esto le consternó. —¿Alguien conoce de nuestros planes, Embajador?

—No —contestó arqueando sus cejas—, pero mis contactos me informan que el Custodio sale mañana para Ataiba. Será acompañado hasta la frontera por el rey y su guardia real. No desean que se vuelva a repetir lo de hace ocho meses, la extraña desaparición de itiba Yuisa —en su voz había sarcasmo. —En realidad, creo que saben dónde está y por eso regresan a Ataiba.

Narigua frunció el ceño.

—¿Está seguro de eso?

—Sí, Narigua. Ni tan siquiera la Asamblea Real conoce del viaje.

—¿Cómo ha llegado a sus oídos? —no le gustaban las sorpresas de última hora, aunque eran de esperarse, pero el embajador guardaba algo.

—No importa ese dato, lo que le puedo asegurar es que es cierto lo que le digo —contestó con un poco de seriedad. —Dígame, Narigua, ¿qué paso tomaremos ahora?

Pensativo, Narigua le miraba a los ojos que no le demostraban que el embajador mentía. Se puso en pie y camino hacia el escritorio de su padre. Tenía dos opciones, cambiar el plan por completo o actuar de inmediato. Le había tomado dos meses construirlo y en este último habían practicado arduamente lo que iban hacer para que todo saliera como planificaron.

—Eguari —se tornó a su sobrino—, dile a Yaguax que venga inmediatamente.

Eguari salió del despacho a toda prisa.

Durante el tiempo que estuvo esperando a Yaguax, Narigua se mantuvo pensativo. El Embajador y sus acompañantes le observaban con detenimiento. Candro se acercó y dijo a su oído.

—Narigua, ¿qué necesitas?

Narigua le miró de reojo, su quijada estaba tensa, su ceño fruncido. Detrás de él se escucharon varios pasos haciendo su entrada al despacho.

—Me mandaste a buscar, Narigua —dijo presuntuoso Yaguax. Al mirar a su lado se dio cuenta de la presencia del Embajador. —Embajador Higuaka, no sabía que vendría hoy.

—Es una visita improvista, Yaguax —le contestó.

Narigua se tornó hacia su primo y dijo:

—El Embajador está aquí para informarnos que el Custodio saldrá mañana para Ataiba. Estará protegido por la guardia real, lo que cambia nuestros planes. El plan se llevará a cabo esta noche y no la semana próxima. De lo contrario no podremos llevar a cabo esta misión y fallar no es una opción — No para mí, se dijo.

—Moroya, Toya y Araka deberían estar aquí —comentó Yagüeka.

Sí los tuyos deben estar aquí, también los míos, pensó.

—Eguari, haznos el favor de buscarlos, y también a Yabey, Maboti, Mamyo y Duey. Deben venir inmediatamente.

Narigua había decidido siempre tener un kahali adicional al de Yaguax, para evitar cualquier intervalo. Ellos en un pasado combatieron a su lado y tenían su confianza. Mas era a Yaguax a quien tenía en la mirilla para que no se repitiera lo ocurrido en la misión anterior. Él estaba allí, nuevamente, por petición de Arakoel, pues Narigua hubiese preferido no fuera parte de esta.

—¿Qué hay de los míos, Narigua? —preguntó el embajador.

—Ellos saben lo que tienen que hacer, así que es preferible les informe —hizo una pausa. —A lo que los otros llegan tenemos mucho que organizar.

Todo debe salir como se planificó, de lo contrario…

Narigua no terminó su línea de pensamiento. No debía dejar que la duda infiltrara su mente y le sacara de concentración. Un plan nunca era perfecto, siempre había cambios de último momento como le ocurría. Nadie sospecharía de nada, de eso estaba seguro. Tenían las de ganar con esa ventaja, un golpe inesperado. Tienen la percepción que puedan ser atacados en el camino a Ataiba, no en palacio, se dijo.

Quince minutos más tarde, Eguari llegó acompañado de los otros y de inmediato se pusieron a trabajar. Narigua se aseguró que todos supieran al pie de la letra sus partes en la misión. Las horas exactas en las que debían estar en sus posiciones. El tiempo que tomaría cada parte del plan. Las rutas alternas de escape de surgir algo inesperado y el lugar de encuentro. Por dos horas fueron sobre cada detalle. Cuando estuvo satisfecho les dejó ir a preparar todo para esa noche.

Cuando estuvo a solas, se sentó al escritorio de su padre y tomó el teléfono e hizo una llamada. Sonó varias veces antes de ser contestado.

—Es Narigua.

Varios segundos después, la voz de Arakoel le llamó por su nombre.

—Arakoel, hubo un cambio inesperado. El contacto del embajador le informó que mañana en la madrugada el Sabio saldrá para Ataiba con los Custodios. Por tal razón, he decidido movilizar todo para esta noche. He ido sobre todos los detalles con mi equipo y conocen el plan. Estamos listos.

—Bien. No olvides que cuento contigo, debes traerme al Custodio —le dijo con autoridad.

—No le fallaré, Arakoel.

Nunca le he fallado, quiso decirle.

—Una cosa más, Narigua. Si no puedes traerlo, mátalo.

Sus palabras lo tomaron por sorpresa, la razón por la que estaba allí era capturarlo con vida. De nada le serviría el Custodio si estaba muerto.

—¿Arakoel?

—Escuchaste bien, Narigua. Si no lo puedo tener, prefiero que tampoco los hüaku. Al fin de cuentas otro Custodio de la Sabiduría nacerá y tenemos a Huyán en nuestras manos quien nos dará la entrada a Ataiba. Para ese entonces, el nuevo Custodio de la Sabiduría estará a nuestra merced. No perdemos nada, mi rahu, obtendremos el elemento de una forma u otra.

Narigua estaba consternado, pero no podía dar marcha atrás.

—Han, han katú, Arakoel.

La noche se posó sobre Jingmarǎ, capital de Vergerri, arropada de nimbos que desataron sobre ella un torrencial.

Narigua y los suyos llegaron a la entrada secreta media hora después de la puesta del sol. Esta estaba oculta dentro de un antiguo templo que colindaba con la ladera este del palacio montañoso. El recorrido por los viejos túneles corrompidos por la humedad, tomó alrededor de unos treinta minutos. Enormes ratas huían de ellos al ser iluminados por las linternas. Narigua les hacía caso omiso, concentrado en llegar a su destino. El final de los serpentinos túneles estaba bloqueado por una delgada y simple puerta de metal. Narigua tocó en ella tres veces, el sonido resonó por el túnel. Fue contestado con el mismo número de golpes. La puerta se resistió en abrir, como había ocurrido las veces anteriores. Estaba oculta detrás de un altar en desuso en la antigua capilla en forma de cueva del antiguo palacio real. Buksuko les esperaba con linterna en mano. En silencio continuaron por los pasillos donde aún la remodelación no había tocado. Entraron en un cuarto abandonado lleno de telarañas y polvo donde esperaron en silencio por la señal del embajador.

Horas pasaron, por la ventana del abandonado cuarto se podía apreciar el diluvio. Narigua gustaba de los días lluviosos, servían también para ocultarse de los enemigos como hacía en sus tiempos de guerra cuando varias veces atacó caravanas que viajaban a Naclinas. Esos eran otros tiempos, donde una vez su proeza y su lealtad nunca fueron puestas en duda. Este era su momento, ya había demostrado que podían confiar en él con la captura de Huyán. Toda duda sobre él se disiparía si regresaba con el Custodio a Yagüeka, vivo y no muerto. Al fin y al cabo lo que deseaban de él era lo que podía dar el Custodio en vida.

La hora llegó y Buksuko se asomó al pasillo. Regresó de inmediato al ver la señal.

—Están de camino —les informó.

Llegó tu momento, Narigua, se dijo. Se marcharon de la habitación y enseguida se dividieron en dos grupos. Narigua tomó el pasillo del centro acompañado por Araka, Yabey, Maboti y Duey; y con quienes Yunas se encontraría al final de este. Yaguax por el de la derecha para salir por el área contraria a Narigua. Le acompañaban Buksuko, Toya, Moroya y Mamyo. El plan era sencillo: el grupo de Narigua se encargaría del sabio; el de Yaguax, de la Custodia de la Energía.

Como acordaron, Yunas les esperaba y se unió a ellos colocándose al frente por si alguno de los guardias les detenía y les interrogaba. Salieron de la antigua residencia real por la puerta que una vez era utilizada por los sirvientes. Se internaron en el palacio y caminaron por los lujosos pasillos esculpidos que llevaban al ala oeste donde estaban ubicadas las habitaciones de los huéspedes. Narigua se fijaba en los suyos de vez en cuando y se notaban tranquilos. En ninguno divisó rastros de nerviosismo. Satisfecho seguía el camino concentrado en lo que les esperaba y lo que debían hacer.

No puedo fallar, se repetía.

El sabio se suponía estuviese realizando sus meditaciones nocturnas, como en noches anteriores, en la capilla que el rey Igkosic había mandado a construir para la reina Abeni, que era una hüaku. La capilla era un enorme cuarto con un techo en cúpula en forma heptagonal de tan solo seis paredes. Estaba abierta la capilla donde una séptima pared hubiese estado. Por ese espacio se podía divisar el paisaje montañoso a la distancia como si fuese parte de ella. Sus paredes estaban cubiertas por paisajes del reino de Ataiba. En una esquina había una enorme estatua del Tekinabana, el gran maestro, con la primera Señora del Oráculo a sus pies bajo la sombra de una enorme ceiba, el árbol ancestral. Todas las mañanas y noches, el sabio se retiraba a sus meditaciones. Narigua conocía que en las matutinas sus pupilos le acompañaban, pero estaba solo en las nocturnas, el momento perfecto.

Entrar por el área de servicio les ayudaba a evitar a los guardias en la entrada del ala este. Iban en silencio, casi a la par en sus pasos. Estaban cerca del pasillo que llevaba a la capilla y al doblar a la izquierda para introducirse en él, se toparon con dos guardias reales que no se suponía estuviesen allí. Les detuvo uno de ellos, era tan altos como ellos y de pecho y hombros anchos, sus rostros tatuados y con modificaciones que daban la ilusión de que fueron esculpidos.

—¿No pueden pasar? —dijo con voz autoritaria uno de ellos. El otro se acercó y les miraba con seriedad.

Yunas se puso frente al que les habló, colocándose de manera que solo viera su cara.

—El embajador Higuaka desea hablar con el custodio Unaroko, vengo a buscarle.

—Tendrá que esperar —contestó sin moverse.

—Me está diciendo que le debo informar al Embajador de Yagüeka, que un guardia me negó la entrada. Muévase que estos son asuntos oficiales que van sobre, usted.

Yunas le miraba con seriedad, Narigua cerca de él no perdía de vista al otro guardia.

—Le puede informar al embajador Higuaka que son órdenes de eze Ikgosic. Nadie tiene autorización en visitar al Custodio. Ahora retírense.

Araka se movió al frente silencioso, sin expresión alguna en su mirada. Yunas adelantó un paso.

—Muévase —exigió.

El segundo guardia se colocó al lado de su compañero y tornó su mirada por un segundo a Yunas. Fue entonces, cuando Araka de la nada saltó sobre él e introdujo su daga en su cuello. Narigua deseaba detenerlo, pero fue muy tarde. El segundo guardia estaba en el suelo desangrándose, ahogándose con su propia sangre. El instinto de Narigua despertó de su letargo y saltó sobre el guardia que faltaba antes que sacara su arma.

No hay lugar ni tiempo para amenazas, menos peticiones de silencio; solo para……

Con este pensamiento tomó la cabeza del guardia entre sus brazos y la tornó con fuerza. El cuerpo inmóvil cayó a sus pies. Narigua dio una dura mirada a Araka, quien mantenía la suya serena y sin expresión alguna.

Peligroso e impredecible como Yaguax, observó.

—Duey, Maboti, desháganse de los cuerpos. En cuanto lo hagan, búsquenos. Vamos.

Dos muertes no eran parte del plan, por lo menos no en esta etapa, pensó Narigua indignado. Solo esperaba que Yaguax no cometiera una locura.

Caminaban rápidamente, estaban a solo minutos de la capilla. Yunas iba al frente; Narigua detrás muy de cerca. Dos guardias estaban parados frente a la entrada de la capilla. Algo no está bien, se dijo Narigua.

—Yunas, ve a ellos.

Así lo hizo Yunas. Narigua se tornó hacia Araka y le ordenó:

—El de la izquierda. Yabey, el de la derecha.

Ambos asintieron y se movieron a sus posiciones parándose al lado de Narigua.

Los guardias se movieron para interceptar a Yunas y al mismo tiempo le indicaron se detuviera con sus brazos. Yunas se colocó en medio de ambos, Narigua estaba a sus espaldas. Antes de que pudieran hablar, Araka estaba encima del guardia a la izquierda y un segundo más tarde, Yabey estaba en el de la derecha. Hubo forcejeo entre ambas partes, pero Narigua no tenía tiempo para observar. Ellos sabían lo que tenían que hacer. Empujó a Yunas para que se moviera y continuaron ambos hacia la capilla. Mirando hacia la entrada estaba de pie el sabio, quien estaba acompañado por el rey Ikgosic.

Ahora entiendo, se dijo. La presencia del rey complicaba las cosas.

—Su Alteza —dijo espabilado Yunas.

—¡Qué ocurre allá afuera! ¿Quién los dejó pasar? —la voz demandante del rey era estruenda.

Narigua posó su mirada sobre el sabio. Una barba decoraba su rostro, sus ojos verde esmeralda a la par con sus mechones que se perdían entre un mar de cabellos oscuros y plateados.

»—Cuando estés frente al Custodio de la Sabiduría debes actuar inmediatamente. No le permitas analizar la situación, la voz del behike Kataox resonó en su mente, cuando a petición de Arakoel vino a él antes de partir a Vergerri para hablarle del Custodio. —De lo contrario estás perdido. Atacara tu mente, Narigua, y todo entendimiento que tengas se disipara sin aviso alguno. Unaroko es un hüaku peligroso y no será fácil de capturar.

Narigua le preguntó al behike Kataox qué debía hacer.

»—Hacer que su atención no esté en ti para que le tomes desprevenido. Tarea que no se te hará fácil.

Por tal razón se ubicaba detrás de Yunas, su atención está en ese que trae el mensaje y los que en cualquier segundo entrarán a la capilla. Así fue, Yabey y Araka entraron, la mirada de Unaroko se tornó hacia ellos. Una interrogante se dibujó en el rostro del sabio, eso era lo que esperaba Narigua.

Salió de detrás de Yunas silencioso y sacó su azagaya eléctrica de bajo voltaje que disparó a Unaroko. Los dardos salieron a gran velocidad enterrándose en el pecho del sabio, quien emitió un doloroso gemido. Los dardos enviaron cargas eléctricas a los músculos del sabio quien, temblando, cayó inmediatamente al suelo incapacitado. Araka, entonces, sacó la suya y la apuntó hacía el rey Ikgosic que se había movido a socorrer a Unaroko.

El rey le miró con cólera en sus ojos dándose cuenta de lo que ocurría. Sus músculos faciales, modificados por los implantes que les daban aspectos de estar esculpido como la piedra, se tensaban dándole un aspecto tenebroso. Sin embargo, se mantuvo paralizado solo a pasos del sabio inconsciente. Entraron a la capilla Mabote con la camisa ensangrentada, y Duey. Con una señal de Narigua se movieron hacia el sabio, removieron los dardos. Narigua guardó la azagaya y se movió hacia el sabio. Mabote y Duey tenían los brazos del sabio sobre sus cuellos para distribuir el peso entre ambos.

—Cuando esté entrando en sí, adminístrenle la dosis.

Narigua miró al rey.

—Araka, tu azagaya —Araka sin bajar su arma que apuntaba al rey, sacó su segunda de la parte de atrás de su cintura que entregó a Narigua. Esta era una de alto voltaje y mortal. Al verla el rey Ikgosic irguió su cuerpo a la espera de lo que vendría sobre él. Unas voces se escucharon desde el pasillo, seguido por pasos aligerados. Narigua se tornó hacia la puerta. Dos jóvenes entraron aguantados de manos, quienes se detuvieron repentinamente al ver lo que ocurría en la capilla.

—¡Unaroko! —exclamó con horror en sus ojos la joven, pero se veía aturdida.

Esta debe ser la Custodia de la Energía. ¿Qué habrá pasado con Yaguax?, se preguntó Narigua.

—¡Ábrego, sal de aquí! —gritó el rey.

El caos explotó cuando con gran fuerza el rey se abalanzó sobre Araka tumbándolo al suelo, este perdió su arma. En la mano del rey había una daga que incrustó sobre el pecho de Araka y tornó de inmediato. Solo un gemido se escuchó salir de su boca, mientras que sus ojos azules se apagaban. Ábrego haló a la joven, quien deseaba ayudar a Unaroko y la sacó de la capilla. El rey se puso en pie y se abalanzó sobre Narigua, quien no pudo disparar su azagaya.

El rey le dio un puño sólido como una piedra sobre su mejilla. Narigua se tambaleó, pero esquivó el otro. Dio unos pasos hacia atrás, y gritó.

—¡Saquen al sabio de aquí!

Maboti y Duey hicieron como se les ordenaba. Narigua contestó al ataque del rey con un puño en su rostro, pero no le hizo nada. El rey le dio uno en el lado izquierdo de su costado haciendo que se torciera con el impacto. Narigua esquivó otro y lanzó varios al cuerpo del rey que tan solo le hicieron cosquillas.

Es tan fuerte como una piedra, se dijo.

Otro puño en su rostro lo envió al suelo. Narigua escupió sangre de su boca y con su mano aguantó su quijada. Ikgosic se abalanzaba nuevamente sobre él, estaba aturdido por el puño. Lo alzó por su camisa y lo puso en pie. Fue cuando Narigua con su cabeza le dio dos veces en la frente al rey, lo que hizo que lo soltara y retrocediera varios pasos.

Yaguax, Mamyo, Toya y Moroya aparecieron de improviso.

—¡Sigan a los Custodios! —ordenó Yaguax.

Yaguax se acercó y sacó su azagaya. Narigua le gritó.

—¡Yaguax, tíramela!

Así lo hizo. Cuando la atrapó, el rey le agarró por el hombro. Lo tornó hacía él y un estruendo sonido retumbó en la cúpula de la capilla tras la descarga mortal eléctrica. Por un segundo todo estuvo en silencio, luego el rey cayó de rodillas con la mirada clavada sobre su Narigua. El cuerpo del rey cayó, un charco de sangre se formaba a su alrededor.

Narigua se puso en pie furioso. Esto traerá duras consecuencias, se dijo.

Una figura masculina golpeó por la nuca a Duey, quien cayó incapacitado al suelo. Maboti perdió el balance tratando de sujetar al sabio con su otro brazo, quien caía justo sobre Duey. Un golpe en la cabeza de Maboti lo mandó al suelo, cara primero. Narigua le apuntó con su arma a la hüaku que le dio a Maboti, listo para dispararle. Asombrada entreabrió sus labios a la espera de lo inevitable.

Una daga se enterró en el antebrazo de Narigua, quien gritó en dolor y dejó su arma caer al piso. De improvisto todo a su alrededor tembló. Todos perdieron el balance y cayeron de rodillas.

—¡Güeybán, esa fue Danershe! —gritó la hüaku a su compañero que estaba a su lado. Güeybán la agarró por el brazo y se escondieron detrás de la pared.

Narigua le miró.

—Güeybán —susurró. Sus ojos eran verde turquesa como los de Yuisa y su rostro era muy parecido.

—¡Narigua! —exclamó Yabey.

Yunas le ayudó a retirar la daga de su antebrazo ensangrentado.

—Yabey, toma al Custodio —ordenó Narigua. —Yunas, ve con él—. A Yaguax dijo al acercársele —Vamos.

Cuando iban a marcharse vieron a Yabey parado como si estuviese estático, estaba frente a los cuerpos de Maboti y Duey. El Custodio le miraba aun un poco fuera de sí.

—¡Yabey! —exclamó Narigua para despabilarlo, pero fue en vano. El Custodio lo controlaba.

—El Custodio, Narigua —murmuró con espanto Yunas.

No, pensó Narigua. Si no puedes traerlo, mátalo, fue la orden de Arakoel. Si no puedes traerlo, mátalo, repitió Narigua. Un disparo le sacó de sus pensamientos y el Custodio cayó boca abajo. Frente al cuerpo del Custodio estaba Yaguax, tenía su azagaya en mano y miraba al Custodio tendido en el suelo con malevolencia. Le había disparado en el pecho.

—¡No! —se escuchó a Güeybán gritar.

Yunas abrió fuego contra él, pero falló. La hüaku tomó por el brazo a Güeybán y salieron corriendo. Yunas se adelantó, disparo tras disparo. Narigua y los demás salieron detrás de él.

—La Custodia, Narigua —le recordó Yaguax. —Moroya, Toya y Mamyo ya la deben haber aprendido.

Yunas estaba en el pasillo.

—Entraron a una habitación. ¿Les sigo? —preguntó refiriéndose a la hüaku y a Güeybán.

No, si lo matas no tendré su perdón.

—No tenemos tiempo para eso, vamos —dijo Narigua.

Tomaron el mismo pasillo de antes, Yunas iba al frente. Doblaron a la izquierda, luego a la derecha. Unos metros más adelante entraron por otra puerta de servicio que daba a unas escaleras. Descendieron por ellas al próximo nivel. Narigua llevaba su brazo pegado a su cuerpo para no dejar un rastro de sangre y su vestimenta la absorbiera. Al abrir la puerta, Yunas miró a ambos lados para asegurarse que el pasillo estuviese vacío. Les indicó que le siguieran. Al llegar al final, dijo.

—Aquí les dejo. Debo informar al embajador de lo ocurrido. Me encontraré con ustedes donde acordamos.

Al decir esto se marchó por la derecha, ellos siguieron por la izquierda que daba hasta una puerta que les llevaría a los pasillos adyacentes de la antigua residencia real.

A varios metros de la residencia escucharon el eco de pasos que se acercaban. Entraron enseguida a una habitación continúa. Allí esperaron que todo estuviese en silencio nuevamente. Salieron con sumo cuidado y continuaron su camino. Al llegar a la antigua capilla abandonada, encontraron a Mamyo y a Toya agachados al lado de Moroya. Este tenía sangre que brotaba de su nariz, las manos en su pecho, su tez estaba pálida y se le hacía difícil respirar.

—¿Qué ocurrió? —preguntó Narigua.

—La Custodia nos atacó cuando le íbamos a aprender —contestó Toya. —Todo tembló y de la nada Moroya estaba en el suelo temblando. Hizo lo mismo con Buksuko que cayó al suelo sin vida. Nosotros tomamos refugio tras una pared y Mamyo tomó su azagaya y le disparó.

—¿La mataron? —preguntó Narigua.

—No, Narigua, Mamyo falló. El otro joven la tomó por el brazo y escaparon. Mamyo fue tras de ellos, pero fue en vano. Así que decidimos tomar a Moroya y esperarlos aquí.

Con las manos vacías regreso, se dijo Narigua.

—Vamos, salgamos de aquí antes que nos encuentren —ordenó Narigua.

Por ningún motivo debes fallar, recordó Narigua mientras observaba a los otros adentrarse por la puerta secreta que estaba detrás del altar. Respiró profundamente y entró en la oscuridad del túnel que consumió su cuerpo, esa que era parecida a la que enfrentaría en Yagüeka.

20 El Cuatrillizo

Dificultades, siempre están en el camino, se dijo Iyeguá. Nunca había forma de no tropezarse con ellas. Tenía por obligación que lidiar con dichas situaciones.

Debí ser yo la que buscase el tercer poder divino, no Lekar, pensó. Su irritación explotando en su mente. Cerró sus ojos e inhaló para apaciguar su coraje. Al abrirlos se topó con que el despacho en sus aposentos tenía una atmósfera diferente. No soportaba la rutina que este representaba. Salió al balcón para apaciguar su estado de ánimo y calmar la ansiedad de tener que esperar por Lekar.

Desplazaba sus pasos por el largo del balcón, una y otra vez. Frotaba sus manos en el proceso deseosa de que en ellas estuviese ya el frasco que tanto anhelaba. Lo hubiese ido a buscar ella personalmente, pero no podía en esos momentos abandonar su puesto. La purga de las bajas generaciones que cobijaba a los Guaili Anaki no era acatada y seis de los uraheke cerraron sus fronteras. La del Jikema no la cerró, pero juíbo Mayagua al llegar a Sábalo detuvo la purga. Los juíbos desafiaban su poder. Por lo tanto, se tomaría el riesgo que la traicionaran y usurparan su título si ella abandonaba Yagüeka.

Por esta razón, se vio obligada a tener largas reuniones con los juíbos y el Guaminani. En algunas de ellas alcanzó algunos acuerdos, pero en otras no. Los del uraheke Higüey al que pertenece Hatuey fue uno de esos con el que no llegó a ningún acuerdo. Se negaban en que se diera la purga en su kasikazgo. Alegaban que esta debió ser llevada a voto junto con el Guaminani, porque ella como arakoel no tenía la potestad para implementar la purga. Estaba hastiada de los protocolos, de las reuniones sin fin, de los acuerdos para poder llegar a la solución de un problema. Ella es arakoel y le debían su lealtad. Su palabra debía ser obedecida sin reproches. Sus órdenes no podían estar atadas a votos, sino acatadas. Tenía un título que todos deseaban, pero al no tenerlo lo desean controlar y manipular a su antojo. Su antepasados fueron culpables de esa sumisión. Todo llega a su fin, se dijo, y esta cerca.

Lo sabía por las misiones que se llevaban a cabo en su nombre. Mientras Lekar estaba en Vallosque con el bejike Kataox, Narigua estaba en Vergerri en busca del Custodio. Ambos confrontaron dificultades de último momento. Lekar lo único que le informó fue que se toparon con resistencia y Kataox falleció. No le quiso decir más para hacerlo en persona. La pérdida de Kataox dejaba un vacío en sus planes. Debía conocer qué ocurrió para saber lo que le informaría a su hija Yixea. Como su padre, Yixea es bejike y a quien Kataox llamó su asistente y confidente. Confesión que a Iyeguá no le agradó. Yixea conocía ciertos detalles de lo que su padre y ella realizaban, pero no todo. Según lo que admitió Kataox. Sin embargo, le aseguró que podía confiar en su hija. ¿Podía confiarle lo que restaba por hacer?, se preguntó Iyeguá. La pondría a prueba como hizo con su padre.

Narigua, por su parte, se vio obligado a adelantar sus planes para esa noche. La llamó esa mañana para notificárselo. Iyeguá le dio la orden de asesinar al Custodio si no lo podía traer. Esperaba que lo trajera para ella encargarse personalmente de doblegarle. Encontraba satisfacción en ese pensamiento. Mas si Narigua ponía fin a la vida del Custodio, tendría que buscar lo que deseaba en Yuisa. Esto la obligaría a cambiar sus planes. Otra dificultad para la que realizaba preparaciones. Yixea la podía ayudar en esto. Todo a su debido tiempo, se dijo Iyeguá para no adelantarse a las situaciones.

Detuvo su caminar al escuchar la puerta de su despacho abrirse. Se tornó hacia las puertas abiertas y de detrás de las sombras que engolfaban el interior del despacho, salió Lekar. Inhaló para tranquilizarse y no salir corriendo y arrebatar de las manos de Lekar lo que le pertenecía.

Su hija hizo una reverencia y caminó hacia ella. Lekar extendió su brazo y le entregó el frasco sellado. Con delicadeza lo tomó en sus manos y le observó por varios minutos. Se embriagaba de alegría su ser entero ante la posesión de lo deseado. Esta satisfacción fue diferente a la que sintió cuando ella se adueñó del segundo poder. Esa vez Iyeguá pudo buscarle personalmente en Vergerri cuando fue a ofrecer su apoyo a Huyán. Estaba acompañada por Kataox quien se encargaría de hacer la mezcla de las cenizas del cuerpo del Cuatrillizo con el agua producto de las lágrimas de este.

Sus palabras al Kataox entregarle el frasco resonaron en su mente como una advertencia en ese instante:

—Arakoel, note que al poner las cenizas bajo la luz tienen lustre. No son opacas como serían las de un mortal o cualquier otra cosa. Esa es la diferencia.

Iyeguá se fijó en el detalle que se notaba a través del cristal.

Devolvió su mirada a Lekar y empuñó el frasco con fuerza.

—Sabía que podía confiar en ti, mi rahe.

Lekar asintió sonriente. La satisfacción plasmada en su mirada prepotente.

—Ven, prepárame el mismo trago de la última vez y cuéntame todo, sin omitir detalle.

Complaciente, Lekar se dirigió a la barra y preparó dos tragos. Se expresaba en ella una recién adquirida confianza. Le observaba orgullosa de la kahali en la que se transformó. Bajo la mirilla debía mantenerla ahora. Su despertar solo significaba que ya no buscaría más satisfacerle. Debía, por tal, mantenerla de cierta manera dependiente de ella. Lekar conocía en lo que deseaba convertirse. Sabía también, que haría lo que fuese necesario para alcanzarlo. Debía mantener viva la dependencia de Lekar hacia ella. Eso lo podía alcanzar despertando el miedo en Lekar de convertirse en un enemigo. A todo enemigo le llega la muerte y ese dato debía estar vivo en su conciencia.

Tengo que tener ese control sobre ella para que no se descarrile. Sería una lástima tener que deshacerme de ella ahora que está en el umbral de su potencial, pensó.

Lekar le entregó el trago y tomó asiento frente a Iyeguá.

—Vallosque —dijo Lekar—, es un reino donde el pasar del tiempo es respetado y la impaciencia es una descortesía. La calma les rige, al menos en el bosque Saize donde dio lugar la misión. Son celosos los de la estirpe Saize con sus banianos, sus árboles ancestrales. Llevan un estilo de vida que impacta comparado con el nuestro. No tengo ni la más mínima idea como la itiba Yuisa sobrevivió a ese yugo. Tuve que adaptarme a él para no perder la cordura. Estuvimos encerrados durante el día. Por la noche salíamos a adelantar camino para no ser vistos. Si no eres un valloscán de la estirpe Saize, tienes prohibido la entrada al bosque ancestral. Raigón, el vinculado de Kataox, fue quien nos dirigió todo el tiempo hasta llegar al lugar que utilizamos como base central.

—Los Saize siempre han mantenido ese estilo de vida copiado en la forma que un árbol crece. De esa manera han servido al reino y ganado batallas —comentó Iyeguá—. ¿Qué pasó en la cueva, Lekar?

Tomó de su trago. Su mirada buscó la suya. Lekar nunca fue de contar historias. Así que esperaba su narración de lo ocurrido no fuese decorado con detalles innecesarios.

—Cuando el crepúsculo está por llegar, los dosel, esos encargados en cuidar los banianos ancestrales de cada generación, se retiran. Regresan justo cuando los rayos del sol tocan la copa de los banianos ancestrales, no antes. Es una estricta rutina que nunca cambia y la que tomamos a nuestro favor. La puerta de la tumba del Cuatrillizo estaba escondida bajo un denso sistema de raíces. Pertenecían estas a un baniano antiguo que Kataox llamó el Prieze, el progenitor del bosque Saize. Fue una lástima cortar esas raíces espectaculares para despejar el área donde se encontraba la pesada puerta. Entre la remoción de las raíces y mover la puerta, nos tomó casi hasta que la luna estaba en su punto más alto. Descendimos un largo pasillo cubierto de raíces.

»Al final estaba la bóveda. Arakoel, nunca he visto nada igual. Gigantesca y decorada por enormes estalagmitas y estalactitas, la tumba del Cuatrillizo estaba iluminada por una gran antorcha a los pies de la divinidad. Su fuego lamía las plantas de sus pies. El gran lago a su alrededor se

274

desparramaba de su cauce y se perdía por cámaras subterráneas. Fue impresionante.

Lo que Lekar describía se asemejaba a la tumba del Cuatrillizo en Itzia'r en el reino de Vergerri que ella visitó. También a esa que arakoel Jayguana describió en sus relatos. Estos Iyeguá leyó hasta aprendérselos de memoria. Jayguana en su relato fue detallista. Narró todo lo que vio en la tumba en comparación con Lekar. Esto para Iyeguá le confirmaba que Lekar estuvo allí y no la engañaba.

Lekar puso su vaso sobre la mesa frente a ella.

—Kataox tomó agua del lago en el frasco y lo tapó —continuó Lekar—. Lo guardó de inmediato en un bolso pequeño que llevaba colgando de su cuello. Al hacerlo, entró al lago e hice lo mismo. El agua cristalina me llegaba a la cintura. Lo que hizo nuestro avance lento. El Cuatrillizo estaba acostado sobre una piedra caliza rectangular. La roca estaba decorada con petroglifos que Kataox descifró. Estos daban a conocer el poder divino que el Cuatrillizo poseía: la omnipresencia.

»El Cuatrillizo era de piel blanca como los jiharu de Vallosque y Erdera. Un riachuelo de lágrimas corría de sus ojos y desembocaba en el lago que alimentaba. Debo confesar que casi me da lástima lo que le haríamos a sabiendas que puede sentir dolor mientras duerme.

»Kataox ordenó a traer la madera y colocarla alrededor del cuerpo del Cuatrillizo. Tomó la antorcha y encendió con el fuego de esta la madera y la vestimenta. El tamaño gigantesco de la tumba ayudó a que el humo se mantuviese en el techo que estaba a cientos de leguas de nosotros. Me retiré ya que tomaría horas para que el fuego consumiera el cuerpo. Al regresar, Kataox me esperaba para realizar el brebaje frente a mí. Tomó el frasco que contenía el agua del lago y puso en él una cucharada de cenizas. Tapó el frasco y las mezcló. Al sellarlo, me lo entregó.

»Fue entonces, que mientras cruzaba el lago, Kataox limpió con agua del lago el resto de las cenizas. Se aseguró que ningún rastro quedara de ellas. Cuando llegó a la orilla, contaminó el lago con polvo de achiote. Las aguas se tornaron rojas. Ya no le servirán a nadie, dijo.

Lo mismo hizo en Itzia'r, recordó Iyeguá.

—Faltaba ya un hora para la salida del sol y pronto llegarían los dosel. Así que di la orden de derribar el pasillo que lleva a la tumba. Una vez hecho esto, me aseguré que enterraran la puerta para que nadie se diese cuenta de lo que allí estaba. Mis kahali hicieron que una de las ramas que estaba sobre la puerta cayera sobre esta. Nos aseguramos que pareciera que cayó sola. Todo iba acorde al plan hasta que llegó la sorpresa —dijo desilusionada.

Nunca a Lekar ella le confió una misión de tal magnitud. Por tal, denominaba situaciones a las que no estaba preparada como sorpresas. Aún tiene mucho por aprender, se dijo.

—¿Qué sorpresa, Lekar? —preguntó Iyeguá. La seriedad delineada en su rostro.

—La guardia valloscana nos encontró —dijo Lekar—, y venían acompañados por los dosel.

—Tenía entendido que ustedes hicieron los arreglos para que eso no sucediera —dijo Iyeguá.

—Kataox se encargó con Raigón de hacer los arreglos. Raigón lo traicionó, él acompañaba a la guardia valloscana —hizo una pausa. Respiró profundamente. Sus músculos faciales tensos bajo el enojo. —Fue una emboscada. Nuestros números eran mayores, pero en el disturbio Kataox fue aprendido por los dosel. No pude llegar a él. Ellos no perdieron el tiempo. Lo apuñalaron en el corazón y de inmediato torcieron la daga. Mis kahali llegaron a él justo cuando le decapitaron.

Lekar miró al suelo mordiendo su labio inferior. Tomó su trago y de un trancazo bebió lo que quedaba. La miró de reojo como si tuviese miedo de lo que le pudiese ocurrir por su error.

—Pudimos —continuó—, tomar control de la situación. Perdimos kahali, pero ninguno de los atacantes sobrevivió. Para no dejar rastros de lo sucedido, incendiamos parte del bosque para quemar los cuerpos. El incendio se propagó y nos sirvió para cubrir nuestra escapatoria.

»Arakoel, me disculpo por no haber protegido a Kataox y que le haya perdido. Aceptaré el castigo que me imponga. Me conforta al menos, que pude traerle el tercer poder intacto. Esa fue mi misión y la lleve a cabo.

Dificultades. Siempre inesperadas. Siempre indeseadas. Lekar hizo como le pedí y de cierta manera ya no tengo necesidad de Kataox, se dijo.

—Es una lástima la pérdida de Kataox. Mas la misión fue exitosa. Nunca una misión es perfecta y libre de pérdidas, Lekar. Ya lo aprendiste y te ayudará en las futuras.

Lekar asintió satisfecha con la respuesta.

—Anda, ve y descansa —dijo Arakoel.

Luego de una reverencia, Lekar se marchó.

Iyeguá abrió su mano en donde durante el relato acariciaba el frasco. Podía sentir los fuertes latidos de su corazón como expresión de la emoción que la embargaba. Solo le faltaba uno. El Elemento de la Sabiduría estaría pronto en su poder y sería parte de ella. La convertiría en un ser completo y perfecto.

Cerró sus ojos mientras llenaba sus pulmones de aire. La noción la embriagaba y ella se dejaba seducir. Sus manos temblorosas presionaron el frasco sobre su pecho inflado. Iyeguá lamió sus labios como si saboreara en ellos la dulzura del poder absoluto. Mas no había sabor alguno, aún no. Abrió sus ojos.

—Pronto seré poder absoluto, susurró.

21 Los Üogori

El calor que la taza de café transmitía a sus manos la apaciguaba, al igual que su aroma terrenal. Negro y puya, para saborear el intenso sabor en toda su naturalidad. Así le gustaba beber su primera taza de café en las mañanas. Así se despiertan los sentidos, solía decir su padre orokoel Niagua. La primera vez que le tomó de esa manera y sintió el sabor fuerte y amargo en la lengua, luego de tragar, inhaló y exhaló por su boca. Los que le siguieron causaron la misma reacción, pero mañana tras mañana fue aclimatando su paladar. Es una adicción, Iyeguá, que se te hará difícil dejar, le dijo su padre. Es exquisita y no hay por qué dejarla, fue su contestación.

El sol acababa de salir tratando en vano de pintar al cielo, las nubes grises que chorreaban su contenido sobre la geografía terrenal le tapaban. Todo estaba húmedo y en la distancia aún las montañas eran coronadas por la neblina. Siempre llueve así antes de que el sol nos azote con violencia en esta estación, se dijo.

Esperaba por su hermano Jayakú y su sobrino Yaguax que la acompañasen a desayunar. Luego del desempeño de Yaguax en Vergerri necesitaba nuevamente su asistencia. Había hecho como le pidió. No deseo al Custodio con vida, asegúrate de eso, le había dicho un día antes de que salieran al reino de las montañas. Él confundido preguntó si Narigua tenía conocimiento de eso y fue una negativa su contestación.

—No tiene por que enterarse, Yaguax. Solo haz como te pido. Sigue paso a paso el plan de Narigua y cuando llegue el momento de que lo tengas en frente, haz lo que tienes que hacer. Te recompensaré grandemente. Espero tener tu discreción y que esto no llegue a los oídos de nadie, ni tan siquiera de tu baba —le dijo y por lo que hasta el momento conocía, su hermano Jayakú era ignorante a su pedido.

Su sobrino es la personificación de las cualidades que describen a un Jikema. Prepotente, arrogante, vanidoso, de vez en cuando impulsivo, pero sobre todo calculador. Le recordaba a su tío Guarohuya, de quien obtuvo el conocimiento que la ha llevado hasta donde está. Yaguax sería el candidato perfecto para nombrar como mi sucesor, lo que para Jayakú sería una bofetada de su parte, pensó. Le quitaría la lealtad de su hijo y eso sería otra razón para que Jayakú la odiase aun más. Sin embargo, aún tenía mucho por demostrar para ganar por completo su confianza. La influencia de su padre sobre él era una fuerte y debía romperla. De todas maneras lo que tenía para él no se lo podía dar a otro, solo a un Jikema. Las pasadas misiones en las que participó demostraron que podía eliminar cualquier estorbo que tuviese en su camino. De todas maneras, lo que ahora le pediría no sería nada fácil y tal vez se negase en hacerlo. Jayakú hasta lo convenza de eso, pensó.

Dos rollos de pergaminos estaban sobre la mesa aledaña a la del desayuno. Allí estaba toda la información recopilada sobre sus antiguos enemigos, quienes ahora eran sus aliados, los üogori. Por centenarios los kasikazgos del sur, Guanajibo y Yauko, estuvieron bajo los ataques de los üogori. Se adentraban en tierra aterrorizando yukayeke y konukos, las fincas. Miles murieron a sus manos y eran un enemigo difícil de vencer. La cólera de los üogori despertó cuando milenios atrás los kahali decidieron explorar el mar Karibí al sur de Yagüeka donde se albergan las islas Bękę, tierras de los üogori. Ellos vieron la exploración como un acto de colonización y, por lo tanto, declararon la guerra al atacar los kasikazgos que denominaban suyos al ser bañados por las aguas del mar que les pertenecía.

Hasta que su padre orokoel Niagua pudo derrotarles. No se volvió a escuchar de ellos en siglos, cuando volvieron a atacar con un mayor número de guerreros. Esto ocurrió justo después de la Guerra de la Conquista, y al llegar al sur se encontró con muchos yukayekes de los kasikazgos bajo el poder de los üogori. Se enfrentaba a una batalla con la que tenía que lidiar de inmediato, con unos enemigos que celebraban sus victorias comiendo la carne de sus enemigos y bebiendo su sangre. Con la ayuda de su hermano Jayakú y de Ornahai, un tekina del uraheke Huanikoy con un extraño interés por los üogori y que hablaba su idioma, se recopiló toda la información necesaria para conocer sobre ellos. Iyeguá recordaba lo que él le contó sobre los üogoris:

—Desde que descubrieron que al traspasarnos el corazón y decapitarnos podían matarnos y, por consiguiente, no éramos dioses, no nos temen. Todo gracias a Sarabo, a quien trataron de ahogar en el río y no pudieron —Ornahi sonrió, sus cejas arqueadas denotando que era obvio lo señalado. — Sin embargo, Arakoel, son supersticiosos. Piensan que los dioses nos han bendecido por que los elementos nos protegen de la muerte. Debemos ofrecérsela como un pacto de paz y alianza entre nuestras dos razas.

—¡Ofrecerles la bendición de los elementos! —había exclamado Iyeguá sorprendida ante lo absurdo de sus palabras. —¿Cómo pretende darle esa bendición?

—Regalándoles a su líder dos kahali como pareja. Darles el regalo de tener la bendición como parte de su descendencia. Le dará poder y ventaja entre los demás y nos ganará su lealtad —señaló Jayakú en esa reunión. —En realidad le venderemos la idea de una futura generación que nunca existirá.

Ella soltó una carcajada.

—¡Nupcias, sugestiones de generaciones futuras con el don de una bendición no existente! ¿Esto es lo que sugieren que les ofrezcamos?

—Sí —afirmó su hermano. —Escogeremos dos kahali de la séptima generación y las esterilizaremos. Los Maguana tienen bejike que se han dedicado al estudio de la esterilización a través de sus naboríes. Estoy completamente seguro que podrán realizarlo con dos kahali. Por supuesto, hay que ofrecerles algo a cambio.

Se mantuvo por varios minutos pensativa.

—Bien, tienen mi aprobación. Mas en, ustedes, cae todo el peso de la responsabilidad si esto no funciona y este pacto no se consigue.

—Hay algo más, Arakoel —dijo Jayakú. Ella asintió. — Hay que cederles territorio.

—Ellos gustan de la expansión de sus dominios, obtenerlas es adquirir poder —señaló Ornahai.

Suspiró.

—¿Su sugerencia?

—La isla Amona —contestó su hermano.

—No es mía para dar, les pertenece a los Huanikoy y no la cederán fácilmente y menos para regalársela a los üogori. Para ellos sería un insulto de mi parte hacerle tal pedido.

—Nosotros nos encargamos de las futuras parejas del líder. Usted, se encarga de ese último detalle. Por algo eres arakoel, querida hermana. Después de todo, son partes de sus territorios los que constantemente son atacados y deben ver el punto de esta alianza.

El pacto de alianza le ganó la silla del Guaminani a Kasibael guaMaguana, que le correspondía a su sobrino Hikanama, cuando trágicamente su hermano falleció. Kasibael se encargó de que sus bojikes hicieran lo necesario para esterilizar a las kahali. Por la isla Amona pagó un precio muy alto. Aguiana no fue fácil de convencer, pero al fin cedió. Por siete generaciones el juíbo de Sábalos debe estar emparentado con un Huanikoy, lo que es casi una eternidad para un inmortal. Su sangre estará por siempre diluida con la Huanikoy y de cierta manera bajo su control.

Recordaba el sabor salado del viento en su boca y la sensación pegajosa que dejó en su piel cuando viajaron a las islas de los üogori.

—¿Esto funcionará, Jayakú? —le preguntó Iyeguá mientras navegaban en ruta a la neblina donde los üogori les gustaba esconderse. Por tres días estuvieron en alta mar a la espera de su aparición y durante el crepúsculo del tercero, diez canoas con guerreros armados con sus flechas y arcos salieron del seno blancuzco. Ornahai se encargó de deliberar con ellos y ya por la tarde estaban frente a las costas de Lere, la sede del archipiélago de Bękę. Su Hutę, el líder, aceptó las condiciones y esa noche bajo las estrellas ella selló el pacto. De solo pensarlo se le revolvía el estómago y echó a un lado los recuerdos de esa noche de salvajismos.

Imugaru, ignorante de los métodos utilizados para hacerlo posible, catalogó el pacto con los üogori como una de las decisiones políticas más inteligentes que hizo hasta ese momento como arakoel. Trajo la paz al sur y ganó aliados que le permitieron acrecentar las riquezas del reino al tener disponibles rutas marítimas para pescar y exportar alimentos. No con Naclinas, quienes saqueaban las barcazas de las que se apoderaban a través de sus corsarios y les enviaban las cabezas de sus tripulantes como recordatorio de su odio hacia ellos.

Escuchó la puerta abrirse, el sonido puso fin a sus recuerdos. Su naborí anunció la llegada de Jayakú y Yaguax. Ambos hicieron reverencia y tomaron asiento al ella pedírselo. Su hermano vestía una hermosa guayabera verde oscuro y pantalones de algodón grises que llevaban un filo impecable. En el bolsillo de su guayabera llevaba un tabakú. Desde que entró en su madurez le gustaba fumarlos y el olor fuerte a hoja quemada se impregnaba en él y le distinguía. Yaguax se parecía mucho a su padre, vestía también con guayabera pero de color gris y de cuatro bolsillos; su pantalón con filo era verde oscuro. Ambos llevaban pelo a la nuca y pollina a la mitad de la frente. Jayakú no usaba pantallas, pero Yaguax llevaba una de oro en forma de espina en la derecha y en su nariz un arete gordo.

Le sirvieron el café, casabe y harina de maíz. Mientras comían, hablaban sobre los últimos acontecimientos en Yagüeka. Iyeguá no podía dejar de pensar que su hermano le tenía resentimiento. Siempre pensó que era él quien sería nombrado sucesor de su padre. Era él también parte del Guaminani como el segundo representante de Jikema al ser ella karí. Desde entonces, le tenía bajo su mirilla con tal de que este nunca tratara de usurpar su lugar. En esos momentos era importante que le tratara como a uno de confianza. De lo contrario estaría en su contra y convencería a Yaguax que no tomara la misión.

—¿A qué debemos la invitación, Arakoel? —preguntó Jayakú con ironía en su voz antes de morder su casabe.

—Gozar de la compañía de mi hermano y mi sobrino de la cual no he tenido el placer en meses —contestó ella sonriente, pero con sarcasmo.

Jayakú soltó una carcajada.

—Por supuesto.

Yaguax miró a su padre de reojo.

—Tus acciones en las pasadas misiones dejan mucho que decir, Yaguax —le dijo con mirada seria. El semblante de Yaguax cambió en cuestión de segundos, se tornaba defensivo y era evidente. Iyeguá sonrió por dentro.

Yaguax montó rostro de apatía.

—No me voy a excusar por lo que hice, si eso es lo que desea, dijo Yaguax.

Una sonrisa maléfica se plasmó en los labios rosados y carnosos de Iyeguá, quien contestó con un tono perverso.

—No deseo tus excusas. ¿Qué sentiste cuando mataste al chofer de la Itiba y al Custodio?

—Me sentí enfervorizado, más por el Custodio —explicó con una sonrisa que expresaba el odio que sentía por su raza enemiga. La contestación sin remordimiento alguno, excitó a Iyeguá y, por supuesto, era justamente lo que buscaba para lo que necesitaba. Al fin le encontraba un uso a su sobrino que por mucho tiempo se había paseado por los corredores del kaney y el Guaminani con aires de superioridad. Una que no se había ganado y que tenía por ser sobrino suyo y miembro del uraheke más poderoso de la nación.

—Si la oportunidad se diera otra vez de matar a un hüaku, pero en esta ocasión darle una muerte más atroz. ¿Lo harías sin titubear? —preguntó mientras se inclinaba hacia él en su silla.

—Derramar sangre de un hüaku trae honor y respeto al kahali que lo haga, sin importar la forma que sea, Arakoel.

Mirándole fijamente a los ojos, preguntó:

—¿Conoces sobre los üogori?

—Sí —contestó él interesado.

Al lado de los pergaminos había una carta enroscada, la tomó y la colocó al lado del plato de Jayakú quien se preparaba para comer otro pedazo del casabe. La miró de reojo y mordió. Iyeguá se dio cuenta que no la tomaría para leerla, así que dijo.

—Recibí esta carta ayer. Es de Ornahai.

Al escuchar el nombre del tekina, Jayakú colocó el casabe nuevamente sobre el plato. Su tez se tornó pálida. Se recostó del espaldar de la silla.

—No es por nuestra compañía que estamos aquí. Es mejor que Yaguax se retire.

¿A qué le temes?, se preguntó Iyeguá.

—No, esto le incumbe —dijo ella.

—No tiene nada que ver en esto, Iyeguá. Si es sobre el pacto con los üogori, es mejor que discutamos esto a solas.

—Arakoel, no se te olvide. Y le incumbe, porque es un Jikema.

Su mirada era seria.

—Arakoel, aún faltan dos años para reanudar el pacto y esto se hace automáticamente sin ningún inconveniente y así será hasta que algo cambie.

Ella respiró profundamente.

—Las cosas cambiaron en Bękę. Ornahai explica todo en su carta, y cito —dijo tomando la carta en sus manos—. El ubutu Yaureybo, guerrero y general de la isla Liamuiga, que enviste temor en sus enemigos y sus seguidores, decapitó a su Tųbut'li. Se proclamó él Tųbut'li. Ordenó a sus guerreros a tomar sus canoas y dirigirse junto con él a Lere. Donde, desde su desembarco, derramó la sangre de todo aquel que se interponía en su camino. A Hųțe Arari lo enfrentó en su choza y le decapitó luego de una muy corta batalla entre ambos. Mató a las kahali de Arari y me tomó como rehén. Los Tųbut'li de los otros doce clanes le juraron lealtad. Al liberarme, me obligó a enviarle una carta con sus condiciones para el nuevo pacto que deberá honran en dos lunas llenas. Desea se sellé el pacto como la primera vez, pero en vez de sangre naclinés sea un hüaku. De igual forma, desea envíen una kahali para ser su pareja, joven y virgen, que le de hijos, pues de lo contrario la decapitará y tendrán que enviar otra en su lugar. Si esta tampoco le da hijos, se olvidará del pacto entre ambos y declarará la guerra a los kahali —Iyeguá bajó la carta y miró con seriedad a Jayakú.

Su rostro se veía aun más pálido que antes y estaba consternado

—No me pidas que haga lo que hiciste en un pasado. Me bastó con ser testigo y repudio el momento en que tuve que presenciar atrocidad tan grande. No regresaré a ese lugar, así que envía otro en mi lugar.

En ese momento los ojos de Iyeguá se tornaron hacia Yaguax, quien escuchaba la conversación con suma atención. Al ver que ella le miraba, sus labios se entreabrieron en comprensión.

—¡No! —exclamó Jayakú. —Ni lo pienses Iyeguá, no lo permitiré.

Sus ojos se plantaron en él expresando su seriedad.

—No hay otro. Yaguax puede realizar esto por su temple y carácter. Él ganará nuevamente a los üogori como nuestros aliados.

—Si tanto confía en mí, lo haré —dijo Yaguax orgulloso.

Perplejo y a la vez con una expresión de preocupación, Jayakú exclamó.

—¡Estás fuera de tus cabales, Yaguax!

—No —contestó sin darle mucha importancia a la evidente preocupación de su padre.

Jayakú se puso en pie con tal fuerza que la silla cayó al suelo y nervioso la levantó. Jayakú caminó varios pasos hacia atrás con el semblante aun más pálido. Parecía que buscaba las palabras correctas para hacer cambiar de opinión a su hijo. Su mirada de repudio se tornó hacia Iyeguá.

—Baba —dijo Yaguax. —Es evidente por tu estado que este pacto es de suma importancia y que lo que se debe hacer es…

Jayakú le interrumpió subiendo su mano para que se detuviera.

—Yaguax, lo que hizo Arakoel para ganar a los üogori como aliados… —se detuvo y al sentir que perdía las fuerzas tomó asiento. —Es atroz, Yaguax, lo que debes hacer. Estuve allí para presenciarlo todo y hasta el día de hoy hubiese preferido que hubiera sido otro en mi lugar.

Yaguax miró a Iyeguá, su sobrino expresaba confianza y autodeterminación.

—Haré lo que sea necesario por Yagüeka.

Iyeguá sonrió complacida, pero Jayakú no lo estaba.

—En vez de preocuparte deberías ayudar a tu hijo a prepararse. Fuiste tú quien me ayudó a mí.

Jayakú aún estaba serio, enojado con la decisión de su hijo.

—¿Baba? —preguntó Yaguax.

Jayakú mantuvo silencio por varios segundos y sin mirar a su hijo asintió.

Iyeguá, entonces dijo:

—Bien, Yaguax, deberás prepararte y tan solo tienes dos meses para hacerlo. Tienes que tener en mente que confrontarás una civilización muy distinta a la que has crecido. Nada de lo que has visto en este o en los cuatro reinos se compara con el estilo de vida que viven los üogori. Son guerreros y su existencia la han dedicado a la expansión como lo han hecho por cientos de años. Han logrado colonizar con sus clanes el archipiélago de Bękę, convirtiéndolo en su dominio y nadie se atreve a navegar sus mares. No son refinados y cada clan lo preside un líder llamado Tųbut'li, quien debe respeto y lealtad al jefe de todos los clanes, el Hųțe. Como pudiste atestiguar, esto puede cambiar.

—Yaguax —continuó ella—, eres mi sobrino y por tal confió plenamente en ti. Sé que harás esto posible. Te advierto —dijo y miró a su hermano—, los actos a realizar cambiarán tu vida de sobremanera.

Jayakú ante esas palabras se hundía en su silla y su rostro se tornaba sombrío. Es la experiencia del pasado que lo atormenta y el temor a lo que su hijo vivirá, se dijo Iyeguá. Yaguax, contrario a él estaba erguido y orgulloso de haber sido escogido para tal misión.

Pobre, no sabe a lo que se enfrenta. Todos tenemos agallas hasta que en nuestras manos está el corazón latente y tibio de nuestro enemigo, listo a ser ingerido, se dijo.

22 Sangre por Sangre

Es una lástima que no haya sido Narigua quien tomara la vida del Custodio. De todas formas, el daño está hecho y con el acto pone fin a cualquier afecto que pudiese tener Yuisa hacia Narigua. Ella nunca le perdonará y la culpa lo consumirá, analizaba Iyeguá. Ella se aseguró que Yuisa se enterara de lo ocurrido.

Mientras, Narigua debía enfrentar al Guaminani quienes le darían su sentencia. Por su causa, aunque no por sus actos, Yagüeka se enfrenta a una guerra con Vergerri por la muerte del rey. Esa guerra no estaba en sus planes, todo lo contrario. Deseaba que Vergerri estuviese en guerra con Ataiba, poniendo fin a la alianza de paz obtenida con la unión del rey con una hüaku. Hay maneras de evitar esto y manipular la situación, se dijo confidente. Lo importante en este momento es el destino de Narigua y cómo haré para que entregue su vida. Iyeguá sabía que con los aires de guerra soplando sobre Yagüeka, el Guaminani sería sumamente severo con él y a Narigua no le costaría otro remedio que doblegarse.

La pintura de su padre estaba junto al de ella en constante ataque de sus pensamientos. Muchas veces pensó mandarle a bajar, pero el acto enviaría el mensaje incorrecto y lo menos que deseaba era ser analizada. En la negra pupila de su padre rodeada de un azul añil, se había reflejado su rostro desde su infancia. De ellos obtuvo la mirada punzante que a los demás regalaba como indicación de lo que él representaba y resguardaba. Fue en ese despacho que Iyeguá recibió la noticia esperada que le anunciaba sería suyo el dujo de Yagüeka al cumplirse el término del regido de su padre. La noticia llegaba con acuerdos. Debía realizar juramentos irrompibles con pena de muerte de ser revelados y hechos bajo la mirada de testigos para poseer el poder absoluto de Yagüeka.

Su nombramiento causó desaprobación entre muchos, pero su unión con Alnairu le protegía por lo influyente que ambos uraheke eran. En esos momentos históricos que vivían los kahali, se preguntaba ella qué pensaría de su regido su padre. Lo amaba y le admiraba por su tenacidad, tacto e inteligencia con la que administró la nación. Fue él quien abrió las fronteras de Yagüeka permitiendo que los kahali se integraran y tuviesen una presencia significativa en los cuatro reinos de los jiharu. Una oportunidad que ella no tomó por desapercibida.

Tocaron a su puerta e inmediatamente entró Kaguame. Él le informó que tenía llamada telefónica de Su Alteza Nasuria de Vergerri. Iyeguá respiró fuertemente. Llegó la tormenta, se dijo. Presionó el botón del interlocutor para que Nasuria no desatara su furia en su oído.

—Nasuria, una buena tarde tengas —dijo en simulada cordialidad.

—Tu plan le co'tó la vida a mi hijo y ni tan siquiera obtuviste resultaos, Arakoel —su voz reflejaba despecho, dolor maternal y resentimiento.

Si piensa que me va a señalar como culpable, está equivocada, se dijo.

—Debes sentirte destrozada ante la pérdida de tu hijo, Nasuria, mas cuando estuviste envuelta en el plan que le costó su vida —Eso la va a callar, pensó.

Nasuria respiró fuertemente. Ya se acordó con quien está hablando.

—Dime, Nasuria, ¿a qué debo tu llamada?

—Informarte —dijo luego de un corto silencio—, que aunque tu plan no se desarrolló como e'peraba, aún hay buenas noticias. He si'o declará Regente de Vergerri, ha'ta que mi hijo Urelior regrese de Vallosque. Lamentablemente, tuvimos que poner bajo arresto al embajador Higuaka y a si'o acusa'o de homicidio y de rapto. Mi nieto reconoció a uno de su delegaos, que misteriosamente desapareció, como uno de los individuos que trataron de raptarlo a él y a la joven Custodia. Higuaka ha declarao que los hüaku tenían conocimiento del rapto. Algo que imagino no e' veldá. Así que los hüaku que acompañaban al Custodio han sido puesto bajo arresto.

—Por la patria hay que hacer sacrificios —comentó sin preocupación alguna Iyeguá. —El Embajador tendrá que confrontar la justicia.

—Tengo una propuesta, Arakoel —dijo haciendo caso omiso a sus palabras.

Iyeguá rodó sus ojos.

—Dirás —contestó sin entusiasmo.

—E'toy segura que lo que tengo te interesará. ¿Aún deseas al Custodio de la Sabiduría?

—El Custodio está muerto, Nasuria —contestó.

—Su herida no fue mortal —la cólera regresó a su rostro. Narigua me contó lo sucedido y cómo Yaguax le disparó al sabio en el pecho, pensó.

—Vive gracias a Danershe, la Custodia de la Energía, y está bajo arresto. Vuelvo y preguntó, ¿aún deseas al Custodio de la Sabiduría?

Esto cambia mis planes. Respiró para calmarse.

—¡Por supuesto! —contestó Iyeguá.

—Esta es mi proposición, Arakoel. Te entregaré al Custodio de la Sabiduría y a la joven Danershe. Me quedaría con ella, pero, además de que es muy poderosa, no deseo que esté cerca de mi nieto —hizo una pausa.

Detesto que me hagan pedir las cosas.

—¿A cambio? —preguntó Iyeguá.

Un gemido de satisfacción emitió Nasuria.

—Tu repaldo en contra de Vallosque. Pienso darle la independencia a Vergerri de una vez y por toa. Tu apoyo me dará lo que necesito pa' poner presión sobre el reino de Naclinas y Erdera. Lo pensarán dos veces antes de intervenir o apoyar a Vallosque. De lo contrario podemos hacer de Naclinas un ejemplo.

Esta muy confundida si piensa que me interesa entrar en una guerra con Naclinas. Sin embargo, necesito lo que tiene y lo sabe, se dijo.

—Naclinas no me interesa, Nasuria. Puedo darte mi apoyo y hacerlo público. Hasta hacer amenazas de ser necesarias, pero Naclinas no es de mi interés, solo Ataiba.

—Lo sé —en su voz se escondía algo. —Llegamos al punto que me interesa. La desaparición de la itiba Yuisa y su hijo, quien e' heredero del próximo en línea al dujo de Ataiba, ha dejao a ese reino sin un futuro esike.

Están en mi poder, quiso decirle.

—Nuestro enemigo común está expuesto. En su debilidad debemos atacar. Arakoel, te entregaré a lo' Cutodios, haz con ellos lo que quieras. Ma' yo me encargo de mi nieto, heredero al trono de Vergerri y quien también e' un Custodio de Ataiba. Así como de itibu Güeybán, e' mi prisionero por lo' acto de rapto en lo' que estuvo involucrao y le costaron la vida al rey de Vergerri.

Una interrogante se pintó en el rostro de Iyeguá. Recordaba a Güeybán, muy parecido a Huyán. Este le amaba de sobremanera y por Güeybán abandonó la guerra y regresó a Ataiba. Noticias llegaron a él de su captura por un uraheke que estaba en contra de la guerra con Vergerri y quienes apoyaban en su campaña a los Custodios. Sin avisarle a ella, Huyán retiró sus fuerzas sin sospechar que ese sería su fin.

—Ha falta de un líder otro se levanta, Nasuria. No pienses que al no tener esike, los hüaku se doblegarán —dijo Arakoel.

—Lo que quiero, Arakoel, e' un conflicto interno, una guerra de poder entre ellos. Esto lo' hará aun má' débiles. El dujo de Ataiba a estao demasiado tiempo vacío y de seguro hay muchos que le codician.

Muchos no, pero lo suficientemente poderosos como para tomarlo, se dijo.

—Te puedes quedar con Güeybán, pero no debe salir de Vergerri. Si una guerra es lo que deseas, toma en consideración un antiguo lema, 'sangre por sangre'. La de tu hijo, rey de Vergerri, fue derramada. Derrama de igual manera la del futuro Esike de Ataiba —le señaló con autoridad Arakoel a Nasuria. Así elimino un obstáculo más, deseó decir.

—Tomaré en consideración tu consejo, Arakoel. Mientras, estará bien protegio —contestó satisfecha Nasuria. — Entonces, ¿tengo tu apoyo incondicional?

294

—Tienes mi apoyo. ¿Cuándo me entregarás a los Custodios?

—La Asamblea Real desea escuchar cómo ocurrieron lo' eventos y pasar un juicio justo.

—¡No me interesa lo que realice la Asamblea Real! Deseo a los Custodios lo antes posible, Nasuria. Mi apoyo depende de eso.

—Me aseguraré que escapen durante los días del juicio y te los haré llegar —contestó la Regente de Vergerri. —hasta nuestra próxima conversación, Arakoel.

Iyeguá enganchó.

—El Custodio vive —murmuró. Se inclinó sobre su escritorio—, Esto cambia mis planes para con Yuisa. Ataiba, necesito a Ataiba en mi poder, pero no puedo confiar en Nasuria.

Kaguame tocó a la puerta y al entrar le anunció que los del Guaminani la esperaban en el salón. Ella se puso en pie y se marchó al salón. Orokoel Alnairu estaba sentado en su butaca a la espera de su llegada, al verla le dio una mirada seria. Iyeguá no le dio importancia y se encaminó a su butaca. Los miembros del Guaminani al verla entrar, se pusieron en pie e hicieron su reverencia. Su hija Lekar, tan elegante como siempre, estaba allí sentada al lado de su padre orokoel Alnairu en representación del uraheke Huanikoy. Jayakú acompañado de Yaguax, estaba a su derecha en representación del uraheke Jikema. Seguido por Hatuey y su hijo Yagüey por Higüey. Kazibael y su sobrino Hikanama por Maguana; seguidos por los de Maguá, Kabay y su nieta Higuanota. Los de Jaragua estaban representados por Behekio y su sobrino Yakimo. Por último el uraheke Marien, por Uanahata y su nieto Hikey.

Arakoel tomó asiento sin recostarse del espaldar. Su torso erguido, su rostro en alto y su cuello recto como el tronco de una seiba. Sus brazos descansaban sobre los de su asiento y sus piernas estaban cruzadas hacia la derecha. Los miraba detenidamente, la circunspección era legible en sus rostros.

—Espero hayan leído el informe de la misión encargada a Narigua de traernos al Custodio de la Sabiduría y de la Energía, y de varios de los pormenores. Como la muerte del Custodio y del rey de Vergerri. Así que no tengo que dar muchos detalles de esta.

Algunos arquearon sus cejas en afirmación, otros ni tan siquiera hicieron un gesto. No se tienen que enterar que está vivo, se dijo.

—Noticias han llegado de Vergerri. El embajador Higuaka ha sido puesto bajo arresto —se quedaron atónitos al no esperar esa noticia. —Ha sido acusado de conspirar en raptar al heredero al trono vergerrés quién es el Custodio del Aire y por ser cómplice en el homicidio del rey de Vergerri.

Hizo una pausa, miró con mesura a los presentes.

—Espero comprendan que no intercederemos por el embajador Higuaka. Nuestra posición en ese asunto será la siguiente. Hemos tenido nuestras sospechas de que el Embajador ha estado conspirando en nuestra contra.

—¿Traición? —preguntó agraviado Kasibael, karí de Maguana el mismo uraheke al que pertenece el embajador Higuaka. Ellos siempre le han dado su apoyo incondicional. Él se movió hacia el frente en su asiento.

—El embajador Higuaka siempre se ha caracterizado por su buen juicio y su fidelidad a, usted. ¿No cree, Arakoel, que esta acción es precipitada? Maguana será manchado, no será visto con buenos ojos. Además, la importante posición que tiene Higuaka es una de confianza. ¿Cómo puede ser que esté conspirando en contra de esos que le colocaron donde está?

—Todos debemos pagar un precio por la patria y este es el que Higuaka debe pagar por lo que de nosotros a obtenido —dijo serena a la interrogante de Kasibael, quien en sus ojos aguamarina ardía el descontento. —Además, todo ser que está en poder desea más y es, por lo tanto, corruptible. El que la misión no haya sido exitosa y tenido consecuencias inesperadas como la muerte del rey, nos pone en una situación muy delicada. Estamos al borde de la guerra con Vergerri. El reino de Yagüeka y los pilares de esta nación no pueden ser ligados a ese rapto ni a esa muerte. Higuaka debe, entonces, ser quien cargue con esa culpa. Las pruebas de su conspiración hacia nosotros se pueden fabricar con facilidad. Los Guaili Anaki desean cambios como esos que ocurren en el reino de Erdera y que toman fuerza en Vergerri. Podemos decir que Higuaka es parte de los rebeldes.

Kazibael aún se notaba incómodo con el asunto. Iyeguá sabía que no era tanto por el bienestar de Higuaka, sino por las consecuencias que podría traer a su uraheke.

—Nadie va a creer eso. Estos grupos no son más que un hazme reír entre los kasikazgos. No son una fuerza que debemos temer —dijo Kazibael con arrogancia.

—Kazibael, todo por más débil que sea puede ser utilizado a favor de una causa. De los grupos pequeños surgen los grandes y los poderosos. Solo se necesita una voz convincente para obtener lo que se desea. En este caso, Higuaka era esa voz prometiéndoles cambios para su raza y que él podía obtener por su cargo de poder. La promesa de obtener al Custodio de la Sabiduría y a la de la Energía como rehenes, la mera idea de su obtención, una que da poder sobre el enemigo. Puede mover los corazones de muchos hacia su bando. Nos mueve a nosotros, ¿por qué no a ellos?

—¿Qué propone, entonces, hagamos con estos grupos? —la pregunta vino de karí Hatuey. Su mirada era serena, la estudiaba. Iyeguá no confiaba en ninguno de los Higüey. Eran sus enemigos desde que ella tomó el poder, nunca le desearon como su matriarca. Ella le restaba importancia a ese dato, al fin y al cabo no les costaba de otra que seguir sus órdenes.

—Continuar con la purga, la limpieza de las generaciones. Capturar a sus líderes, ponerles bajo arresto y sentenciarlos. Mas esto no lo puedo hacer si las fronteras de los kasikazgos están cerradas.

—Genocidio es su solución, y estoy en contra. Las fronteras de Dagüey continuarán cerradas. Además, aunque pueda capturar a sus seguidores, muchos de estos líderes no dan su rostro a conocer y aquellos que les conocen no revelarán sus identidades. Lo demostró Manabo.

—Caerán, Hatuey, de eso no hay duda, así como cayó Manabo. Hace dos años pude infiltrar a los Gauili Anaki del Jikema y la de Maguana. Tengo información sobre sus reuniones, sus idas y venidas, sus conexiones con grupos en Vergerri y Erdera. No son tan pequeños como pensamos y menos desorganizados. Poco a poco las cabezas de la guerrilla caerán. Por supuesto, toda esta información nos ayudará a desligarnos de lo ocurrido en Vergerri. Higuaka es uno de estos líderes, miembro de estos grupos rebeldes que tratan de erradicar la armonía en que vive nuestra nación. Lo mismo ocurre en Vergerri y la Asamblea Real comprenderá que lo ocurrido fue un acto inspirado por esos grupos y nada tiene que ver con nosotros.

Hizo una corta pausa y con voz orgullosa añadió.

—Por la patria hay que sacrificarse, espero estemos en la misma página si desean mantener sus posiciones de poder en Yagüeka —miró a Kazibael—. Higuaka nos traicionó. Como Karí de Maguana debes hacer de él un ejemplo, para que su memoria no manche tu uraheke y los haga ver débiles.

Kazibael asintió en aprobación, su mirada encerraba una cierta maldad, y luego de varios segundos, dijo:

—Si debemos hacer ejemplos para guardar la dignidad de nuestros uraheke, debemos hacer uno de Narigua.

Iyeguá deseaba sonreír de placer, pero, con elegante compostura, se mantuvo seria. Kazibael continuó:

—Él ha deshonrado al Jikema y al Huanikoy en el pasado, y ahora por su causa cae la deshonra sobre Maguana y estamos al borde de la guerra. ¡Sangre por sangre, Arakoel!

Murmullos corrieron por todo el salón, las miradas de confusión eran placenteras para ella. En manos del Guaminani estaba el destino de Narigua y no en las de ella.

—¿Sangre por sangre? —preguntó Iyeguá.

—¡Mide tus palabras, Kazibael! —amenazó orokoel Alnairu con fuerte voz. Iyeguá le miró de reojo.

—Es de mi rahu de quien hablas. No uno de nacimiento bajo como Higuaka quien obtuvo su posición por su unión nupcial a tu güare.

Kazibael rabioso, contestó:

—Por supuesto, Orokoel, pero tampoco debe olvidar que es orokoel por su unión nupcial.

—Que no se te olvide que este es un regido compartido, Kazibael. Tú no debes hacer comentarios como ese. Mantienes el poder que no te pertenece bajo la punta de un puñal —le contestó orokoel Alnairu.

Eso hizo que Kazibael se enfureciera y saltará de su asiento en un acto de desafío a orokoel Alnairu. Aunque

Iyeguá gozaba de lo que se desempeñaba frente a ella, no podía permitir que orokoel, por ser su cónyuge y Patriarca de los Kahali, fuera insultado o desafiado por nadie.

—¡Alto! —gritó ella. —No olvides a quien te diriges, Kazibael.

Él la miró aun con desafió y furia en su rostro, pero no se atrevió a responder. Regresó a su asiento, su respirar era rápido. Bien, se dijo Iyeguá, un poco de leña al fuego traerá los resultados deseados. Es el momento.

—Narigua nos ha fallado en una misión que definiría nuestro futuro, por segunda vez. El Custodio es más importante que el mismo Huyán, es él a quien siempre hemos deseado para alcanzar la perfección negada —bajó su rostro y respiró fuertemente. —Se ha pedido sangre por sangre ante la deshonra traída al uraheke Maguana y esa que marca al Jikema y Huanikoy —alzó su rostro nuevamente, con falso dolor, dijo. —Narigua es sangre de mi sangre, pero la deshonra entre los kahali debe ser pagada.

—Arakoel —murmuró a su lado orokoel Alnairu. Ella decidió no prestarle atención, sabía lo que deseaba y no la iba a detener. Suspiró profundamente.

—En el pasado le protegí de la furia del Guaminani, mas no puedo hacerlo una segunda vez cuando la honra de otros está por el medio. Sangre por sangre, ¿quién está de acuerdo?

—Al Guaminani no le corresponde tomar esa decisión sobre Narigua, Arakoel —comentó orokoel Alnairu inclinándose hacia ella, pero lo suficientemente alto como para que los demás le escucharán.

Trata que me retracte.

—Si el Guaminani se lo pide, Narigua dará por cuenta propia su vida para restablecer la honra de nuestros uraheke.

Antes que él pudiera responderle, Behekio guaJaragua, gritó:

—¿Acaso por ser hijo de nuestros patriarcas debemos pasar por alto el mal que ha hecho? ¿O se olvida Orokoel, que por Narigua perdimos una guerra y le costó la vida a miles de kahali cuando los hüaku atacaron? Ahora perdimos al único que nos podía dar la perfección y por él está muerto el Custodio de la Sabiduría y estamos al borde de la guerra.

Kazibael, entonces, expresó:

—No es nuestra la culpa y menos debemos cargar con ella. Sus acciones no solo deshonran a mi uraheke, sino a todos los nuestros. Repito, sangre por sangre y con ella borraremos los errores del pasado y le convertimos en ejemplo. De él su vida o la tomemos nosotros.

—Te olvidas de un detalle, Kazibael —dijo con serenidad Hatuey.

—¿Cuál? —preguntó Kazibael con furia.

—Nosotros conocemos de la misión fallida, más no podemos traerla a la luz. De lo contrario nos exponemos.

Kazibael sonrió con maldad.

—Si Higuaka era la cabeza del grupo rebelde en Vergerri, Narigua era la suprema. Quien mejor que el rahu de Arakoel. Vio la oportunidad esperada y la agarró cuando el amor de su bibí le trajo de vuelta. La venganza alimenta a un alma que ha sido aislada de todo lo que conocía. He ahí la solución a tu dilema, Hatuey.

Iyeguá no lo hubiese planificado mejor. Hatuey no contestó, mas tornó su mirada a orokoel Alnairu. Ella podía escuchar el respirar de su cónyuge, estaba alterado.

—Se olvidan que Narigua está bajo la protección de matunjerí Imugaru —dijo orokoel Alnairu.

—La protección de matunjerí Imugaru no está sobre encima de las decisiones que tome el Guaminani. Cuando Narigua aceptó regresar y tomó la misión encomendada por Arakoel, accedió a estar nuevamente bajo el régimen de este regido. Su inmunidad dejó de existir ese día, Orokoel —contestó Jayakú en defensa de Kazibael.

—Tu madre sigue siendo Arakoel, Jayakú —le recordó orokoel Alnairu.

—De título solamente, en un pasado tenía voto.

—Orokoel, tiene razón Jayakú —interrumpió Behekio con su voz ronca. —Cuando Narigua acepta la misión encomendada por Arakoel, deja atrás la protección de Imugaru y el amparo del valle Yarari como santuario. El acuerdo era que su vida se entregaba a Imugaru, solo si este no se involucra de ninguna manera en actos de la nación.

—Pero fue por petición mía que lo hizo —dijo en simulada consternación Arakoel.

Kazibael alzó sus delgados hombros.

—Él decidió tomarla, nadie le obligó.

La tribulación era evidente en el rostro de orokoel Alnairu que se tornaba pálido a cada palabra hablada.

—Arakoel, mide tus acciones. Sabes que esto no puede ser. No dejes que tus verdaderas ambiciones nublen tu mente.

Va demasiado lejos, se dijo Iyeguá. Si demostraba enojo hacia orokoel Alnairu, levantaría sospechas y preguntas indeseadas. A orokoel Alnairu miró con seriedad por unos segundos para que se diera cuenta que no retrocedería. Decidida, dijo a los presentes.

—Pongamos fin a este asunto. En, ustedes, dejo la decisión. Kazibael, tu darás el voto primero.

Kazibael estaba satisfecho y sin tener que pensar su decisión, dijo:

—Sangre por sangre, dada o tomada.

Behekio guaJaragua prontamente dio su voto.

—Sangre por sangre.

—Conmiseración —expresó Hatuey de inmediato.

Inmediatamente, Uanahata guaMarien, dijo:

—Conmiseración.

Arakoel le dio una mirada larga a la que una vez fue su amiga.

La decisión de Maguá no se hizo esperar.

—Conmiseración —dijo fuertemente Kabay, quien hasta ese momento estuvo de observador.

Lekar dijo fríamente:

—Sangre por sangre.

—¡Lekar! Narigua es tu hermano —reprochó orokoel Alnairu.

—Es hora que asuma las responsabilidades de sus acciones. Por demasiado tiempo he vivido con su deshonra.

Orokoel Alnairu no contestó, se puso en pie y caminó hacia las puertas del balcón. Iyeguá le siguió con la mirada y notó que su tez estaba más pálida. Se tornó de inmediato hacia su hermano que le miraba detenidamente. Varios minutos pasaron antes de que contestara, minutos que para Iyeguá parecieron eternos.

—Sangre por sangre —dijo lentamente como disfrutándose cada palabra.

Iyeguá dio una última mirada a los presentes.

—El Guaminani ha dado su decisión —pausó, miró a orokoel Alnairu quien había clavado sus manos sobre el mango de las puertas. Tornó su mirada nuevamente a los presentes.

—El voto se a dado. Sangre por sangre será.

—Han, han katú —respondieron todos los que estuvieron en acuerdo con la sentencia.

Orokoel Alnairu caminó hacia ellos, Iyeguá notó sus ojos aguados y la evidente furia expresada en sus músculos faciales que se tensaban.

—Aunque Lekar represente al uraheke Huanikoy, mi decisión es Conmiseración.

Al decir esto se marchó, las puertas quedaron abiertas de par en par. Kaguame con sumo respeto las cerró.

Imaginaba que no revelarías nada del pacto, le temes a la muerte, mi querido Alnairu, se dijo.

—¡Kaguame! —llamó Iyeguá a su asistente. Él de inmediato entró al salón y se acercó a ella con sumo respeto. —Manda a buscar a Narigua.

—Han han, katú.

En su pecho, su corazón palpitaba rápidamente ante lo que se desenvolvería en cuestión de minutos. Estaba segura que Narigua daría su vida voluntariamente. La complacencia le inundaba y esta vez Imugaru no podía ofrecerle nuevamente el amparo del valle Yarari, porque solo se da una vez y Narigua aceptó salir de él.

23 La Entrega

Imugaru, a quien desde su llegada de Vergerri no había visitado, les observaba detenidamente mientras Candro y él practicaban con el arco y las flechas. Los días anteriores fueron unos intensos y Candro estuvo a su lado constantemente. Yuisa se enteró de su misión y los acontecimientos de está. Le fue a visitar, pero se negaba en verle. La compañía de Candro espantaba la soledad que le embestía y la sombra de la muerte que le acosaba segundo tras segundo. Sabía lo que debía hacer y solo esperaba la decisión del Guaminani que se reunía en esos momentos. Tan solo si ella me permitiera verle, se dijo.

Le tocó el turno a Candro de tirar. Para sorpresa de Imugaru, que lo expresó a viva voz, este tenía destreza en el uso del arco y flecha. Dio justo en el centro del blanco. Orokoel Alnairu lo había educado bien, no era de extrañar cuando esas armas eran sus favoritas. Narigua movió su cabeza de un lado a otro.

—Es imposible, estoy falto de práctica y solo por esa razón me has ganado. Estoy seguro que baba practicaba todos los días contigo.

—No todos los días —contestó Candro con una sonrisa en sus labios rosados. —Solo cuatro días a la semana.

—Eso es práctica suficiente para un arte que ya solo se utiliza como deporte. Definitivamente me tienes aventajado, pero la próxima vez será diferente.

Si hay una próxima vez, se dijo.

—Esto era tan solo un calentamiento —dijo Candro.

Narigua se tornó y miró a su abuela, quien le observaba jubilosa.

—Matunjerí.

Narigua la invitó a tomar asiento. La banca de madera oscura estaba caliente por los candentes rayos del sol de verano, lo que lo hacían incómodo el sentarse en ella. No había forma de resguardarse del sol que estaba ya en su punto más alto.

—Hace una semana que llegaste y no has tenido tiempo para hablar conmigo, pero sí lo tienes para jugar al tiro y blanco —expresó ella con dulzura.

—Le pido mis disculpas, Matunjerí, he estado retenido en otros asuntos —contestó Narigua sentándose a su lado. Estaba nervioso, mas no lo dejaba notar.

—Ah, esa es tu excusa para tu abandono. Retenido en otros asuntos —respondió Imugaru rodando sus ojos. —Me has abandonada por otra.

Narigua extrañado, sonrió y exclamó.

—¡Así que piensa que le he abandonado y por otra! Matunjerí, a usted nunca la remplazaría.

Imugaru tornó su mirada a Candro, quien se preparaba para lanzar una flecha al blanco. Así como la otra vez, esta cayó justo en el centro carmesí circular.

—Por una hüaku —comentó arqueando una ceja y sin quitarle la mirada de encima a Candro.

La desilusión lo abatió.

—Se ha negado en verme. Alguien le informó de mi misión.

Imugaru le miró, una pequeña sonrisa se delineó en sus delicados y finos labios rosados marcados tan solo en varios sitios por líneas de expresión.

—Dale tiempo, cuando esté lista te mandará a buscar.

El tiempo se me acaba, quiso responder.

—Lo dudo.

Un silencio se alargó por varios minutos mientras observaban a Candro tensar la cuerda del arco una y otra vez, y con la flecha dar en el centro.

La angustia regresaba, había perdido toda confianza en sí mismo. No le quedaba más esperanza. Miró al cielo, era un hermoso día. El sol con sus rayos delineaba las curvas de las esponjosas nubes blancas. La brisa suave y fresca acariciaba su rostro como un intento fallido de consuelo. No cantaban los pájaros, al parecer conocían su futuro y mantenían silencio, así como suelen hacer antes de un huracán. El magüey resonará fuerte y mi corazón palpitará a su compás hasta que caiga el manaya y se derrame sangre, pensó.

Imugaru tomó su mano y él la miró. En su rostro se notaba la preocupación. Ella acarició su mejilla.

—¿Por qué regresaste? Pudiste haber huido, tal vez con Candro y vivir una vida plena lejos de aquí.

Él suspiró profundamente.

—Orokoel Niagua me enseñó a asumir mis responsabilidades y sería un cobarde si huyo.

—¿Es esa la única razón?

Él movió su cabeza de un lado a otro en negación, y luego respondió:

—Regresé por ella. Lo que una vez sentía por la Señora ha sido remplazado por lo que siento por Yuisa y son dos sentimientos muy diferentes. No sé cómo explicarlo, pero a pesar que no debe ser por las circunstancias que ambos vivimos. Me he enamorado y dado cuenta que nunca lo estuve de la Señora como pensaba. Era un sentimiento de protección que me llevaba a pensar en la Señora.

Imugaru respiró profundamente, ella conocía los sentimientos que le atormentaron. Esos que no le dejaron copilar el sueño en años y que trajeron la deshonra a su vida. Ella se encargó de consolarle con su amor y sus cuidados que le dieron fuerzas para vivir.

—¿En qué piensa, Matunjerí?

Su sonrisa era refrescante y apaciguaba el huracán que le atormentaba su espíritu. Su rostro se ruborizó y las lágrimas rozaron sus mejillas, pero mantenía viva la sonrisa. Pensativa, miraba al suelo como si recordara momentos hermosos. Narigua deseaba saber qué la ponía en ese estado de tanta alegría que la hacía llorar. Ella entreabrió sus labios como para formular palabra, pero solo un suspiro emergió. Aun la sonrisa no se opacaba, tornó su rostro hacia él y dijo:

—Pienso en el amor de Niagua —su rostro sereno hacía de su belleza una majestuosa. Imugaru, la kahali que fue bendecida con la mirada de ojos violeta, continuó—. Gracias, me dijo él una vez mientras descansaba boca abajo en mi cama con la espalda cubierta de hojas medicinales. Un olor a ungüento inundaba el cuarto aquel día de sacrificios. No hay nada que agradecer, le contesté. El dolor era punzante en mi espalda, pero fue necesario. Él sonrió y besó mi mejilla —otra lágrima rodó por su rostro. —Toda la noche se quedó a mi lado, pendiente a mí. Acariciando mi rostro cada vez que el dolor regresaba y me daba los medicamentos que el bejike le ordenó me diera —secó sus lágrimas y tornó su mirada.

Narigua no comprendía el relato, pero no deseaba interrumpirle con preguntas. Cada vez que pensaba en orokoel Niagua, una pena le abarcaba y él estaba seguro ella deseaba estar a su lado. Se acordó de su mirada dolorosa cuando Arakoel tomó la vida de su amado. Allí estuvo en pie, con los ojos clavados en el cuerpo inmóvil y le acompañó en todo momento hasta la sepultura.

Ella continuó:

—Para llegar a la luz hay que caminar por las tinieblas, me dijo. ¡Qué son mil años para un inmortal, sino para madurar y formar a un líder! Esa responsabilidad caerá en ti, mi amada Imugaru. Lo que pediré de ti no será nada fácil y puede que hasta tu vida esté en juego, pero es necesario. No hay otra forma, sino los kahali caminaran su longevidad en las tinieblas.

Sus palabras no eran dirigidas a él, pareciera más una conversación con el pasado. El cielo, como si hubiese sentido su pena, comenzó a ennegrecer y la brisa era mínima. El sol aún se sentía caliente y ella estaba perdida en sus pensamientos.

—Imugaru —dijo él con dulce voz.

Candro acertó otro tiro. Imugaru tornó su mirada a él y como si nada le hubiese pasado, le felicitó. Candro la miró y sonrió tímidamente.

—Candro —llamó Imugaru. Candro fue a ella inmediatamente con la mirada perturbada. —¿Tienes hambre?

—Un poco, matunjerí Imugaru.

Imugaru sonrió ante la respuesta de Candro.

—Bien, vayamos a mis aposentos a tomar el almuerzo y a refrescarnos con unas limonadas frescas. El sol azota fuerte y ya mi cuerpo no lo aguanta como el de ustedes.

—Matunjerí Imugaru, me va a disculpar, pero siempre almuerzo con mi baba —comentó con sumo respeto.

Imugaru solo sonrió y le tomó del brazo.

—A él no le molestará. Además está ocupado en estos momentos. Así nos cuentas sobre ti —Imugaru se tornó a Narigua que estaba sentado en la banca. —Vamos, Narigua, que el día aún es joven.

Narigua se puso en pie y siguió en silencio. Bajaron las escaleras del ala sur, para luego doblar a la izquierda y perderse en un estrecho pasillo cubierto de grandes ventanas que daban directamente al patio donde, usualmente, se practicaban por diversión las antiguas artes de la guerra. Recordaba esos tiempos en que era inminente que un kahali llevara consigo un manayo. La distinción estaba marcada en la forma en que este estaba creado: la piedra, el puñal y sus adornos. Los de alto rango llevaban uno largo sujetado a su cintura y la mayoría habían sido bautizados con un nombre. Se lo daban luego de darle un toque de la esencia del elemento de la energía que en ellos vivía. Esto hacía de los manayo indestructible.

El de orokoel Niagua, recordaba Narigua y con quien muchas veces practicó en ese mismo patio, era único y se llamaba Apito Guanaki, el fin del enemigo. Este dormitaba ahora en el salón del Guaminani, a la espera de ser despertado y utilizado nuevamente en la batalla. Las armas de esa era se habían puesto en desuso, las que se categorizaban como armas de honor. Con una azagaya puedes poner fin a un enemigo desde lejos, con un manayo le miras al rostro. Anhelaba esos días en que todo era más sencillo. Donde el honor era considerado una prioridad entre amigos y enemigos e irrompible. Él se había criado de esa manera y el valle de Yarari todavía anidaba esos tiempos de antaño. Para llegar a este había que hacerlo a caballo. Imugaru no permitía ningún tipo de carroza solar estropeara la pureza del lugar. Esa era una de las razones por las cuales Arakoel no le visitaba, la llamaba anticuada por permanecer en una forma de vida arcaica. La vida en Yarari era simple y pacífica.

Durante el almuerzo, orokoel Alnairu llegó de improviso acompañado por Eguari. Le informó a Narigua sobre la sentencia y todo lo que ocurrió en el Guaminani. Candro no podía creer que Arakoel permitiera la muerte de su hijo. Era de esperarse, Candro estaba ignorante sobre la maldad que los kahali de Ayuán podían expresar, hacer sentir y dar.

Imugaru se notaba enojada, hasta su tez había cambiado de color como si no pudiese creer las palabras de orokoel Alnairu. Narigua entendía su dolor, no podía esta vez protegerle y sabía que se sentía con los brazos cruzados al no poder ayudarle. No importaba, el amor y los cariños que le había dado los pasados centenarios le daban fuerzas para enfrentar su destino.

Imugaru se acercó a él, en ese justo momento un mensajero llegó con un recado del Guaminani requiriendo su presencia. No había necesidad alguna de preguntar de qué se trataba. Era mejor que se marchara y no dejara esperar al Guaminani y menos a Arakoel. Le preguntó a su padre si podía ir con él y este asintió. Candro y Eguari decidieron acompañarle por lo menos hasta la puerta donde se les era permitido llegar. Mientras, Imugaru se despidió con evidente coraje en sus ojos, sujetando su mano fuertemente como si no le fuera a soltar jamás.

El silencio se hizo presente durante la trayectoria al salón del Guaminani. Iba a paso aligerado sin detenerse, ni mirar a los que le acompañaban. En su pecho un vacío era palpable y el nerviosismo se adueñó de su ser. Calma, se dijo. Minutos más tarde, se encontraba frente a las puertas del lugar donde una vez fue sentenciado y salvado. No había escapatoria. Mas recibiría a la muerte de la forma más honrada posible y no dada por otros, sino por entrega propia para restaurar lo quebrantado por sus acciones. Entró al salón acompañado por su padre.

24 La Develación

Narigua se posicionó en el centro del salón con el cuerpo erguido. Las miradas de los miembros del Guaminani sobre él. Mientras que la suya, llena de seriedad y determinación, se posaba sobre ella. Iyeguá esperaba impaciente por su decisión y deseaba desde el fondo de su alma que escogiera dar su vida voluntariamente. La idea de su muerte le traía, de cierta manera, paz. La que no sentía cada vez que le miraba, que se recordaba de su existencia, del porqué estaba ella en el dujo de Yagüeka. Narigua respiró profundamente. Se acercaba la contestación y el preludio la atormentaba.

Las puertas del salón se abrieron de par en par. Las miradas de los presentes se tornaron hacia esa dirección. Iyeguá miró molesta de inmediato hacia la puerta decidida a castigar a ese que se atrevía a interrumpir. De ellas, tras una naborí, emergió Imugaru. Espabilada por un segundo, sintió terror al verla. Ave de mal agüero, dijo para sí. Era como presenciar una repetición del pasado que la encolerizó. Ella inmediatamente se puso en pie y caminó al encuentro de su madre.

—No puedes estar aquí —le dijo en voz baja.

Sus ojos se clavaron en los de ella, la serenidad le revestía.

—No me has dado otra opción —contestó Imugaru.

—Piensa bien lo que vas hacer, antes que hagas algo de lo que puedas arrepentirte, bibí. No puedes darle tu protección nuevamente —amenazó con furia en su voz.

—¡Matunjerí Imugaru! —exclamó Hatuey. —Nos honra con su presencia.

Todos los presentes le hicieron reverencia y ella caminó hacia ellos ignorándola. Orokoel Alnairu le sonrió, Narigua le miraba estupefacto. Imugaru se paró frente a él y acarició su rostro. Con su mirada estudió a los presentes.

Tornó su atención nuevamente hacia Narigua.

—Narigua, necesitó que te retires. Regresa a tus aposentos y espera allí por mí.

En el rostro de Narigua se notaba la incomprensión.

—Matunjerí, no…

—¡Ve! —interrumpió ella autoritaria. —Haz como te pido.

—¡Bibí! —exclamó Iyeguá, su voz retumbó por todo el salón. —El Guaminani tiene asuntos importantes que discutir con Narigua y no puede irse.

—Calla, que no se te olvide a quien te diriges, Iyeguá —amenazó no solo con lo dicho, sino también con la mirada.

—Matunjerí —interrumpió Narigua—, le agradezco que haya venido, pero debo enfrentar mi sentencia.

Imugaru dijo:

—¡Te pedí me esperaras en tus aposentos, Narigua! Anda.

Narigua la miró detenidamente por varios segundos, aturdido con su actitud. Se tornó hacia Iyeguá que estaba parada detrás de su butaca. El coraje le supuraba por la mirada y sus puños apretaban el espaldar. Narigua asintió y mientras caminaba hacia la puerta, Kazibael guaMaguana se puso en pie.

—¿Qué significa esto? Narigua no se puede marchar hasta que haya concluido esta sentencia.

Imugaru le dio una mirada prepotente que hizo se encogiera y regresara a su butaca aún enojado. Narigua al ver esto, se marchó del salón turbado con el rostro marcado por interrogantes. Cuando las puertas se cerraron tras él, Imugaru se colocó en el lugar que Narigua abandonó. El centro del salón estaba iluminado por un candelabro que colgaba del techo, justo sobre Imugaru. El silencio era dueño del lugar, solo se podía escuchar el respirar de los presentes como preludio a las palabras de Imugaru.

Iyeguá le miraba con enojo a la espera de lo que diría para tratar de salvar a Narigua. ¿Qué trama?, se preguntó. La espera la impacientaba.

Imugaru respiró profundamente y dijo:

—Estimados Karí del Guaminani, les pediré solo una cosa y espero la tomen en consideración. Saben que no interfiero, a menos que sea necesario, en sus asuntos. Como arakoel y matunjerí no me queda de otra —hizo una corta pausa. Iyeguá detestaba que se diera su puesto para plantear lo que la trajo a interrumpir tan importante reunión. Sus dedos aún estaban enterrados en el espaldar de su butaca para que no se notara en su rostro la rabia que la consumía—. Pido reconsideren la sentencia de Narigua y le den su conmiseración.

Era de esperarse. Antes que ella pudiera contestar a Imugaru, Kazibael exclamó con furia en su voz.

—¡Lo hicimos una vez!

Imugaru posó su mirada sobre él.

Este está a mi favor y no te permitirá te salgas con las tuyas, bibí. Esta vez obtendrás oposición, se dijo.

—No nos pida hacerlo nuevamente. No hay marcha atrás a lo que está determinado. Si vuelven a votar en este asunto, la sentencia será la misma, Matunjerí —el tono de voz de Kazibael era desafiante y eso trajo satisfacción a Iyeguá.

—¿Es este el sentir de todos? —preguntó Imugaru a la vez que se tornaba para mirar a cada uno de los presentes.

Aquellos que habían votado a favor de la sentencia asintieron en afirmación. Solo Hatuey y su hijo Yagüey, y orokoel Alnairu movieron su cabeza en negación.

—Bibí, no tienes nada que hacer aquí. La sentencia está tomada y no habrá retracción —dijo Iyeguá.

Imugaru arqueó una ceja.

—Entonces, debo advertirles que la vida de Narigua no está y nunca estará en sus manos.

Iyeguá se movió hacia ella como un toro listo a embestir a su víctima.

—Matunjerí Imugaru, está fuera de lugar. Le pido se retire inmediatamente.

—Arakoel, matunjerí Imugaru tiene todo el derecho a dirigirse al Guaminani. De mi parte deseo conocer el porqué la vida de Narigua no está en nuestras manos —comentó Hatuey.

—Matunjerí Imugaru, explíquese por favor —pidió Uanahata guaMarien con serenidad.

—Hable, Matunjerí, el Guaminani espera. Arakoel toma asiento y deja a tu bibí hablar —dijo orokoel Alnairu en quien se reflejaba cierta satisfacción en su rostro.

Iyeguá por varios segundos se mantuvo frente a su madre. Por el momento, solo te has ganado tres aliados. Escucharé lo que tengas que decir, deseó decirle.

—Bien, no hay nada que pueda decir que cambie la decisión tomada —en seguida se sentó.

La atmósfera del salón se sentía tensa, mas Imugaru se percibía serena.

—Ustedes, llevan a cabo sus negociaciones y los asuntos de la nación a través de pactos, tratados, tradiciones —miró a Jayakú quien de su parte lo hacía con seriedad.

A ese no te lo ganarás jamás, lo perdiste cuando le negaste tu apoyo para convertirse en orokoel, pensó Iyeguá.

—Así que de esta forma trataremos este asunto en particular —expresó Imagau—. La vida de Narigua está entrelazada a un acuerdo hecho siglos atrás por orokoel Niagua y el Guaminani de ese entonces, y que convirtió a Iyeguá en Arakoel.

Las miradas se tornaron hacia Iyeguá. Ella abrió sus ojos en espanto, anonadada con lo que su madre revelaba. No entendía cómo era posible que ella supiera de ese acuerdo cuando no estuvo presente. Alnairu, dijo y lo miró con rabia como si con sus ojos pudiera comérselo vivo. Él la miró sorprendido, confuso. Su tez estaba pálida, sus labios entre abiertos. Conocía esa mirada que confirmó que no fue él quien le reveló a Imugaru el acuerdo. Mas allí entre ellos había otro que estuvo presente y que gozaba de la confianza de Imugaru.

Miró a Hatuey quien estaba serio e inmóvil. Él no le miró en ningún momento. Su estado de ánimo no le confirmaba que no fue él, pero quizás lo hizo su padre orokoel Niagua antes de morir. Sí, tuvo que ser él, pero ¿por qué?... Claro, para asegurarse que honrara el acuerdo. Me conocía muy bien, se dijo.

Ella observaba a su madre quien le daba la espalda y mantuvo silencio por unos minutos. No hubo rumores, solo miradas interrogativas que Iyeguá decidió no responder, en especial las de Lekar.

—Este acuerdo —continúo Imugaru con toda la atención del Guaminani en ella—, estipula que Iyeguá sería la guajeri de orokoel Niagua con la única condición y promesa que Narigua es su guajeri, el próximo en ser Orokoel de Yagüeka. Esta es la razón por la cual arakoel Iyeguá nunca ha dado a conocer su sucesor.

Los presentes se miraban entre sí asombrados. Lekar fue una de esos que la noticia la dejó sin palabras. Jayakú tenía tenso los músculos faciales y sus puños cerrados demostraban el coraje que sentía. Hatuey y orokoel Alnairu eran los únicos que se mantenían serenos ante la noticia.

—Mientes —proclamó rabioso Jayakú. —Mientes para salvar a Narigua de la inevitable muerte que le espera, pero no lo vamos a permitir, Imugaru. Exijo que muestres alguna prueba de ese acuerdo que puso a Arakoel en el dujo de Yagüeka.

Imugaru se tornó hacia orokoel Alnairu.

—Orokoel Alnairu, sé que lo trajiste.

Este bajó la mirada, suspiró, se puso en pie y de un sobre que tenía escondido, sacó un pergamino. Traidor, quiso gritarle a su cónyuge. Se sentía acorralada y no sabía cómo detener lo que se desenvolvía ante sus ojos. Orokoel Alnairu se lo entregó a Imugaru, quien lo abrió y lo mostró a los presentes. Estaba escrito en el lenguaje antiguo de los kahali y tenía las firmas de los miembros del pasado Guaminani. Fue entonces, que se dirigió a Hatuey y dijo:

—Hatuey, tu copia, por favor.

Hatuey le miró interrogante.

—¿Cómo sabe que tengo una? —preguntó Hatuey.

Imugaru sonrió, su belleza resplandecía y la rabia de Iyeguá se acrecentaba.

—Eras el mejor amigo de Niagua y no permitirías que su deseo fuese en vano.

Él sonrió asintiendo. El nombre del karí de Higüey fue pronunciado por algunos, mientras él se ponía en pie y entregaba a Imugaru su copia del acuerdo que era idéntica a la primera. Jayakú de un brinco se puso en pie y arrancó de las manos de su madre uno de los pergaminos. Lo estudió por varios minutos, los otros le miraban a la espera. Kazibael no pudo esperar por una respuesta de Jayakú, quien al parecer el contenido del acuerdo lo había dejado sin palabras. Kazibael tomó la segunda copia y la leyó dos veces. Estudió con lujo de detalle las firmas al final del pergamino, junto con los sellos de los uraheke. La segunda vez, mencionó en voz alta los nombres de esos presentes en ese momento y de otros ahora ausentes:

—Orokoel Niagua, Iyeguá guaJikema, Alnairu guaHuanikoy, karí Hatuey guaHigüey, y el gran bejike Mahuel guaJikema.

—¿Es auténtico? —preguntó Kabay guaMaguá, un kahali de ojos azul celeste.

Kazibael le miró sorprendido, volvió nuevamente su mirada al pergamino y dijo:

—Es auténtico —hizo una pausa y continuó con un tono de satisfacción—, pero falta el original. El que lleva el símbolo de los Heketibarú para que este acuerdo sea validado por los de este Guaminani.

Ahora miraban nuevamente a Imugaru. Iyeguá se puso en pie y caminó hacia las puertas del balcón. Ese nunca aparecerá, la que lo lleva no está aquí, se dijo satisfecha.

—Si así lo desean lo proporcionaré —contestó Imugaru.

Iyeguá tornó su mirada hacia su madre espantada. ¡No! ¡No es ella! Baba la amaba demasiado como para hacerla pasar por tal cruel dolor, se dijo espantada.

Orokoel Alnairu caminó hacia Imugaru. El terror consumía a Iyeguá. Él también entendió sus palabras, se dijo. Una vez a su lado, dijo con respeto:

—Permítame buscar algo para que se pueda cubrir, Matunjerí.

Imugaru sonrió serena y pacífica.

—No habrá necesidad de eso, Alnairu.

Le pidió a su naborí que se acercara y una vez a su lado le dio la espalda. La naborí desató los cordones del vestido de algodón negro que Imugaru vestía. Kazibael que estaba cerca de ella, retrocedió de inmediato. Jayakú se quedó tieso en su lugar, mientras que Hatuey bajó su rostro y caminó hacia la parte de atrás de su butaca sin tornarse para ver. En el rostro de orokoel Alnairu se expresaban las marcas suaves de la pena. Arakoel Iyeguá miraba en espanto desde las puertas del balcón. Fuiste tú quien selló nuestro pacto y guardaste todos estos centenarios ese secreto. Ahora comprendo tantas cosas, hasta tus actitudes para conmigo, se dijo Iyeguá.

Imugaru agradeció la asistencia de su naborí y sujetando su vestido con su mano derecha, hizo caer con la otra la manga derecha; luego hizo lo mismo con la izquierda. Dio la espalda a los Karí del Guaminani y dejó caer su vestido para dejar al descubierto su cuerpo perfecto y sedoso. Gritos sofocados fueron la respuesta a lo que presenciaban. En la espalda de Imugaru estaba tatuado en oro, para que no se curaran las heridas, el acuerdo en el lenguaje antiguo con las mismas firmas al final de este. Bajo estas el sello en oro, hecho por una carimba, de los Heketibarú: un heptágono con siete adicionales que salían de cada una de las esquinas y que llevaban los símbolos de los siete uraheke. Un largo silencio gobernó el salón, las miradas clavadas en la espalda de su madre, quien la miró. Iyeguá respondió con una de odio.

—Abominación —susurró Kazibael. —El cuerpo de un kahali no debe ser profanado de esa forma, más el de una arakoel —concluyó espantado.

Orokoel Alnairu se acercó a Imugaru y la ayudó a vestirse nuevamente. Kazibael continuó:

—Nuestros cuerpos son perfección y esto… Esto es una abominación. Nos pintamos los cuerpos, pero nunca los tatuamos.

—¡Calla, Kazibael! —gritó Hatuey. —Esto no es sobre abominaciones, ni profanaciones, sino un acuerdo que se marcó en la carne para que no se perdiera y se llevarán a cabo los términos acordados —se dirigió a Iyeguá. —¿No es cierto esto, Arakoel?

—Sí —contestó casi en un seseo.

Estaba expuesta por completo, su madre les había entregado un arma a sus enemigos. No ganas nada con esto, sino que pones en bandeja de plata a Narigua a los enemigos del Jikema, se dijo.

—Esto no quita que pasemos juicio sobre Narigua —declaró Kazibael.

Hatuey dio un paso hacia él, con coraje expresó:

—¿No sabes leer? Más claro no puede estar estipulado en el acuerdo. ¿Por qué crees que Arakoel no les entregó en el pasado la vida de Narigua como deseaban? —Kazibael no contestó, pero Hatuey lo hizo por él. —Porque si Narigua muere, Arakoel debe abdicar e Imugaru toma su lugar.

Lekar se puso en pie aún perpleja.

—¿Arakoel?— pregunto Lekar.

Una sombra maléfica encubrió su rostro, lentamente caminó hacía su butaca y tomó asiento. Su cuerpo erguido acentuaba la elegancia de su cuerpo. Dos pueden jugar este juego, se dijo. Con tono suave, pero malicioso, añadió:

—También estipula que la revelación de este acuerdo lleva pena de muerte a quien lo revele —Iyeguá clavó su mirada en la de su madre llena de satisfacción. —¿No es cierto, Hatuey? —le preguntó sin dejar de mirar a su madre.

Hatuey respiró profundamente.

—Sí —fue su contestación corta y sencilla.

—Por eso, ni Hatuey ni orokoel Alnairu habían revelado el acuerdo por miedo a la muerte —Irónico, no soy la única que le teme a la muerte, pensó.

—Matunjerí Imugaru —Kabay guaMaguá se acercó a ella. Él, quien siempre demostró sumo respeto hacia Imugaru, pero le era fiel, preguntó perturbado. —¿Conocía, usted, las consecuencias?

Imugaru sonrió dulcemente.

—Por supuesto, Kabay, y daría mil veces mi vida por Narigua de ser necesario.

Pues la darás si así lo deseas, se dijo Iyeguá.

—Entonces, hay mucho por deliberar —anunció Uanahata a sus iguales. —Dos sentencias tenemos en la mesa y debemos escoger si llevar ambas a cabo o mostramos conmiseración.

Todos regresaron a sus butacas. Imugaru que se mantuvo parada en el centro del salón bajo la luz del candelabro, y dijo:

—Mi sentencia no puede ser dictaminada por ustedes. Está dada, mas la de Narigua debe ser reevaluada —uno a uno les estudió con la mirada. —¿Qué dicen? Sentencian a muerte a Narigua o le muestran conmiseración, y mantienen a arakoel Iyeguá como su líder hasta el fin de su pronto a terminar regido.

Gracias, por el recordatorio, pensó Iyeguá. Por varios minutos el salón estuvo en silencio, los karí del Guaminani pensaban el paso a tomar, pero fue Kabay quien lo rompió.

—Conmiseración, pero no la doy por mantener a Arakoel como líder de los kahali, sino por el sacrificio de matunjerí Imugaru. No la podré salvar, Matunjerí, pero por lo menos puedo respetar sus deseos —al terminar hizo una reverencia a Imugaru.

He perdido un aliado, se dijo Iyeguá mirando a Kabay. La duda era evidente en los rostros de los demás que en la mañana pidieron sangre por sangre.

—Conmiseración para Narigua, no cambio mi voto —comentó Uanahata.

—Por mantener a Arakoel, mi voto es conmiseración —anunció Kazibael.

Solo porque te conviene, se dijo Iyeguá.

—Y el mío también es conmiseración —añadió inmediatamente Behekio.

—Conmiseración, como antes, y por las mismas razones que señaló Kabay —comentó sereno Hatuey quien sonrió dulcemente a Imugaru. Ella asintió con su cabeza y una sonrisa delineada en sus labios.

—Rahu, tu sentencia —pidió Imugaru. Varios minutos pasaron mientras Jayakú pensaba su respuesta.

Está confundido, se le nota. Si da su voto a favor de Narigua, apoya mi liderazgo; pero si vota en contra, grita a los cuatro vientos sus deseos de librarse de mí.

—Conmiseración —dijo entre dientes Jayakú.

Faltaba Lekar, su mirada estaba clavada en el suelo, sus cejas arqueadas. Se tardaba en dar su contestación.

—¿Lekar? —llamó Iyeguá.

Ella la miró de reojo, y torciendo sus labios dio su contestación.

—Conmiseración —el enojo estaba marcado en su tono de voz.

Uanahata tomó la palabra.

—Revocada está la sentencia de Narigua —hizo una corta pausa. —Matunjerí, es doloroso lo que debo preguntar.

—Es tu deber, hazlo —le ordenó Imugaru.

Uanahata asintió.

—¿Cuál de las dos formas escogerá para su muerte? —su voz estaba entrecortada como si tuviese miedo en pronunciar las palabras.

—Una muerte limpia será la más prudente para Imugaru. ¡Decapitación! —dijo Iyeguá fríamente.

Imugaru se tornó hacia ella, frías como un cubo de hielo eran sus expresiones para con su madre y se notaba desgarraba su alma. Iyeguá no era esa que en el pasado Imugaru sujetó entre sus brazos al nacer, ni esa que corría llena de vida e inocencia por los pasillos del kaney juguetonamente. La dulzura en su corazón había muerto, apagada por la vanidad y el odio. En frente de ella estaba un obstáculo que debía remover, ya no la veía como su madre.

—No, Iyeguá, no escojo la decapitación, sino una daga al corazón. Como Arakoel que soy debes ser tú quien lleve a cabo el acto.

Con esas palabras Imugaru selló su destino. Ese dato se le había escapado, y nuevamente estaba en la posición trágica de poner fin a la vida de un progenitor. La primera fue dura y aún no la había superado, pero el odio que sentía en esos momentos por su madre y que de seguro estaría presente el día de la ejecución, haría del acto uno de satisfacción. No sentía dolor, sino rencor. Su madre la había traicionado, había escogido a su hijo Narigua en vez de protegerla a ella.

Kabay se puso en pie y se acercó a Imugaru. Tan alto como ella, vestía ricas vestimentas que reflejaban sus aires de grandeza, pero su mirada azul celeste era nostálgica.

—Imugaru, representamos al Guaminani y nuestra palabra es ley. Tenemos el poder de perdonar su falta y revocar la sentencia de muerte.

Imugaru sonrió agradecida por el gesto de respeto, su rostro estaba sereno.

—No podrá ser, Kabay, esta promesa fue hecha a un orokoel y solo ese que lleva la era de los kahali puede revocarlo. Mas no deseo sea así.

—Pero se puede —dijo Kabay determinado a realizar algo para ayudarla. —¡Arakoel! —la palabra salió de los labios de Kabay como si fuese un mandato.

Su enojo ante el atrevimiento de Kabay, quien pedía conmiseración en la manera prepotente en que lo hacía, era palpable. El silencio se hizo extendió a la espera de su respuesta. Iyeguá se puso en pie, no demostraba apatía alguna al pedido de Kabay.

—La sentencia se dará como fue dictaminada en el acuerdo con orokoel Niagua —declaró con maldad en su voz y la mirada clavada en su madre.

—¡Orokoel Alnairu, usted comparte su regido! Puede revocar la sentencia —exclamó Kabay.

Arakoel se tornó hacia orokoel Alnairu quien con rostro trágico, respondió:

—Lo comparto, pero la era lleva su nombre y por tal es ella a quien le toca la decisión.

Un tumulto en contra de Iyeguá explotó. Kabay demandó que reconsiderara, mientras su nieta Higuanota, una delgada kahali, gritaba conmiseración. A sus gritos vino la protesta de Behekio, quien le refutaba que la sentencia era justa y válida. Kazibael por su parte caminó rápidamente hacia Kabay, lo agarró por el hombro derecho para que le mirara y demandó respeto para arakoel Iyeguá. Hatuey fue al auxilió de Kabay y amenazante le pidió a Kazibael volviera a su butaca y se tragara sus palabras.

—No eres nadie para exigirme nada, Hatuey, menos en esa forma. No te temo —y escupió en el suelo. —Eso es lo que pienso de ti y tus amenazas. Aquí no eres más que yo, sino mi igual.

—Insolente, por eso siempre serás un perro faldero. Tienes poder, porque te lo han permitido, pero sabes muy bien que esa butaca no te corresponde. No eres mi igual y nunca lo serás, Kazibael. Es mejor que me temas, siempre cumplo mis amenazas y te aseguro que tus días aquí están contados —la furia de Hatuey era cortante, en especial cuando la llevaba por dentro hacia Kazibael por siglos.

Kazibael se rió burlonamente en su cara.

—Ten cuidado que tus palabras no marquen tu propio destino, Hatuey.

—¡Basta! —exclamó una voz femenina que retumbó por todas las paredes del salón y trajo consigo el silencio. Era Uanahati que se había puesto en pie, dijo entonces con seriedad cuando todos se tornaron hacia ella. —Vergüenza debería darles sus actitudes, esas que no los hacen dignos del título que llevan con tanta vanidad —se tornó hacía Imugaru. —Matunjerí Imugaru, ¿hay algo que podamos hacer por usted?

Uanahati siempre se había distinguido por su tacto, seriedad y prudencia para los asuntos de su uraheke y los del

Guaminani, como lo hacía su madre. Era estimada por muchos, en especial por Imugaru.

—No, gracias, karí Uanahati. Con el permiso de todos, me retiro.

Silenciosa se retiró, no sin antes sonreírle tiernamente a orokoel Alnairu. Minutos más tarde Jayakú se levantó de improviso y salió rápidamente del salón.

Iyeguá entonces tomó la palabra para poner fin a la reunión y retirarse a su soledad. Declaró que en dos semanas se llevaría a cabo la ejecución y se retiró sin esperar respuesta. En sus aposentos se miró al espejo. La Señora le había advertido que no podría ver su propio destino y era una lástima, de lo contrario hubiese evitado los sucesos recientemente vividos. Sus enemigos tenían un arma en su contra, Narigua, y debía cuidarse de ellos. De cierta manera era una bendición, varios de ellos darían la cara de inmediato. Quizás varios serían esos que decían ser aliados, como también habría algunos que se tomarían su tiempo para atacar. Con la muerte de Narigua llegaba el fin de su regido y se quedaría sin poder alguno. Debía actuar y proteger a ese que, cuando el tiempo llegase, si no se concretaban sus planes y no obtenía los poderes divinos, traería incondicionalmente su final.

25 El Sacrificio

Su rostro estaba marcado por la conformidad de su destino incierto. Al ver entrar a Imugaru a sus aposentos, su corazón saltó un latido. Estaba ansioso por conocer los sucesos que ocurrieron con el Guaminani la tarde del día anterior. La esperó toda la noche, y varias veces pensó en salir a ver a Yuisa y desahogarse con ella. No lo hizo, ella no le daría consuelo ante lo que sucedió. Así que desplazó la idea. Mas la desesperación tomó control y decidió salir a buscar a Imugaru que debía estar en sus aposentos. Al hacerlo se encontró que Arakoel había puesto dos nikahali a su puerta que no le permitieron salir.

La desesperación aumentó al ver a Imugaru frente a él. Su llegada al Guaminani hace dos centenarios y cinco decenios, fue esperanzador. Aquella vez no le pidió a él se marchara como en esta y la forma en que convenció al Guaminani para que él estuviese bajo su protección en Yarari, fue magistral. Su abuelo orokoel Niagua era un excelente líder, pero su abuela era magnífica. En sus palabras se escondía una sabiduría antigua que emanaban al ser pronunciadas e hipnotizaban al que las escuchaba. Aún tenía ese don y solo esperaba que en esta segunda ocasión pudiese, de alguna manera, lograr su salvación.

Se acercó a Imugaru y la invitó a sentarse. Irónicamente, donde se encontraban ambos frente a frente era ese en el que meses atrás ella le hizo un pedido. Uno que él se negó en hacer por obtener algo que había perdido mucho antes de su caída.

—Arakoel puso dos nikahali a mi puerta como si fuera un prisionero. No me permiten salir a ningún lado —le comentó Narigua.

Ella asintió.

—Deseo me diga qué pasó con el Guaminani —pidió ansioso.

Narigua esperaba paciente y ella tan solo le miraba como si no supiera por dónde empezar a narrar los hechos. En sus ojos pudo notar un tormento interno. Solo una vez vio en ella esa mirada, el Día de la Transición de su madre cuando falleció orokoel Niagua.

—¿Matunjerí, está bien? —preguntó él preocupado ante su larga pausa.

Ella sonrió.

—Sí, estoy bien. Solo que las palabras me esquivan.

—Por el principio y con sutileza, Matunjerí, como suele decir.

Ella comenzó por decirle que por años guardó secretos que definían su futuro. Que luego de revelárselos, tenía un pedido más. Debía tener en cuenta que, de él aceptar, cambiaría el destino de los kahali.

—Confío en ti —dijo Imugaru—, sé que tienes la confidencia y la fuerza de voluntad para llevar a cabo lo que se te está destinado. No se valora lo que se tiene, ni la vida misma, no hasta que el dolor se haya sentido rasgando al alma —añadió con pena. Hizo una pausa y continuó. —Tu naguti vio algo en ti que lo llevó a tomar una decisión que afectaría no solo tu destino, sino el de muchos a tu alrededor. Lo que se desenvolvió anoche en el Guaminani fue sobre esa decisión.

Imugaru tenía sobre sus hombros una estola de algodón que tapaba su espalda por completo, se la quitó y le develó a Narigua la promesa tatuada en oro en su espalda. Se le erizó la piel cuando el tacto acarició las palabras doradas. Rozó delicadamente el símbolo de los Heketibarú.

—Fue el más que dolió —le dijo—, pero tu naguti me cuidó durante los días y las noches que le siguieron hasta que me recuperé. A mi edad el elemento de la Energía en mí trabaja a cuenta gotas para sanar las heridas, pero mantiene las hechas en oro.

Se tapó y se tornó hacía él. Sus ojos violetas se cristalizaban. Entonces, narró el pacto que hizo Niagua con Iyeguá y Alnairu la noche en que el tatuaje fue inmortalizado en su piel.

—El dolor que causó el carimbo fue insoportable, Narigua, pero aguante los deseos de gritar para que no me reconocieran. En cambio, me mordí los labios fuertemente y sangraron. El sabor metálico de la sangre empeoraba mi situación. No le soportaba, lloraba en silencio y pensaba en ti y en Niagua. Ustedes me dieron fuerza.

Narigua entreabrió sus labios como para realizar una interrogación, pero calló. ¿Por qué?, se preguntó. Ella como si pudiese escuchar sus pensamientos, dijo:

—Niagua reconoció tu liderazgo, la manera en que te desenvolvías con los demás y cómo obtenías de ellos lo deseado a través de la negociación y no la imposición. Nunca se le olvida nada, decía. Desde pequeño eras parte de las reuniones secretas del Guaminani, y recuerdo que nunca, por más que insistían tus pares, revelabas nada de lo que se habló en ellas —hizo una pausa, él sonrió. —Cambiaste por completo cuando tu bibí se convirtió en arakoel y de alguna manera hizo que te subyugaras a ella por amor maternal y obediencia a tu líder. Se empañó el joven que una vez deslumbraba por sus méritos y que estaba destinado a ser un gran líder como te llamó Niagua. En la tristeza que me abarcó al perder a mi amado, no me di cuenta de lo que Iyeguá hacía. Ganaba tu lealtad incondicional, al extremo que serías capaz de dar la vida por ella voluntariamente. Si así la dabas el pacto quedaba roto. Por eso hice lo que tuve que hacer, era mi responsabilidad. Una que había dejado a un lado por la pérdida y el dolor.

Ella tenía razón, la obediencia hacia su líder lo movió a actuar sin pensar. El amor que por su madre sentía fue para él no solo una unión más allá del deber, sino lo que le obligaba a su responsabilidad de obedecer. Es el hijo de Arakoel y, por lo tanto, ejemplo para los demás que tenían en un momento la mirada puesta en él. Todo era parte de un pasado que pensaba le traía gloria entre los suyos y le hacía un gran kahali por su valentía, lealtad y amor a su raza.

Imugaru bajó su mirada, respiró profundamente como para tomar fuerzas desde lo más profundo de su alma. Ese respiro se sintió como el preludio antes de una tempestad. Entonces, él respiró y tensó sus músculos por instinto.

—Al enterarme de los planes de Iyeguá en capturar a la Señora del Oráculo durante la Gran Batalla de la Conquista. Confié en Hatuey para asegurarme le diera personalmente un recado a la Señora. A través de él le pedí que se destapara su rostro cuando estuvieses en su tienda. Estaba segura que Iyeguá solo confiaría en ti para todo lo concerniente a la Señora. Era su victoria segura en la batalla.

Su rostro se transfiguró y de inmediato se puso en pie sin apartar su mirada de ella. Su corazón palpitaba fuertemente. Sentía que las fuerzas le abandonaban, las manos se entumecían. Un vacío se agrandaba en su cavidad torácica como si le comiese la sensibilidad desde adentro. La piel de Narigua se tornó pálida como las neblinas sobre las montañas y de un cantazo cayó sentado sobre la butaca que estaba al lado del sofá.

—Fuiste mi desgracia —dijo en un susurro. Ella mantuvo silencio—. Habla no te quedes callada, le quiso decir.

—Durante tu vida a mi lado hice lo necesario para traer de vuelta a ese que se merece el dujo de Yagüeka. Ese que Niagua escogió. Mas no tenía idea de la magnitud de lo que había hecho hasta que conmigo estuviste. La Señora nos aconsejó cautela, pero era un riesgo que teníamos que tomar independientemente de las consecuencias.

—Yo fui el sacrificio de la nación —dijo Narigua con dolor. Era irónico, pues aprendió sobre ese concepto del sacrificio a través del dolor que pasó mientras estuvo en Yarari. El dolor limpia el alma, cambia al ser, le dijo ella varias veces para consolarle. Ahora entendía que eran palabras para justificar lo que hizo.

—El sacrificio es esperado de nosotros que hemos nacido en posiciones de privilegio, Narigua. Sea este uno tomado por decisión propia o por causa de otros. Es el granito de arena que ponemos para que aquellos a los que estamos destinados a regir, no se vean afectados por vanas decisiones. Es nuestro deber asistir en lo que sea necesario. Así sea dando nuestra propia vida para mantener el balance de un estilo de vida.

Hablaba como si el concepto fuese una materia a estudiar. De la que se debía tener conocimiento amplio para comprender porqué se hacen sacrificios. Imugaru hizo una pausa, se puso en pie y se arrodilló frente a él.

—Narigua —le llamó por su nombre con dulce voz, él le miraba con sufrimiento en sus ojos cristalizados que se preparaban para lagrimar y lo que deseaba era repudiarle. —Sé que tienes dolor y que se te hará difícil perdonarme. No pido tu perdón, solo deseo tu confianza en estos momentos.

—¿Cómo confiar en esa que me traicionó y me llevó a la desdicha? —había furia en su voz.

—Porque aunque sientas ira por mí en estos momentos, aún me amas. Confío en ese amor que sientes por mí y está latente en tu corazón.

Tornó su mirada hacia un lado ignorándola, no deseaba su compañía en esos momentos. Ella se paró y caminó hacia la ventana. No encontraba cómo pedirle se marchara de su presencia. La muerte hubiese sido mejor opción que escuchar su revelación.

—Sé que lo que diré a continuación será inoportuno de mi parte por el estado en que estas. Pero debo pedirte que me escuches —dijo ella. Qué más podía decir que fuera a lastimarle más de lo que había hecho, pero antes de que él pudiese preguntar, ella dijo—. Desde anoche estás en peligro de muerte solo por el hecho de que con ella derrocan a Arakoel. Estoy segura tus enemigos se moverán una vez ocurra mi ejecución. Los uraheke se debatirán entre ellos quién del Guaminani debe ser elegido como nuestro próximo líder. Sin embargo —hizo una pausa y le miró de reojo. —No es tu vida la que me preocupa en estos momentos, sino la de millones de seres vivientes que componen las cuatro razas. Si los planes de Iyeguá se concretan, ella tendrá el poder para exterminar, como desea, las generaciones bajas de nuestros uraheke, a los hüaku, los jiharu y a los üogori. No solo hará eso, primero tratará de derrocar a Yukajú, la divinidad creadora.

La mención de la muerte era para Narigua como un manjar a degustar. La noción de entregarse en sus brazos era confortable a su espíritu atormentado. Imugaru, por su parte, le confesaba que su vida no era importante comparada con la de otros. Se preguntaba si el amor que ella le dio era verdadero o tan solo una manipulación, como era característico de los Jikema, para obtener sus propias vanidades y las de su cónyuge. La mente de Narigua no podía conceptuar que toda su existencia fuese una para que otros pudiesen alcanzar un futuro incierto. Todo le daba vueltas y no podía discernir con claridad lo que Imugaru le decía.

Se tornó hacía él.

—Tu madre no desea conquistar a Ataiba para darle a los kahali el elemento de la sabiduría. Desea encontrar los poderes divinos que la convertirán en una divinidad y el elemento de la sabiduría la ayudará a entenderlos y controlarlos. Es de mi conocimiento que posee varios de los poderes. Es solo cuestión de tiempo para que tenga los que le faltan —caminó varios pasos hacia él.

Es demasiado, no más que mi corazón aún duele por tu traición, se dijo.

Ella continuó:

—Conozco la forma de detenerla y es aquí que entras tú. No puedo confiar en nadie más, Narigua. Deberás sacrificarte nuevamente para que los kahali y las otras tres razas no sean exterminadas. Cuando hayas puesto tus pensamientos en orden y desees saber más, me mandas a llamar y vendré a ti —hizo una corta pausa. —Narigua, espero que esta vez si me escuches y no te niegues en aceptar este pedido que hago solo por resentimiento a causa del daño que te causé.

Ella salió y él se quedó enterrado en la butaca con la mirada perdida. Sus lagrimales desbordaban su contenido. El tiempo se movió en la nación de Yagüeka de forma habitual. Descendió al sol por el oeste y le hizo ascender por el este una y otra vez y él sin despertar de su pesadilla. La confesión de su acto era un eco constante en su mente. Una daga que penetraba su corazón y que deseaba fuera una concreta y el acto estuviese consumado en su realidad y no en su espiritualidad. Arakoel jugó con él conscientemente a la búsqueda de una oportunidad de eliminarle como hacía con todos sus enemigos. No fue amor lo que le movía tampoco a Imugaru. Estuvo todo ese tiempo en la obscuridad en la que fue sumergido por otros con poder. ¡No!, se dijo, fue el poder que les di sobre mí, al que me sometí. El amor era un arma venenosa, pero sobre todo muy poderosa. Hace al ser endeble a los demás. Lo ciega para que confíe y se entregue incondicionalmente. La manipulación perfecta, pensó.

No consumía alimentos, la ira le alimentaba el ánimo. Durante días estuvo en sus aposentos sin recibir visita alguna. Rechazaba aquellas que tocaban a su puerta como las de su sobrino y las de su medio hermano. No deseaba platicar con nadie, menos escuchar sus consejos o contarles lo revelado por Imugaru. En definitiva, la soledad, ya que debía existir, era su compañera por excelencia. Deseaba perderse y dejar que en los demás cayera toda responsabilidad. Dejarles en el vacío sin su presencia, de la que hasta el momento dependían muchos. Sí, se dijo determinado, se acabó el jueguito, que solucionen ellos sus problemas. Ya no sangraré más por ellos o por Yagüeka.

Durante la tarde, se deshizo de sus naboríes y sacó un bulto. En él puso lo que necesitaba para su viaje. Buscó su daga y la colocó al lado. La miró detenidamente, se preguntaba si la debía traer. Fue un regalo de Arakoel y traería recuerdos no deseados. La tomó y la guardó en una de las gavetas de su armario. Fue en busca de otra que tenía y al salir de su habitación se encontró con su padre quien le miraba con seriedad. Desde donde él estaba se podía observar el interior de su habitación. Orokoel Alnairu miró el bulto y asintió.

—¿Estás seguro que la vía del cobarde es la que deseas tomar?

Narigua no contestó, solo le observaba deseoso de saber si él también le había traicionado. Orokoel Alnairu adelantó varios pasos, él se mantuvo en su lugar erguido y serio.

—Te has mantenido encerrado aquí por días —dijo Alnairu.

—Soy prisionero de Arakoel. Los nikahali a mi puerta no son de decoración, Orokoel.

Orokoel Alnairu se sorprendió ante su contestación.

—Nunca has sido tan formal conmigo —Narigua no contestó. —Imugaru te necesita. Está pronta su ejecución.

Sus palabras lo consternaron. ¿Ejecución?, se preguntó. Estoy segura tus enemigos se moverán una vez ocurra mi ejecución, recordó le dijo Imugaru. Él en su angustia no le dio importancia. La memoria se activó en él y recordó lo que estipulaba el pacto de ser revelado. Sacrificios, susurró en su mente. El dolor le atacó ante la realización. Cerró sus ojos y bajó su rostro. Aunque el odio ante sus acciones eran fuertes, el amor que sentía por ella lo era más. Orokoel Alnairu le mencionó que Arakoel se negaba en darle la conmiseración, porque de esa manera llevaba a cabo los deseos de orokoel Niagua. Narigua sabía que las acciones de Arakoel eran por venganza. Imugaru reveló su secreto y ponía su poder en peligro. Su regido estaba marcado para siempre por su causa.

Alnairu se marchó, no sin antes pedirle que pensara bien las cosas. Que tomara lo que estaba destinado para él y no el camino del cobarde.

La noche tocó a la nación y él estaba frente a su cama mirando el bulto que había preparado con el pensamiento en Imugaru y el pedido que ella deseaba hacerle. Arakoel no quería estorbos en su camino y él era uno de ellos. No le daría el gusto. Era su turno. Salió de sus aposentos y cuando uno de los nikahali trató de detenerlo, lo tomó por el cuello y lo forzó contra la pared. El otro fue en su ayuda y al mirarle se detuvo como si temiera confrontarle. Fue cuando le preguntó:

—¿Quién dicen que soy?

El nikahali contestó ocultando sus verdaderos pensamientos, se le notaba en la mirada.

—Narigua, hijo de Arakoel.

—Vuelvo y te pregunto. ¡Por qué sé que has escuchado los rumores que nacieron del Guaminani y corren por los pasillos de este kaney! ¿Quién dicen que soy?

Él titubeó por unos segundos, luego se irguió con respeto y dijo:

—Mi guajeri —e hizo reverencia.

—¿Qué significa eso? —le preguntó.

—Que es el próximo Orokoel de Yagüeka y le debo mi lealtad y obediencia —contestó, su tono de voz demostraba el significado de sus palabras.

Narigua soltó al otro y le miró seriamente.

—¿A quién sirves?

Él se irguió.

—A usted, Guajeri —una reverencia siguió sus palabras.

Narigua les observó por varios segundos y entonces les ordenó le acompañasen. Debía darse a la tarea de asegurar su futuro. Todos tenían una agenda propia incluyendo a su tan querida Imugaru, aunque al final entregue su vida por él. Su traición fue como una flecha que atravesó de lado a lado su corazón, pero su sacrificio la hizo perdonarla. Primero lo primero, se dijo.

Acompañado por sus recién adquiridos nikahali, visitó los edificios del ejército. Allí, luego de varias horas, obtuvo la fuerza que necesitaba y un guaribo a su comando. A él dejó órdenes de organizar a los nikahali que ahora estarían bajo el comando del guajeri.

Seguido, se dirigió con los nikahali a los aposentos de Imugaru. La encontró mirando por la ventana. Él sabía que trataba de mirar: Yarari el lugar que no volvería a pisar ni tan siquiera en muerte. Donde sus tres antecesoras por ser matunjerí descansaban. Sin embargo, ella era una arakoel y debía ser sepultada al lado de su cónyuge Niagua. Se tornó al darse cuenta de su presencia.

—Narigua —susurró con una sonrisa cálida en su rostro.

Él tenía la seriedad marcada en el suyo, pero su mirada delataba otro sentimiento. Narigua se tornó hacia el nikahali que le acompañaba y le ordenó con autoridad:

—Espera fuera de la sala y no dejes que nadie entre.

Imugaru confundida frunció el ceño al ver la reverencia que le hizo el nikahali y su obediencia. Él caminó hacia ella.

—Matunjerí —dijo con una reverencia. Ella respondió a su reverencia y le invitó a sentarse.

—¿Cómo es que te permitieron salir de tus aposentos? —le preguntó.

Él estaba erguido, la tristeza de la traición se había disipado por el momento y en su lugar había una seguridad que quizás se alimentaba del coraje que se marcaba en sus facciones.

—Con una pregunta —dijo y narró los hechos. —Así que aquí estoy, consciente de su situación.

La sonrisa se delineó con dulzura en sus labios y su mirada se clavó penetrante en la de él.

—Me quitaste todo —dijo con severidad Narigua, el coraje le supuraba por su mirada.

—Te di libertad —contestó ella con seguridad.

Él respiró profundamente y bajó su mirada por unos segundos. Calmaba su tormenta interna, tal y como ella le había enseñado, para que sus sentimientos no tomaran control de su razonamiento. Alzó la mirada.

—Te entregas a la muerte por mí —dijo él suavizando un poco sus expresiones faciales. Ella asintió. —Igualmente, fuiste capaz de manchar mi honra para proteger a la nación —ella volvió a afirmar. Él asintió como eco al suyo. —Deseo con todas mis fuerzas —expresó él frunciendo el ceño—, castigarte, causarte el mismo dolor que me infligiste. Igual deseo hacer con Arakoel. Siempre tuve la falsa idea de que eran tan diferentes la una de la otra. Constantemente me preguntaba cómo era posible que fueran bibí y rahe. Tu declaración cambió mi concepto. No son tan diferentes. Utilizan a los que están a su alrededor para alcanzar sus propios deseos y los enmascaran diciendo que es el deber, que es por amor. ¡Era de esperarse, son Jikema!

Ella suspiró profundamente sin responder. Él esperó varios minutos.

—No dices nada, por supuesto —se puso en pie y caminó varios pasos alejándose de ella. Le daba la espalda. Narigua llevó su mano izquierda a su cien y la sobó por varios segundos. Su mano derecha descasaba sobre su cintura. —Voy a derrocar a Arakoel y tomar mi lugar como orokoel —anunció.

—Para ser orokoel tu bibí debe haber cumplido su término y sólo entonces podrás poner fin a su vida como se ha hecho por milenios —anunció Imugaru.

Se tornó hacia ella.

—Soy su guajeri y tengo el poder para hacerlo. Estoy seguro que tendré el apoyo de la mayoría de los del Guaminani. De esta forma Arakoel no obtendrá los poderes divinos.

—Lamento informarte que no podrás, no tienes todos los votos del Guaminani.

Las cejas de Narigua se arquearon.

—Luego que les traigas la evidencia sobre los planes de Arakoel, los tendré.

—Juegas con tu vida, Narigua, y con las del Guaminani. Así como de todo aquel que sepa sobre los poderes divinos. Los Bejike harán como hicieron en la era de arakoel Jayguana. Mataron a todos los que tenían conocimiento de esto y elaboraron una historia que está grabada en los libros de historia hasta el día de hoy. Es su deber y lo harán sin misericordia alguna para proteger el balance de la creación.

—¿Seré, entonces, nuevamente el sacrificio de la nación?

—No, nuestro pueblo necesita que se le infundan esperanza y vida. Están desesperados por un cambio, Narigua —contestó ella con coraje. —Yagüeka no tiene necesidad de resolver los problemas de sus líderes con violencia como a hecho por milenios. Hay otra solución y debes traerla a los tuyos. Mi vida termina mañana porque me di en sacrificio para despertar a muchos y traer luz a la oscuridad en la que viven. El cambio debe llegar, Narigua, así tengamos que necesitar del pasado.

»No tomarás tu lugar por la fuerza. Tu regido no puede comenzar así. Crearás en otros la forma de pensar que tu dujo se puede tomar de esa manera. Hay tradiciones que han forjado nuestro estilo de vida y nuestra cultura, y están grabadas en el subconsciente de todos los kahali desde la infancia. Establecidas para que el orden en vez del caos pueda regir nuestra nación. Una donde el deseo del poder es una prioridad. Iyeguá no puede convertirse en una divinidad, pues pone en riesgo todo esto que por milenios ha regido a una nación y le ha dado estructura.

Él se acercó curioso, la determinación se reflejaba en su ser.

—¿Dime cómo, Matunjerí, pues hay que detener a Arakoel?

—Hay alguien quien conoce una solución. Por miedo a que no vinieras, le entregué a Hatuey una caja sellada que pasó de mantunjerí a matunjerí por milenios. Él se marchó ayer en la tarde a su kasikazgo. No deseaba presenciar mi ejecución. Se lo entregué a él en quien confío, para que si no le buscabas se lo diera personalmente a Yaneisa. Ella debe proteger lo que está en la caja.

—¿De qué me sirve eso? —preguntó dudoso.

—Cuando la tengas se la entregarás a Guakana guaMarien, juíbo de Bahomamey. Ella tiene la llave para abrir la caja. Guakana comprenderá al verla y te explicará el significado. Te dará la solución para poner fin a los planes de Arakoel y al caos en el que sucumbe a Yagüeka. ¡Tráelos, Narigua!

Se acercó a él y puso su mano sobre su mejilla izquierda y le acarició. Se notaba la satisfacción que llenaba su alma al poder hacer ese acto amoroso. De los ojos de Narigua nacieron lágrimas.

—Te pido de favor que pienses siempre en el amor que te tengo y no en la herida que te causé —le besó la frente.

Él la abrazó fuertemente por última vez y así se quedaron por un rato. Imugaru se separó de él, tenía los ojos empapados, tomó su rostro entre sus manos y dijo:

—Trae la esperanza nuevamente a Yagüeka. Tráelos no importa lo que tengas que hacer o a quién debas sacar de enfrente, Narigua.

26 Por Obediencia y Amor

La gran puerta de caoba era imponente, en su centro estaba el símbolo de los Heketibarú repujado en oro y dos nikahali la protegían celosamente. Estos llevaban en el hombro izquierdo el símbolo de los líderes de Yagüeka: un broche en oro de un sol con siete rayos en forma heptagonal; su centro dividido en la mitad por una línea recta que separaban dos círculos en la parte superior del óvalo en la parte inferior. Kaguame, ayudante de arakoel, quedó sorprendido al verle. El nerviosismo se apoderó de él y se notaba confundido al no saber qué debía hacer.

Narigua le miró con seriedad. Venía acompañado por cuatro de sus nikahali. Ellos en su hombro izquierdo llevaban el broche de oro que les identificaba estaban al servicio del guajeri: un heptágono que llevaba en su centro el símbolo de los líderes de Yagüeka como si estuviese emergiendo del fondo del mismo. A la derecha de Narigua estaba Akure, su guaribo, quién jugó el batú en su contra como capitán del equipo opuesto. Él es el comandante de sus nikahali. Era tradición que el guajeri escogiese de entre los nikahali de arakoel esos que fueran de su confianza. La mayoría en el pasado habían luchado bajo su comando. Él fue su guaribo por órdenes de arakoel inclusive cuando formó parte del Guaminani, lo que era inusual. Conocían de su traición, la que le trajo vergüenza a su vida y su carrera como guaribo. De todas formas, más de la mitad de ellos a escondidas le juraron servirle. Las tradiciones mueven a un reino y ante los ojos de muchos Narigua no merecía el título de guajeri. Servirle como nikahali era un honor y traería honra a su uraheke y futuras posibilidades políticas.

Kaguame se acercó lentamente a él y en voz baja dijo luego de vacilar.

—Guajeri —le siguió una muy tímida y forzada reverencia. Narigua clavaba su mirada prepotente sobre él y este al volver a mirarle trago fuerte. —¿En qué puedo servirle?

Akure tomó la palabra.

—Anuncia a arakoel que el guajeri desea hablar con ella.

Kaguame asintió, dio varios pasos hacia atrás aun de frente y luego se tornó. Caminó hacia la puerta y entró. El fondo blanco de los ojos de los nikahali de arakoel sobresalía bajo el contraste de la pintura negra que entrecruzan de sien a sien sus rostros. La mirada estaba clavada en Narigua y los suyos. La sorpresa de verle como guajeri era evidente. Kaguame salió y con su mano izquierda señaló al interior del despacho para que Narigua entrara. Akure se adelantó y entró, Narigua le seguía de cerca. Los otros tres estaban detrás de Narigua. Arakoel estaba sentada detrás de su escritorio. Un mar de papeles sobre este y en su mano derecha sujetaba una pluma. La ceja arqueada, sus labios unidos hacia el frente. Sus facciones expresaban una pizca de molestia.

Akure le hizo reverencia a arakoel, miró por los alrededores del despacho. Se aseguraba que no hubiese peligro en contra de Narigua. Debía ser cauteloso inclusive frente a ella y mientras estuviese en su presencia. Akure se tornó hacia él esperando sus órdenes.

—Espera afuera.

Varios segundos pasaron como intermedio a un encuentro inesperado por arakoel. Ella se mantenía en silencio en espera, él sabía qué deseaba ella de él en esos momentos.

Por siglos he sido el rahu obediente que se convirtió en tu soldado, ese que seguía todas las órdenes de mi superior, se dijo. Lo haría por respeto al título que ella tenía, así que hizo reverencia.

Todo por ti, porque por encima de ser mi bibí eres arakoel y mi educación me llevó a obedecer. Más sin mí no eres nada, tu derecho al dujo de Yagüeka me lo debes. Todo este tiempo me mantuviste en las tinieblas. Jugaré tu juego. Seré tan implacable como has sido tú y esos a mi alrededor. Has perdido mi respeto. Tu caída vendrá y allí estaré yo en alto con tu título en mis manos, deseaba decirle Narigua, pero se contuvo. Ella no debía conocer sus intenciones.

—Has desobedecido mi orden de permanecer hasta nuevo aviso en tus aposentos, Narigua —dijo arakoel con seriedad y autoridad en su voz.

No tendrás disculpas por mi desobediencia, si es lo que buscas.

—Las órdenes que dio fueron para los nikahali a mi puerta.

Arakoel se irguió en su silla endureciendo sus expresiones faciales.

—Es evidente que aprovechaste el tiempo. ¿Cuántos de mis nikahali te juraron lealtad? —preguntó con un toque de ironía en su voz.

Deseas saber la fuerza bruta que he levantado para mí.

—Los suficientes —respondió.

Una sonrisa tenue y sin afección alguna se delineó en su rostro, pero no flaqueaba.

—Bien, lo puedes tachar de tu lista. Como guajeri tienes muchas responsabilidades en la nación y mucho por aprender para sobrevivir un milenio en el dujo de Yagüeka. Una de estas es tu asistencia, que es requerida, en la ejecución de esta noche.

Se expresa de su bibí sin remordimiento alguno, pensó. Narigua caminó hacia ella sin dejar de mirarle a los ojos, tomó asiento. Arakoel respiraba suavemente, bajo su seriedad había tranquilidad. Narigua conocía a arakoel y todo ese aspecto era su estilo estratégico ante los que tenía que emplear tacto. Ella aún no sabía hacia dónde se balanceaba su fidelidad. La de él era para sí y no más para ella, estaba seguro que arakoel lo sabía.

—Conozco mis responsabilidades como guajeri, Arakoel. ¿Se olvida que orokoel Niagua indirectamente me educó para esto? ¿Qué estaba presente cuando hablaban de sus deberes cuando, usted, era guajeri?

El coraje la hizo respirar profundamente, Narigua tocó un punto delicado en arakoel. Un segundo respirar suavizó sus facciones y ella se puso en pie. Caminó hacia él mientras miraba el retrato de orokoel Niagua. Narigua no le quitaba la mirada de encima. Arakoel se sentó en la silla que estaba a su lado. Su mirada cambió a una tierna y maternal. Miró al suelo y volvió a mirarle como si las palabras la eludieran. No era debilidad o amor lo que de repente despertó en ella. La conocía demasiado y sabía que ella utilizaría toda su astucia para tenerle nuevamente de su lado.

—Hemos tenido un caminar rocoso, Narigua. Toda bibí lo tiene con sus güares —sonrió, su mirada suavizada. —Mis intenciones nunca fueron herirte, sino protegerte de lo que en un futuro harás. Eres mi rahu —declamó con un profundo respirar. —Si no hubiese aceptado, otro sería líder de los kahali y tendría tu vida en sus manos. Tenlo por seguro que hubiese buscado la manera de cambiar el pacto. Conmigo en el dujo, el uraheke Jikema mantiene su lugar en la jerarquía y aseguraba tu transición —tornó su mirada a un lado. Encogió sus hombros y movió de lado a lado su cabeza mientras arqueaba sus cejas. —Durante el pasar de estos centenarios pensaba cada vez que te veía en el dolor que sentirías cuando tu destino te alcanzará. El mismo dolor que sentí semanas antes de que el mío se hiciera presente en mi vida —una línea líquida se formó sobre las pestañas inferiores de sus ojos.

»Como guajeri, por centenarios, me emocionó la idea que revoloteaba en mi mente de que me convertiría en arakoel. No tenía ni idea de cómo sería la transición. Lo sabía, pero se materializó en mi mente el último año de regido de mi baba —miró a un lado y aguantó la respiración para erradicar los deseos de llorar.

Narigua aún le miraba serio, observando todos sus movimientos corporales. En especial el de sus manos. Erguida con su mano izquierda sobre su muslo izquierdo; la derecha, sobre su rodilla derecha. Era su estilo diplomático, donde cada palabra formulada era analizada.

—Empecé a verle no como mi líder —continuó arakoel—, a quien le debía toda mi lealtad y obediencia, sino como a mi baba. Lo amaba incondicionalmente y no deseaba hacerle daño —volvió su mirada a la de él. Sus expresiones faciales y su mirada expresaban amor y dolor. —Todo este tiempo, Narigua, no te he tratado como a un súbdito más porque no te amo, sino para evitarte el dolor que sentí y que aún llevo dentro de mi alma. Ese que enfrentarás el Día de la Transición cuando muera un pedazo de tu ser al convertirte en matricida.

Tras el suspiro una lágrima rodó por su mejilla. Narigua no se acordaba cuándo fue la última vez que la vio llorar, tal vez nunca. Siempre estaba en su mejor compostura, sin indicio alguno de sentimientos impartiendo órdenes a veces justas y otras injustas. Quizás era sincera, pero miró nuevamente sus manos y no había cambio alguno.

¿Cómo sentir algo por alguien a quien nunca vio en ese estado? ¿Qué tal vez guardaba la postura diplomática no por aparentar, sino por costumbre? Ella se convirtió en un ser sin sentimientos por los actos que llevó a cabo. La noción de convertirse en lo que era su madre hoy, hizo su corazón saltar de temor. No deseaba ser de esa manera. Mas los sucesos que vivió y los actos que realizó por obediencia, lo llevaban por otro camino. Lo alejaron, sin darse cuenta, lejos de ese que se ganó el dujo de Yagüeka por sus méritos. Todo por obediencia y amor a ella, más por amor.

Comprendía la mirada severa envuelta en terror que le dio el día en que se convirtió en arakoel y que en ocasiones le daba. Le miraba como lo que era él, su ejecutor. Nadie le tiene amor a ese que tomará su vida, que será la causa de su último suspiro en el mundo de los mortales. Tal vez en un pasado su amor como madre era intenso y fue palpable. Mas el tiempo puede cambiar el sentimiento noble del amor en rencor y odio. Era la subsistencia que la llevaba a buscar convertirse en una divinidad y, por supuesto, el aferro al poder del que tanto gustaba. Ese era la maldición de todos los orokoeles y arakoeles que han regido Yagüeka. Inclusive su abuelo, quien pudo escoger a Hatuey para ser su guajeri, un kahali de honra, pero escogió a un Jikema.

No seré el causante de su muerte, no seré como ella, se dijo. Hay una solución según Imuguaru y la buscaré.

—Te empujé para que tu amor por mi tuviese una muerte lenta durante este milenio —continuó arakoel—, una quizás dolorosa. Para cuando revelara mi secreto, tú no tuvieses tiempo para analizar las cosas, para recordar ese amor que se desvaneció en ti y el porqué. Solo harías tu deber hacia tu nación, sin titubeos para mi dolor. Solo verías arrodillada frente a ti a arakoel y no a tu bibí. Esa a la que el tiempo vino a buscar a manos de su rahu —secó las lágrimas que rodaban por su mejilla. —El día en que tomé la vida de mi baba para dejar de ser yo y ser arakoel, fue el momento más dolorosos de mi existencia. He envenenado mi alma, Narigua, por obedecer al ser que he amado hasta más allá de la muerte y por ese que le di vida en mis entrañas. Aquí te entrego las respuestas a mi ausencia durante tu exilio, no deseaba despertar el amor que tanto me costó matar y que demostraste era poco cuando me traicionaste.

Sus palabras tocaban su alma, le conmovían y la voz del hijo amado deseaba gritar el amor que sentía por su madre. Sin embargo, el recuerdo de lo que ocurrió al regreso a Yagüeka luego de la traición justo donde estaban, lo detuvo. Lo que le dijo arakoel esa noche fue doloroso y resonaba fuerte en su mente y revelaba otra forma de pensar.

Entonces, él le dijo:

—La única solución honorable que tienes para borrar la deshonra que has traído al uraheke Jikema y a mi persona, es si entregas tu vida voluntariamente y todo lo que por herencia te toca me lo sedes.

Las facciones de arakoel se endurecieron y secó la última lágrima que había nacido de sus ojos como si él hubiese despertado el odio en ella. Él continuó:

—Nunca comprendí tu petición de por sí. No la parte de mi voluntaria entrega a la muerte que estuve a punto de aceptar. De no ser por la intervención de Imugaru esa primera vez y su talento de persuasión que me hizo cambiar de opinión, otro hubiese sido tu destino, bibí.

—¿Vienes por ella? —preguntó interrumpiéndole.

—No, eso se le fue impuesto a, usted, y es quien debe lidiar con ese asunto. Vengo por el comentario sobre mi herencia, que no comprendí cuando lo dijo y no le di importancia cegado por mis acciones. Entendí al recordarlo. De realizar el acto voluntario, su reinado no estaría atado a mi destino, porque con la decisión ponía fin a las condiciones del pacto voluntariamente aceptado de su parte.

Ella se puso en pie y caminó detrás de su escritorio, sacó de una de las gavetas una caja plana cuadrada en caoba. Con severa voz y mirada penetrante, preguntó:

—¿Lo has reclamado?

Ya comprende mi visita, se dijo. Narigua contestó:

—Sí, es mi herencia. El bejike Huamay me entregó el manayo de orokoel Niagua.

El amor maternal que demostró minutos atrás desapareció por completo. Narigua estaba seguro que arakoel se daba cuenta que enfrente suyo no había un ser al que podía manipular a su antojo. Él es el futuro de Yagüeka que muchos protegerían, mientras ella se convertía en el pasado. Presente estaba la amenaza de que si era asesinado por sus enemigos, su título de arakoel sería arrebatado. Esto traería un mar de complicaciones para sus planes de convertirse en una divinidad. Narigua estaba seguro que para evitar esto, ella llevaría a Yagüeka a una guerra de poder entre los uraheke y por ende el caos reinaría.

—Con él has aceptado ser guajeri y el destino que este título trae consigo —Narigua asintió antes sus palabras que parecían más una amenaza que una aseveración. —Lo único que resta es entregarte el Tajey del Guajeri.

Abrió la caja y allí estaba un disco mediado, a comparación con el de arakoel, con el símbolo del guajeri.

—Esta noche lo haré frente a los presentes para que sean testigos de tu ascenso y de la ejecución.

Ya no existe la misericordia en su ser. Desea castigarme al inmortalizar en la historia dos eventos opuestos para alzar una sombra sobre la forma en que los demás me perciben. No tiene importancia, la imagen es algo que se cambia con los actos, se dijo.

Narigua se puso en pie, hizo una reverencia.

—Me retiro.

Antes de abrir la puerta, ella le dijo:

—Pude lograr lo que contigo me propuse.

Narigua sonrió y se tornó hacia ella.

—No, pero debo obedecer y hacer mi deber.

A las afueras del despacho estaba Lekar quien escuchaba a Kaguame decirle algo en voz baja. Su prepotencia la precedía. Le miró de reojo y Kaguame se tornó hacia él. Siempre tuvieron una extraña relación. No había duda alguna de su parte que amaba a su hermana, no podía decir lo mismo de ella. Las circunstancias del uraheke en que les tocó nacer les separó poco a poco. Discutían mucho cuando niños y eran competitivos el uno con el otro. No se defendían, sino que buscaban el bienestar propio para salir de los aprietos en los que se habían metido. Eran en los amigos en quienes se podía confiar y con los que compartían. La relación se tornó casi inexistente cuando orokoel Niagua le mandó a buscar y ella se quedó sola en Sábalos.

Él sabía que ella le resentía de sobre manera la vergüenza que con su traición trajo a sus uraheke. Solo tuvieron una cordial relación cuando Kotubana, con quien había entrado a la academia militar y tenía amistad, cortejaba a Lekar. Ella era cordial con él y le aguantaba, a su manera, su constante presencia en sus vacaciones, las cenas... Junto a Kotubana, Lekar era feliz, la trataba como a una reina, y por tal ella soportaba su amistad con su cónyuge.

—Guajeri —dijo Lekar al él acercarse luego de una reverencia.

—Déjanos solos —le ordenó a Kaguame y este así lo hizo. —Camina conmigo —le dijo a Lekar.

Con seriedad, ella contestó.

—Vengo a hablar con Arakoel.

Cejas alzadas y frunciendo sus labios dijo:

—Arakoel no está en condiciones de ver a nadie en estos momentos. Te aconsejo vengas a verle más tarde. Con su mano derecha le indicó para caminar. Ella rodó sus ojos y suspiró fuertemente indicándole que no deseaba hacerlo, pero de todas maneras accedió. —Le he pedido a baba que nombre a Eguari como tu sucesor en el Guaminani. Hay una vacante en ella y un verdadero Huanikoy debe llenarla. Así él vuelve a tu tutela, por supuesto, bajo la protección del guajeri. Orokoel ha aceptado.

Ella siempre andaba con su cabeza en alto, el cuerpo erguido y siempre con elegancia. Sin mirarle, le dijo:

—Baba no me ha informado de esto. Mas no entiendo el porqué debe estar bajo tu protección —sonaba un poco molesta.

—Deseaba hacerlo yo. Amo a tus güares como si fuesen míos, Lekar, y los protegeré hasta la muerte. Al hacer a Eguari un Huanikoy como debe ser, le defendemos de los enemigos del Jikema. Aguiana tiene vastas conexiones con el resto de los uraheke y no se atreverán a cruzarle. Yayguna es otra cosa, su unión con Urayoán la pone en la mirilla de nuestros enemigos. Esa decisión de Arakoel incomodó a muchos. Así que he asignado a un grupo de nikahali para que le acompañen en todo momento —se detuvo y se tornó a mirarle—. Son tus güares, Lekar, y por tal es tuya su tutela, no de Arakoel.

No había rastros en su rostro de agradecimiento y no le buscaba tampoco. Lo hacía porque era su responsabilidad y para mantener una promesa que le hizo a Kotubana. Hasta ese momento había hecho un espantoso trabajo de cuidar a sus sobrinos y a ella. Él sabía en el fondo de su alma que era tarde para arreglar la relación no existente con su hermana, muy contraria a la que tenía con Eguari y Yayguna.

Ambos le visitaban en el exilio sin que Lekar o arakoel lo supieran. La última vez que le visitaron, Eguari, quien es muy parecido a Kotubana, le comentó que él era la única figura paternal que les quedaba. Yayguna, que es muy parecida a su madre, sonrió tiernamente. Su rostro estaba iluminado de alegría, no dejaba de sonreír. Se notaba distinta físicamente, pero no indago. Ella se marchó antes que Eguari a visitar a Aguiana, y orokoel, que les acompañaba en la visita como era su costumbre, la escoltó. Sin embargo, el día en que Yayguna se enteró sobre su arreglo nupcial, vino a verle. Él, con el corazón roto por tener las manos cruzadas, le pidió obedeciera a arakoel.

Lekar le estudiaba con la mirada, y finalmente dijo:

—¿Qué compras con esto? ¿Mi lealtad?

Eran momentos como ese que lamentaba, y lo haría por el resto de su existencia. El no haber hecho en el pasado un esfuerzo mayor para estar más cerca de ella. De tener la valentía de defenderla para que no enfrentara a sus enemigos y a esos que buscaban aprovecharse de ella a solas. Su apatía hacía él era evidente y se lo demostraba con las preguntas que le realizaba.

—No, es la única que deseo ganar y no obtener a la fuerza.

Ella sonrió sarcásticamente.

—El tiempo de tu regido no bastará para ganártela. Esto no cambia nada, Narigua —dio un paso adelante. Akure empuñó su manayo al mismo tiempo que caminaba un paso. Narigua le indicó con su mano que se detuviera.

—No te das cuenta que lo que deseo lo puedo obtener por mi cuenta y tú tienes lo que deseo —expresó Lekar.

—No soy tu enemigo, Lekar, no me conviertas en él. Te aseguro que saldrás perdiendo. Si no deseas ser mi aliada, mejor mantén la neutralidad.

Sonrió vanidosa y orgullosa, disfrutaba del momento que ella convirtió en uno de confrontación de poder.

—Por naturaleza somos güares, pero por decreto propio soy y seré su opositora, Guajeri. Si no tiene más que añadir, debo retirarme.

Él asintió y ella se retiró luego de una reverencia.

Akure se acercó a él.

—Los obstáculos se eliminan, Guajeri —su mano aún empuñaba el manayo.

—Por ahora no, que cuando el múcaro sale las presas se esconden. Ella es solo una y no es una amenaza. El tiempo se encargará de revelar las verdaderas.

—Mi padre solía decir que había que sacar las hierbas malas desde que aparecen. De lo contrario se quedan con la cosecha y cementan raíces. No se preocupe que yo me encargo de mantenerlas controladas, para eso soy su guaribo.

El medio día llegó luego de una larga espera. Las horas, quizás por lo que ocurriría al atardecer, caminaban a la velocidad de un caracol. Cada una de ellas marcaba el tiempo que le quedaba a Imugaru y le causaba extremo dolor a su alma. Haría presencia para matar los últimos sentimientos afectivos que tenía para con arakoel. Suspiró profundamente, estaba exhausto. Durante los pasados días solo descansó varias horas en intervalos, tenía mucho por hacer. Alianzas que crear y no con los miembros del Guaminani. Estos habían estado bajo el dominio de arakoel por un milenio y la mayoría estaban atados a ella de cierta manera.

Con cada uno de aquellos con los que se reunió a escondidas debía ejercer cautela. Al final de cuentas, al tomar su vida podían poner fin al régimen de arakoel y tratar de elevar su uraheke a la falta de guajeri. Siempre ocurría que la vida del sucesor estaba en peligro. El pasado escrito en tinta evidenciaba esto y él no sería presa fácil de nadie. De esta manera, no todos sus movimientos los dejaba conocer ni tan siquiera a su guaribo que era un Jikema. Solo tenía dos confidentes, Eguari y Candro, quienes conocían los planes que estableció por el momento. Eguari era un joven astuto e inteligente, un poco ingenuo para ciertos asuntos. Mas ganó para él la lealtad de los Maguá con quienes se uniría a través de Higuanota, nieta del karí Kabay. Relación que defendería inclusive de Lekar, pues se amaban y no había nada más sencillo que eso para unirles.

Influenciaba en ellos el hecho de la sentencia de Imugaru y le dejaron saber que regresarían a su kasikazgo por varias semanas. Las fuerzas militares de Ayuán bajo órdenes de arakoel, avanzaban a los siete kasikazgos para ejecutar la purga. Los Maguá eran uno de cuatro de los uraheke que se retractaron de los acuerdos hechos con arakoel. Bojekio guaJaragua mandó a cerrar las fronteras del kasikazgo de Marikao y en ellas colocó su fuerza de nikahali a la espera de las de arakoel. Estas divisiones evidentes eran las que debía aprovechar para ganar los aliados que necesitaba y lo debía hacer lo antes posible.

Hasta ese momento había controlado su deseo de visitar a Yuisa. Extrañaba su compañía, su voz, su mirada. La fortaleza que de ella emanaba a pesar de su situación y le inspiraba. Debía ir a verla, y de todas las negociaciones que en los pasados días hizo, la proposición que le haría a Yuisa le ponía nervioso. Estaba determinado que tenía que enmendar su situación.

Junto a sus nikahali se dirigió a los aposentos de Yuisa. Akure iba a su lado con el porte de guerrero nikahali y el rostro serio. Concentrado en su deber y con la mirada puesta no solo en dirección a donde caminaba, sino a los alrededores. Todo lugar, desde el anuncio de su título hasta el momento en que tome poder, era peligroso.

La naborí de Yuisa lo dejó entrar, le ordenó a Akure que esperase afuera. La naborí le llevó al balcón donde Yuisa tenía la mirada clavada en el horizonte. Una lástima que sus aposentos miraran al oeste y no al este donde Ataiba se encontraba. De seguro ya la nostalgia invadió su alma y extrañaba su hogar y a sus seres queridos. Los rayos solares que le bañaban y se colaban tímidos por entre las nubes medio grises, la hacían ver de ensueño. Vestía un traje verde claro de algodón con los hombros al descubierto y amapolas blancas decoraban su larga cabellera negra. Su tez cobriza resplandecía con la luz celestial. Por varios minutos se mantuvo en contemplación inmóvil con el corazón sereno. La brisa húmeda y cálida jugueteaba con su cabellera. Ella estática, el cuerpo esbelto erguido sin dar a reconocer su estado de ánimo.

Un paso suave y silente dio hacia ella. Lentamente dio otro y otro hasta llegar a donde estaba. Mesmerizado tomó suavemente su antebrazo derecho y la volteó hacia él. Colocó su mano sobre su mejilla, le miró por varios segundos y ella como si estuviese hipnotizada se perdía en su mirada. Narigua enroscó su brazo por su cintura y la haló hacia su cuerpo. Le besó y ella sin oponerse se perdió en sus labios. Yuisa enroscó sus delicados brazos en su cuerpo.

La llevó con su caminar hacia la sala. Beso a beso se perdían entre las caricias a la piel que quedaba al descubierto lentamente. Un roce labial en el cuello hizo que Yuisa soltara un suspiro. Ella le besaba el suyo y él cerraba los ojos mientras acariciaba su espalda. El calor de su cuerpo era afrodisiaco y el latir de su corazón se aceleraba. La acostó en el sofá y entró en ella mientras miraba su rostro. Yuisa cerraba sus ojos y sus labios se entreabrían con el roce carnal y clavaba sus uñas en su espalda. Fruncía su ceño en cada empuje y su mano apretaba su carnoso muslo. Besó sus pechos, su pecho, su cuello, sus labios. La emoción comenzaba a tomar control por completo de su ser y él se dejó llevar. Su mano se deslizó a su cintura baja, la alzó hacia sí y aligero sus movimientos. Yuisa apretó sus muslos en su cintura mientras soltaba un agudo gemido y mordía su labio inferior. Narigua sentía el cuerpo de Yuisa relajarse, mientras en el suyo la emoción llegaba a su cauce y se tensaba sobre el de ella, seguido por suaves roces.

Enfrente uno del otro se acostaron en el sofá mirándose con ternura. Narigua acariciaba su piel cobriza desde los hombros hasta sus caderas. Yuisa le miraba como si deseara preguntar algo. Él curioso de lo que tenía que decir, preguntó:

—¿Qué? Dime lo que sea.

Ella miró hacia abajo por unos segundos, retornó su mirada a él y dijo:

—Haz ganado tu libertad al ser guajeri.

—¿Cómo sabes que soy guajeri?

—Imugaru.

Él sonrió.

—De cierta manera me he ganado mi libertad. Puedo hacer cosas por mi cuenta sin tener que recurrir a Arakoel para pedir su consentimiento. Como lo que me trajo aquí.

Yuisa sonrió.

—¿Necesitabas el consentimiento de Arakoel para esto?

Él rió:

—No, esto es la resolución de mis sentimientos hacia ti. A pesar de cómo nos conocimos y las circunstancias que unieron nuestras vidas y de nuestra raza, te amo.

Una sonrisa se dibujó en el rostro de Yuisa, el corazón de Narigua latió fuerte.

—No des respuesta, por favor —le suplicó él. Hizo una pausa para organizar sus pensamientos y las palabras que le diría para convencerla de la petición que le haría. Luego de lo ocurrido veía sus posibilidades muy bajas. Ella quizás lo tomaría como soborno. —Debo ir a Dagüey para reunirme con karí Hatuey para discutir unos asuntos. Nadie tiene conocimiento de esto y marcharé esta noche. Yuisa, deseo que vengas conmigo, de ahí Hatuey puede arreglar una embarcación que te lleve de vuelta a Ataiba donde estarás segura y lejos de peligro.

Ella le iba a interrumpir, y él dijo:

—Permíteme terminar. La única manera en la que puedo sacarte de Yagüeka sin oposición alguna de Arakoel, es si te unes a mí. Como mi cónyuge tienes la libertad de ir conmigo a donde yo vaya. Arakoel ya tiene lo que desea, a Huyán. Tú no tienes valor alguno para ella y puede disponer de ti a su antojo.

Sus facciones reflejaban preocupación y en sus ojos se podía leer el conflicto interno de su alma.

—Narigua, no iré contigo a ningún lado sin mi rahu. Mi lugar está a su lado y no le dejaré en las manos de arakoel.

—Él hace lo que arakoel le pide, Yuisa. Está bajo su control y si regresas a Ataiba puedes poner en alerta a los tuyos.

Yuisa se puso en pie, estaba incómoda con la conversación. Recogió su traje del suelo y cubrió su cuerpo. Hizo como si fuese a hablar, pero se detuvo. Ocultaba algo, pues lágrimas rodaron por sus mejillas y se puso muy nerviosa.

—No, Narigua, mi contestación es no.

Él asintió y extendió su mano para tomar la de ella y la sentó a su lado. Rechazado otra vez, se dijo. Le sonrió. No me dejas de otra, Yuisa, y quizás te pierda para siempre.

—Lo siento —le dijo y la besó como si fuese la última vez por si sus actos futuros la alejaban de él.

27 El Último Suspiro

Su madre escogió ser ejecutada por una daga al corazón, la noción no la confortaba. Debía dialogar con ella para que cambiara de opinión y escogiera decapitación. Una muerte rápida y misericordiosa como la de su padre. El rostro de su progenitor vino a su mente, el causante de ese momento.

Respiró profundamente. No es mi culpa, sino la tuya, se dijo como si le hablara a su padre. No me diste otra opción, y si ella debe ser sacrificada... Han, han katú.

Todo fue arreglado a sus especificaciones y la ejecución se llevaría a cabo justo cuando la noche cubriera a Yagüeka que sería en cuatro horas. La daga que utilizaría era la favorita de su padre orokoel Niagua. De todas formas pidió trajeran un manayo, por si su madre decidía cambiar de opinión. Primero debía convencerla. Salió de sus aposentos hacia los de su madre que no estaban lejos de los suyos.

Una de sus naborí abrió la puerta y al entrar, la cerró tras de ella. No entraba en ellos desde que Imugaru se marchó con Narigua al valle Yarari. No habían cambiado mucho, los muebles en madera daban la bienvenida en el recibidor. Una gran pintura del kaney del valle Yarari estaba en la pared principal.

Pasada la puerta principal que daba al resto de los cuartos, hacia la derecha, estaba la terraza donde encontró a su madre vestida con un traje largo negro de algodón atendiendo una orquídea negra. Su madre no percibió su presencia, se veía tan deslumbrante como siempre. El recuerdo de su niñez vino a su mente cuando en la terraza jugaba con su madre. Sus ojos violetas siempre llenos de amor. La cálida sensación de sus brazos cuando entre ellos estaba mientras ella le leía una historia. Anaken, flor de sol, solía llamarle en ese entonces.

A paso lento se acercó a ella quien estaba concentrada en su tarea. Serena como si ese día no fuese su último. Nunca comprendió esa característica de su madre por la cual era admirada. El día de la ejecución de su padre, a la primera que miró luego del acto fue a ella. Imugaru estaba sosegada, toda una gran matunjerí. ¿Será así como me mirará?, pensó.

—¿Recuerdas cuando solías llamarme Anaken? — preguntó a Imugaru quien enseguida dejó la orquídea para mirarle. No se veía sorprendida de que estuviese allí, era como si le esperase.

—Lo recuerdo. La última vez que te llamé así tan solo tenías tres y una década. Hace mucho tiempo, pero lo recuerdo como si fuese ayer. Cuando mi presencia no te era detestable, cuando tu inocencia era una de tus mejores características.

La inocencia es ciega —respondió con sarcasmo.

—La inocencia te hace ver lo mejor de los demás, Iyeguá —respondió Imugaru con dulzura.

—Por tal es ciega, no permite ver las verdaderas intenciones de los demás. La inocencia muere con la niñez. Es asesinada por la adultez cuando en ella nos damos cuenta de la crueldad que se esconde en la vida —rozó con la yema de su índice el pétalo negro de la orquídea, símbolo del uraheke Jikema.

Imugaru tomó el atomizador y roció con agua las raíces de la flor.

—En la vejez se anhela como un amparo a lo diferente que la vida pudo ser de haberse aferrado a la inocencia. Dicen que un inocente está libre de culpas y por tal no está atado a una vida de tormentos, sino de amor y paz. Los kahali por milenios han arrastrado las culpas de otros. Se nos ha arrancado la inocencia, la esencia de vivir una vida plena. No hemos disfrutado nuestro mejor regalo, Iyeguá, nuestra longevidad —penetrante era su mirada cuando su madre se tornó hacia ella y le miró directamente a los ojos.

Una vez la admiraba por lo que Imugaru representaba para su raza. Una vez deseaba ser como ella. Su sueño murió cuando abrió sus ojos a la realidad que la rodeaba. Se dio cuenta de cómo los demás la trataban por ser quien era: hija de orokoel Niagua, aquel que fue tocado por la esencia de la sabiduría.

Si su padre le hubiese otorgado la esencia que le fue dada, tuviese el respeto endeble de todos y sus órdenes serían acatadas sin vacilación. Mas solo le ofreció el poder de regir una raza tan poderosa como los kahali. Ella la aceptó aunque vino entrelazada con un precio, porque la sabiduría se podía obtener de otras formas y el ser arakoel sólo es dado por otro patriarca.

—Hablas de culpas, bibí, ¿es que las tuyas te atormentan en este momento?

Aún le miraba con ojos penetrantes como si desease adentrarse en su alma.

—Sí —dijo y tornó su mirada nuevamente a la orquídea negra. —Las culpas marcan el alma y hay que expiarlas de una forma u otra. De lo contrario se arrastran como cadenas durante toda la vida, Iyeguá, y la de un kahali… Es larga la condena. La muerte pone fin al tormento en esta vida.

—No es la culpa a la que le temes, sino a la muerte.

Suplícame por tu vida, bibí, se dijo.

Imugaru caminó hacia una apertura en forma de arco por donde se podía admirar los hermosos jardines alrededor del kaney. Allí dejó descansar sus manos sobre el alero y respiró el aire fresco que por la apertura entraba. Arakoel se acercó, pero mantuvo la distancia quedándose varios pasos detrás de su madre.

—No le temo a la muerte, Arakoel —respondió despreocupada. —Esta es inevitable hasta para un kahali. Tenemos larga vida, pero no somos eternos —hizo una corta pausa, se tornó hacia ella. Su mirada era maternal como esas que una vez le regalaba en su niñez en ese mismo lugar. —¿Viniste a despedirte de tu bibí, Iyeguá? —una línea cristalina apareció bajo la pupila de sus ojos, inundándolos lentamente.

Iyeguá respiró profundamente, no sentía nada. Era una sequedad que la acompañaba ya por centenarios, que tan solo podía saciar al visualizar sus metas completadas.

—Vine para que reconsideres tu tipo de ejecución. La decapitación es rápida y no una muerte lenta —dijo Iyeguá con frialdad.

Imugaru suspiró y por un momento bajó su mirada decorándola con una sencilla sonrisa.

—Por un instante pensé que me ofrecías la conmiseración —mantuvo silencio por unos segundos—. La misericordia no es un símbolo de debilidad, Arakoel, sino de poder para aquellos que saben reconocer la diferencia.

Nunca pierdes la esperanza, mas me llamas arakoel, se dijo.

—Eso creen algunos, no yo. Tu formalidad para con mi persona, cuando te conviene, me da a entender que no la deseas. Nunca la iba a dar, matunjerí Imugaru. ¡Qué quede claro que tu sentencia a muerte fue dada por orokoel Niagua cuando creó el acuerdo! No sería justo de mi parte ir en contra de sus deseos.

Imugaru caminó hacia ella, con su mano rozó su mejilla. Se sentía suave, cálida, tierna, pero más que nada maternal.

—Haz lo que tengas que hacer, mi rahe —besó su mejilla y regresó a la orquídea negra—. Antes que te retires, recuerda que el valle Yarari le pertenece a Yaneisa junto con los títulos que le corresponden incluyendo el de matunjerí. Así como todas mis pertenencias y aquellos que bajo la protección de matunjerí están —le recordó Imugaru.

El valle fue un regalo de una de los Heketibarú a una nieta quien tenía ojos violetas. Desde entonces, solo una kahali de ojos violetas ha sido su dueña, su matunjerí. No sería para nadie extraño que Yaneisa fuera su sucesora, pero al ser hija de su hermano Jayakú era una desventaja para ella.

—¿Has dejado esto por escrito o lo tienes tatuado en alguna parte de tu cuerpo? —preguntó con sarcasmo.

Imugaru se tornó con rostro serio, su ceja izquierda arqueada, perfecta.

—Por escrito y se te hará llegar —pausó—. No he cambiado de opinión y deseo que mi ejecución sea por una daga al corazón. Quiero que me mires a los ojos cuando lleves a cabo el acto. No le temo a la muerte, Arakoel, ella ya vino por mi alma la noche de mi sentencia. Esta noche recogerá mi mortalidad.

Sus palabras eran duras, ella le dijo sin reservas:

—Así lo haré —te miraré a los ojos y sabrás que he ganado, se dijo Iyeguá.

—Una cosa más, Arakoel, que imagino no te agradará —interrumpió Imugaru su línea de pensamiento.

—Escucho —respondió con prepotencia. —No hay más que puedas decir que me importune.

—Orokoel Niagua nunca tuvo la esencia de la sabiduría. Él mintió para proteger al que la tenía, quien aún sigue con vida.

Arakoel podía sentir como la cólera ardía su sangre y su piel se tornaba rojiza. Un último intento para llamar mi atención, pero uno en vano, pensó.

—Dígame, matunjerí Imugaru, si a orokoel Niagua no se le concedió la esencia de la sabiduría. ¿A quién entonces? ¿Cómo es posible que haya sido nuestro patriarca?

—Ya le dije, para proteger a otro —respondió con tranquilidad Imugaru al cortar una hoja seca.

En el rostro de Iyeguá se delineó una sínica sonrisa, preguntó:

—¿A quién? ¿Quién entre los kahali era merecedor del elemento más que el propio karí de Jikema?

La mirada que le dio Imugaru al tornarse hacia ella, le otorgó la respuesta. Imposible, pensó Iyeguá. Caminó varios pasos hacia Imugaru y se detuvo congelada por la noción que sucumbió sus pensamientos. Todos esos centenarios había sido engañada con la falsa idea que su padre era el portador del elemento. Con él podía poner fin al desafío de su poder. Miró a su madre y sintió cólera hacia ella. Se merece la muerte, se dijo a sabiendas que ella no le otorgaría el elemento.

—¿Por qué? —refutó Iyeguá. —¿Por qué me lo has negado? —sus ojos empapados en furia plasmaban vivamente el odio en su alma. —¡Te es merecida la muerte lenta! Y pensar que vine a ti para ofrecerte un poco de misericordia.

—La muerte es inevitable, Arakoel. Le agradezco por su gesto de misericordia —respondió irónicamente.

Sus facciones se tornaron duras, el amor maternal que estuvo minutos atrás reflejado en él desvaneció por completo. Iyeguá lo notó y sintió en el alma una punzada aguda. Se dio cuenta que frente a ella ya no estaba más la kahali que le enseñó a dar sus primeros pasos. Que le enseñó las primeras palabras en eyeri que significaban amor. La que le dio el beso más puro de amor que solo da una madre. Era arakoel Imugaru, Matunjerí de los Kahali, la arakoel que ella deseó ser una vez. A quien todos escuchaban sin miedo y respetaban.

Sus labios se entreabrieron y arakoel Iyeguá respiró profundamente a la espera de las palabras que se formarían. El preludio se sintió extenso, aunque duró solo varios segundos. Un vacío se formó en su pecho. La voz de su padre hizo eco en sus pensamientos.

—»Mírala, Iyeguá —le había dicho su padre tomándola por debajo de los hombros para sentarla sobre sus piernas, mientras esperaban la entrada de su madre al salón del dujo. —Con una sola mirada tu bibí obtiene la atención de todos. Su presencia es venerada y detiene a todo un salón lleno de kahali. Le tienen respeto por su amabilidad, su firmeza y sus sabios consejos. No se impone a los demás esperando que le sirvan por ser quien es, sino se da para servir —su padre había hecho una pausa en ese instante para tornar su rostro tiernamente con su mano y mirarle directamente a los ojos. —Sé esa kahali y serás recordada por todas las generaciones futuras. Sé esa kahali y obtendrás el poder absoluto, porque todos te amarán y serán fieles a tu causa.

El deseo de llorar se apoderó de ella, más lo controló al aguantar la respiración.

—¿Cree que no conozco de sus planes, Arakoel? Los cuatro Poderes Divinos no están destinados para seres como nosotros —advirtió con voz firme Imugaru.

No, baba, nunca seré ella aunque lo deseé una vez, se dijo.

—Eso piensa, pero es una lástima que no estará aquí para ser testigo de ello.

—No, pero téngalo por seguro que se le hará imposible y mi presencia estará allí en cada paso que dé.

Sus palabras sonaban para Iyeguá, más que una amenaza, un augurio.

—Imagino que ha puesto en acción sus planes para que esto sea posible —dijo con una serenidad macabra. —No importa, matunjerí Imugaru, uno a uno sus cómplices caerán y mi cólera caerá sobre ellos. Su muerte será más lenta que la suya y dolorosa —hizo una pausa, entonces dijo erguida con el pecho inflado de orgullo. —Puedo hacer lo mismo contigo, aplazar tu ejecución y obtener a la fuerza lo que deseo.

Imugaru no se inmutó ante la amenaza, no perdía la calma ni demostraba temor.

—Tortura, ¿hasta donde ha llegado, Arakoel? No se lo permitirán, tendrá que obtenerla de otra manera —contestó Imugaru.

Iyeguá asintió con una media sonrisa en sus labios.

—Hasta la hora de tu muerte, matunjerí Imugaru.

Se marchó a sus aposentos, donde pidió estar a solas y no ser interrumpida hasta el momento de prepararse.

Se dirigió al balcón de su recámara y desde allí admiró el paisaje que se expandía extraordinario a los pies del kaney. Yagüeka es una mezcla de montañas verdes y kasikazgos llenos de vida. Esa es su nación. Por milenios los kahali se habían multiplicado en grandes números que los convertían en una fuerza a temer. Sin embargo, cuando el emperador

Gunila I, que reinó milenios atrás, unificó bajo una sola bandera las tribus de los jiharu, su raza no era más venerada ni temida. Les veían como iguales independientemente de la diferencia marcada en la longevidad de sus vidas y la ventaja que los elementos le daban a los kahali.

Los kahali habían olvidado su lugar uniéndose a los jiharu y procreando una raza de mestizos. Orokoel Alnairu era ejemplo de esto. De entre todos debía respetar, no solo su raza, sino quién era entre ellos: la Matriarca de los Kahali. Si él no respetaba sus orígenes, nadie lo haría. Cuando obtuviese los poderes divinos todo eso vendría a su fin. Los kahali reinarían supremos. Los jiharu dejarían de existir, quizás. Sus enemigos los hüaku los convertiría en sus naboríes y no les quedaría más remedio que adorarle.

Arakoel tomó asiento en una silla de mimbre acolchonada. Dejó caer el peso de su cuerpo sobre esta desprendiéndose por un instante de sus tribulaciones. No permaneció por largo tiempo en ese estado de desprendimiento. Le acosaba el recuerdo del rostro de su madre.

Todo ese tiempo su madre tenía la esencia de la sabiduría y de igual forma conocía sobre los poderes divinos. ¿Cómo lo sabía?, se preguntó. No importaba, su fin estaba cerca y con ella lo que conocía. Todo aquello que haya puesto en movimiento para luego de su ejecución y evitar que sus planes se realizaran, los aplastaría junto con aquellos que los lleven a cabo.

Allí se quedó sentada por alrededor de una hora, hasta que su naborí vino por ella. Se aseó, se perfumó con aromas a gardenia. Su cabellera larga y negra grisácea la dejó suelta para que cayera sobre sus hombros como en los tiempos de antaño antes de que fuera arakoel. De una sien a la otra, una línea gruesa roja cruzaba su rostro. Una de sus naboríes la ayudó a ponerse su traje. Decidió no ponerse los guantes, deseaba sentir correr su cálida sangre por sus manos.

Preparada para lo que debía realizar y engalanada para la hazaña, se miró en el espejo por última vez. Perfecta, se dijo, en toda mi grandeza de arakoel. Su güanín brillaba ante la luz que sobre él chocaba. Otra naborí entró y le entregó un recado. Al tornarla vio el sello de matunjerí Imugaru, una orquídea rodeada por un heptágono. Tal vez, cambió de opinión, pensó.

Inmediatamente la abrió para ver el contenido. La leyó rápidamente, pero en ella no encontró lo que anhelaba, sino le informaba que dos de sus naboríes habían decidido dar sus vidas con su matunjerí. Ese dato lo había pasado por alto, solo los naboríes de los patriarcas tomaban su vida para ser enterrados con ellos. Matunjerí Imugaru aún era arakoel y, por tal, le correspondían esos honores. Sus cuerpos serían colocados de tal forma que pareciera cuidaran del frágil cuerpo de Imugaru, tal y como se ha hecho desde que los naboríes formaron parte de sus vidas. Convertidos bajo el yugo, de hüaku a naboríes, sirvientes perennes de los kahali hasta el fin de sus largas vidas. Dato que solo algunos conocían.

Tomó un papel y escribió sus órdenes para que arreglaran todo para cuando las naboríes tomaran sus vidas. La naborí salió rápidamente de los aposentos a llevar el mensaje para que todo estuviese preparado antes que ella llegara al salón del dujo.

La trayectoria al salón se hizo más corta de lo que pensaba. Las puertas estaban cerradas y tras de ella esperaban pacientes todos los testigos invitados a presenciar la ejecución de matunjerí Imugaru. Iyeguá miró a través de la gran ventana que estaba a su derecha. El atardecer le sonrió con sus colores anaranjados que se oscurecían a cada segundo. Unos que se hicieron interminables. Su entrada debía estar coordinada con la caída del sol justo cuando el cielo se pintara de azabache.

Orokoel Alnairu se acercaba a ella y le daba una fría mirada. Vestía todo de negro, un color que siempre le favoreció y hacía que sus ojos cobalto se vieran más oscuros que de costumbre. Sin decir palabra alguna, se paró a su lado con los ojos clavados en las puertas. Era evidente su enojo y su desaprobación, pero nada podía hacer. Le miró estudiándole, siempre fue cercano a Imugaru y, por eso, debía tenerlo bajo la mirilla. Quizás él era parte del plan de Imugaru. De ser así, disfrutaría ponerlo en su lugar. Sonrió con malicia pintada en sus facciones, llena de gozo con la noción de que su amado cónyuge fuese uno de esos que la traicionaría.

El magüey resonó dentro del salón, primicia que anunciaba su entrada. Las puertas se abrieron, Iyeguá entró primero, varios pasos atrás de ella iba orokoel Alnairu. Todos vestidos de negro le miraban y le hacían reverencia al ella pasar. Al final, justo a los pies de los dujos, estaba colocada una gran alfombra negra y sobre esta varios cojines grandes del mismo color. Allí yacerá su cuerpo, pensó.

Al llegar, ella se detuvo frente a la alfombra. orokoel Alnairu continuó hacia el área de los dujos donde se paró frente al suyo. Kaguame inmediatamente caminó hacia ella y le indicó la ausencia de algunos de los del Guaminani y sus respectivos uraheke. Como Hatuey y su hijo Yakhuey, Kabay y su nieta Higuanota, Uanahata y su nieto Hikey. Varias veces Uanahata trató de tener una reunión con ella, pero se negó. Sabía que su deseo era abogar por su madre. Qué desapruebe todo lo que quiera, se dijo, en esto tengo la última palabra y la he tomado.

—No hacen falta —contestó Iyeguá.

—Guajeri Narigua entrará con Imugaru —dijo en baja voz acercándose a ella.

—¿Trajiste el tajey? —él asintió.

Ella miró hacia donde estaban los del uraheke Jikema y vio a Yayguna a solas. Le dijo a Kaguame que la trajera. Al llegar, le preguntó:

—¿Dónde está Huyán?

Como si le molestase la pregunta, contestó:

—Con su bibí, quien desaprueba de tus actos. Él no deseaba dejarla a solas y yo no soy su niñera para cuidar de él en todo momento.

Insolente, y con su cabeza le ordenó se marchara.

El magüey sonó nuevamente anunciando la llegada de matunjerí Imugaru. Las puertas se abrieron y tras de ellas emergió Imugaru resplandeciente en un traje blanco ceñido por un fino cinturón carmesí. Detrás de ella venían las dos naboríes, también de blanco al igual que los pañuelos transparentes que tapaban sus rostros. Narigua agarraba su mano y vestía también de blanco cuando debía vestir los colores del Jikema para la ceremonia del tajey.

Al llegar ante su presencia, Narigua se adelantó e hizo reverencia. Iyeguá anunció a los presentes a Narigua como su guajeri y colocó el tajey en su cuello. Al él tornarse, los presentes hicieron reverencia y él caminó hacia Imugaru. Le dio un beso en la mejilla y se colocó al lado de su padre.

El caminar de Imugaru era lento y solo miraba hacia el frente sin dejar notar una milésima de temor. Una vez en su presencia, ofreció su mano y Arakoel la tomó y la llevó a su lugar. Inmediatamente, orokoel Alnairu bajó y le entregó la daga que utilizaría para la ejecución. Al verla Imugaru, respiró suavemente al reconocerla. Orokoel Alnairu miró a Imugaru con ternura. Se acercó a ella, tomó su mano izquierda y la besó con reverencia. Imugaru sonrió y acarició el rostro de orokoel Alnairu amorosamente. Asintió con su cabeza y regresó a su lugar.

Iyeguá se acercó y mientras dos naboríes le entregaban las dagas a las de Imugaru, ella le dijo en voz baja a su madre.

—No es tarde, dámelo y perdonaré tu vida —le dio una intensa mirada a Imugaru.

—No es mía para dar —anunció Imugaru.

—¡Está en ti! Otórgamela —dijo insistente.

No hubo respuesta, Iyeguá se acercó aun más a su madre. Su brazo izquierdo lo pasó por debajo del brazo de Imugaru, colocando su mano sobre su espalda. La punta de la daga sobre su pecho.

—Con tu muerte fortalezco mi regido y no habrá nadie que se atreva a desafiarme.

—Todo regido se derrumba, mi rahe, y cada líder confronta su final. Somos longevos, pero no eternos —su voz tenía sabor a sabiduría mezclada con augurio, lo que no agradó a Iyeguá.

—Dame la sabiduría —dijo hundiendo la punta de la daga en su carne. Una gota de sangre fue absorbida por la tela del traje blanco, el rojo rubí evidente a los que estaban cerca quienes aguantaban la respiración.

—Ya no, ahora reside en otro, no en mí —sus palabras fueron el gatillo de su cólera. Lentamente fue enterrando la daga en el pecho de su madre. Imugaru respiró profundamente con el acto, sus labios se entreabrieron y sus ojos se dilataron. Su sangre pintaba de rojo el blanco de su traje, se sentía caliente y olía a hierro.

—Da buro —fueron las últimas palabras de Imugaru para ella. Las mismas que le dio por vez primera al nacer y estar entre sus brazos. Las que significan te amo. En ese instante torció la daga para que la energía no tratara de remendar el corazón traspasado y este muriera de inmediato.

El cuerpo de su madre perdió toda su fuerza y se fue deslizando de su abrazo. Enseguida dos naboríes vinieron en su ayuda y tomaron el cuerpo inmóvil y lo colocaron respetuosamente sobre los cojines negros en forma fetal. Segundos más tarde, las naboríes de Imugaru tomaron sus vidas y cayeron pesadas sobre la negra alfombra. Orokoel Alnairu bajó inmediatamente y cerró los ojos de Imugaru, los suyos estaban llenos de lágrimas.

Todo fue silencio por un instante, todos con la mirada puesta sobre matunjerí Imugaru. Orokoel Alnairu se arrodilló frente a ella, cruzó sus brazos sobre su pecho e inclinó su cabeza. Los presentes inmediatamente imitaron a Orokoel. Aun hasta en la muerte le respetan y veneran, se dijo. El lamento kahali comenzó a sonar como despedida ante la pérdida. Iyeguá miraba el cuerpo de su madre inmóvil. Nada más que hacer, pensó.

Se tornó para mirar el rostro de su hijo, pero para su sorpresa no estaba allí. Frunció el ceño. ¿Dónde está?, se preguntó. Mas no podía hacer nada hasta que todo el protocolo del funeral culminara y este duraría varias horas. Le tocaba a ella arreglar el cuerpo de su madre y lo concerniente al funeral que sería de inmediato como Imugaru pidió.

Orokoel Alnairu se levantó y le dio una mirada de odio.

—Espero estés satisfecha, Iyeguá, con su muerte marcas la tuya.

—¿Me amenazas? Al hacerlo cometes traición.

—Quizás. Así que puedes, si deseas, tomar la daga y enterrármela en el pecho.

—No me tientes, Alnairu.

—No te preocupes que de ahora en adelante no haré amenazas.

Al decir esto la dejó a solas y salió del salón. Uno a uno, bibí, se irán revelando y caerán, se dijo. El pensamiento la detuvo en seco al darse cuenta de lo que hacía. Las palabras de Imugaru vinieron a ella como una fría ráfaga de viento.

—»Mi presencia estará allí en cada paso que dé.

La daga cayó de su mano sobre la alfombra. Por siempre presente estaría Imugaru en la historia de los kahali. Por siempre viva en su memoria. Su sombra sobre la de ella por toda la eternidad. Sus palabras un aviso, una maldición a la que pondría fin una vez ascendiera. Pasó su mirada sobre los presentes que esperaban por el levantamiento de mantujerí arrodillados. Uno a uno les miró detenidamente. La solemnidad que emanaba de la presencia de cada uno era repugnante.

El cuerpo de su madre fue levantado sobre una camilla. Los presentes alzaron sus rostros. En algunos la pena se plasmó en forma de lágrimas, en suspiros ahogados en la traquea para no asesinar la solemnidad. La aman, se dijo.

Su presencia es venerada, y detiene a todo un salón lleno de kahali, le dijo su padre en su infancia. Le tienen respeto, no se impone, se dijo recordando las palabras marcadas en su memoria.

—»Sé esa kahali y obtendrás el poder absoluto, porque todos te amarán y serán fieles a tu causa.

Ese no es el poder absoluto que deseo y nunca fui ni seré como ella, contestó en su mente a su padre. Ese no es el verdadero poder absoluto.

Iyeguá se marchó tras el cuerpo de su madre con la mirada en alto. Sus pies casi pisando la sombra de la camilla que sobre el piso se deslizaba solemne.

28 La Huída

Yuisa estaba frente a él con las manos ensangrentadas. Narigua le miró de arriba abajo, pero no presentaba rastros de estar herida. Le preocupó verla en esa condición con su traje manchado, su cabellera despeinada y con furia en sus ojos. La naborí que le acompañaba tenía manchas de sangre en las mangas de su vestimenta y su velo estaba fuera de posición como si lo hubiese retirado. Él corrió a su encuentro y ella erguida no demostró afecto hacia él, le confrontaba.

—¿Estás bien? —le preguntó.

La furia emanaba por sus ojos rojizos que le clavaba en los suyos y mandó escalofríos por su espina dorsal.

—Sí —dijo—, la sangre no es mía, sino de los nikahali que estaban a mi puerta.

Le miró extrañado y ella rápida a la reacción, señaló:

—Soy una hüaku y desde infancia nos enseñan el arte de la guerra. Somos la última línea de defensa en Ataiba y protectoras del futuro de nuestra nación. Me sé defender, Narigua. Debía salir de mis aposentos y ellos se negaron rotundamente. No me costó otro remedio que hacer lo necesario para llegar aquí.

Narigua asintió, no debía discutir con ella sobre lo que debió hacer o no. De todas maneras, él dio órdenes para que algo similar ocurriese y que Akure hacía en esos momentos. La sorpresa que se llevará, se dijo. Le pidió se lavara las manos y se cambiara de ropa, pero ella se negó rotundamente.

—¿Sabías de ellos? —le preguntó a la vez que señalaba a su naborí.

En su voz resonaba la furia que llevaba por dentro y Narigua comprendió que su coraje tenía que ver con la naborí. Así que le interrogó con la mirada.

—Te pregunto, Narigua, ¿sabes quiénes son?

—Nuestros naboríes, Yuisa. Los que nos han servido por milenios —respondió él.

Respiraba rápidamente.

—Tu raza es una abominable, ¿no comprendo cómo han podido hacer esto?

—¡Yuisa, no entiendo la importancia que tiene una naborí en estos momentos! ¿Estás aquí por ella o para marcharte conmigo?

Abrieron de sopetón la puerta y entró con la respiración agitada Akure, que se detuvo en seco al ver a Yuisa junto a Narigua.

—¿Guajeri? —preguntó.

Narigua le indicó que todo estaba bien y él bajó la guardia. Akure le narró lo que encontró en la habitación de Yuisa. Los dos nikahali yacían muertos en sus aposentos y el manayo de uno de ellos fue utilizado como el arma homicida.

Por supuesto, a una hüaku le enseñan desde infancia cómo utilizar un manayo. La miró de reojo, ¿por qué no intentó esto antes? Una pausa y él mismo se contestó. Por Urayoán.

Candro, que se encargó de todo para salir esa noche mientras toda la nación estaba enfocada en la ejecución de Imugaru, se acercó a él. A su oído le dijo:

—No hay mejor momento para dejarle saber a quién tenemos en la carroza solar. Quizás así le convenzas de una buena manera en venir.

Narigua asintió y dio órdenes para que se prepararan para la partida en varios minutos. Debían esperar el replique de los magüey que anunciarían la muerte de Imugaru. Él, luego de haber sido entregado el tajey, se colocó en su lugar al lado de su padre. Cuando todas las miradas y la atención del público se tornaron hacia Imugaru, se marchó.

Narigua se acercó a Yuisa, le miró seriamente y dijo:

—Debes cambiarte de ropa.

—¿Alguna vez te has preguntado que tapan sus velos?

El coraje se apoderó de él, no había tiempo que perder y no se marcharía sin ella. Se acercó a la naborí, quien se puso tensa, y de un sopetón arrancó el velo desajustado. Ella miraba al suelo, su cabeza estaba afeitada y no había nada anormal sobre ella que revelará quién era.

—¡Mírale! —ordenó Yuisa a la naborí.

Ella con suma timidez alzó su mirada y esta reveló el color verde como cobre oxidado de sus ojos, uno que nunca había visto en su vida.

Los labios de Narigua se entre abrieron.

—Una hüaku.

Nunca se cuestionó quiénes eran estos naboríes que por milenios le servían y el porqué no podían retirar sus velos. No lo hizo, pues no tenían importancia alguna para él o para la raza de los kahali. Así que su procedencia no era relevante. La revelación le hizo entender el comportamiento de Yuisa, pero no podía hacer nada al respecto.

La miró y le dijo:

—En mi recámara hay una vestimenta para ti. No te gustará, pues pensé que la mejor forma de sacarte de aquí es si estás vestida como una naborí.

—Irónico, ¿no? —comentó ella enojada.

—Tu rahu te espera en la carroza que he preparado para nuestra partida —le reveló.

Sus facciones se suavizaron.

—¿Urayoán aceptó huir contigo sin decirme nada?

Su pregunta sonaba como si estuviese confundida.

—No necesariamente. Yayguna me ayudó. Ella puso en su bebida un brebaje para que se quedara dormido antes de la ceremonia. Cuando hizo efecto, llamó a Akure y él lo sacó a escondidas. Me dijiste que no te irías sin tu rahu y yo no me marcharía sin ti.

Asintió, Narigua pensaba que entrarían en una discusión sobre lo hecho, pero para su sorpresa fue todo lo contrario. Ella sin vacilar y con prisa entró a la recámara acompañada por la naborí para cambiarse. No tardó mucho. Al salir no la reconoció con su cabeza envuelta en el velo.

—Vamos —dijo determinada.

A la distancia, los sonidos hondos y agudos del magüey resonaron con fuerza y con su percusión anunciaban la muerte de Imugaru. El respiro se le quedó clavado en sus pulmones por largos segundos y escapó de él como el cantazo del látigo. Fue punzante el dolor que sintió a la realización de lo ocurrido. Cerró sus ojos, su cuerpo inmóvil y tenso. Estaba congelado en el momento y al separar sus párpados, lágrimas corrieron por sus mejillas como las corrientes de un río. Pensó que al llegar el anuncio sería fuerte, pero el dolor de la pérdida de un ser amado era aun más. Su decisión de retirarse antes de la ejecución sin que nadie se diera cuenta, no era tan solo para marchar en el anonimato. Si no para que el recuerdo de la manera en que Imugaru moriría no quedara por siempre grabado en su memoria. No lo deseaba, repudiaba la idea del rostro en pena que tendría ella al sentir la daga ser enterrada en su corazón. La sombra que nacería en sus ojos cuando la muerte llegara a reclamar su alma y arrancarla de su cuerpo poniendo fin a su longevidad.

No, no podría vivir el resto de sus días con ese recuerdo que no le correspondía. Era de arakoel y a ella le pertenecía. Que viviera ella con ese segundo recuerdo. Uno que pondría fin a los últimos sentimientos de amor que peleaba para existir dentro de su ser. Su momento no era aún, sino cuando el último día del regido de arakoel llegase. Ese día nacería dentro de su ser una batalla interna que debía sobrevivir para poder llevar a cabo su deber. Ese día, quizás, despertaría en él los mismos sentimientos que nacieron en arakoel el día que hizo su deber. Mas no había llegado aún y él podía prepararse mentalmente para suprimirlos.

Alzó su rostro y Yuisa estaba frente a él, no podía ver sus ojos a través del velo, pero sabía que le miraban con dulzura. Ella secó las lágrimas que bañaron su rostro y le besó, el calor de sus labios se sintió a través de la tela.

—Debemos irnos —dijo ella en voz baja.

Él asintió y salieron todos de sus aposentos.

Akure y dos nikahali le precedían, Candro iba a su lado y detrás de ellos Yuisa con la naborí. En la retaguardia había tres nikahali asignados por Akure. Los pasillos del kaney estaban desiertos, los habitantes de él estaban presentes en la ejecución de su amada matunjerí. Una semana de duelo fue proclamada por el Guaminani a petición de todos los juíbos de Yagüeka. Los magüey sonarían durante todos esos días a la hora de su muerte, y el pueblo se detendría por un minuto para respetar la memoria de esa que fue inspiración y ejemplo para los suyos.

El eco de sus pasos resonaba como contestación del sonido hondo y agudo de los magüey que aún resonaban en la distancia. Su música se escucharía durante toda la noche y se expandiría por todos los kasikazgos como la ola de un maremoto. Con cada retumbar el corazón de Narigua se llenaba de pena. Sus pensamientos se ubicaron en el tiempo en que a su lado vivió en el valle Yarari. Allí la amaban, la respetaban y estaba seguro que sus frontera eran cerradas para negar la entrada y salida a ese sagrado lugar. Solo para ser abiertas por Yaneisa, su sucesora y a quien esa noche se le entregaba el valle y el título de matunjerí. Su protección pasaba de Imugaru a la de Arakoel y eso le preocupaba a Narigua. La figura de matunjerí era respetada y querida y con ella venía influencia. Sin embargo, Yaneisa fue criada y educada por Imugaru, y esto le aseguraba que su prima no sería tan fácil de controlar.

La carroza solar estaba ubicada en la parte trasera del kaney, por donde usualmente arakoel sale cuando no desea hacerlo por la entrada principal. Allí había una docena de soloras con sus respectivos nikahali, y detrás unas sesenta. Narigua le pidió a Yuisa que entrara en la carroza, él entró tras de ella, luego Candro y la naborí. Akure se montó en la parte delantera con el chofer. Recostado en el interior aún bajo los efectos del brebaje y vestido como un naborí, estaba Urayoán. Yuisa se sentó a su lado y tomó su cabeza con sumo cuidado y ternura, y la colocó sobre su hombro y le besó la frente.

Durante la trayectoria, Narigua repasó en su mente lo que en el areyto de Imugaru se llevaría a cabo. Este sería muy parecido al de su abuelo Niagua. Se extendería hasta la madrugada. En el areyto limpiarían su cuerpo y el de sus naboríes, y lo colocarían en una camilla. Arakoel debía precederlo como era la tradición. Antes de llevarlo a su último lugar de descanso, danzarían mientras el bejike hacía sus ritos. No te he dejado sola, Imugaru, estoy contigo en alma, pensó.

Urayoán despertó horas después, sediento y mareado. Confundido retiró el velo que cubría su rostro y al Yuisa hablarle no le reconoció al estar ella vestida como una naborí. Yuisa le aseguró que todo estaba bien y le dio a beber agua en la cual Narigua diluyó otra porción del sedante. Algo estaba raro en el comportamiento de Yuisa. Luego que ella le dio el agua a beber y le velaba mientras se quedaba dormido, susurraba a su oído:

—Arreglaré lo que he hecho, mi rahu.

Cuando le dijo a Yuisa que tenía en su custodia a Urayoán, esperaba un tipo de confrontación de su parte, pero en su lugar obtuvo una reacción pasiva. Le extrañaba también la manera violenta en la que manejó la situación de su cautiverio para escapar y llegar hasta él. Estaba decidida en marchar sin su hijo, y Narigua se preguntaba el porqué de esa abrupta decisión.

En ese momento se dio cuenta que no dio órdenes de que limpiaran la escena y se le olvidó deshacerse del traje manchado en sangre que Yuisa dejó en su recámara. Miró a la naborí y las mangas de su vestido estaban manchadas. Le indicó a Candro que enviase a uno de los nikahali para que se encargase de deshacerse del vestido. El cambio de nikahali en los aposentos de Yuisa ocurriría durante la mañana y si en la puerta no había nadie, daba la idea que estos salieron con Yuisa y esperarían su regreso. Yayguna no avisaría a nadie que su cónyuge no había regresado. Sus órdenes eran, si arakoel preguntaba al verla a solas en la ceremonia, que su cónyuge decidió quedarse con su madre. Era cuestión de tiempo para que alguien encontrase los cuerpos y avisara a arakoel que Yuisa había escapado y ella ataría los cabos de que Urayoán escapó con ella. Su partida inesperada de Ayúan, de la que su padre tenía conocimiento y daría aviso a arakoel de ella preguntar, le hacía sospechoso. Como podía ser lo contrario, y arakoel se concentrase en encontrarlos sin sospechar que estaban con él. Sin embargo, estaba seguro que aunque ella dividiría sus nikahali para que les buscasen por todo Ayúan, enviaría un grupo en su dirección. El tiempo dictaría los acontecimientos. Mientras debía concentrarse en lo que le esperaba y debía hacer en Dagüey.

Llegarían a las fronteras del kasikazgo Dagüey donde vivía Hatuey, a mediados del siguiente día. Este lo bordeaba una cadena de montañas que sus faldas verdes y frondosas se derramaban sobre un hermoso y rico llano costanero. Las playas más hermosas de Yagüeka se encontraban en las costas de este kasikazgo y la mayoría de sus habitantes se dedicaban a la pesca. La otra parte, a la siembra de algodón. El kaney principal de Dagüey estaba en la capital que por tradición llevaba el mismo nombre del kasikazgo. Ellos se detendrían a descansar en el yukayeke Toita, ubicado a una hora de la frontera, para salir al amanecer y viajar sin detenerse hasta el anochecer y llegar a Dagüey. Eso si tenían suerte y los caminos estaban libres de derrumbes por las intensas lluvias de los últimos días. Solo una vez visitó el kasikazgo en compañía de su abuelo orokoel Niagua. El kaney, ubicado sobre una colina, tenía hermosas vistas al mar desde donde se veía la isla Babeke. Desde allí se podía experimentar un majestuoso atardecer y por el cual Dagüey recibe el nombre del Kasikazgo de los Atardeceres.

En la frontera tuvieron que detenerse, los nikahali del uraheke Higüey tenían bloqueado el camino. Imaginaba esa era la escena en casi todas las fronteras de los kasikazgos para detener a los nikahali de arakoel de acatar su mandato de la purga. Hatuey, que conocía de su visita, avisó al destaque que él pasaría por allí escoltado por sus nikahali. Tan solo se retrasaron un poco al ellos verificar su identidad y enseguida continuaron el viaje. Al llegar a Toita, se hospedaron en el bajareke, su bohío, de Hatuey que este mandó a arreglar para su estadía.

El tío de Hatuey, Abat, Nijuíbo de Toita, al enterarse de su llegada le envió una invitación para cenar. Narigua con el deseo punzante de declinar su invitación con la intención de conversar con Yuisa, la aceptó para no ser descortés con Abat. El despreciarle sería un insulto a Hatuey, a quien Abat representaba. Aceptarla era de beneficio para él. Abat, quien llevaba el título de Guamioni, Señor de la Montaña y Mar, era un kahali de mucha influencia y era de los pocos kahali en Yagüeka que ha vivido bajo el reinado de ocho líderes. Nunca tuvo posiciones de poder, pero se decía que su mano siempre estaba puesta en los asuntos más importantes del kasikazgo de Dagüey e inclusive, aunque anónimamente, de esos en Ayúan. Esos eran solo comentarios que había escuchado en un pasado, pero ser su huésped, aunque por varias horas, era un honor.

El bajareke de Abat lo separaba del suyo un hermoso mayna, jardín, con una ceiba en su centro. Las raíces se levantaban de la tierra majestuosamente formando un arco. Su tronco grueso y espinoso era prepotente y largo; y sus ramas cubiertas por hojas verdes y espinas se estrechaban largas de norte a sur, de este a oeste cubriendo casi todo el mayna. Un mar de conchas blancas decoraba cada centímetro del suelo a los pies del majestuoso árbol más allá de los dominios de su cúpula. La ceiba es sagrada para los hüaku y en Yagüeka solo crecía en Dagüey, estos fueron erradicados milenios atrás cuando ocurrió la revuelta de los Heketibarú. Los Higüey se negaron a cortarles y hasta le crecían en secreto en las montañas, hasta que esto cambio cuando Yayex guaHigüey se convirtió en orokoel. Narigua nunca comprendió esta obsesión hacia un árbol que, aunque hermoso, era símbolo de los enemigos de Yagüeka. Había un significado para los Higüey que daban a conocer cada vez que alguien comentaba negativamente sobre la ceiba. Decían que fueron ellos quienes hicieron retroceder al enemigo en la revuelta de los Heketibarú. Quienes trajeron la victoria a los kahali y les entregaron las tierras ancestrales. Lo que era cierto.

Abat les recibió en la entrada y les hizo pasar. Su cabellera era blanca y larga hasta los hombros, con la pollina a la mitad de su frente y los lados afeitados. Un karakurí de oro decoraba su nariz y unas taguaguas de oro sus orejas. En sus pómulos una línea azul cruzaba de lado a lado ensalzando el azul nocturno de sus ojos que expresaban solemnidad. Al ver a Candro se acercó a él respetuosamente y le saludó, como si su mestizaje no fuese una molestia para un ser tradicional evidente por la manera en que vestía. Llevaba una nagua larga hasta sus pies descalzos; brazaletes de caracoles y plumas en sus molleros y tobillos; su pecho fornido al descubierto.

En el suelo estaba la cena servida sobre yaguas y platos de higuera y cerámica. La cena consistía de pescado, iguana y hutía asada, cazabe, un sancocho de viandas condimentado con ajíes y recao. Así como una variedad de frutas como piña, lechosa y guanábana. Al sentarse en el piso, Abat señaló que era la primera vez que veía un mestizo.

—Las épocas cambian, como todo en la vida. Nuestros uraheke se mezclan entre sí como en los tiempos de los Haeketibarú y ahora con las otras razas, incluyendo a los hüaku —señaló y brindó a la salud de Candro.

—Hay una antigua leyenda —continuó—, que narra sobre los ojos verdes azulados de una zamba nacida en las costas de Dagüey, la hija de un kahali y una hüaku. Una unión inconcebible en la era del guakara, para ese entonces éramos los kahali considerados hijos de los hüaku. Pueden entender que se veía como si un rahu tuviera relaciones con su bibí. ¡Inconcebible! Se cuenta que la hüaku dio a luz a su rahe en las costas del yukayeke Dagüey, cerquita del mar. El kahali la acompañó en todo momento. Por años vivieron a escondidas, hasta que fueron descubiertos. La hüaku y el kahali sabían que la muerte les esperaba como castigo, y huyeron mar adentro en una canoa. Al ver que eran perseguidos, la hüaku alzó su oración a Yukajú abrazando fuertemente a su rahe y pidiendo misericordia. Del fondo del mar un carey se alzó y con su aleta delantera mandó un fuerte oleaje que hundió las canoas de los hüaku. El carey se transformó en una hermosa y gran isla que hoy conocemos como la isla Babeke y donde se dice aún vive el kahali con su rahe.

Hizo una pausa, bebió y dijo:

—Babeke encierra muchos secretos, Candro, más allá de una leyenda que te convierte en una bendición.

—¿En una bendición? —preguntó Candro.

—Sí. Yukajú al protegerlos le dio su bendición y si él no los juzgó, porque debo hacerlo contigo. La importancia de nuestra existencia y su valor no está en las uniones de las razas, sino en el simbolismo que traen consigo. Que nacen de ellas. La unión es símbolo de paz y armonía en su esencia pura y no distorsionada —miró a Narigua. —Aunque la unión de un kahali y una hüaku se vea en estos tiempo como un insulto a cualquier uraheke, igual que en la era del guakara, debe ser considerado como una visión de lo que debemos ser. En lo que nos debemos convertir.

La conversación parecía como si Abat conociese los sentimientos que en su corazón habitaban y que estaba seguro no demostraba en ningún momento. Mas podían estar basados en el hecho que su sobrina se unió a un hüaku y él estaba destinado a lo mismo hasta que Yuisa cambió de opinión.

—Cada guajeri simboliza un cambio —le dijo. —Este conmemora una nueva era en Yagüeka que muchas veces es una continuación de la pasada, pero no debe ser así. Espero que su visita aquí en Dagüey sea para establecer cambios tan necesitados —su mirada estaba fija en la suya, penetrante. Narigua iba a contestar, pero Abat alzó su mano para detenerle. —Lo que tenga que decir, dígaselo a Hatuey. Él sabe lo que debe hacer. Ahora disfrutemos de la cena.

Esta transcurrió en una conversación amena entre Candro y Abat, quien estaba sumamente curioso por conocer más sobre Vergerri, la tierra natal de Candro. Mientras esto ocurría, el pensamiento de Narigua se desviaba hacia Yuisa y las preguntas que le atormentaban en su subconsciente. Se disculpó de Abat y se retiró, Candro se quedó en su compañía. Al llegar a su bajareke, encontró a Yuisa quien sonreía dulcemente mientras miraba por la ventana. Narigua le besó la mejilla y enroscó sus brazos por su cintura. Se dio cuenta que observaba la ceiba.

—Aquí simboliza la victoria sobre los hüaku.

Yuisa respiró profundamente, y dijo en voz baja.

—Narigua, si fuese un símbolo de conquista, la ceiba no hubiese alcanzado la grandeza que expresa con su crecimiento. Las conchas a sus pies no le protegerían. ¿Has alguna vez caminando sobre los caracoles? Esto es un símbolo de protección.

—Lamento decírtelo, pero no lo es para los Higüey que se sienten muy orgullosos del simbolismo que ellos le han dado por milenios.

—¡Qué hermosa mentira! —exclamó mientras sonreía.

—¿Urayoán?

—Luego que le di de comer un caldo de pescado, volví a sedarle. No volveré a dárselo una vez vuelva a levantarse.

Narigua la tornó hacia él, no podía esperar más y debía conocer las respuestas a las preguntas que le atormentaban.

—¿Qué te hizo cambiar de opinión y escapar sin tu rahu?

Yuisa bajó su mirada.

—Algo qué hice —dijo con un tono de arrepentimiento. —Algo qué pensé no ocurriría. Me convencieron las palabras que Urayoán dijo sobre Imugaru. Las mismas que dijo Huyán sobre mi madre, pero fue más lo que sentí.

Hizo una corta pausa y respiró profundamente, le miró a los ojos y continuó:

—Al llamado de mi bibí, Huyán y todos sus nihüaku regresaron a Ataiba. Él, con la idea de que los Custodios tenían a Güeybán rehén y tomarían las riendas del reino a la fuerza, los confrontó. Fue entonces, que se dio cuenta que mi bibí le había engañado y los Custodios le apresaron y tomaron de él la Esencia del Poder de la Creación, que es la combinación de todos los elementos en un mismo ser. Esta vive en el esike y si sabe cómo usarla, como Huyán hacía, todo estaba a su alcance. Como ísika puedo reconocer este poder a través de la esencia dotada en mí, que llama desde el espíritu a ese que debe ser esike. El espíritu de Huyán vive en Urayoán y lo he sentido en estos últimos años.

¿Años? —preguntó confuso. —Deberías decir desde su nacimiento.

Una sombra cubrió su rostro y esta confirmó sus sospechas, ella ocultaba algo. Yuisa dijo:

—No, en Urayoán solo vivían los recuerdos intrínsecos de una vida pasada. Su espíritu vivía en otro, en el verdadero heredero al dujo de Ataiba, o así pensé.

La confesión le dejó atónito, miró en dirección al cuarto donde Urayoán estaba sedado. Durante estos pasados meses, arakoel pensaba que tenía la ventaja sobre los hüaku. Yuisa jugó a sabiendas con ella y le vendió una falsa idea que arakoel aceptó sin darse cuenta alguna. Le miró, Yuisa no era una flor delicada que debía proteger como pensaba, era muy astuta y podía sobrevivir cualquier adversidad. Talento aprendido mientras estuvo a solas, lejos de su uraheke y nación. Esto despertó la duda en él, sobre sí los sentimientos que tal vez tenía por él eran auténticos. Se acordó de algo que dijo y le extrañaba.

—¿Eres una ísika?

Yuisa asintió.

—Años atrás, cuando regresé a Ataiba, mi bibí confirió en mí la Esencia de la Ísika.

—¿Dónde está el heredero?

—No te lo puedo decir, Narigua, pero necesito tu ayuda para regresar a Ataiba. Debo exaltar a mi hermano como esike para así protegerle de mi rahu y enmendar mi error.

Sus palabras denotaban dolor y pena y conmovieron a Narigua quien la amaba.

—Si te dejo ir, tal vez no te vuelva a ver —le comentó.

—Quizás, pero hemos huido por mucho tiempo de nuestras responsabilidades. Yagüeka te necesita y a mí, Ataiba. Cuando pase la tormenta, el tiempo dirá si nuestros caminos vuelven a unirse.

Él sonrió.

—Descansemos que nuestros viajes son largos y el tiempo se acorta.

El Tiempo que todo lo dictamina, tirano con látigo que castiga a cada segundo. Él dirá si en un futuro, del cual él es dueño, nuestros caminos se unan, se dijo.

Alexandra Román es una escritora puertorriqueña de fantasía que tomó de inspiración sus raíces taínas para crear las culturas que se desenvuelven en la trilogía Ascensión Divina. Es autora de El Valle de la Inspiración. Su más reciente contribución fue en la antología de cómics "Ricanstruction" de Edgardo Miranda. Ha sido publicada en "La Prensa de Chicago", Better Homes and Garden, Mija Magazine, y en la antología "Todos somos inmigrantes". Bayamón la vio nacer, pero su hogar siempre ha sido la ciudad llanera de Toa Baja, Puerto Rico, donde vive con su familia y gata. La puedes seguir en su blog alexandraroman.com y a través de sus redes sociales de Instagram y Twitter como Alexandra Roman, y en su Facebook Page como writeralexandraroman.

Made in the USA
Columbia, SC
13 November 2019